U0584831

道的诗性观照

李永建　著

人民出版社

责任编辑：王志茹

装帧设计：朱晓东

图书在版编目(CIP)数据

道的诗性观照/李永建 著. —北京：人民出版社，2019.12
ISBN 978-7-01-020484-0

Ⅰ.①道… Ⅱ.①李… Ⅲ.①诗歌美学-诗歌研究 Ⅳ.①I052

中国版本图书馆 CIP 数据核字(2019)第 039652 号

道的诗性观照

DAO DE SHIXING GUANZHAO

李永建 著

人民出版社 出版发行

(100706 北京市东城区隆福寺街 99 号)

北京中兴印刷有限公司印刷 新华书店经销

2019 年 12 月第 1 版 2019 年 12 月北京第 1 次印刷
开本：710 毫米×1000 毫米 1/16 印张：22.5
字数：319 千字

ISBN 978-7-01-020484-0 定价：68.00 元

邮购地址：100706 北京市东城区隆福寺街 99 号
人民东方图书销售中心 电话：(010)65250042 65289539

目　录

序　　　………………………………………………………………………………………………　1

第一章　道与天　……………………………………………………………………………　1

　第一节　道之体　……………………………………………………………………　2

　　一、"名可名,非常名":名实之辨　………………………………………　2

　　二、"道之为物,惟恍惟惚":心物之别　…………………………………　5

　　三、"形而上者谓之道":道器之分　………………………………………　7

　　四、"天地之间,有气有理":理气之和　…………………………………　9

　　五、"无边无际,无始无终":时空之维　…………………………………　11

　第二节　道之用　……………………………………………………………………　14

　　一、"天地之大德曰生":道生万物　………………………………………　15

　　二、"万物以成,命之曰道":道成万物　…………………………………　16

　　三、"日新之谓盛德":道新万物　…………………………………………　19

　第三节　道之性　……………………………………………………………………　20

　　一、"天行有常":不易之常　………………………………………………　21

　　二、"生生之谓易":变易之变　……………………………………………　23

　　三、"大道至简":简易之简　………………………………………………　26

　　四、"唇亡则齿寒":万物相与　……………………………………………　28

第二章　道与人　……………………………………………………………………………　31

　第一节　人之生　……………………………………………………………………　32

一、"法地法天法道法自然"：人法自然 ………………………………… 33

二、"为腹不为目"：为天之食 …………………………………………… 35

三、"性即美"：男女大欲 ………………………………………………… 37

四、"凡是自然存在的东西都是好的"：天人合一（人类与自然的合一） 40

第二节　人之性 …………………………………………………………… 44

一、"发而皆中节,谓之和"：理欲之和 ………………………………… 45

二、"无善无恶心之体"：为善去恶 ……………………………………… 49

三、"沧浪之水清兮"：扬清排浊 ………………………………………… 53

四、"唯上智与下愚不移"：若智若愚 …………………………………… 55

五、"天下熙熙,皆为利来"：利义兼容 ………………………………… 57

第三节　人之立 …………………………………………………………… 59

一、"人要独立生活,学习有用的技艺"：立于技 ……………………… 59

二、"立人之道曰仁与义"：立于德 ……………………………………… 61

三、"精神的实质是自由"：立于心 ……………………………………… 64

第四节　人之群 …………………………………………………………… 67

一、"起礼义,制法度,以矫饰人之性情而正之"：礼法兼为 ………… 68

二、"仁者,爱人"：爱人如己 …………………………………………… 71

三、"站在同一地平线上"：生而平等 …………………………………… 75

四、"胸怀祖国,放眼世界"：公民意识 ………………………………… 77

第五节　人之梦 …………………………………………………………… 81

一、"梦是一种不自觉的诗的艺术"：美梦如诗 ………………………… 82

二、"对酒当歌,人生几何"：诗酒风流 ………………………………… 86

三、"语言是存在的家"：符号家园 ……………………………………… 90

四、"生活在别处"：理想世界 …………………………………………… 94

第三章　道与神 …………………………………………………………… 98

第一节　神的产生——对道的神话式体认 …………………………… 100

一、"阴精阳气,聚而成物,神之伸也"：万物有灵观对道的原始探索… 101

二、"神创造天地":人格神对道的接近与游离 …………… 102

第二节 神的死亡——现代文明对神的质疑和颠覆 ……… 104

一、"天上没有玉皇":科学视镜中神的光环黯然失色 …… 105

二、"以眼还眼,以牙还牙":神在道德伦理上的沦陷 …… 107

三、"隐晦的神学却给无神论资助了武器":神自毁于神学理论的破绽 109

四、"道成肉身":神的人化和人的神化让神声名狼藉 …… 111

第三节 神的复活——道对神的扬弃 ……………………… 114

一、"苍天在上":自然的神性崇拜 ……………………… 115

二、"我心即佛":神性就在理想自我的塑造和追寻中 …… 120

三、"我的主、天主,我向你倾泻胸臆":至善如道的神性 …… 125

第四章 道与圣 …………………………………………… 133

第一节 成圣之路 ………………………………………… 135

一、"学为圣贤":成圣的禀赋 …………………………… 135

二、"穷独达兼":成圣的阶梯 …………………………… 138

三、"即凡即圣":由圣入凡 ……………………………… 142

四、"人有利钝,故名顿渐":渐修与顿悟 ……………… 145

第二节 天人合一之道圣合一 …………………………… 149

一、"天何言哉":"天"为何天? ………………………… 149

二、"惟大人为能尽其道":"人"者何人? ……………… 151

三、"诚者,人之道":天即道与人即圣何以合一? …… 155

第三节 圣人气象 ………………………………………… 160

一、"仁者爱人":仁爱之心 ……………………………… 161

二、"圣人,尽伦者也":尽善尽美 ……………………… 165

三、"心普万物而无心":超然物外 ……………………… 170

四、"富润屋,德润身":道成肉身 ……………………… 174

第四节 圣人的使命 ……………………………………… 178

一、"先觉觉后觉":自觉觉人 …………………………… 179

二、"众生无边誓愿度":自度度人 ……………………………… 186

三、"达则兼善天下":圣王合一 …………………………………… 187

第五章　道与诗 ……………………………………………………… 190

第一节　诗意地栖息 ……………………………………………… 192

一、"慢慢走,欣赏啊":走进诗意的世界 ………………… 192

二、"只有当人游戏的时候,他才完全是人":游戏人生 … 196

三、"结庐在人境":凡俗即美 ………………………………… 200

第二节　天人合一之道性自然与诗人的合一 ………………… 205

一、"斯人何人":诗化的主体 ………………………………… 206

二、"一切景语皆情语":诗化的对象 ……………………… 208

三、"相看两不厌":诗性空间的情景交融 ……………… 210

第三节　诗之道和道之诗 ………………………………………… 215

一、"此中有真意,欲辩已忘言":诗之道 ……………… 215

二、"万紫千红总是春":道之诗 …………………………… 220

第六章　道与政 ……………………………………………………… 227

第一节　道的虚影:社会理想的想象、勾画和幻灭 ………… 229

一、"大道之行也,天下为公":大同理想 ……………… 229

二、"不知有汉,无论魏晋":桃花源梦 ………………… 232

三、"水月镜花空好看":乌托之邦 ……………………… 233

四、"惆怅桃源路,惟教梦寐知":空想社会的美梦和噩梦 …… 235

第二节　对违道之政的反省 …………………………………… 238

一、"暂时做稳了奴隶的时代":道逝而人亡 …………… 239

二、"中国人陷入更深的瞒和骗的大泽中":谎言对道的覆盖 …… 242

三、"二十四史不过是'相斫书'":暴政对道的背离 …… 246

第三节　为政之道的探索 ………………………………………… 251

一、"政者,正也":为政的伦理、理念和境界 ………… 252

二、"举直错诸枉,则枉直":为政的方略和举措 ……… 256

　　三、"用之则行,舍之则藏":为政的策略和智慧 ………………… 260

　第四节　循道之政的求索与践行 …………………………………… 262

　　一、"礼失求诸野":民间社会的互助互惠、平等自由对失道政体的
　　　　矫正 ………………………………………………………… 264

　　二、"他山之石可以攻玉":民主、法制等理念、体制的东移和营建 … 268

第七章　道与学 ……………………………………………………… 279

　第一节　学做人之道 ………………………………………………… 280

　　一、"古之学者为己":学道自立 …………………………………… 281

　　二、"为道日损":澡雪精神 ……………………………………… 287

　　三、"学而时习之":知行合一 …………………………………… 292

　第二节　学做事之道 ………………………………………………… 297

　　一、"知识就是力量":谋生之道 ………………………………… 297

　　二、"达则兼善天下":济世之道 ………………………………… 300

　　三、"人须在事上磨":成人之道 ………………………………… 304

　第三节　学作文之道 ………………………………………………… 307

　　一、"更上一层楼":作文的层阶 ………………………………… 309

　　二、"信言不美,美言不信":丑陋的真实和美丽的谎言之间的游走… 311

　　三、"以德报德,以直报怨":从爱人如己到仁爱万物 …………… 320

　　四、"无目的的合目的性":生命在审美的形态中创造着无限的自由和
　　　　可能 ………………………………………………………… 327

参考文献 ……………………………………………………………… 339

后　记 ………………………………………………………………… 344

序

    在汉语中，"道"这个词有着丰富的意蕴和多重的含义，如道路、道理、道德、言说、方法、规律等，不一而足。本书所言说的"道"，特指哲学意义上的道。

    哲学层面的"道"，凝结着古圣先贤的大智慧。老子开章明义，说道不可名、不可道，但短短五千言就将"道"说得头头是道、淋漓尽致。他的"道"不仅启迪并育化了一位同样伟大的贤哲庄子，而且悄无声息地流进了中华民族的文化和历史的长河之中，在潜移默化中滋润了国人的心田，塑造了民族之魂，提升了人们的精神境界，融入了人们的日常生活和话语之中。道是上苍恩赐给华夏儿女的一个无比珍贵的礼物。试想，若没有道的思维、言说和智慧，那对我们来说将是多么大的缺憾！

    在中华文化中，道显得如此神秘和神奇，令人为之痴情和着迷，以至吸引了世世代代的圣哲或凡人从不同的角度和棱面对其关注、言说、解读和阐释，乐此不疲，前赴后继，代代相因，不绝如缕。而对道的阐释、论述已经形成了丰富、博大、庞杂而众多的体系。有以老庄为代表的智者之道，睿智、高冷、玄妙、空灵、超越，让人可望而不可即；有以儒家为代表的仁者之道，注重道之用，以仁爱之心悯人怜物，民胞物与，以天地万物为一体，充满了人间烟火气；以佛教、道教为代表的宗教之道或曰神之道，则对羽化成仙、修行成佛等仙界、乐土的另类空间情有独钟，并与现实人间拉开了距离。就学术层面而言，粗略一查，光是以"道论"或"论道"为名的论著就有何晏的《道论》、陈政立的《道论》、李顺连的《道论》、杨国荣的《道论》，还有金岳霖的哲学名著《论道》，可谓林林总总，洋洋洒洒，汗牛充栋。作为后学和哲学的门外汉，面对前贤名家的论著，只有望洋兴叹。但我无法抵挡道的魅力的吸引，技痒难忍，以至于跃跃欲试，竟也胆大包天、自不量力地论道了。

不过，我不会与他人争高低、论短长，只是在借鉴前贤同仁的基础之上，寻找自己的路径，运用自己的方法，选取独到的角度，并以全新的理念对道进行深度的透视、阐释，将自己的发现、开掘和感悟呈现出来，与同道和来者共同分享。一起坐而论道，奇文共欣赏，疑义相与析，不亦乐乎！

道，至高无上，主宰万物；道，至大无外，至小无内。但道又无形无影，无色无声，无臭无味，以至于连睿智如老子者，都认为道不可名、不可道。这就给我们谈道论道造成了巨大的障碍，以至于我们只能望道兴叹。不过，道虽然神妙莫测，神龙见首不见尾，但并不是不可识、不可论，因为道就在天地自然和世道人心之中，可谓无时无处不在。程颐在《易传序》中认为，《易经》乃"体用一源，显微无间"。这对我们解读道的路径和方式有着极大的启发。微隐的道体虽然不可见，但它与外显可见的道之用是一源无间的，求体无果，但反过来调整策略，转而缘用索体，从道之用来探索、叩问道之体。

我认同金岳霖先生的观点：道是式的能或能的式。道是无所不包、无所不能的：时间上无始无终，空间上无边无际；它产生、主宰万物，又化生、养育万物。它是天之为天、地之为地、人之为人、物之为物、事之为事的那样一种存在、理式和能量，玄而言之称为道，而道生万物，本散万殊，犹如在天只一月，在地则月印万川成万月。道在天为天道，在地为地道，在人为人道，事事物物各有其道，如庄子所言：道"无所不在"，"在蝼蚁""在稊稗""在瓦甓""在屎溺"（《庄子·知北游》）。天地万物，有之则然，无之则非；顺之则昌，逆之则亡；守之则全，失之则缺。道渗透、呈现在天地万物之中，从而使天地万物成为天地万物，反过来我们也可以通由天地万物来窥测、探索、体察道的本相真容。道本无情而人有情，天地万物因道而生，但却混混沌沌、懵懵懂懂，茫然不知道为何物，而只有人因道而生却又知道，还要进一步学道、明道、得道和践道，循道而行，与道一体。人也好，自然、社会也好，有没有道，是完全不一样的，而对道知或不知就更不一样了。有了这样的体认和思路，我们也就自然有了本书的基本架构。

一根发七芽，本书从七个方面展开对道的探究。

其一曰道与天——二者为异名同谓，将其并置同题是以可见、神秘的苍天来言说不可见的道体，是力图说明道不是虚设的玄幻存在，而是实实在在的化生万物的能量实体。重点就道的体与用、性与能进行深入探讨，这也是对序的进一步展开。

其二曰道与人——人是道的产物，也是道的最为灵明的呈现。因为在道生的万物之中，只有人是有心的，因而被称为万物之灵。而其余的五个方面，即神、圣、诗、政、学，都是道在人身上的折射，都是人心的延伸和人生的扩充。这里的人是一般的个体的人，同时也是作为类的所有的人。

其三曰道与神——神是道的一种神话式理解和表现，在超越自然、化生万物上二者有着异曲同工之妙，人们有时也会将二者混而为一，但二者的区别是显而易见的。道虽也由人命名，但却是脱离人的意识而独立存在的实体，而神不过是根植于人心的人的类的对象化的存在；神虚化甚至妖魔化了道，但撩开其迷信的纱幔，从隐喻和象征的角度来重新解读、阐释，也可以帮助我们从另一途径了解道的玄奥。

其四曰道与圣——圣是人的佼佼者，是人中之瑞；圣是道的精华所钟，是道在智慧方面的结晶。人分凡圣。凡者是道的受益者，但对道日用而不知；圣者则明道、得道、践道，知天、同天、乐天，内圣外王，穷独达兼，尚德崇智，自觉将济民救世的重任担在肩上。因而，圣可谓道的人化形态，是人的楷模，是道的化身。故人改周敦颐之语曰："士希贤，贤希圣，圣希天。"

其五曰道与诗——诗乃诗人之谓，是有诗心、诗情、诗才的人，是道在人身、人心另一向度上的呈现和光大。人分俗、诗：俗者沉迷于吃穿住行而不能自拔，得意于灯红酒绿而流连忘返；诗者则在俗世日常之中蕴诗心、见诗美、得诗乐，从而抵达怡情愉神的诗性空间，进入物我两忘的自由境界。

其六曰道与政——道与政所关注和思索的是政之道和为政之道。政之道，指的是社会的制度、体制要源于道、遵道而行，而不能背道而驰，而政之道的核心内涵乃一个字，那就是"公"，即公共、公平、公正；而为政之道，指的是在治国理政中要时时处处合于道而不能离道、违道，那就是秉持公心、主持公道、服务公众，如老子所崇尚的天之道："损有余而补不足。"（《老子》第七十七章）

其七曰道与学——道与学，即所学之道和为学之道。前者是以道为主的所学的内容，是关于学什么的；后者是学的规律、方法、策略，是关于怎样学的。所学之道，有为人与为己、德性与见闻之分；为学之道，有日益和日损、增担和减担之别。所学之道和为学之道，落实在做人、做事和作文三个方面，均有道与技之分。化技为道或技熟成道，则学之道和道之学自然谐矣！

在这里，根与芽、理与殊、体与用、微与显是双向透视、彼此互融的：通过天、人、神、圣、诗、政、学等言说，从方方面面多维多点地探究道的真谛和玄奥，如汇集涓涓细流终成海；反之，以道之精、道之纯、道之妙、道之力来体察、规范、引导、革新、融合天、人、神、圣、诗、政、学等的在在处处，从而悟万物与道合一，使天地人和谐美好，让人生、生命抵达有意义的、合于道的天地之境。

对道的研读和言说有着巨大的空间和无限的可能性，人们往往因身份、时代、处境、动机等不同而对道有着各异的解释和演绎，仁者见仁，智者见智，神者见神，圣者见圣，兵者见兵，政者见政，诗者见诗，学者见学，纷纷纭纭，蔚为大观。对前人的见解应该尊重和借鉴，但不能照单全收，更不能仅仅满足于资料文献式的收集整理，弄出一个碎片化的论道集。在研究中要更新自己的研究理念，采用如冯友兰所总结的抽象继承法，吸取前人道论的合理化内核，去除那些受时代局限所携带的杂质和糟粕，古为今用，推陈出新；要学习鲁迅先生倡导的"剜烂苹果"的观念和方法，形成建设性思维，以"拿来主义"的眼光和胸怀吸收世界先进的文化成果，西为中用，旧瓶新酒，改造更新。谈道论道，不是要倒退复古，要融入现代精神，坚守人文立场。论道要有道的胸襟，去自我中心和人类中心，以道观道，以道论道，以道观人观天地万物，以道论人论天地万物，才可以得道之真谛。

在研究和书写的策略上，"我注六经"和"六经注我"兼而用之，既要追求自我的个性、创造、发现、灵动，还要秉持道论的可信性、准确性、严肃性和学术品位，还要将诗意、诗语与哲思、哲理相融合，用诗的想象、灵动、跳跃、优美来言说道的神秘、玄奥、精微，尽力改变哲学论著的那种枯燥乏味、晦涩难懂的文风。海德格尔晚年不是以荷尔德林的诗来论说存在之谜吗？老子、庄子论道之文本身不就是具有诗情画意的美文吗？从某种意义上说，也许文学特别是诗，更接近道，更便于说道论道。

2018 年初，我出版了《人论》，2019 年我的《道的诗性观照》——原名《道论》又得以面世。二者的联系是很密切的，完全可以看作姊妹篇。《人论》是站在人的立场上说道，是以人为中心的；而《道的诗性观照》则是从道的角度说道论人，是以道为中心的。实际上，二者是一而二、二而一的，是一枚硬币的两面，是两位一体的。从某种意义上说，人即道，道即人，人中有道，道中有人，因为只有人才可以闻道和论道。在定稿时，我接受了一位慧心独具的学人的建议，将书名改为《道的诗性观照》，以突出本书用文学的特别是诗性的思维和笔法论道的特点和风格。

两千年前老子以五千言将道说得出神入化，让后人可望而不可即。今日愚钝如我者，竟然不知天高地厚，欲以三十万言论道，不知最终可否得道之皮毛，但自己并未知难而退，而是知其不可而为之。文章千古事，得失寸心知。如鱼饮水，冷暖自知。不求人知我，唯愿己心安。

道属玄学，特别是在如此浮躁的时世，它越发成了人生的奢侈品，也就是说人们没有它照样活得很好，但有了它，特别是懂得它，循道而行，会活得更好，活得更有意义。道不是束之高阁、装点门面的高头讲章，而是用来指导我们的言行、塑造我们人生的最高智慧，因而我们不仅只是谈道、论道，还要明道、得道和践道，将道化用入心，与道一体，从而最终在对道的体悟和践行中使我们的世界和人生得到彻底的更新和根本的改变。虽不能至，然心向往之。

第一章　道与天

　　天是天，道是道，是并不一定非要放在一起说的。之所以这样处理，是因为二者有许多相似性。远古之人和现代民间皆以天为大，以其为至高无上者，而这与老子所言的主宰和化生万物的道有许多相似之处，以至于古人将天与道并置共提，称之为天道。将二者放在一起还有一个用意，那就是为了更好、更形象地论道。道无形无相、无声无色，不可闻、不可见。天虽也遥不可及、高高在上，但却是可以仰观遥望的，并以日月星辰、风霜雨雪等具体可感的形象传递着天的信息，故而以天说道就感性了许多、亲近了许多，或者说天是道的具象化，甚至诗化的呈现。同时，以天言道，也是为了说明道并非虚设的符号和空架子，它是像天一样的一种物质化的式与能、性与力的结合体，是一种虽然不可见、不可闻但却实实在在的存在。

　　道之体，即道的本体，是对道的元素、结构、实质、真相进行探究。道之体无影无形，不可识、不可思、不可言，神龙见首不见尾，只能知其不可而强言之。道之体虽然不可见、不可识、不可言，但道之用却是可见、可识、可言的。在千变万化、千姿百态的事事物物的现象中，从道的生生不息的流行化用之中，我们时时处处都可以窥测道的灵光、吉羽，体察道的功用、价值和意义，因而以用识体、释体，不乏为一个可行的途径和策略。道之性，就是道的本性、属性，也即恒常不变之性。它是道在事事物物之上的具体体现，赋予物者为物性，赋予人者为人性，赋予天地者为天地之性，故而有天道、地道、人道之别。道之性本一，细而分之，现为两态，即内隐的潜在的可能性和外显的实存的现实性。内也好，外也好，显也好，隐也好，借用古贤之言一以贯之："性与天道云者，易而已矣"（张载《正蒙·太和》）。而易者，简易、变易、不易三义而已。

第一节　道之体

道的实质、真相是什么，由哪些元素构成。这已是一个说不清、道不明的话题，也是历代贤哲大德一直冥思苦想、孜孜以求的哲学之谜。道不可道，可道非道也。古贤先哲不能道、不愿道而又无休无止地道的道，对愚钝如笔者来说充满了巨大的魅力和诱惑，更是对智商、毅力的考验和挑战。欲说还休，欲休还说，只能从名实之辨、心物之别、道器之分、理气之和、时空之维勉为其难而言之，知其不可而为之。除此之外，还能做些什么呢？

一、"名可名，非常名"：名实之辨

每一个人、每一个物、每一个存在，都有一个相应的名字来指称。只有这样，这个世界才显得井然有序，不然就成了一团乱麻而杂乱不堪，而人类也正是借名字来认识相应的存在的实质及其与世界万物的关系。而道作为一个无影无形、无色无音而又至高无上的特殊存在，对它的命名就遇到了很大的困难，以至于连睿智如老子者也发出了这样的慨叹："道可道，非常道；名可名，非常名。"（《老子》第一章）也就是说，常道、至高无上的道，是无法命名和言说的，能够命名和言说的道就不是常道、大道。

不过，假如无法命名或不命名，我们就无法对它进行认识、思索，甚至称谓，当然也就失去了论述的基础和前提。这显然使人陷入了背反的两难之境：要么知难而退，要么迎难而上。智慧的先哲还是找到了解环之法："吾不知其名，强字之曰'道'，强为之名曰'大'"（《老子》第二十五章），又曰："'无'，名天地之始；'有'，名万物之母"（《老子》第一章）。老子知道那个化生万物而又超越于万物之上的常道无法命名，但为了言说的方便，只好勉为其难地给它起了个名，就像今天我们称某人为张三或李四，称某物为甲或乙一样，仅仅为了指称对方取个符号而已。为了全面揭示它的本质特征，老子还给它起了多个名字，如"道""大""无""有"等。名字虽多，但指称的还是一个东西，正如老子总结的那样："同出而异名，同谓之玄。玄之又玄，众妙之门。"（《老子》第一章）像冯友兰从帛书《老子》中总结的那样，应是"异名同谓"——多个名字指称的都是一个"实"，那个"玄之又玄，众妙之门"的"道"。

起个名字仅仅是起点，重要的是要对命名为道的那个存在更进一步地探讨和论述。老子是从两个角度或者说是用两种方法描述"道"的。第一种是正面描述道的形象和状态："有物混成，先天地生。寂兮寥兮，独立而不改，周行而不殆，可以为天地母"（《老子》第二十五章），"'道'之为物，惟恍惟惚。惚兮恍兮，其中有象；恍兮惚兮，其中有物。窈兮冥兮，其中有精；其精甚真，其中有信"（《老子》第二十一章）。这里说的道是什么，用的是加法、是肯定。第二种是从反面说的，描述道不是什么，用的是减法，"视之不见，名曰'夷'；听之不闻，名曰'希'；搏之不得，名曰'微'。此三者不可致诘，故混而为一。其上不皦，其下不昧。绳绳兮不可名，复归于无物。是谓无状之状，无物之象，是谓惚恍。迎之不见其首，随之不见其后"（《老子》第十四章），"'道'之出口，淡乎其无味，视之不足见，听之不足闻，用之不足既"。（《老子》第三十五章）这里的描述用了很多否定副词"无""不"，说明和强调道是眼无法见、耳不能闻、手不可触的，它是无状无象、惚惚恍恍的存在。

老子说道的两种方法，康德称为"积极方法"和"消极方法"[1]；冯友兰从佛教理论中总结为遮诠和表诠："佛教和佛学认为有两种认识和宣扬佛教真理的方法，一种叫遮诠，一种叫表诠。遮诠着重讲佛教真理不是什么，表诠着重讲佛教真理是什么。在我们的日常生活中，我们讲述一个东西的时候，本来可以从两个方面讲，一方面从正面讲，说它是什么，一方面从反面讲，说它不是什么。前者是用一些肯定命题直接说出一个东西的各方面的规定性，后者用一些否定命题说一个东西不是什么。用佛学的

---

① ［德］康德：《纯粹理性批判》，蓝公武译，商务印书馆1960年版，第215页。

名称说，前者是表诠，后者是遮诠。当然，说一个东西不是什么，也就间接地说它是什么。所以遮诠和表诠是我们在一般的言论和思考中经常交替使用的。"① 我之所以联想到并引用了康德和冯友兰提到的两类方法，是发现康德所论述的物自体和佛教所推崇的佛理，与老子所说的道都是最高的存在，都有着无法言说的特征，而他们选择的述说方式和路径又有着惊人的相同。

老子对道正面的、肯定的表诠，也不是明晰的、准确的、逻辑的、现代哲学意义上的限定和阐释，而是一种充满文学色彩的描述，有着诗意的朦胧、似是而非和极大的不确定性，换句话说，说了等于没说。比如"寂兮寥兮""惚兮恍兮"究竟为何物？究竟是什么样子？真是雾中看花，不知所云。而否定性的遮诠就更不要说了，虽然它告诉了我们道不是什么，但你想想，世间万物如此之多，你就是用几十年否定了亿万的存在，还有无数的存在等着你否定，你要用上几辈子才可以将世上所有的东西都否定完，而仅仅剩下一个唯一的道。

不过我想说的是，我十分欣赏这样的方法。因为有的东西特别是像物自体、道、佛等这样的最高存在，是无法用逻辑、精密的语言说清楚的，正所谓你不说我还明白，你越说我越糊涂。维特根斯坦说得很睿智："凡是能够说的事情，都能够说清楚，而对不能谈论的事情，就必须保持沉默。"② 从某种意义上说，佛教的礼佛和禅宗的修禅之法特别智慧，值得我们借鉴和仿效，："要认识和宣扬这种不可言说、不可思议的真理，只有二种方法：一种是沉默，就是什么都不说，这叫默。另外一种是遮诠，用否定方式回答。但即使使用遮诠，也需要'随说随扫'，说一句话以后，随着就又说，我那句话说得不对，就算没说"③。对于形而上的至高存在，正面、肯定的方式无法言说时，采用阻断世俗性的思维和常规性的认知方式和途径，可谓是一种明智的策略。老子什么都没有说，但似乎什么都说

---

① 冯友兰：《中国哲学史新编》中卷，人民出版社 1998 版，第 633 页。
② ［英］维特根斯坦：《逻辑哲学论》，王平复译，中国社会科学出版社 2009 年版，第 25 页。
③ 冯友兰：《中国哲学史新编》中卷，人民出版社 1998 版，第 633 页。

了，关键是看你有没有倾听的耳朵和领悟的心灵。

二、"道之为物，惟恍惟惚"：心物之别

道不可说，但又不得不说。天不用说道，地不用说道，石头不用说道，树木不用说道，牛羊不用说道。只有人，明知不可说道，但偏偏还要说道，这大概就是人之为人的特性。而道之为道的关键问题之一就是道在实质上究竟是一个实实在在的物质实体，还是从人类内心生发出来的一个虚设的符号。用中国传统哲学的术语说就是道究竟是心还是物；是物化的道生出了人和心，还是人心生出了虚化的道。而这也正是两千多年来学界争论不休、众说纷纭的焦点话题。

老子认为道虽然不可见、不可闻，但却是实实在在的实存，是物化的存在："'道'之为物，惟恍惟惚。惚兮恍兮，其中有象；恍兮惚兮，其中有物。窈兮冥兮，其中有精；其精甚真，其中有信。"（《老子》第二十一章）尽管道恍惚、窈冥，但却是有象、有精、有信的存在，而人不过是道化生出的产物，所谓"道生一，一生二，二生三，三生万物"（《老子》第四十二章），而且道是一个无善无恶、无情无欲、自自然然的存在，不受人类的好恶之情所左右："天地不仁，以万物为刍狗""天地之间其犹橐籥乎？"（《老子》第五章）荀子的天论观与老子的有异曲同工之妙，认为天是独立不依的存在，不以人的意志为转移："天行有常，不为尧存，不为桀亡"（《荀子·天论》）。老子笔下的"天地"和荀子文中的"天"，在此语境中与道的意思非常接近，甚至可以说与道是异名同谓。以《论道》而著名的现代哲学家金岳霖认为，道是至高至大至长的，而人，个体也好，人类也好，都是渺小的、短暂的，甚至是若存若亡的。道是第一存在，人不过是道的派生物，是物质发展到某一个阶段的产物。道的存在是必然的，而人类的出现则是或然的、偶然的。也就是说，人类只是道的无数可能性、潜在性之一，它最终成为现实是无数偶然的机缘巧合而成，并不像有人认为的人类是道和宇宙的目的，世界是向人生成的。道是无边无际、无休无止的存在，而人只存在于有限的时空之中；人产生之前道就存在

着，人灭绝之后道还会没有止境地存在下去。

而陆象山、王阳明等心学家则认为是心生出了宇宙和道，或者说道就在心灵之中，或者认为道只不过是人心虚造的一个幻象、虚影。陆象山曰："宇宙便是吾心，吾心便是宇宙。"（《陆九渊集》卷三十六）王阳明曰："可知充天塞地中间，只有这个灵明，人只为形体自间隔了。我的灵明，便是天地鬼神的主宰。天没有我的灵明，谁去仰他高？地没有我的灵明，谁去俯他深？鬼神没有我的灵明，谁去辩他吉凶灾祥？天地鬼神万物离却我的灵明，便没有天地鬼神万物了。"（《传习录》下）现代哲学家熊十力则继承并发扬了陆、王心学的观念，并进一步认为人心不仅存在于宇宙本体之中，而且是宇宙本体的灵魂和心，宇宙大道就是向心、为人而生的。有了人和人心，宇宙大道才有了意义，而人和人心是宇宙大道的最高和最终的目的。他在《新唯识论》中如是说："心即恒转本体也，自本自根，无可依他而穷索，自明自了，便已觌体于前。""惟此心虽主宰乎一身，而其体则不可为之限量，是乃横遍虚空，坚尽永劫，无有不运，无所不包。无不包者，至大无外故。无不运者，至诚无息故。"他又进一步说："盖生物进化，至人类而为最高，其能直接通合宇宙大生命而为一，以实显本体世界无上价值者，厥为人类。"（《新唯识论·明心上》）

唯物唯心，见仁见智，关键是站在哪个角度和立场上言说。站在人的立场上说道，当然是以人为本，是以人之心、人之情、人之好恶而说道，也就是说道是为了人；而站在道的立场上说道，则是以道为本，是以道说道，以道观人论心。二者各有短长，前者温情亲切，后者客观真实。不妨借用王国维的词话论道，道论也分为有我之境和无我之境。前者以我观道，故道皆著我之色彩；后者以道观道，故不知何者为我、何者为道。二者各有其美，又何必争短论长。

道究竟是心是物，究竟是心生了道，还是道生出人和心。这是一个永远无法索解之谜，也是一个只要人类存在就不会停歇的争议。既然无解，我们不妨暂行搁置不争，还是回到它的起点，听听圣哲之言。

在孔子那里，与老子的道相对应的是"天道""天"。孔子弟子子贡这样评价他的老师："夫子之言性与天道，不可得而闻也。"（《论语·公冶长》）而他在与老师的一次对话中，孔子是这样说天当然也是天道的："天何言哉？四时行焉，百物生焉，天何言哉？"（《论语·阳货》）

老子这样论道："有物混成，先天地生。寂兮寥兮，独立而不改，周行而不殆，可以为天地母。"（《老子》第二十五章）

圣哲智慧，言简意赅，说得已经很分明，而后学往往自作聪明，喋喋不休而却离题万里，有违本旨。化繁就简，回源返初也许是我们最明智的选择。

三、"形而上者谓之道"：道器之分

《易传》曰："形而上者谓之道，形而下者谓之器。"（《易传·系辞上》）《易传》论道，是将道与器并列、比对而言，也就是说，有形有象可见可闻谓之器，无形无象不可见不可闻者谓之道。那这个无形而又不可见的道是什么呢？《易传》又这样写道："是故《易》有太极，是生两仪，两仪生四象，四象生八卦。"（《易传·系辞上》）前文所引的形而上者之道，就是这里所说的太极，它也是无影无形但却可以生出两仪、四象、八卦乃至天地万物的，是最高的存在。这里《易传》对道、太极的论述，与老子对道的论述有着极大的相似之处。老子这样说道的作用："道生一，一生二，二生三，三生万物。"（《老子》第四十二章）由此可见，《易传》所说的形而上之道也同老子所论之道一样，是化生万物的至高的第一存在，以至于国人把哲学命名为形而上学。

那无形之道是如何化生万物的呢？《易传》如是说："一阴一阳之为道。"（《易传·系辞上》）《易传》又曰："是以立天之道曰阴与阳。"（《易传·说卦》）也就是说，阴阳这两个元素既相互依存、相互作用又相互对立的关系构成了天地万物的道。而这样的论述我们同样可以在《老子》中找到互证式的论述："万物负阴而抱阳，冲气以为和。"（《老子》第四十二章）道看不见摸不着，而要想认识道，就必须从看得见摸得着的一些元素入手，而阴阳就像道的使者，给我们带来了道的一些音信。而对阴

阳的发现、命名，可以看出国人在不可言说的地方而不得不说的智慧。

周敦颐的《太极图说》则将《易传》对道的论述进一步深化和细化："无极而太极。太极动而生阳，动极而静；静而生阴，静极复动。一动一静，互为其根；分阴分阳，两仪立焉。阳变阴合，而生水、火、木、金、土。五气顺布，四时行焉。五行，一阴阳也；阴阳，一太极也；太极，本无极也。五行之生也，各一其性"。周敦颐的无极也好，太极也好，都是道的另一个称谓或者代名词，为了说明它的构成和本质，不仅将《易传》《老子》本有的阴阳概念引用进来并生发开去，同时还吸纳了水、火、木、金、土五行元素，将阴阳五行合二为一，加以整合，这样一来神妙莫测的道就渐渐具象化并明晰起来。

而在宋儒那里，对道器两分、阴阳对立等关于道的理解和阐释更为精到和圆融，渐入化境。程颢曰："形而上为道，形而下为器。须著如此说，器亦道，道亦器。"（《语录》卷一）他又说："道之外无物，物之外无道。"（《语录》卷四）道与器、道与物是你中有我、我中有你、彼此相依相容的，无法一分为二，离开道的物、器和离开物、器的道都是不可思议的。道体现在事事物物之中，不然道就显得虚幻不实、若存若亡；而每一个具体的器物之中都有道的灌注，否则器物会杂乱无序、全无生机。南宋胡五峰这样说道："道不能无物而自道，物不能无道而自物。道之有物，犹风之有动，犹水之有流也。夫孰能间之？故离物求道者，妄而已矣。"（《知言》）而道与器、物中间的元素阴与阳也不是截然二分的，而是有着对立统一的复杂关系和相互转换的机制。程颐曰："一阴一阳之谓道。道非阴阳也，所以一阴一阳，道也。"（《语录》卷三）朱熹这样解释"一阴一阳之谓道"："阴阳非道也，一阴又一阳，循环不已，乃道也。虽说一阴一阳，便见得阴阳往来，循环不已之意，此理即道也。"（《朱子语类》卷七十四）阴阳两分又相依、对立又统一，阴中有阳，阳中有阴，阳极而转阴，阴尽而化阳，阴阴阳阳，阳阳阴阴，环环相扣，无有穷尽。

四、"天地之间，有气有理"：理气之和

前述的阴阳五行说是对道的阐释的模式或图式之一，而理与气之说则是对道解释的另一种模式或图式，并使道的解说有了多样化的态势和格局。

理与气是中国哲学中的重要概念，并与道有着千丝万缕的联系，或者说它们从不同的角度丰富、阐释了道的内蕴，理如图式、规则、原理，气若元素、因子，它们是对道的细化、深化。

气显然是人远取诸物、近取诸身的产物。人的一呼一吸都需要气，气对人至关重要，缺了一口气，或者一口气上不来，人就没法活了；江河湖海浮起的水气，山谷、原野中蒸发出的地气，天上、云边流动的云气，构成了化生雨、雪、风、云等的重要元素和动因，与天地自然和人们的生活息息相关、密不可分。但同时它又具有无形无相而又可识可感的物化形态，因而人们自然会将其与道联系起来并进一步以其来言说道。

庄子曰："人之生也，气之聚也，聚则为生，散而为死。……故曰通天下一气耳"（《庄子·知北游》），"察其始而本无生，非徒无生也而本无形，非徒无形也而本无气。杂乎芒芴之间，变而有气，气变而有形，形变而有生，今又变而之死，是相与为春秋冬夏四时行也"（《庄子·至乐》）。庄子认为，气是构成宇宙和人的重要元素，天地不过是一气而已，万物由无形之气化生而为有形之物和人。人也好，物也好，都是得气而生，失气则亡。后汉郑玄这样解释太极："极中之道，淳和未分之气也"（王应麟《周易郑注》卷七），将道与气并置共提。后汉王符曰："道者气之根也；气者道之使也。必有其根，其气乃生；必有其使，变化乃成。"（《潜夫论·本训》）王符认为道与气有着彼此相依、一生一成的密切关系。张载曰："凡可状皆有也，凡有皆象也，凡象皆气也。"（《正蒙·乾称》）也就是说，世界万事万物都是由气组成的。张载进而将气与道联系在一起，"太和所谓道""由气化，有道之名"（《正蒙·太和》）。太和，即阴阳会冲未分之气，是气之混元初始之状，它产生并化生世界万物，也是道的

化名。

理学家用理来解释道，也就是说在理学家那里，理就是道，二者是异名同谓的。张岱年如是说："宋代程伊川（颐）以理为宇宙本根，理实即是道之别名。理论实即是道论的新形态。"[①] 所谓理，指的是天地所以成为天地、万物所以成为万物的那样一种力量和动因，是宇宙的本根，并贯穿和成就着万事万物。程颢曰："天者理也""言天之自然者，谓之天道"。（《语录》卷十一）程颐曰："天下物皆可以理照，有物必有则，一物须有一理。"（《语录》卷十八）"万物皆是一理，至如一物一事虽小，皆有是理。"（《语录》卷十五）"一物之理即万物之理，一日之运即一岁之运。"（《语录》卷二上）在二程那里，世界万物，物物皆有其理。从表面上看，各物之理万殊各异，但从内在而言，事事物物的理都是相通的，是一个理，即是天地万物之所以为天地万物的那个总理，就像印在万川的千万个月亮都是天上的那个月亮一样。

理与气是不可分说的，二者共存互化而成为道。朱熹曰："天下未有无理之气，亦未有无气之理。"（《朱子语类》卷一）"所谓理与气，此决是二物。但在物上看，则二物浑沦，不可分开各在一处。"（《答刘叔文》）二者浑然为一，但又各自不同，在形态和功能上各异。理是无形无象的形而上者，成物内在之性；而气则为有情有状的形而下者，成物外在之形。朱熹这样总结道："天地之间，有理有气。理也者，形而上之道也，生物之本也；气也者，形而下之器也，生物之具也。是以人物之生，必禀此理，然后有性；必禀此气，然后有形。"（《答黄道夫》）

西哲如亚里士多德将事物的构成归结为四个因素，即式因（构成事物的形式）、质因（构成事物的材料）、力因（形成事物的力量）和终因（事物的最终目的）。而道学家的理和气之说与亚里士多德的四因比照而言，理相当于式因和终因，而气相当于质因和力因。这是哲学家冯友兰的类比，哲学家金岳霖则将道定义为式和质料的统一，二者有异曲同工之妙。金岳霖如是说："道就是有质料在其中的式或有式的质料。因此，它就不

---

① 张岱年：《中国哲学大纲》，江苏教育出版社 2005 年版，第 52 页。

是纯式或纯质料。借用康德的表述，当然不是严格意义上的，我们可能这样说，道如果是纯式，那么它就是空的；如果道是纯粹的质料，那么它就是流动的。可以说，道是宇宙，但是它又不像后者，因为它不能以总体和全体来表述，而这两者是宇宙的不可分割的部分。"① 而金岳霖谈道的式和质料时，也恰好提到中国哲学中的理与气："古希腊人和欧洲人一直在谈论形式和质料。在中国，中国人也一直在谈论理和气"②。由此可见，西哲笔下的形式和质料与中国古圣贤书中的理和气是大致相对应的。而理和气的言说对道之体的阐明更加简洁、具体和明晰，从中可以看出国人的独特智慧和思维特征。东西圣哲在哲思和智慧上有着大致相同的发现和思索，异曲同工，遥相呼应。

五、"无边无际，无始无终"：时空之维

为了更好地思考和言说道，我们还必须引入时间之维和空间之维。时间和空间，作为事物客观存在的基本形式和人类认识与把握世界的主体的感性直观形式，当然也是我们言说的道存在、展开的基本形式。换句话说，脱离了时间和空间之维，道的存在和言说是不可想象的。

《尸子》曰："天地四方曰宇，古往今来曰宙。"也就是说，宇指的是上天、下地和东西南北六方所构成的空间，宙指的是古往今来所构成的时间，而宇宙则是时间和空间交织而成的立体交叉式的存在。它在时间上是无始无终的，在空间上是无边无际的，而且二者是交融在一起、无法分割开的，离开空间的时间和脱离时间的空间都是不可想象的，只有无始无终的时间和无边无际的空间交融一体才能构成宇宙。而道是比宇宙更大、更早的存在，是宇宙之所以成为宇宙的那样一种存在。它产生了宇宙、主宰着宇宙，也涵盖了宇宙。老子曰："有物混成，先天地生。寂兮寥兮，独立而不改，周行而不殆，可以为天地母。吾不知其名，强字之曰'道'，强为之名曰'大'。"（《老子》第二十五章）老子之所以名之为"大"，就

---

① 金岳霖：《道、自然与人》，见《金岳霖选集》，吉林人民出版社 2005 年版，第 263 页。
② 金岳霖：《道、自然与人》，见《金岳霖选集》，吉林人民出版社 2005 年版，第 256 页。

是因为道是至高无上的，是天地万物中的第一存在，存在于时空之中，或者说我们通过时空的形式来认识和言说道，但道却又是不可思议和言说的。

而道不可思议和言说之处也恰恰是我们思议和言说的入口，那就是它存在或呈现给我们的形式，即时间和空间。

我们先说空间。道在空间上是无边无际的，如屈原在《远游》中所咏："道可受兮，而不可传，其小无内兮，其大无垠"。又如庄子曰："至大无外，谓之大一；至小无内，谓之小一。"（《庄子·天下》）也就是说，道在空间上而言，是无法想象的。至大无外，其大无垠，说的是向外扩展在空间上是永远都无法抵达尽头的，不要说过去最快的交通工具马或驷，就是今天的宇宙飞船，甚至最快的光，不要说花费某一个体的一生，即使是人类存活的所有时间，就是再加上人类灭绝后的所有时间，也同样没有可能达到道的外缘的那一瞬息。就是再退一步，你不用实际去做，就是用脑子去想象那样的一个无限遥远的边界都是不可能的，因而这个无穷大只能用一个数学的符号来表达才比较适当。同理，至小无内也是无法达到甚至想象的。就此庄子还举了一个有名的例子："一尺之捶，日取其半，万世不竭。"（《庄子·天下》）一尺长的木杖，每天取去它的一半，万世也取不完。也就是事物、道的无穷的小是无法穷尽的，当然也是无法看到和认识的。还不止于此，在这无边无际的空间中，还存在着数不清、无限多的天地万物，还涌动着熙来攘往的人流，还存在着生生死死的动物和植物，还有此起彼伏的人的心思、欲望的暗流汹涌。

再说时间。金岳霖说："时间是既没有开端，也没有终点的。只有时间片段才有开端和终点的。"[①] 道拥有的时间不是片段，而是一个整体，或者说是时间的全部，因而道在时间上是无始无终的。黄宗羲如是说："盖先生（罗钦顺）之论理气最为精确。谓通天地，亘古今，无非一气而已。"（《明儒学案》卷四十七）这里所说的气，只是构成道的质料，但它的"亘古今"之性与道是一致的。所谓"亘古今"，是说在时间上从古至

---

① 金岳霖：《道、自然与人》，见《金岳霖选集》，吉林人民出版社 2005 年版，第 287 页。

今是一直连绵不绝的，古向前推是没有尽头的，今一直延续下来，也是没有止境的。而道就存在于这个无始无终、无穷无尽的漫长得无法想象的长长的时间之流中。而时间的存在和介入，天地万物有了无休无止、瞬息万变的变化，从而使道呈现出无限多的样态和可能性，以至不仅乱花渐欲迷人眼，而且纷纷纭纭乱人心。

从道体来看，漫长得无法想象的时间之流并不是空无一物的一条线，它与无边无际的巨大空间交织在一起，共同构成了一个安置天地万物的架子。金岳霖如是说："欧几里得的空间是没有时间的抽象的空间，结果是其中没有事件和客体。它的空间是一时面的空间或者我们通常称之为在一时点上的空间。像时面一样，空——时——线也不是真实的。在我们思想的基础上，欧几里得的空间是不真实的，因为时面是不真实的。虽然它是不真实的，但与它相对应的概念却是有用的，把时间和欧几里得的空间结合在一起就形成了架子，在其中时面和空——时——线相互交叉。这样的交叉就是空——时。"[①] 这个架子没有边际和始终，任何眼睛都无法一眼看尽，任何心灵也无法尽收心底。但这个架子还不是道，它只是我们窥测、认识、把握、言说道的一种路径和样式——连时空的架子都只是道的产物和外在的样态。

时间是单维的，犹如飞矢从未知的一方射向没有止境的另一方，就像流水从蛮荒远古一直流往未来；它是绵绵延延、不绝如缕、没有隔断的，不曾有片刻的停留和止息。但假如以人类和个体为出发点，又可以将时间分为三截，即过去、现在和将来。而将时间之维和空间之维合在一起，则组成了曾在、现在和将在三种样态。而道则是在在处处、时时刻刻皆在的，充满了不同的时空和所有的时空。过往的曾在，一直通向无穷遥远的过去的曾经出现在过往的天空和大地，产生又消亡了的星辰和朝代，出生又死去的帝王和平民，甚至偶尔飘过的一片云、下过的一阵雨，大山皱褶里自开自落无人知晓的一树桃花等，都属于道，都在道的视野和主宰中。而当下的现在，虽然只是由短到不能再短的刹那构成的时间里，但现在这

---

① 金岳霖：《道、自然与人》，见《金岳霖选集》，吉林人民出版社 2005 年版，第 288 页。

一片刻的空间却有着不可思议的多样和丰富的形态的存在，因为在这样一个稍纵即逝的瞬息里，天地万物、世道人心会发生超出想象的变化、重组和更新，太阳、月亮、恒河、宇宙在一刻不停地转动，火车、汽车在川流不息地运行，鸟在天上飞，鱼在水中游，有人出生，有人死亡等，都在道的掌控之中，逃不出它的眼睛和手心。未来的将在，一切都不曾发生，一切又都可能发生；也许明天太阳照旧升起，也许明天会天崩地裂、世界末日，也许没有也许；将在为世界敞开了无限的可能性，一切潜在的，甚至不可能的，在某个时刻都会变成可感可触的现实；而所有这些，天不知道，地不知道，人不知道，但道知道。一切都在道的预谋和设计之中，什么都躲不过道的魔力和权杖。

道是不可思议的存在。它无法想象、无法思索、无法言说，因为想象道的大脑、思索道的心灵、言说道的口舌，都是道的产物。

第二节　道之用

对道之体我们虽然说了很多，但还是无法说清楚道究竟是什么。因为道是不可思、不可言的，可思、可言者非道也。思、言及思、言的大脑和口舌都只是道的产物，而拥有思、言、大脑、口舌的人和人类，也不过是道的一个部分、一个片段，而人思、言的也只能是道的某个方面、某个阶段，道是见首不见尾的神龙。难怪人们说："人类一思考，上帝就发笑。"

道体不可思而强思之，道体不可言而强言之，这也恰是作为万物之灵的人所特有的品性、气质和风范。道体无影无形，不可见不可识，但道之用却是可见可识的。在千变万化、千姿百态的事事物物的现象中，从道的生生不息的流行化用之中，我们时时处处都可以窥测到道的灵光、吉羽。道之体和道之用，一显一微，互成互证，如程颐所言"体用一源，显微无间"（《周易传序》）。因而以用言道论道，是一个切实可行的路径和策略，正如王夫之所言："故善言道者由用以得体，不善言道者妄立一体而消用以从之"（《周易外传·大有》）。而道之用主要指道的体现、作用、价值和意义等。

一、"天地之大德曰生"：道生万物

老子曰："'道'冲，而用之或不盈。渊兮，似万物之宗；湛兮，似或存。吾不知谁之子，象帝之先。"（《老子》第四章）在这里，老子就是从道之体和道之用两个方面来言说道的。他认为道表面上看是虚空的，但它的作用是充盈不竭、没有穷尽的，看似若存若亡，其实是产生万物的根源。老子又这样说："天下万物生于有，有生于无。"（《老子》第四十章）这里的有和无都是道的别称，老子这里强调的是道创造万物的神奇能力，万事万物皆生于道，道是产生万物的巨大能量和神秘图式。接下来，老子对道化生世界万物过程的言说就更具体详细了："道生一，一生二，二生三，三生万物。"（《老子》第四十二章）老子思想的继承和发展者庄子，对道的神奇功用说得更为详尽。"夫道，有情有信，无为无形；可传而不可受，可得而不可见；自本自根，未有天地，自古以固存；神鬼神帝，生天生地。在太极之上而不为高，在六极之下而不为深；先天地生而不为久，长于上古而不为老。"（《庄子·大宗师》）庄子认为，道是最高的造物者，先于天地而生天地，因而比天地还要阔大和长久，是天地万物之根之源，具有永恒的生命力和不竭的创造力。

《易传》曰："天地之大德曰生。"（《易传·系辞下》）这里的天地，是与道的意思相近的，而德就是道在万事万物中的具体性能和功用，故而天地之大德即道的最根本的作用就是一个"生"字。这一点可以与《易传》中另一句"生生之谓易"（《易传·系辞上》）互文理解。《易传》中的"易"与《老子》中的"道"，可谓异名同谓，而"生生之谓易"也就可以转换为"生生之谓道"。也就是说，《易传》中的这两句著名的话，说的是一个意思，即道的核心功用就是生。而生有多重含义，如生命、出生、活着、生生不息等，但在这个语境中，就道、易、天地而言，主要是指道体的创造、创生的力量、作为等，也就是说，道作为一个造物者、第一推动力，具有巨大的生育天地万物的作用。这一点可以从《易传》中另一段文字得到更具体的印证："易有太极，是生两仪，两仪生四象，四象生八卦。"（《易传·系辞上》）易、太极即是无影无形之道，而两仪即阴阳或代表阴阳的两个符号乾坤，四象为春夏秋冬四季或少阳、老阳、少阴、老阴四个卦象，而八卦则为乾、坤、震、巽、坎、离、艮、兑构成万事万物的八种基本现象、元素或符号。这里所言的太极化生、创造万物的过程、原理与老子的道生一乃至最后生万物之论惊人地相似，也与孔子论天的大用有异曲同工之妙："天何言哉？四时行焉，百物生焉，天何言哉？"（《论语·阳货》）由此可见，圣贤论道，所见略同。

　　道生万物的万物，指的是万物的全部和整体，既包括过去已生已死、曾在曾逝的所有的存在，也包括现在流动的瞬间里刹那刹那生生灭灭、灭灭生生的所有的事事物物，还包括无限的未来将要出现或者可能出现而不一定最终出现的无限的可能性的存在和事物。林林总总，所有的一切都是道之所生。道生万物的万物，也指某一个个体、某一种偶然。亿万年前的某一天的某个下午在某一个山沟里下的一阵雨，某一个春天里在一棵槐树上长出了一个嫩芽，一个胎儿不知什么原因死在腹中连性别都无从辨认，一滴水从某处茅屋落在青石板上滴答作响等，所有的偶然个别，看似杂乱无序，都源于、出自神秘而无所不在的道体，都是道的创造。这犹如《淮南子》所论："夫道者，覆天载地，廓四方，柝八极，高不可际，深不可测，包裹天地，禀授无形。原流泉浡，冲而徐盈，混混滑滑，浊而徐清。故植之而塞于天地，横之而弥于四海，施之无穷而无所朝夕，舒之幎于六合，卷之不盈于一握。约而能张，幽而能明，弱而能强，柔而能刚。横四维而含阴阳，纮宇宙而章三光。甚淖而滒，甚纤而微，山以之高，渊以之深，兽以之走，鸟以之飞，日月以之明，星历以之行，麟以之游，凤以之翔。"（《淮南子·原道》）

二、"万物以成，命之曰道"：道成万物

　　《管子》曰："凡道无根无茎，无叶无荣，万物以生，万物以成，命之

曰道。"(《管子·内业》) 道不仅生万物，还成万物。生万物是产生万物，万物都是道所生；成万物是成为、成就万物，道让万物成为各自的样子、保持自己的特性，并最后完成自己。

天地万物之所以成为现在的样子，每一个具体的物之所以具有各自不同的属性、样貌，这都是道的作用所致。道就是天地万物之所以为天地万物、人之所以为人、物之所以为物的那样一种图式和动能。道虽无影无形，但我们却可以从万事万物中看到道的存在。《易传》曰："形而上者谓之道，形而下者谓之器。"(《易传·系辞上》) 朱熹就此解释说："形而上者无形无影，是此理；形而下者有情有状，是此器。"(《朱子语类》卷九五) 又曰："凡有形有象者器也，所以为是器之理者则道也。"(《与陆子静书》) 故而理学家又将道称为理，或者说理学家所言之理即为道的别称。

道成万物，首先是成就万物的总体，也就是使宇宙天地成为现在这个样子而不是别的样子。这样的世界万物是一个整体性的存在，是一个井然有序、生机勃勃的有机的存在，而不是静止不动、杂乱无章的存在。这个宇宙、世界有着内在的、普遍的联系，彼此是互生互荣、相依相存的。银河系的运行、日出日落、花开花谢、春秋更迭等，从这些神奇的自然现象的形成都可以看到道那神秘的影子在游动。朱熹将成就天地万物之道之理称为太极："总天地万物之理，便是太极。""太极者，如屋之有极，天之有极，到这里更没去处，理之极至者也。"(《朱子语类》卷九四) 老子言"道常无为而无不为"(《老子》第三十七章)，说的也是同样的理：道看似不为，但无所不为，因为世界的万事万物都是道在作用着，无时无处不在。

道成万物，也是在成就每一个具体的、个别的事事物物，每一个事物都无法离开道而独自存在。也就是说，每一件事、每一个物都蕴含着道和理，每一个事物都是道和理和合而成的，离开了道和理则无此物此事也。庄子认为道"无所不在"，"在蝼蚁""在稊稗""在瓦甓"，甚至"在屎溺"(《庄子·知北游》)。并不是说蝼蚁、稊稗、瓦甓、屎溺就是道，而是说道在蝼蚁、稊稗、瓦甓、屎溺之中，道使之成为蝼蚁、稊稗、瓦甓、屎溺，没有道，这些东西就无法成为现实的存在。道让每个东西成为它自己而不是别的什么东西，让石头成为石头、让马成为马、让苹果树成为苹果树、让曹雪芹成为写出《红楼梦》的那个曹雪芹。若没有道，这些都不会出现，只能是虚无缥缈、若存若亡、看不见摸不着的气、烟。朱熹这样说太极的理一分殊："太极只是天地万物之理。在天地言，则天地中有太极；在万物言，则万物中各有太极。"（《朱子语类》卷一）他又以树木为喻曰："太极如一本生上，分为枝干，又分而生花生叶，生生不穷，到得成果子，里面又有生生无穷之理，生将出去，又是无限个太极。"（《朱子语类》卷七五）他进而又言"人人有一太极，物物有一太极"。又设喻曰："本只是一个太极，而万物各有禀受，又自各全具一太极尔。如月在天，只一而已；及散在江湖，则随处而见，不可谓月已分也"（《朱子语类》卷九四）。朱熹所说之太极，是道的别称，其反复设喻，就是以通俗、形象的方式告诉人们，让天地万物成为天地万物的大道之理只有一个，而这个道和理又主宰并灌注在每一个具体的事物之中，不可须臾分离，分离则道非道、物非物。

　　道成万物之成，还有成就、养育、发展、壮大、完成等意思。老子曰："大道泛兮，其可左右。万物恃之以生而不辞，功成而不有。衣养万物而不为主，可名于小；万物归焉而不为主，可名为大。以其终不自为大，故能成其大。"（《老子》第三十四章）老子又曰："故道生之，德畜之；长之育之；成之熟之；养之覆之。生而不有，为而不恃，长而不宰。是谓玄德。"（《老子》第五十一章）也就是说，在任何一事一物成长的全过程，道都会光顾、照耀、呵护、养育。一颗种子入土，道使其生根、发芽、开花、结果，从而种子的潜能变为现实，达到了自己的极致。一枚鸟卵，道使其破壳成鸟、羽翼丰满、展翅高飞、求偶交配、产卵哺雏，完成了一个生命的轮回，进而繁衍自己的后代。鸟飞在天，鱼潜于渊，风动石静，泉流山默，云白草绿，皆道使之然。

三、"日新之谓盛德"：道新万物

道具有巨大的力量和神奇的动能，不仅可以生万物、成万物，还能够新万物。这里的"新"是使动用法，即能够使万物新之意。《易传》曰："富有之谓大业，日新之谓盛德。"（《易传·系辞上》）也就是说，道使天地万物日新月异、时时刻刻吐故纳新，这就是道的盛大之德。

这里的"新"，首先是创新。创新是无中生有的，使潜在的可能性转化为现实的实在性。从这个意义上说，这里的"新"也有进化之意。在宇宙、地球之初，洪荒莽苍，连生命也不存在。后来经过漫长的时间，开始产生了生命，有了植物和动物；再经过亿万年的发展进化，出现了灵长类动物；然后在使用工具、改造自然的漫长的历史进程中，作为万物灵长的人类产生了；也许数万年后，人类会被更新的物种所取代，如尼采所呼唤的超人的出现。从无机物到有机物、从微生物到植物、从植物到动物、从灵长类的类人猿到类猿人、从类猿人到现代人、从现代人再到以后的超人，这样无休无止的进化，虽然其中也有一些偶然的因素促成，但整体而言都是神秘而神奇的道在主宰着、催生着、灌注着。只有道才能让万事万物如蝉蜕壳、如蛇蜕皮一样，旧我死去抛到了身后，不断进化并迎接新生。

这里的"新"，还有更新之意。道使宇宙万物时刻不停地进行着自我更新。从世界宇宙而言，原有的种种事物会不断老去乃至死去，新的事物则源源不断地产生和成长，犹如袁了凡所言："从前种种，譬如昨日死；从后种种，譬如今日生。"（《了凡四训·立命之学》）这就是新陈代谢。就每个个体而言，时时刻刻都在吐故纳新，不断更新着自己的机体，不能有片刻停顿。心脏一刻不停地在跳动，通过静脉排出废物，通过动脉输送养分；肺脏一刻不停地呼吸，呼出二氧化碳，吸入新鲜氧气，这样才能使生命得以维持和延续。万物皆然：河在流，鸟在飞，禾苗、草木在生长，生生不息，新新不已，如陶渊明诗曰："木欣欣以向荣，泉涓涓而始流"（《归去来兮辞》），"平畴交远风，良苗亦怀新"（《癸卯岁始春怀古田舍》）。道体无影无形、不可见不可识，但我们从大自然的日新月异、万象更新中看到了道的神奇的存在和流动。

新新之变，古贤早已察之悟之。庄子曰："夫藏舟于壑，藏山于泽，人谓之固矣，然而夜半有力者负之而走，昧者不知也。"（《庄子·大宗师》）就此郭象注曰："夫无力之力，莫大于变化者也。故乃揭天地以趋新，负山岳以舍故。故不暂停，忽已涉新，则天地万物无时而不移也。世皆新也，而目以为故；舟日移矣，而视之若旧；山日更矣，而视之若前。今交一臂而失之，皆在冥中去矣。故向者之我，非复今我也。我与今俱往，岂常守故哉？而世莫之觉，横谓今之所遇可系而在，岂不昧哉？"（《庄子·大宗师》"昧者不知也"注）就是说，使天地万物日日新、时时新的奥秘和动力就在于宇宙天地时时刻刻都在变、都在动，因而天地万物刹那刹那生生灭灭、灭灭生生，刹那刹那除旧布新、万象更新。就此熊十力论曰："变者运而无所积，有积则是死物，死物便无渐大圆满，是故应如我说，诸行不住，刹那刹那，脱故创新，变化密移，驯至殊胜！""应知诸行才生即灭，念念尽故非常，新新生故非断。一刹那顷，大地平沉，即此刹那，山河尽异。"[①] 而昧者不知、常人不晓的，使天地万物变化不止、舍故生新的那个最终的力和能，不是别的，唯道而已。

第三节　道之性

道之性，就是道的本性、属性、性能，也即恒常不变之性。它是道在事事物物之上的具体体现，赋予物者为物性，赋予人者为人性，赋予天地者为天地之性，如《易传》所言："一阴一阳之谓道，继之者善也，成之者性也。"（《易传·系辞上》）或者说道的本性、天性、自然之性流行、贯穿、体现在天地万物之中，我们反之也可以在天地万物的流变中窥测到

---

① 熊十力：《新唯识论》，见《中国现代学术经典·熊十力卷》，河北教育出版社 1996 年版，第 31 页。

道之性。道之性本一，细而分之，现为两态：一为内隐的潜在的可能性，二为外显的实存的现实性。前者如未发芽之种子、未分娩之腹中的胎体、未发之喜怒哀乐等；后者如种子发芽出土、胎儿呱呱坠地、喜怒哀乐已发为情等。形态虽异，但内核皆同，都是道性的体现，都没有偏离自身的本质特性，都遵循着、保持着道对物之为物、人之为人、事之为事的内在规定性。正如张载所论："天地生万物，所受虽不同，皆无须臾之不感，所谓性即天道也。""有无虚实通为一物者，性也。"（《正蒙·乾称》）

道之性的具体内蕴，张载之论也许对我们会有较大的启发。他这样说："性与天道云者，易而已矣。"（《正蒙·太和》）他又进一步说："语其推行，故曰道；语其不测，故曰神；语其生生，故曰易。其实一物，指事异名尔。"（《正蒙·乾称》）也就是说，道也好，性也好，易也好，名虽不同，所指实为一物。换句话说，言道与性，也可以归结为易。也可以说，要了解道之性，只要从易入手即可。那么，《易经》之"易"又有哪些含义呢？朱熹认为，《周易》之"易"有三层意思：一是简易，二是变易，三是不易。（《周易本义》）那么，我们不妨从这三层意思来观照一下道之性。

一、"天行有常"：不易之常

董仲舒曰："道之大原出于天，天不变，道亦不变。"（《举贤良对策》）而荀子则这样写道："天行有常，不为尧存，不为桀亡。"（《荀子·天论》）将二者互文解读，我们可以得出这样的结论：天有独立自存的规律和自性，不以人的意志为转移，而道与天互等，也与天一样有着亘古不变的自性，具有不易之常。

老子认为道之性是常、是静、是虚、是复。他如是说："致虚极，守静笃。万物并作，我以观复。夫物芸芸，各复归其根。归根曰静，静曰复命。复命曰常，知常曰明。不知常，妄作凶。知常容，容乃公，公乃全，全乃天，天乃道，道乃久，没身不殆。"（《老子》第十六章）这是老子对道之性较为系统而全面的论述。他认为道体的本质是静虚之态，是寂然不动的，任何事物虽然运动、生长、变化，但最终都要回到它原初的那种状态。他把这一过程概括为"复""归根""静""复命"，而且认为这样的过程和状态是不变之"常"。而人了解、认识了道之"常"，才会"明""容""公""全"，以至于最后与天、道融为一体，使自己处于不败之地。

老子是体虚主静的，并认为静虚乃天地、大道之常。这显然源于对大自然周而复始，事物经历否定之否定的过程等周期性的有规律的发展、变化等认识有关。旦暮昼夜之更替、春夏秋冬四季之往复、月亮晦朔之循环、花落花开之重复、人类生死之轮回等，都会让远取诸物、近取诸身的圣哲发现天地万物都是有章可循、按部就班、周而复始的，而这一规律又是千秋万代亘古不易的。管子曰："天不变其常，地不易其则，春秋冬夏，不更其节，古今一也。"（《管子·形势》）管子又曰："根天地之气，寒暑之和，水土之性，百姓、鸟兽、草木之生，物虽甚多，皆均有焉，而未尝变也，谓之则。"（《管子·七发》）董仲舒云："天之道，有序而时，有度而节，变而有常。"（《春秋繁露·天容》）程颐曰："天地之化，虽廓然无穷，然而阴阳之度，日月寒暑昼夜之变，莫不有常，此道之所以为中庸。"（《语录》卷十五）宇宙天地，万变不离其宗，古之圣贤，所见略同。

道之性为常，究其原因是道之体是不仁无情、自自然然的一种存在。老子曰："天地不仁，以万物为刍狗。"（《老子》第五章）李贺诗曰："天若有情天亦老。"（《金铜仙人辞汉歌》）石曼卿对曰："月如无恨月长圆。"也就是说，道并不是一种有目的性的存在，它没有任何好恶倾向和主观意愿，独立自存着，无意中产生、成就、更新着天地万物，因而也就不会为天地万物所左右，所谓"道法自然"，也就是道不用效法任何东西，只效法自己就行了。一个效法自己的存在，难道它的天性还会不"常"吗？《淮南子》曰："天致其高，地致其厚，月照其夜，日照其昼，列星朗，阴阳化，非有为焉，正其道而物自然。故阴阳四时，非生万物也；雨露时降，非养草木也；神明接，阴阳和，而万物生矣。故高山深林，非为虎豹也；大木茂枝，非为飞鸟也；流源千里，源深百仞，非为蛟龙也。致其高崇，成其广大，山居木栖，巢枝穴藏，水潜陆行，各得其所宁焉。"（《淮南子·泰族训》）因而康德所秉持的自然向人生成、人是自然的最后目的之说，是有待商榷的。自然、道犹如天地，是无知无欲，是没有目的性的，人不过是道偶然产生的存在。人的出现虽然有一定的潜在可能性，但究竟是否、何时会变成现实的实存性的存在，都不是必然的事件。在宇宙、星球存在的亿万年中，并没有人的存在，甚至连生命也不存在。与无始无终、无边无际、至大无外、至小无内的道相比，人、人类显得如此渺小，如恒河一沙、如沧海一粟；人、人类的生命是这样短暂，如朝露、如晚霞、如流星、如水泡。人乃至人类最终会从地球乃至宇宙上消亡，但道、自然还会绵绵无期地存在下去。在道浩茫无际的长河中，人类不过是匆匆来去的过客而已。自大自傲的人类往往会站在自己的立场，以自我为中心，过高地估计自己。

二、"生生之谓易"：变易之变

与其他事物一样，道之性也是对立统一的。它既有不易之常性，同时又具有变易不止，甚至瞬息万变的动的特性，二者是相对互依而存的。

很多学人都认为，老子主静守常，而《易》则主动宗变。其实，老子也好，《易》也好，动与静、常与变是都认同和秉持的。老子也言动："反者道之动。"（《老子》第四十章）道本不动，但道有动之性，可以使万物动。老子也说变："吾不知其名，强字之曰'道'，强为之名曰'大'。大曰逝，逝曰远，远曰反。"（《老子》第二十五章）这里的"逝""远""返"即为道不断变换的形态和性质，道还是那个道，它是不增不减，没有丝毫改变的，但它的样态却是千变万化、永不止息的。当然，谈变最多的还是《易》。《易传》用简单的阴阳两爻进行不同的组合，就模拟和演示了天地自然的千变万化，故而有言："爻者，言乎变者也。"（《易传·系辞上》）"昔者圣人之作《易》也，……观变于阴阳而立卦。"（《易传·说卦》）又曰："圣人设卦，观象系辞焉而明吉凶，刚柔相推而生变化。""变化者，进退之象也。"（《易传·系辞上》）"刚柔相推，变在其中矣。"（《易传·系辞下》）变化的并不是刚柔之卦，而是刚柔之卦所代表的事物有进有退，从而产生了变化。又曰："在天成象，在地成形，变化见矣。"（《易传·系辞上》）易，当然也是道，本来是无影无形的，但赋之于物，在天就有了日月星辰、风霜雨雪、电闪雷鸣、蓝天白云等不同的形态；在地则生高山峡谷、千里平川、江河湖海、沧海桑田等样貌和变化。又曰："生生之谓易，成象之谓乾，效法之谓坤。极数知来之谓占，通变之谓事，阴阳不测之谓神。"（《易传·系辞上》）"易穷则变，变则通，通则久。"（《易传·系辞下》）生生、变、通，这就是《易》的特性，天下万物是生生不已的，是处在无休无止的变化之中的，而在变化中事事物物才可以通，才可以久。"是故阖户谓之坤，辟户谓之乾；一阖一辟谓之变，往来不穷谓之通。"（《易传·系辞上》）这里进一步探究了易、道的变与通的根源和妙谛，那就是坤之阖、乾之辟的不停之动所致。说到《易》之变，陆象山有一段精彩的论述："《易》之为道，一阴一阳而已。先后、始终、动静、晦明、上下、进退、往来、阖辟、盈虚、消长、尊卑、贵贱、表里、隐显、向背、顺逆、存亡、得丧、出入、行藏，何适而非一阴一阳哉？奇偶相寻，变化无穷，故曰：'其为道也屡迁，变动不居，周流六虚，上下无常，刚柔相易，不可为典要，唯变所适。'"（《陆象山全集》卷二）冯友兰这样总结道："把一阴一阳看成是一个流行，一会儿阴，一会儿阳，一会儿正，一会儿负，这就是变。《周易》的一个主要原理就是'变'。变的主要内容就是'对待'。对待是在变中显出来的。"[①]

　　世间万物，周而复始，循环往复，处静守常。不过这些都是局部的、表面的现象，是相对的、暂时的，而运动、变化则是绝对的、永恒的。万事万物都是不可复始，不可能回到原点的，就像射出的箭一样，无法复原，因而天地万物都在变化、流行之中，天在变，地在变，人在变，时间在变，空间在变，一切的一切都在变。不变非物也，不变非人也，不变非生也，不变非道也。"子在川上，曰：'逝者如斯夫！不舍昼夜。'"（《论语·子罕》）赫拉克利特这样慨叹道："我们不能两次踏入同一条河，它

---

① 冯友兰：《中国哲学史新编》下，人民出版社1999年版，第217页。

散又聚，合而又分。""太阳每天都是新的，永远不断地更新。"① 中西哲人不约而同都是观水而悟宇宙天地之玄机：水逝而不返，第二次踏入的那条河虽然还是原来的名字，但已经不是当初的那条河了，河里的水已经不是当初的水，人也不是当初的那个人。其实，一个人连一次也不能踏入同一条河流，因为你的脚尖和你的腿先后接触到的河已经不是同一条河了。同样，今天的太阳看似是昨天的太阳，但又不是昨天的太阳，因为昨天的太阳停在了昨天，今天的太阳是一个新的太阳。这里的川、河、太阳，只是一种个别的现象，山川大地，万事万物，何尝不是时时刻刻都在变化，所谓物非人非。

郭象曰："夫无力之力，莫大于变化者也。故乃揭天地以趋新，负山岳以舍故。故不暂停，忽已涉新，则天地万物，无时而不移也。世皆新也，而自以为故；舟日易矣，而视之若旧；山日更矣，而视之若前。今交一臂而失之，皆在冥中去矣。故向者之我，非复今我也。我与今俱往，岂常守故哉？而世莫之觉，横谓今之所遇可系而在，岂不昧哉？"（《庄子·大宗师》"昧者不知也"注）这是郭象对《庄子》一段文字的注解。《庄子》的那段原文是这样的："夫藏舟于壑，藏山于泽，谓之固矣。然而夜半有力者负之而走，昧者不知也。"郭象认为，藏在沟壑中的舟和藏在水泽中的山看似很牢固，实际上已经发生了很多的变化，而愚昧的人却浑然不觉。因为藏物的沟壑、水泽以及被藏的舟和山，已经不是原先的壑、泽、舟、山了，同时就是昧者也不是原先的那个自己了。清代的戴震将生生不息之变与道密切联系在一起，认为道的根本属性就是动、就是变化："道犹行也，气化流行，生生不息，是故谓之道。"（《孟子字义疏证》卷中）当代大儒熊十力神悟本体变化之妙，用佛理阐释《易经》之蕴，用力颇深。在其代表作《新唯识论》中特专设一章"转变"，对道体之刹那刹那灭故生新之性阐述得极为透彻。其论曰："夫动而不可御，诡而不可测者，其唯变乎！……爰有大物，其名恒转。（恒言非断，转表非常。非断

---

① 北京大学哲学系外国哲学史教研室编译：《西方哲学原著选读》，商务印书馆 1981 年版，第 23 页。

非常，即刹那刹那舍其故而创新不已。此生理至秘也。）渊兮无待，湛兮无先，处卑而不宰，守静而弗衰。此则为能变者哉！（宇宙元来只此新新无竭之变，何曾有所变物可得哉？）变复云何？一翕一辟之谓变。原夫恒转之动也，相续不已。（此言动者，变之别名耳。前一动方灭，后一动即生，如电之一闪一闪无有断绝。）……一翕一辟，若将故反之而以成乎变也。夫翕凝而近质，依此假说色法。夫辟健而至神，依此假说心法。以故色无实事，心无实事，只有此变。"[1]他又这样写道："应知刹那刹那灭，实即刹那刹那生。一方说灭灭不停，一方说为生生不息。理实如是，难可穷诘。"[2]熊十力深得道体变化流行之妙理精髓，发人深省。

三、"大道至简"：简易之简

道之性，还可以用《易》的"简易"的特点来概括。道至高至大，但它的品性却又是至为简略的；"《易》与天地准，故能弥纶天地之道"（《易传·系辞上》），但它又是极为简易的。这里的"简易"，体现为简单、平易和自然等几个方面。

先说简单。道产生天地万物，而物又芸芸杂杂、千差万别，但道本身却是非常简单的。老子称道为"一"为"朴"，这样写道："昔之得'一'者：天得'一'以清；地得'一'以宁；神得'一'以灵；谷得'一'以生；侯王得'一'以为天下正。"（《老子》第三十九章）这里的"一"即为道的别称，而一在数里边是最小的整数，是最简单的，连幼儿识数也是从一数起的。老子又曰："道常无名朴。"（《老子》第三十二章）"为天下谷，常德乃足，复归于朴。"（《老子》第二十八章）朴乃未加工的木料，引申为朴实、朴素、简朴之意。《易传》曰："乾以易知，坤以简能。易则易知，简则易从。易知则有亲，易从则有功。"（《易传·系辞上》）这里

---

①　熊十力：《新唯识论》，见《中国现代学术经典·熊十力卷》，河北教育出版社1996年版，第27页。

②　熊十力：《新唯识论》，见《中国现代学术经典·熊十力卷》，河北教育出版社1996年版，第30页。

所说的乾易坤简，乃互文之辞，意谓乾坤各具简易、单纯的特性，而乾坤乃《易》之门、道之体。道之体、道之初，都是简约到不能再简的，而它化生万物的元素、规则也同样很简单，都是由一个原点化生出来，并由阴阳和合互化而成。老子曰："道生一，一生二，二生三，三生万物。万物负阴而抱阳，冲气以为和。"（《老子》第四十二章）这与《易传》之论有异曲同工之妙："是故《易》有太极，是生两仪，两仪生四象，四象生八卦，八卦定吉凶，吉凶生大业。"（《易传·系辞上》）

次说平易。平易者，平易近人之意也。道并不是高高在上、神秘莫测的存在，而就在日常生活之中，与人有着密不可分的联系。《中庸》曰："道不远人，人之为道而远人，不可以为道。"（《中庸》第十二章）又曰："道也者，不可须臾离也，可离非道也。"（《中庸》第一章）道也不是高不可攀、可望而不可即的存在，而是平平常常、随处可见之物。老子这样描述道："道之出口，淡乎其无味，视之不足见，听之不足闻，用之不足既。"（《老子》第三十五章）《易传》也这样强调道的平易之性："夫乾确然，示人易矣；夫坤隤然，示人简矣。"（《易传·系辞下》）

再说自然。道之所以简易，源于它是自自然然的存在。这里所说的自然有两层意思：一是自己成为自己，自己效法自己，使自己成为自己的那个样子而不是别的样子；二是自自然然、独立不依、自由自在的状态。老子曰："人法地，地法天，天法道，道法自然。"（《老子》第二十五章）这里的"自然"，不是与人文、社会对应的那个自然，而是自己成为的那个样子。也就是说，道不需要效法任何东西，它效法的只是自己。道不仅不效法天地外物，同时也不干预万物。老子这样说："道之尊，德之贵，夫莫之命而常自然。"（《老子》第五十一章）也就是说，道和德之所以尊贵而被推崇，就在于它对万物不加干预，而是顺其自然，使天地万物成为天地万物自己的那个样子。卢梭说："凡是自然存在的东西都是好的，没有哪一个普遍的法则对人类是有害的。"① 他又说："出于大自然的一切都是

---

① ［法］卢梭：《爱弥儿》，李平沤译，商务印书馆2004年版，第550页。

真的。"① 我还可以加一句：凡是自然的，都是正常的、合理的，也是最为单纯的、简约的。而一旦有了人的干预和介入，往往就会打破自然的合理性和单纯性，反而变得乱七八糟、一塌糊涂。孔子慨叹道："天何言哉？四时行焉，百物生焉，天何言哉？"（《论语·阳货》）这里的天与道异名同谓，天也即道，悄然无声，却自自然然地使四时行、百物生，可谓举重若轻，简简单单中使大自然井然有序而又生机勃勃。而人的出现，特别是有了机械、机事、机心之后，对自然乱作为，反而使天地万物千疮百孔、杂乱无章、乱七八糟。再如植物的生长、生命的孕育等，在自然状态下都是非常简单的，而一旦人工干涉，就会横生枝节，以致遗患无穷。又如转基因粮食造成食品安全隐患，试管婴儿、克隆人等技术造成伦理的错乱等。一言以蔽之，遵循道的、合于自然的，都是简单的、合理的，反之则会逆情悖理，受到应有的惩罚。

四、"唇亡则齿寒"：万物相与

天地万物，均循道而存，自然自为，特立独行，自生自灭，非为他物而生，也非为他物而亡。貌似乌合之众，杂然丛生，但万物之间却存在着相依互存、同生共荣的内在联系。君不见，卑微如一介陌上小草，一岁一枯荣，却依仗着泥土的营养、雨露的滋润、阳光的普照。泥土无语，雨露天降，阳光闪耀，皆为自性，非关小草，但客观上却使小草生机勃勃、代代繁衍。究其渊源，乃道使然。

先贤圣明，自然早就发现其中的玄奥。魏晋时郭象认为，物之为物，非造物主使然，乃物自为之，是为"独化"。其言曰："故物各自生，而无所出焉，此天道也。"（《庄子·齐物论》"夫吹万不同……"注）物都是使自己成为自己的那个样子，并没有其他外在的根源，而这恰是天道。但同时物物之间并非只是杂然相处，而是自然形成互相联系的"相与""相为"的关系。郭象曰："然彼我相与为唇齿，唇齿者，未尝相为，而唇亡则齿

---

① ［法］卢梭：《论人类不平等的起源》，吕卓译，九州出版社 2007 年版，第 45 页。

寒，故彼之自为，济我之功宏矣，斯相反而不可以相无者也。"（《庄子·秋水》"以功观之"注）又曰："手足异任，五藏殊官，未尝相与而百节同和，斯相与于无相与也。未尝相为而表里俱济，斯相为于无相为也。"（《庄子·大宗师》"孰能相与于无相与"注）这是郭象以人的器官来比喻万物独化和相与、相为的辩证关系。嘴唇自为嘴唇，牙齿自为牙齿，各自独立，本来是互不相干的，但失去了嘴唇，牙齿就会因寒冷而感到不适，因而客观上二者又是相互依存的。手足、五脏本来不是一样的器官，各有各的功能和职责，但相互之间又和谐相处、密切合作完成任务，又是相与、相为的。郭象进一步认为，不仅个别事物之间，乃至所有的物物之间、每一物与宇宙天地之间，都存在着这样的相关性，每一个个体都是整个世界的缩影，都是一个小宇宙，这又叫作"共与"。郭象如是说："人之生也，形虽七尺，而五常必具。故虽区区之身，乃举天地以奉之。故天地万物，凡所有者，不可一日而相无也。一物不具，则生者无由得生。一理不至，则天年无缘得终。"（《庄子·大宗师》"知人之所为者……"注）

古圣贤仰观俯察，远取诸物，近取诸身，将芸芸纷纷的万物及其错综复杂的关系以符号和公式的方式进行概括、把握和言说，主要体现为阴阳、八卦、五行说。五行是产生并构成天地万物的基本元素，即金、木、水、火、土，这五种元素之间不是随意、杂乱堆积在一起的，而是有着固定的顺序和有机的规律性的内在联系。其顺序是木、火、土、金、水，如董仲舒所言："天有五行，一曰木，二曰火，三曰土，四曰金，五曰水。木，五行之始也；水，五行之终也；土五行之中也。"（《春秋繁露·五行之义》）五者之间的关系为"比相生而间相胜也"（《春秋繁露·五行相生》）。所谓"比相生"，是说五行相邻的元素，前者生后者，即木生火、火生土、土生金、金生水、水生木，形成了一个周而复始的无限循环相生的关系链。所谓"间相胜"，是说相互间隔的元素之间，前者胜后者，即金胜木、水胜火、木胜土、火胜金、土胜水。这里的胜，是取胜、胜过之意，也可名之为克，因而相胜也可称为相克。五行相生相克，循环无穷，构成了世界万物丰富复杂而又井然有序的内在联系。

　　阴阳之说，源于老子，成于《易传》。老子曰："万物负阴而抱阳，冲气以为和。"（《老子》第四十二章）这里的阴阳实际是正负相反相成的两个动能的符号，世界万物就是由阴阳这两种动能相互激荡而更新为新的和合之体。《易传》将其进一步完善和细化，其言曰："一阴一阳之谓道。"又曰："是故《易》有太极，是生两仪，两仪生四象，四象生八卦。"（《易传·系辞上》）将天地之空、四季之时、八卦之象以一阴一阳之道一以贯之，对天地自然的内在秩序和联系有了一个完整、系统的论述。而将阴阳五行整合为一的是周敦颐之《太极图说》，今节其要曰："无极而太极。太极动而生阳，动极而静，静而生阴，静极复动。一动一静，互为其根。分阴分阳，两仪立焉。阳变阴合，而生水火木金土。五气顺布，四时行焉。五行一阴阳也，阴阳一太极也，太极本无极也。五行之生也，各一其性。无极之真，二五之精，妙合而凝。乾道成男，坤道成女。二气交感，化生万物。万物生生，而变化无穷焉。"周子之论，综合并集儒、道、阴阳三家之大成，建构了一个完整的、自成一体的宇宙生成，万物生生、流化的哲学图式：无极、太极也即道是宇宙万物产生、流变的理式，而五行则为构成世界万物的质料、元素，而阴阳则为万物变化、流行、生生的动能。

第二章 道与人

　　道或天是最高的、第一位的存在，因而与道或天最近乃至可以并驾齐驱的应该是神，故而在谈完道与天之后，紧接着理应谈道与神。之所以权衡再三还是把人排在了神的前面，因为究其根源是人造出了神而不是神造出了人。神是人的本质力量的对象化，是人根据自己的内在需要从自我心底滋长和创造出来的。当然，对神的理解和阐释也理应先从人、人心入手。不知人，安知神？

　　在所有存在与道的关系中，人与道的关系是最为复杂的。人是道的作品、道的产物，没有道，也就没有人。人还是道的受益者：人作为物理的存在所占据的空间和时间是道赐予的；人作为生物性的存在，吃、穿、住、行所依赖的生活资料是道所生成的。故而没有道，人即使出生了也没法安置，更不能存活。道赋予了人肉身的同时，还赐予了人眼、耳、鼻、舌、身、心等器官，因而人反过来用这些器官反映、认识和言说道。从这个意义上说，人确实是万物之灵。世间万物，生生灭灭，混混沌沌，无知无识，不解道理。只有人，能够闻道、知道、明道、得道、言道。道虽先于人而在，但假如没有人的眼睛，何物可以看到道在万物中流行的奇迹？假如没有人的耳朵，何器能够谛听道化为风吹万不同的天籁之音？假如没有人的口舌，什么东西能够说出无法口言的道的玄妙？人不仅是道的反映者，还是道的反应者，是道的践行者。人作为主体性的存在，通过使用、制造、更新、发明工具，按照自己的意愿、意志探索、改造这个世界。人的存在和人的主观能动性使世界成为这样的世界，或者说使世界成为今天这个样子——人参与了道对世界的设计和创造。

　　道与人关系的本质是什么？《易传》曰："立天之道，曰阴与阳；立地之道，曰柔与刚；立人之道，曰仁与义。"（《易传·说卦》）王弼注《老子》第三十八章曰："德者，得也。常德而无丧，利而无害，故以德为名焉。何以得德？以无为用。以无为用则莫不载也。"（《老子注》）程颐曰："道未始有天人之别，但在天则为天道，在人则为人道。"（《语录》二上）综而言之曰：道在天为天道，道在地为地道，道在人为人道。同样为道，在天称之为道，在人称之为德；或曰万物之宗为道，人类之宗为德。天道与人道，本为一体，分而言之，曰天曰人，曰道曰德。德即为天之道在人身上的体现，曰仁与义，即人之为人的那样的规则和品性。持德守仁，循道而行，则为君子为贤者；反之则沦为小人、为禽兽。道德灌注在人心，使人成为真正的人、成为完全的人、成为大写的人。

与天地万物相比，人是最为复杂多变的存在，因而道在人之上表现的形态最为多样。概而言之，人之道约有五种样态：一曰人之生，即人生生不已之态；二曰人之性，即人之为人的特性；三曰人之立，即人之所以立之道；四曰人之群，即人与人相处之道；五曰人之梦，即人的无限可能性的形态。态分五种，根源为一，都本于道体。道在人心、人生、人际间流动不息，本无影无形，但在人的不同棱面形成了各异的样态，也使人生更多姿多彩、生机勃勃。人、人心、人生多变，但道不能变、不可违。

道体本无影无形，是知其不可识不可言而强识之强言之的存在，但道之用则是可触可感、可识可言的。而道之用就在其于世间的万事万物之中具体的流行、灌注和体现上，而其核心乃在人身、人心之上。道生人心，人心又反过来生万物，它将道的光芒普照、投射到天地万物之上。人为万物之灵，在于人有此心也。心、道合则为一，散则万殊。

第一节　人之生

道化生了人类，使人类由原初潜在的可能性转换为后来及现在的实在的现实性，从而赢得了他自身存在和生存的必然。那么，生存、活着就是他的天赋的权利，而生生不息就是他的道、他的命。一个生命个体，在被动和懵懵懂懂之间，排除了无数个偶然因素的干扰、阻碍，最终降临或者说被抛到人世间，无论是喜剧还是悲剧，是福祉还是灾祸，是幸福还是痛苦，他都要承担下来，要活着，还要活下去。这就是他自己的命，他自己的道。人类也好，个体也好，别无选择。

人之生的主要特质，犹如其名，就是生。《易传》曰："天地之大德曰生"（《易传·系辞下》），"生生之谓易"（《易传·系辞上》）。《易传》曰："天行健，君子以自强不息。"（《易传·象上》）人将天地自然的这一生生不息的特性吸纳、内化为人的品性。

而人的生生之意、勃勃之机，主要表现在食色之性上。食也即吃饭，使自己的生命得以维持和延续；色也即男女的两性关系则生育了后代，繁衍着种族的生命。而这两者作为人类的两大欲望，构成了人类和个体繁衍不息、生生不已的基础和主要内容。

人之生，使人与天地自然建立了一种你中有我、我中有你的亲近关系。人源于自然，从自然中吸取资料赖以生存，同时也制造并使用工具按照自己的意愿开发和改造自然，当然最后还要回归自然，完成生命的循环和轮回，从而形成了人类和自然的最基本层面上的天人合一。

一、"法地法天法道法自然"：人法自然

道化生了天地自然，而人则是自然发展到一定阶段的产物，自然是人的本源，又是人的最终归宿。换句话说，每个人都来源于自然，依赖自然，最后又返归自然。人与自然，无论是身体还是心灵，都存在着一种天然的、与生俱来的、息息相关的血肉联系，因而认同、热爱、亲近、向往、崇拜、效法自然是人的本能和天性，尤其是在科学尚不发达的人类的童年和还未掌握科学常识的个体成长的初期。

老子曰："人法地，地法天，天法道，道法自然。"（《道德经》第二十五章）现代人往往把人效法自然的观念上推并归结到老子这段非常经典的话，其实这是一种误读、误解。老子说的自然与我们今天说的自然，字面

相同而内涵有别。现代汉语中的"自然",是天地万物的总称,相当于英文中的 nature。而老子笔下的"自然",则是"自己的那种样子"的意思。在老子的思想中,道是产生、育化万物的东西,是天地人之所以成为天地人的存在,如老子所言,它是"天地之母""万物之始"(《老子》第一章),所谓"道生一,一生二,二生三,三生万物"(《老子》第四十二章)。试想,连天、地都效法它,它怎么可以再反过来效法大自然呢?老子所说的"道法自然",是说它谁也不再效法,因为它是最高的存在,它只效法自己,成为自己的那个样子就可以了。老子这样说:"故道大,天大,地大,人亦大。域中有四大,而人居其一焉。"(《老子》第二十五章)这里所说的域中四大(即道、天、地、人)中,并没有提到道所法之自然,可见自然只是道的代名词,而非独立的存在。

老子所尊崇的"道"固然重要而神奇,但它是看不见摸不着的,连老子也说它"视之不见,名曰夷;听之不闻,名曰希;搏之不得,名曰微"(《老子》第十四章),是一种"玄之又玄"(《老子》第一章)的、超验的而非实体性的存在。而他同样尊崇的地、天,则作用于人们的感官、经验和日常生活。人们居住、生息在天之下、地之上,俯仰之间,时时刻刻,在在处处,须臾不离,可见可触,而在早期的儒、道、法、墨等家的典籍中,更是频繁出现,而且是天、地、人并置共提、互映同构。这里的天、地是自然的代名和总称,单独说天时,也包含了地,它们涵盖了日月星辰、山川河流、鸟兽草木、风雪雷电、春夏秋冬等诸多自然存在和现象。《礼记·礼运》则对人效法、遵从自然的态度做了更为全面、系统的论述:"故圣人作则,必以天地为本,以阴阳为端,以四时为柄,以日星为纪,月以为量,鬼神以为徒,五行以为质,礼义以为器,人情以为田,四灵以为畜。"

人与自然的关系,西哲有同样的观念和表述,而且更为简洁明了。霍尔巴赫这样写道:"人是自然的产物,存在于自然之中,服从自然的法则,不能越出自然,哪怕是通过思维,也不能离开自然一步;人的精神想冲到有形世界的范围之外，乃是徒然的空想，它总是不得不回到这个世界里来。"① 赫拉克利特这样写道："智慧就在于说出真理，并且按自然行事，听自然的话。"②

人法自然。那自然的特性主要表现在什么地方呢？《易传》曰："天地之大德曰生"（《易传·系辞下》），"生生之谓易"（《易传·系辞上》）。也就是说，天地自然之性，最核心、最本质的就是一个"生"字。这里的"生"，有出生、生命、生长、长生、重生、生机、生意等多重含义，指的是天地万物生生不息、生存繁衍、生机勃勃的特性、状态和趋向。《易传》曰："天行健，君子以自强不息。"（《易传·象上》）人将天地自然的这一生生不息的特性吸纳、内化为人的品性，无论是在自然生命还是在人格禀性上，都崇尚天地自然的阳刚、自强、生机盎然的特性。

二、"为腹不为目"：为天之食

一个个体生命，被抛在世，作为血肉之躯的生物存在，最为基本和神圣的首先就是他的生存权。要生存，首先就是要活着，生才可以存。活着，世界才是我的世界，人生才有意义；死了，不在了，一切都成为虚无。世界再精彩，但对一个具体的个体而言，一百年前和一百年之后，与自己都不存在任何实质性的关系，世界不再属于自己，自己也不再属于这个世界。而一个人活着，生存的前提、基础和基本内容是简单而平凡的，就是吃和性。正如孟子借告子之口所言："食色，性也。"（《孟子·告子上》）这里的"性"乃天性、本性之意，也就是说，吃饭和男女的两性关系、行为乃人与生俱来的、上天赋予的本性，也就是道在人之生上的自然体现和流行。

吃是一个人活着的前提，与人的生命贴得很紧，几乎是不可须臾分离

① 北京大学哲学系外国哲学史教研室编译：《西方哲学原著选读》，商务印书馆1986年版，第203页。
② 北京大学哲学系外国哲学史教研室编译：《西方哲学原著选读》，商务印书馆1986年版，第25页。

的。每个人都要从食物中吸收营养，使生命得以维持，并进而身强力壮、精力充沛。如果一个人连饭都吃不下去了，那他离死亡也就不远了，故而人们世世代代不忘吃，时时刻刻把吃挂在嘴上，记在心里，落实在行动上。这不仅仅是嘴馋，而是出于对生命的珍惜、对生活的热爱。古诗许多篇章常常用同一句话结尾，那就是"弃置勿复道，努力加餐饭"。辛弃疾也这样写道："凭谁问，廉颇老矣，尚能饭否？"（《永遇乐·京口北固亭怀古》）

吃看似简单，实际上是一件非常不简单的事情。人之所以感到活着很艰难，一点儿也不轻松，主要原因就在于人必须自己去谋取吃的东西。除了人类的先祖亚当、夏娃可以在伊甸园里不劳而获，过着衣食无忧、自由自在的日子，几乎所有的人都要为了解决吃的问题而付出极大的甚至终身的努力和辛苦，不劳而食吃白饭的事根本就是白日做梦、痴心妄想。我们花很多时间、精力所从事的工作、职业，揭开其神秘的面纱，都可以追溯到吃的动因和目标。我们不是常常调侃自己谋职为"糊口""混口饭吃""稻粱谋""捧个饭碗"之类吗？我们寒窗苦读十几年，拿文凭，评职称，辛辛苦苦经商发财，低三下四巴结人升官，不就是为了吃得饱、吃得好、吃得体面吗？即使是与吃最近、最直接的职业——农民，不也要春种、夏耘、秋收、冬藏，还要经过磨、筛、蒸、煮、烧、烤等几十道工序，才可以加工成入口的饭菜吗？民以食为天，吃就像天一样大、像天一样重。

对吃的谋取固然沉重、艰难，吃本身作为一种行为同样不轻松。它不仅是人赖以维持、延续生命的手段，同时也构成了人的日常生活。这样，同样是生理层面的吃，在不同的人那里，就有了观念、层次、境界的不同和区别，就产生了高下之分。不吃、禁食固然不可，那样会造成身体的伤害，甚至危及生命；相反，贪吃、对食欲的放纵同样有害，虽然满足了口舌之欲，但给胃、肠、肝、胆、肾等消化器官带来了沉重的负担，累积到一定程度，就会导致疾病的发生，因而在吃上要树立健康的理念。第一，节食。控制好自己的食量，不多不少，满足身体的需要就可以了；吃不是为了炫耀、摆阔，不求奢华，吃是吃给自己、吃给肚子的，不是吃给人看的。就如老子所说："为腹不为目。"（《老子》第十二章）第二，卫生。这包括食物要干净，没有细菌，没有腐烂变质；食品搭配要合理，有益健康，不能偏食暴食，要科学饮食。第三，美食。美食并不是追求山珍海味，美食就在家常便饭之中。吃作为本欲之一，对它的满足本身就是快乐的、美好的。要把它当作人生享受的一个重要组成部分，不仅要吃饱，还要吃好，享受饭菜、汤汁、饮料、酒水进入口腔，滑过唇舌，流进胃肠的这样一个舒适、温馨、美好的过程。在这里，美食不是一个名词，而是一个动词，是一个人以审美的心态对待吃的一种态度和行为。"食不厌精，脍不厌细"（《论语·乡党》），固然不失为美食，大块儿吃肉、大碗喝酒同样是美食；好友之间，就着五香花生米、凉拌黄瓜，喝两杯白酒，进入酒不醉人人自醉的状态，不是更贴心贴肺的美吗？一个懂生活、会生活的人，一定首先要会享受吃给人带来的快乐和诗意。

从这个意义上说，吃中有道存焉，或者说吃就是道。朱熹如是说："问饥食、渴饮、冬裘夏葛，何以谓之天职？曰：这是天教我如此。饥便食，渴便饮，只得顺他。"（《朱子语类》卷九六）

三、"性即美"：男女大欲

性是道恩赐给自然万物，当然更是人类的一件神奇的礼物。自然有阴阳，动物分公母，人有男女之别，异性相吸引，雄雌竞追逐，这都是因为有了性。正是因为有了性，植物才能花团锦簇、姹紫嫣红、绚丽烂漫、花絮飞舞，从而产生了生机勃勃、枯枯荣荣、死而复生的新旧交替、吐故纳新。正是因为有了性，孔雀不停地炫耀自己的五彩羽翼，蝴蝶反复扇动自己美丽的翅膀，百灵日夜不休地啼鸣歌唱，狮虎们嗜血赌命地生死决斗、称王争霸。尽管表现形态各异，但万变不离其宗，这些都是雄性向雌性展示自己的强壮、威猛、勇敢和魅力，从而在天地之间演绎着一幕又一幕惊天动地的性的生命狂欢，又按照自然法则催生了无数个新生命降临世间。

性在人生命深处埋下了对异性的好奇、爱恋、欲望、冲动的种子，并达成了男女最终的合二为一。两性的自然结合，不仅使生命的原欲得以宣泄，给身心带来一种快乐和愉悦，也是对人的生命的一次革新和洗礼，让人破茧化蝶，从一个孩子变为男人或女人。性是人的生命里一颗非常神奇的种子，不仅改变、更新着人的身体和容貌，让男子健壮，使女人美丽，还塑造着人的心理和灵魂，给人以激情和活力。它贯穿、激荡着人的生命，伴随人的一生，成为人奋然前行的动力和孜孜以求的目标。叔本华说："性爱不仅是在戏剧或小说中表现得多彩多姿，在现实世界中亦复如此，除生命外，它是所有的冲动中力量最强大、活动最旺盛的；它占据人类黄金时代（青年期）一半的思想和精力；它也是人们努力一生的终极目标。"[①] 霭理士认为："性是任何事物也无法熄灭的长明之火。我们应该像摩西那样，扔掉鞋，赤着双足，去探索这不可思议的火焰。"[②] 性是对人的生命、能量的积聚、调动和爆发，不仅给人带来勃勃生机，也让人从异性身上、从异性的关系中发现、体验到美好和诗意，并把这美好、诗意推向整个世界。霭理士甚至这样说："自然界里人类所认为最美丽的东西全都和性的现象或性的冲动有联带的关系或因果的关系。"[③]

性不仅对应和宣泄了生命，还延续和繁衍着生命。性的冲动和行为主观上是满足自己的欲望，客观的结果却是成就了族类，使群体的生命绵延不息、生生不已。个体的生命是有限的，会走向衰老和死亡，但通过性和相随而至的生殖，使自我的血脉以另一种方式得以重生、延续和扩展，就如草木通过果实、枝条、根块可以生育出无数新的小生命一样，因而本来是个人的欲望和本能，但在生殖的生命转换和延续中却增添了神圣的色彩，是上帝赋予每个人的神圣使命，也使一个人潜隐于身心深处的蓬勃的生命意志外化、呈现为另外的具体、独立而鲜活的生命形态。

在自然状态下，人依凭的是健康、青春、容貌、激情甚至是蛮力，只有这些与生命、肉身密切相关的元素，才可以生存下去，并吸引异性，生育后代，生生世世，繁衍不息。而每个民族在原初的时代都经历过对生殖

---

① ［德］叔本华：《叔本华论文集》，陈晓南译，百花文艺出版社 1987 年版，第 126 页。

② ［日］桥爪大三郎：《性爱论》，马黎明译，百花文艺出版社 2000 年版；第 2 页。

③ ［英］霭理士：《性心理学》，潘光旦译注，商务印书馆 2006 年版，第 75 页。

的崇拜。《易传》对天地、阴阳及其变化多用男女、雄雌、交合、生育来隐喻、象征，如"乾道成男，坤道成女""夫乾，其静也专，其动也直，是以大生焉；夫坤，其静也翕，其动也辟，是以广生焉""是故阖户谓之坤，辟户谓之乾，一阖一辟谓之变，往来不穷谓之通"（《易传·系辞上》），"天地氤氲，万物化醇。男女构精，万物化生"（《易传·系辞下》）。这些也正是对生命繁衍、造化神奇的一种崇敬和礼赞之情。

同样是性，人不同于动物，也不同于植物。他既要遵循、顺应自然法则，还要敬畏、恪守人间伦理，因而上帝送给人的这份礼物就具有了两面性。它是一把双刃剑，既可以把人带入快乐、幸福、美好的天堂，又能将人推进万劫不复的地狱，就像《红楼梦》中那面神奇诡异的风月宝鉴一样，一面是青春靓丽的美人，另一面却是森然可怖的骷髅。而天堂和地狱、美人和骷髅之间，仅仅隔着一层纸，一念之差、一足之失都会让人跌进遗恨千古的人生深渊。孔子所说的君子三戒之一，即"少之时，血气未定，戒之在色"（《论语·季氏》），说的就是在生理、心理不成熟的年少之时，严戒发生两性关系，不然会对双方造成身心的伤害。曹雪芹在《红楼梦》中多次描写了贾瑞、秦钟、秦可卿等因为放纵情欲而导致生命的早夭，就此脂砚斋评论道："戒妄动风月之情"，说的也是同样的道理。古人的训诫充满着人生的智慧，也是为人处世的经验教训的总结，是有先见之明的。君不见，因为后人对情欲的放纵，导致上苍对人类的惩罚。

让性回到性本身，变得简单而纯粹。用性的魅力、吸引和激情来赢得对方的魅力、吸引和激情，用青春换取青春，用美丽换取美丽，用热情换取热情。这才是人的性，这才是性的本质，这才是性的伦理，这样的性才是美好纯洁的，才是充满诗情画意的，才是符合人情人性的，也才是与道合一的。性是建立在彼此真情挚爱的基础之上的，无爱无情也就不会有美好的性，这是人与动物的分界。而无爱无性的人，就不是一个健全的人，不是一个完整的人。要么自我压抑、禁欲，身似枯木，心若止水；要么放纵无忌，寡廉鲜耻，禽兽不如。

人不仅要为自己的性行为负责，还要为自己的性行为的后果担当。假如你还没有为人父人母的物质基础和心理准备，那就不要因为自己的一时之欢而把一个无辜的小生命带到这个世界。如果一个生命因为你而诞生了，那么你要负起责任，不仅赋予他自然生命，还要教之育之，给他以人文生命，让他拥有灵魂，使他快乐幸福。

除了食色之外，人的肉身还生存、延展在穿、住、行等日常生活之中。人在进化中退化了动物的野性、尖牙利爪和厚实的绒毛，因此必须借助、依赖人为的物质环境、资源才可以存活。而这些满足、维持原欲、生理的需求，既是人们苦苦追求的目标，也是人类人生享受的内容，并构成了人奋发向上的勃勃动力。古今中外，天下地上，天涯海角，个人群体，熙来攘往，一切活动都可以追溯并归结于此。它们共同构成了人生的内涵、生命的运动，如江河奔流入海，如野草破土而出，如鱼游水中，如鸟飞天上，自自然然，无息无止。

食、色、生、欲，这些都是天地自然赋予人的天性和权利，生生不息地活着，维持并延续自己的生命，对任何个体而言，这就是最大的道德和最高的律令。无论何时何地、何人何政，凡阻碍生的，让人死而不是让人活的，都是不道德的。

宋明理学"存天理，灭人欲"的信条，佛家压抑甚至扼杀本欲的戒律，之所以悖逆人心，就在于他们对人的食、色、生、欲的本性看得不明、体察不深，故难以被大众认可、遵从，只能成为少数文人雅士追求的理想境界和恪守的人生准则，更多则是衍生出许多伪君子、假道学和吃教者，这就叫悖天而行。其实，人欲即天理，生生即佛理，食色即大道。

四、"凡是自然存在的东西都是好的"：天人合一（人类与自然的合一）

人与天地自然有着天然的密不可分的联系。人作为肉体的存在，源于自然，最后又归于自然，与大自然相亲相依、密不可分。同时，人作为心灵、情感的存在，既受到大自然的化育，反过来又欣赏和融入大自然，将大自然作为心灵情感的寄托和皈依。法自然也好，亲近大自然也好，皈依大自然也好，都是百利无一害的，因为正如卢梭所言："凡是自然存在的东西都是好的，没有哪一个普遍的法则对人类是有害的"①，他还说："出于大自然的一切都是真的"②。我还可以加一句话：凡是自然的，都是善的、正常的、合理的、符合人性的，也都是与道相符的。

这里就涉及中国传统文化中一个至为迷人和诱人的命题：天人合一。对天人合一的认识和评价，大多数学人，包括像金岳霖、李泽厚这样的大家等，多认为是人与自然的合一。对此我有不同的看法，那就是古人说天人合一时，在不同时代、意趣各异的学者赋之以多重、复杂、丰富的内涵。析而分之，可以细化为三层内蕴：其一曰圣人与道合一，那是圣心与道、天地万物融为一体的境界；其二曰诗人与万物、道的合一，那是诗心与道体、天地往还的审美境界和诗性空间；其三曰众生、人类与大自然的合一。最后这一种是最为普遍、也最为普通的类型，而这也正是我们这里所侧重论述的。

人类与自然意义上的天人合一，是作为主体的人类和作为客体的自然的合一，是人类主动的、一厢情愿的。自然无知无欲、浑然无觉而又自生自灭、自自然然，是不会与任何东西包括人类合二为一的。常常自以为是、唯我独尊、以万物灵长自居的人类，为什么面对天地自然时却低下了自己高傲的头颅，甘愿屈尊与之合一呢？金岳霖认为这源于人类中素朴的人生观："一个具有素朴人生观的人是这样的一个人，他具有孩子气的单纯性，这种单纯性并不是蠢人或笨伯的单纯性。它表现为谦和，虽然具有欲望却不为欲望所控制，有明显的自我意识却没有自我中心论。"③ 在人类之初和人之初，人们就秉持着这种素朴的人生观，因为科学不发达，对许多自然现象无法解释，认为万物是有灵的，个体、人类在大自然面前是非常渺小脆弱、可怜无助的，人只有顺从、膜拜自然，才能生存活命、避祸得福、否极泰来。先民对天地自然的原始崇拜，通过神话、巫术等途

① ［法］卢梭：《爱弥儿》，李平沤译，商务印书馆 2004 年版，第 550 页。
② ［法］卢梭：《论人类不平等的起源》，吕卓译，九州出版社 2007 年版，第 45 页。
③ 金岳霖：《道、自然与人》，见《金岳霖选集》，吉林人民出版社 2005 年版，第 329 页。

径，代代相因，耳濡目染，潜移默化，积淀为人类的集体无意识。即使在科学高度发达的今天，每个个体的人生之初，也会重演、重现人类的早期经历，感受和体验人与自然万物你我不分、交融一体的状态。

人类与自然合一意义上的天人合一的体现之一是"天人相类"，也就是人来源于天地，与天地自然在形体、生理乃至心理、气质等有一一对应的相似性，人就是天地的一个翻版、一个复制品。而此说汉代的董仲舒论之甚详，其言曰："天地之符，阴阳之副常设于身，身犹天也。数与之相参，故命与之相连也。天以终岁之数成人之身，故小节三百六十六，副日数也。大节十二分，副月数也。内有五脏，副五行数也。外有四肢，副四时数也。乍视乍瞑，副昼夜也。乍刚乍柔，副冬夏也。乍哀乍乐，副阴阳也。心有计虑，副度数也。行有伦理，副天地也。"（《春秋繁露·人副天数》）又究其因曰："为人者天也。……天亦人之曾祖父也。此人之所以乃上类天也。"（《春秋繁露·为人者天》）并进而总结道："天亦有喜怒之气，哀乐之心，与人相副。以类合之，天人一也。"（《春秋繁露·阴阳义》）由天人相类，又进而生发出天人感应之说，即人类的命运、善恶、福祸、得失、成败等人文现象，往往会与天地自然有某种神秘的相互作用、相互关联的关系。董氏所论虽然没有科学依据，多属牵强附会之谈，但也多多少少反映了人类与自然有着相依相存、密不可分的内在联系的真实状态。

人类与自然合一的天人合一之意，还体现在李泽厚所论述的"自然的人化"和"人的自然化"的人与自然的双向互动、互化的态势之中。所谓"自然的人化"，既指人利用工具有目的地对自然进行改造、发展、完善，从而使自然按照人自己的意志发生改变，为人所用，并在原始、简陋、粗糙的自然之物上投射、积淀了人文的痕迹；同时也指人类在制造、使用工具，改造、开发自然的过程中，自身的器官也由原来实用的、自然的、原始的形态进化为文明的、审美的形态，如吞咽食物的唇舌进化为亲吻异性、激发爱情的唇舌，寻找猎物的贪婪的眼睛进化为欣赏风景和艺术品的审美之眼等。总而言之，就是自然向人、文明，向现代人、现代文明的生成。所谓"人的自然化"，李泽厚是这样解释的："所谓'人的自然化'实际上正好是'自然的人化'的对应物，是整个历史过程的两个方面。'人的自然化'包含三个层次或三个内容，一是人与自然环境、自然生态的关系，人与自然界的友好和睦，相互依存，不是去征服、破坏而是把自然作为自己安居乐业、休养生息的美好环境，这是'人的自然化'的第一层（种）意思。二是把自然景物和景象作为欣赏、欢娱的对象，人的栽花养草、游山玩水、乐于景观、投身于大自然中，似乎与它合为一体，这是第二层（种）涵义。三是通过某种学习，如呼吸吐纳，使身心节律与自然节律相吻合呼应，而达到与'天'（自然）合一的境界状态，如气功等，这是'人的自然化'的第三层（种）涵义。"①

就"人的自然化"而言，李氏之论当然已经十分全面深入，这里我想再强调的是"人的自然化"还包括回归到大自然中，恢复到人的那种像大自然一样的自自然然的生存状态和生命形态。远离都市、大工业的喧哗、躁动、快节奏、机械化的那种工作、生活方式，回到接地气的田园之中，返回到农耕文明的日出而作、日落而息，与大自然和谐相处的那种慢节奏的、从容不迫的生产、生活方式之中，崇尚并践行那种简单、节俭、质朴的人生伦理和生活观念，过一种犹如老子所主张的"小国寡民"那样贴近自然的生活："使有什伯之器而不用；使民重死而不远徙。虽有舟舆，无所乘之；虽有甲兵，无所陈之。使民复结绳而用之。甘其食，美其服，安其居，乐其俗。邻国相望，鸡犬之声相闻，民至老死，不相往来。"（《老子》第八十章）这不是一种保守、倒退，而是一种人生的智慧和境界，而且它是背依中华民族的农耕文明并深深根植于国民文化心理深层的一种理想追求。金岳霖这样写道："这一思想很可能是与农业社会或农业文明相关的，……在农业文明中，人们遵从季节性的变化，被动地观望着天气的变化，完全无望地面对着洪水和干旱。从这样的文明中很困难能够得出人的力量要胜于自然的观念。从几千年来中国社会所具有的文明类型中就很

---

① 李泽厚：《李泽厚哲学文存》下编，安徽文艺出版社1999年版，第693页。

有可能产生'自然与人合一'的思想。"① 国人的内心深处，都有一个山水田园梦，都有一个桃花源情结，那就是在山水田园中找一块净土，不仅能够放置自己的肉身，也能安放、皈依自己的心灵、情感。

第二节　人之性

人之性乃人禀道而成之者，是人之所以为人的那种属性、特性。道钟于天地万物，受其惠者各得自性，天有天性，地有地性，物有物性，鸟有鸟性，兽有兽性，人有人性。荀子曰："凡性者，天之就也。"（《荀子·性恶》）又曰："生之所以然者谓之性。""不事而自然谓之性。"（《荀子·正名》）同为禀道之性，但又各个不同。在万事万物之中，人乃禀道最为灵明者。荀子总结道："水火有气而无生，草木有生而无知，禽兽有知而无义。人有气、有生、有知、有义，故最为天下贵也。"（《荀子·王制》）这里还可以再加上一句话：人也不同于神的无情无欲，而是一种充满七情六欲的活生生的生命体。

与天之道、地之道并列，《易传》称人之道为"曰仁与义"，也就是说，把人的特性仅仅归结为仁义而已。其实，人之性不是那么单纯，而是比仁和义要丰富、复杂得多。概而言之，略可分为五维，而每一维又一一相对成两。一曰理、欲，二曰善、恶，三曰清、浊，四曰智、愚，五曰利、义。一正一反，合而成一。路有正歧，性分净染；守道、循道则净，离道、背道则染；净则为人、为善人、为君子，染则成兽、成小人、成恶魔。性非止水乃激流，时浅时深，时缓时急；性非净土乃野地，嘉禾与败草相杂，良田和荒野交替。因此，一个真正的人就要不断地守持自性，抵御外在的诱惑，遏抑自身的恶欲，从善去恶，扬清排浊，利义兼顾，崇智脱愚，理欲和合，这样才能成己成物。

---

① 金岳霖：《道、自然与人》，见《金岳霖选集》，吉林人民出版社 2005 年版，第 320 页。

一、"发而皆中节，谓之和"：理欲之和

天理、人欲本来合一，人欲即天理、即道。食色本欲，饮食男女大欲，乃道、天理在人之中的灌注、流行，使人生机勃勃、生生不已。正因欲跃动在人身人心，人才有了动力、方向，才演绎了激情澎湃的人生大戏；若无欲，人则如止水枯木，哪有丝毫生意可言。

天理、人欲之分，乃源于汉初之《乐记》。《乐记》曰："夫物之感人无穷，而人之好恶无节，则是物至而人化物也。人化物也者，灭天理而穷人欲者也。"而将天理、人欲推向对立、矛盾极端，乃至水火不容的，是南宋的朱熹。他这样写道："人之一心，天理存则人欲亡；人欲胜则天理灭。未有天理人欲夹杂者，学者须要于此体认省察之。"（《朱子语类》卷十三）他又曰："圣人千言万语，只是教人存天理，灭人欲。"（《朱子语类》卷十一）以至于王夫之、戴震等思想家愤怒谴责道学家是"以理杀人"。

其实，这是一个很大的误解。朱熹等理学家并不是反对人的基本欲望，而是反对人的不正当的、过分的欲望，他所指责的人欲特指私欲。他这样说："饮食，天理也；山珍海味，人欲也。夫妻，天理也；三妻四妾，人欲也。"（《朱子语类》卷十三）由此可见，饥食渴饮，夫妇俩欲之欢，本为伦常，自然合于天理；而贪图美食美味、满足口舌之欲，两性不正当的肉体交易、放纵等，则为人欲。同为欲，有本欲和淫欲之分，有正欲和邪欲之别。满足基本的生理需求之欲，为正为本；贪图虚荣、追求面子之欲，则为邪为淫。前者适可而止，后者则欲壑难填。特别是借助权力和金钱将一己私欲推向极端的时候，则会伤人、损物、害己，因而欲就违背了道，就成了恶、成了罪。

欲虽会致罪，但不可禁，更不可灭，禁欲、灭欲非道也，违道也。因而佛家戒色禁欲而身心难全，不能为常人所认同；道学家去人欲、灭人欲，适得其反，反而产生了许多口是心非的假道学、伪君子。欲不可禁、不可灭，同样也不可贪、不可纵，但欲可以养、可以节、可以简、可

以净。

先说养欲。所谓养欲，就是要满足人为了维持生命的最基本的欲求。人活着，就必须首先满足吃、穿、住、行这些最基本的生存需求。如果吃不饱饭，衣不蔽体，没有房子住，那么人的生理、心理会出现亏欠，整个人性也就随之残缺不全。《吕氏春秋》认为，人天生有欲望，欲望得到适当的满足生命才能圆满，并依据欲望得到满足的程度分为全生、亏生和迫生："所谓全生者，六欲皆得其宜也；所谓亏生者，六欲皆分得其宜也"；"所谓迫生者，六欲莫得其宜也，皆获其所甚恶者"。并认为三者有不同的等级："全生为上，亏生次之，迫生为下。"（《吕氏春秋·贵生》）一个健全的人的基本欲求应该得到最大程度的满足，以全其生，并尽量避免不要亏生和迫生。这就像一座大楼，如果地基没有打好，就一定会倒塌。恩格斯这样说："正像达尔文发现有机界的发展规律一样，马克思发现了人类历史的发展规律，即历来为繁茂芜杂的意识形态所掩盖着的一个简单事实：人们首先必须吃、喝、住、穿，然后才能从事政治、科学、艺术、宗教等等。"[①]《管子》也记载了类似的话："仓廪实则知礼节，衣食足则知荣辱。"（《管子·牧民》）到了一定的年龄，一个人还必须接受教育，谈恋爱，成立家庭，找一份可以有尊严地活着的工作，这样才会拥有健全的心智、人格和顺心快乐的生活。所以，一个活生生的、充满七情六欲的个体，对他的本欲是不能压抑，更不能禁止的。虽然出家为僧、独身主义作为个人的选择应该得到人们的尊重，但不应该去倡导，也不会成为主流，因为这违背自然和天性。人活一世，当然不应奢华纵欲，但也不能像苦行僧那样自己苦自己，以苦为乐。常人拥有、享受的，就应该心安理得地拥有和享受，应该和光同尘。

次说节欲。节欲就是对人的欲望有所节制，不能放纵，不能随心所欲、为所欲为。孟子称之为寡欲，并说"养心莫善于寡欲"（《孟子·尽心下》）。欲发之于人的血肉之躯，更深植于人的内心，是深不见底、难以

---

① ［德］恩格斯：《在马克思墓前的讲话》，见《马克思恩格斯选集》第三卷，人民出版社1972年版，第5页。

揣测的，更无法驾驭控制。人与动物的不同就在于，动物满足于生理的需要，吃饱了就不再贪图食物，性欲满足了就不再贪恋异性；而人则相反，这山望着那山高，吃着碗里的看着锅里的，欲壑难填。老子这样写道："五色令人目盲；五音令人耳聋；五味令人口爽；驰骋畋猎，令人心发狂；难得之货，令人行妨。"（《老子》第十二章）庄子则进一步指出了放纵欲望对身心的危害："失性有五：一曰五色乱目，使目不明；二曰五声乱耳，使耳不聪；三曰五臭薰鼻，困惾中颡；四曰五味浊口，使口厉爽；五曰趣舍滑心，使性飞扬。此五者，皆生之害也。"（《庄子·天地》）柏拉图在《理想国》中借苏格拉底之口也表达了相同的意思："复杂的音乐产生放纵；复杂的食品产生疾病。"[1] 先哲的谆谆告诫，我们都可以在现实生活中找到例证。许多人为满足口舌之欲，贪图美味，结果不仅长出丑陋的大肚腩，体型臃肿，给自己的脏器带来超载的重负，而且导致诸如高血压、高血脂、高血糖、肝硬化、胆囊炎、肾衰竭、直肠癌等吃出来的疾病；许多人沉迷于声色犬马，玩物丧志，迷乱了心性，成了各类明星的"粉丝"，或上网成瘾，或嗜赌如命，或吸毒乱性，真正是身发病、心发狂。这样一来人性就出现了扭曲。而节制欲望，则可以摆脱贪欲对人的控制和异化，使自己的身心获得更多的独立、解放和自由。这样的节制看似简单平常，其实一般人很难做到，只有那些意志坚强、秉性清纯、境界崇高的人才能达到。老子曰："去甚，去奢，去泰。"（《老子》第二十九章）对自己的欲望有所克制，不过度，不奢华。只有这样，人才可以成为自己的主人，欲望才能成为人性的一个重要元素而不是负累。正如戴震所云："天理者，节其欲而不穷人欲也。是故欲不可穷，非不可有。有而节之，使无过情无不及情，可谓之非天理乎？"（《孟子字义疏证》）

再说简欲。简欲就是使自己的欲求简单、简化，而不要多样、复杂，不要让欲望占有人的生命、主宰人的心灵。其实，与人的生命、生存贴得比较近的需求、欲望是非常朴素、简单的。庄子这样说："鹪鹩巢于深林，不过一枝；偃鼠饮河，不过满腹。"（《庄子·逍遥游》）俗话这样说："罗

---

① ［古希腊］柏拉图：《理想国》，郭斌和、张竹明译，商务印书馆 2002 年版，第 113 页。

绮千箱，不过一暖；食前方丈，不过一饱。"穿衣，御寒遮体而已，只要整洁、舒适就可以了；吃饭，饱腹、卫生而已，只要可口、干净、有营养就可以了；住房，不求豪华，只要安全实用、简洁安静就可以了；出行要从方便、自由、健身考虑，能步行就不必乘车，能坐公交就不必坐出租，能乘火车就不要乘飞机。在吃、穿、住、行这些日常的需要、欲求上，越简单，占的时间、精力越少越好，这样你才能将更多的时间、空间和自由留给自己。锦衣玉食，不过是腐肠烂胃的毒药而已；广厦豪宅，只是围困人的囚笼罢了。

最后说一下净欲。净欲就是使欲望纯净，提纯、净化欲望。欲本来是不纯不杂、无净无染的，但一与人的贪念掺和在一起，就出现了芜杂和污浊。纯净欲望的方式、途径不是禁欲、灭欲。其实，即使是圣人、僧侣也是有欲的，只要人活着就会有欲，就像活着的人有心跳和呼吸一样。纯净欲望的出路在于提升欲望，使肉体的、本能的、粗俗的、低级的欲望升华和转移，由浊重的肉身转移到清纯的精神、情感。一个追求心灵丰富的人，就会淡化和超越体肤皮肉之欢和声色口舌之欲；一个人如果沉醉于星空、白云、高山、森林、江河的奇妙世界，就会把一般人孜孜以求的别墅、轿车看淡看轻；一个为了诗的意境而流连忘返、废寝忘食的人，绝不会贪恋餐桌上的大鱼大肉、山珍海味。正如陶渊明在《五柳先生传》中自况的那样："好读书，不求甚解，每有会意，便欣然忘食。"那些以天下为己任、拯民众于水火的仁人志士，还会在意穿什么衣服、住什么样的房子吗？因此，应该像甘地所倡导和践行的那样："简朴其生活，高深其思想"。一旦进入了智慧的、道德的、觉悟的人生境界，根植于肉体的欲求，不仅会得以淡化、稀释，还会转化为一种提升自己、追求精神价值的力量，转化为过有意义生活的内在激情。梭罗这样说："生活在更高的秩序中，他自己生活越简单，宇宙的规律也就显得越简单，寂寞将不成其为寂寞，贫困将不成其为贫困，软弱将不成其为软弱。"① 发现欲望是人的本质的叔本华也认为，只有摆脱了欲望的囚禁的个别人，才能得到真正的自

---

① ［美］亨利·戴维·梭罗：《瓦尔登湖》，徐迟译，上海译文出版社2004年版，第300页。

由和幸福，"某些个别的人，认识躲避了这种劳役，打开了自己的枷锁；自由于欲求的一切目的之外，它还能纯粹自在地，仅仅只作为这世界的一面镜子而存在。……我们将看到如何由于这种自在的认识，当它回过头来影响意志的时候，又能发生意志的自我扬弃。这就叫作无欲。无欲是人生的最后目的，是的，它是一切美德和神圣性的最内在本质，也是从尘世得到解脱"[①]。

养欲、节欲、简欲、净欲等，都是从不同的方面、角度说明一个问题，那就是欲不可灭、不可禁，但同样不能纵欲，不能欲壑难填，不能以欲伤己害人、伤风败俗、逆情悖理，而是让欲回到道上来。欲必须合于道、出于道，而不能离道、背道，要以道制欲，而不是以欲乱道。正如荀子所言："君子乐得其道，小人乐得其欲。以道制欲，则乐而不乱；以欲忘道，则惑而不乐。"（《荀子·乐论》）一个人对待欲望的态度，所求欲望的形态、内容和性质，对自己欲求把控的程度、能力，从中可以看出一个人的品格和境界。我们应该向往和追求孔子对待欲望的状态和境界："七十而从心所欲，不逾矩。"（《论语·为政》）

二、"无善无恶心之体"：为善去恶

天道赋之于人者为性，性的本质究竟是善还是恶，究竟应该怎样对待善与恶，这不仅是一个有争议的问题，而且是一个争论不休，甚至是无解的问题。

主张性善说的孟子认为，人的"仁义道德""良知良能"都是人的本性，是与生俱来的，"人皆有不忍人之心。……所以谓人皆有不忍人之心者，今人乍见孺子将入于井，皆有怵惕恻隐之心——非所以内交于孺子之父母也，非所以要誉于乡党朋友也，非恶其声而然也。由是观之，无恻隐之心，非人也；无羞恶之心，非人也；无辞让之心，非人也；无是非之心，非人也。恻隐之心，仁之端也；羞恶之心，义之端也；辞让之心，礼

---

① ［德］叔本华：《作为意志和表象的世界》，石冲白译，商务印书馆2007年版，第220页。

之端也；是非之心，智之端也。人之有是四端也，犹其有四体也。有是四端而自谓不能者，自贼者也；谓其君不能者，贼其君者也。凡有四端于我者，知皆扩而充之矣，若火之始然，泉之始达。苟能充之，足以保四海；苟不充之，不足以事父母。"（《孟子·公孙丑上》）孟子认为，每个人都有怜恤他人的天性，就像一个人看到一个孩子要掉进井里，自然就会产生惊骇同情之心一样，不是为了功利目的，而是人的本性使然。由此孟子引出了"四心"，即"恻隐之心""羞恶之心""辞让之心""是非之心"，而这"四心"又分别是"仁""义""礼""智"的四端。端是萌芽的意思，也就是事物的可能性。孟子认为，不忍人之心以及四心像人有四体一样，是天生的，是人有别于动物之所在。扩而充之，就发展为仁、义、礼、智等四种品格。

同为儒家的荀子，则与孟子持相反的观点，认为人性为恶："人之性恶，其善者伪也。今人之性，生而有好利焉，顺是，故争夺生而辞让亡焉；生而有疾恶焉，顺是，故残贼生而忠信亡焉；生而有耳目之欲，有好声色焉，顺是，故淫乱生而礼义文理亡焉。然则从人之性，顺人之情，必出于争夺，合于犯分乱理而归于暴。"（《荀子·性恶》）荀子从人好利、疾恶、好声色等本欲得出了人性本恶的结论，并进一步指出人性之恶还导致了人际间的纷争和暴力。

而与孟子同时的告子，则认为人性无善无恶："性无善无不善也。"并以水为例说人性："性犹湍水也，决诸东方则东流，决诸西方则西流。人性之无分于善不善也，犹水之无分于东西也。"（《孟子·告子上》）人性天成，本无善恶。人性若水，可东流，也可西流，是势使其然也。

关于人性之本质，还有另一种观点，那就是性三品说。其观点为性分三类，即善、不善不恶和恶。人之三性，并非体现在同一个人身上，而是体现在不同的人身上，或者说人分为三类人，即善人、不善不恶之人、恶人。汉代的董仲舒、王充、荀悦皆有妙论，而其中以王充所论为佳，今姑引其论曰："人性有善有恶，犹人才有高有下也，高不可下，下不可高。谓性无善恶，是谓人才无高下也。……余固以孟轲言人性善者，即中人以

上也；孙卿言人性恶者，中人以下者也；杨雄言人性善恶混者，中人也。"（《论衡·本性》）

以上诸论，见仁见智，均对人性善恶的复杂多样的真相进行了深入有益的探索，给我们的启示颇深。人性善，人性恶，人性无善无恶，人分善人、恶人、不善不恶之人，善恶之性的各种样态前贤似乎已经穷尽，我们好像没有置喙的空间，甚至缝隙。如果从中选择的话，我更认同无善无恶之说，而且愿意用水来比喻人性：人性若水，水无形无色，人性无善无恶。使水具备形状的是容器，容器圆者则水为圆，容器方者则水为方；使水呈现不同颜色的是颜料，染朱则为红，着墨则变黑。而使人或成善或为恶的，则是外界、后天的习染，正如孔子所言："性相近，习相远也。"（《论语·阳货》）也就是说，人是环境的产物，不同的环境便使原本无善无恶之性变得有善有恶。而改变、塑造人性的环境要素主要有三个：一为制度，二为风俗，三为教化。好的制度、善俗良教能够使恶者不敢恶，使不善不恶者弃恶从善，使善者为贤为圣。而坏的制度、恶俗邪教则使恶者更恶、以恶为荣，使不恶不善者甚至善者也变恶。因此，人性之善也要养护，不能听之任之、随其自然。要想使人为善去恶，就要注重良好的制度建设，要移旧风树新风、易恶俗为良俗，要用正确的价值观、人生观来教育、塑造人，特别是儿童和青年。对此古贤的见解值得我们借鉴。荀子曰："今人无师法则偏险而不正，无礼义则悖乱而不治。古者圣王以人之性恶，以为偏险而不正，悖乱而不治，是以为之起礼义、制法度，以矫饰人之性情而正之，以扰化人之性情而导之也。始皆出于治，合于道者也。"（《荀子·性恶》）汉代王充曰："人之性善可变为恶，恶可变为善。……在所渐染，而善恶变矣。""今夫性恶之人……教导以学，渐渍以德，亦将日有仁义之操。……亦在于教，不独在性也。"（《论衡·率性》）荀子、王充乃直面人性真实的思想家、社会学家，既正视人性之恶与善之真相，又对人性之恶提出了切实可行的防堵措施，并制定了塑造美好人性、善良人心的建设性策略，那就是从制度、礼义、教化入手，使人弃恶从善，使善者为贤成圣。

其实，人的性善性恶，除了上述外在的三个因素之外，同样重要的还有内在的因素，那就是与生俱来的善恶基因。人和人是很不同的，同样的外在环境，为什么有的成为好人、善人、圣人，有的成为普通的善恶混杂、时好时坏的人，有的却成了十恶不赦的坏人、罪犯。这又回到了前述所论的性三品，是天性使然，有的天生就是恶人，有的天生就是好人，这都是从祖宗那里继承下来，是后天无法改变的，在适当的情况下就会现出真容本性。这就像动物一样，食草动物天生就温驯善良，食肉动物天生就嗜血残暴，是世世代代因袭、传承、积淀下来的。善恶之天性，就个体而言是先天遗传使然，但就族类而言则可能为环境造就。假如一个民族、氏族、家族长期处于动荡、无序、险恶的生存环境中，需要遵从森林法则才可以存活，那只有以恶制恶、以暴易暴，这样久而久之，时代累积，则积淀在文化心理深层，转化为基因遗传给后代子孙。

王充认为，大善大恶者都是生而成之者，后天无法改变，能教化而改之者，是那些不善不恶、亦善亦恶者："生而兆见，善恶可察。无分于善恶，可推移者，谓中人也。……夫中人之性，在所习焉，习善而为善，习恶而为恶也。至于极善极恶，非复在习。"（《论衡·本性》）王充所言甚善甚智，对那些天生大恶之人，是无法用教化之方使之弃恶向善的，只能绳之以法律、治之以铁血。而作为常人的我们，则善恶参半，一半是天使，一半是魔鬼，因而不敢懈怠放纵，而应战战兢兢，如履如临，莫以善小而不为，莫以恶小而为之，将自己的人生当作一种修行，一丝丝去恶，一点点增善。谨借用王阳明四句教而鉴之："无善无恶心之体，有善有恶意之动，知善知恶是良知，为善去恶是格物。"

在世风日下、人欲横流的时世，许多人无法无天，胡作非为，天良丧尽。此乃几只手合谋而成，是礼崩乐坏、制缺法丧所致。因此，要想让人心向善去恶，就要从治本着手，整个社会特别是主流，要建构起正确、健全的人生观、价值体系，形成一个惩恶扬善的良性的制度和机制，告别那些假大空、高头讲章、表里不一、知行两分的教育理念和实践，从制度、体制、机制、习俗上铲除孕育那些精致的利己主义者、新型的伪君子的现实土壤。

三、"沧浪之水清兮"：扬清排浊

道之赋予人者性，又有清浊之分。道本无清无浊，与人相合，则有清有浊、有纯有杂。离道则浊则杂，守道则清则纯。

朱熹对清浊之人和人之清浊有独到的见解和精辟的论述。他认为人禀气而生，而气有清有浊，禀气之清者则为清，禀气之浊者则为浊。朱熹曰："天之生此人，无不与之以仁义礼智之理，亦何尝有不善？但欲生此物，必须有气，然后此物有以聚而成质；而气之为物，有清浊昏明之不同。禀其清明之气，而无物欲之累，则为圣；禀其清而未纯全，则未免微有物欲之累，而能克以去之，则为贤；禀其昏浊之气，又为物欲之所蔽而不能去，则为愚，为不肖。是皆气禀物欲之所为，而性之善，未尝不同也。"（《玉山讲义》）朱熹又曰："有是理而后有是气，有是气则必有是理。但禀气之清者，为圣为贤，如宝珠在清冷水中。禀气之浊者，为愚为不肖，如珠在浊水中。"（《朱子语类》卷四）人之或清或浊，或贤或不肖，皆源于所禀之气或清或浊，而气是道的元素之质料之谓也。

气无影无形，无色无味，难以耳闻眼识，不妨以可闻可识之水而喻之，从而以别清浊之性。水分清浊。清者清纯、清澈、清扬；浊者浑浊、污浊、浊沉。引申开来，又用清浊来形容一个人的性情、秉性、气质。清浊为气不可见，而赋之于人则在灵与肉的偏重上可得以辨别。偏于肉体的多欲，看重世俗，滞于此岸，属于浊者；偏于心灵的注重精神价值，憧憬理想，崇尚神性，则为清者。

在对待灵与肉的态度上，国人显然是十分注重肉身的存在和价值的。国人贪嗜美味，满足于口舌之欲，食不厌精，脍不厌细，人人都是美食家。国人重血脉传承，渴求后代子孙延续自己的生命以求不朽，因而祈求多子多孙，传宗接代，香火不绝，念的是不孝有三，无后为大。以上种种，可以说是肉欲淹没了人的灵魂。好在我们还有重心灵、扬气节的别样的资源和传统。孟子善养"浩然之气"，因而能够富贵不淫，威武不屈，贫贱不移；文天祥高扬正气，以生命为代价而"留取丹心照汗青"；于谦能够以石灰自喻，"粉身碎骨全不顾，只留清白在人间"；陶渊明甘于清贫，以采菊、饮酒、读书、作诗而自娱自乐，甚至面对死亡，也能不忧不惧，自祭自悼，纵浪大化中，托体同山阿，诗酒风流，自由洒脱。凡此种种，都为我们扬清排浊提供了可贵的资源。这些大都是过去的士大夫、今日的人文知识分子才具有的境界和情怀，属于精英意识，难免曲高和寡，是否能够以及如何深入民心，春风化雨，尚需商榷。好在国民还有另一个民间的传统，那就是讲天地良心，求心安。这种具有宗教色彩的以良知为基础的自省、自审、自律、自戒，作为浊气、肉欲中的一点灵明，假如在当代借助适当的机缘发扬光大，与知识精英对气节、操守、人格、境界的注重一起携手前行，或许可以在抑浊扬清中看到一线光明，让心灵从污浊、沉重的肉身中脱颖而出，飘然升腾。

在世俗与天国、此岸与彼岸上，国人看重的是世俗生活和此岸世界，民众大多都会把财富、权力、荣誉、名声这些世俗的价值作为终生追求的目标。一介书生，为了博取功名、出人头地，可以从几岁一直到七八十岁读八股、考科举，现代则是从幼儿园读到博士，都是用青春、生命的付出来换取事业的成功，以光宗耀祖，成为人上人。富与贵，成为衡量一个人成功的重要标准和条件，并将其列为五福中重要的二福。而做官为宦的，又大多缺少政治智慧和远大理想，只会将权力转化为物质利益和对虚荣心的满足，所谓千里去做官，为了吃和穿，所谓衣锦还乡。而得不到富与贵的底层民众、弱势群体，即所谓贫与贱者，则多以"苟活"作为人生的信条，好死不如赖活着，并把"留得青山在，不愁没柴烧""十年河东，十年河西""君子报仇，十年不晚"等格言、民谚作为自己苟活的理论依据和精神支撑，而且更为严重的是，这种对尘世、此岸的迷恋和执着还能够将任何异类的关注彼岸、天国的文化加以同化、变异和改造。

重世俗轻天国，崇此岸弃彼岸。这样的习性、风尚已经积淀了几千年，可谓根深蒂固、积重难返，恐怕不是一朝一夕所能改变的。我以为，还是要先淡化、减弱国人对现实功利的执着心，对财富、权力的贪婪心，对荣誉、名利的迷恋心。总之，世俗心淡了、少了，神性才有返回的可能和空间。唤回国人原有的对天地的敬畏之心，恢复人们的慈悲之心，重塑爱人如己的博爱之心。

纯粹的清之又清、浊之又浊者，毕竟只是少数，大多数都是清浊兼具、或清或浊、时清时浊的人，因此去除人性中的污浊之气，高扬人心里的清纯之气，除了自身的修行之外，还要靠人文环境的根本改变和更新，那就是从体制、风俗、教化着手、用力。政浊、俗浊、教浊则人随之浊，可清可浊、亦清亦浊者也会由清变浊，而本来浊者则变得污浊不堪；政清、俗清、教清则人也随之清，可清可浊、亦清亦浊者由浊转清，清者会变得更纯更清。

四、"唯上智与下愚不移"：若智若愚

与清浊、善恶等一样，智愚也属于人性的范畴。冯友兰认为："性是关于人的贤愚、善恶的；命是关于人的贵贱、成败的。"[①] 道无善无恶，而人禀道而生，所得之气有多少、厚薄、清浊之分，得气之多、厚、清者为智者，得气之少、薄、浊者为愚者。王充曰："气有少多，故性有贤愚。"（《论衡·率性》）朱熹曰："禀气之清者，为圣为贤，如宝珠在清冷水中。禀气之浊者，为愚为不肖，如珠在浊水中。"（《朱子语类》卷四）由此可见，智愚乃先天而成，是基因遗传使然，非后天习染教化所能改变。如孔子所言："唯上智与下愚不移。"（《论语·阳货》）也就是说，智者和愚者都是天生的，是不可改变的，智者不会变成愚蠢的人，生来就是有智慧的人；而愚者永远都是愚不可及的人，怎么都不可能成为有智慧的人。孔子还将人就认知能力大小、高下分为中人以上、中人以下："中人以上，可以语上也；中人以下，不可以语上也"（《论语·雍也》），并将之细分为生而知之者、学而知之者、困而学者和困而不学者四类人："生而知之者，上也；学而知之者，次也；困而学之，又其次也；困而不学，

---

① 冯友兰：《中国哲学史新编》中，人民出版社 1998 年版，第 308 页。

民斯为下矣。"（《论语·季氏》）

不仅儒家有智愚之说，道家、佛家也有同样的体认和论述。老子从对待道之不同的态度、反应，将人分为上士、中士和下士："上士闻道，勤而行之；中士闻道，若存若亡；下士闻道，大笑之，不笑不足以为道。"（《老子》第四十一章）

按照先贤的认识，大智大愚者都是命定的，都是后天无法改变的，智者恒智，愚者恒愚。但大智大愚之人，毕竟只是少数，既然连被人尊为圣人的孔子都自称不是"生而知之"的最高智慧者，那么谁还敢自称是一等的大智者。在少数"不移"的大智大愚之间，存在着多数的"可移"的"中人"、凡人、常人，而这些人则是且智且愚、智愚混杂、半智半愚、时智时愚的。而我们中的大多数，包括你、我、他，大都属于这样的人。而这样的人，这样的人的智和愚的交织和转换，恰恰成了我们的主要话题。

智为正，愚为负；智为荣，愚为辱。愚之辱人人厌之、避之，智之荣个个尚之、趋之。骂人常羞辱对方为愚、为蠢、为笨，反过来大多又以智、以慧、以明而自夸。即使那些笨笨的人，也忌讳别人说愚言拙。其实，作为常人，每个人都是智愚参半、巧拙混杂的，哪个人敢说自己一生没有做过几件糊涂的事、蠢笨的事。即使那些冰雪聪明的人，我们不是也常常说他聪明一世、糊涂一时吗？

正因为是智愚兼具的常人，在生活中智和愚常常会相互转换。聪明绝顶之人，有时会给人一种傻傻的印象。老子曰："大巧若拙，大辩若讷。"（《老子》第四十五章）道家反智，崇尚自然无饰。庄子反对"机械""机事""机心"，认同"混沌"的状态。在基督文明中，智慧成了一种禁忌，不仅是烦恼之根，还是罪恶之源，以至于偷吃了智慧果的亚当、夏娃被赶出了伊甸园。在我国，民间常常以"大智若愚"自炫，守拙藏锋也一度成了国人生存自保的策略。在这个意义上，智和愚出现了奇怪的转换：智即是愚，愚即为智。聪明反被聪明误，傻人自有傻人福。从而我们知道了糊涂是策略，愚拙为智慧，而难得糊涂是人生的境界。

智绝非要小聪明，而是一种内敛不显的大智慧。老子曰："知人者智，自知者明。"(《老子》第三十三章)合而言之曰：知人知己者明智；引而申之为：智还在于知物、知事、知世、知时。不仅要知，还要明辨之，即辨别是非、正邪、大小、善恶；还要善择之，即在做出正确的判断的基础上，果断做出明智的选择；还要慎行之，对自己的选择要负责任、有担当，践行贯穿始终，不能半途而废；还要终成之，即要行必果，做事要成事，为人要成人，最后才能成己。因而所谓智，与地位、身份无关，与学问、学历无关，甚至也不完全取决于智商、情商，而是最终还要归结到道和德。那些精于算计的精致的利己主义者，即使聪明绝顶，也不为智；而那些有底线、守原则、敢担当的人，才是真正的智者，才是大智慧。一句话，合于道者，则虽愚也智，而那些背道、违道之人，即使智商超高，也愚不可及。

五、"天下熙熙，皆为利来"：利义兼容

利与义，看似后天习染所赋予人者，其实也是生而有之，源自天性，乃禀道而成。《易传》曰："昔者圣人之作《易》也，将以顺性命之理。是以立天之道，曰阴与阳；立地之道，曰柔与刚；立人之道，曰仁与义。"（《易传·说卦》）也就是说，仁和义是天道在人身上的体现。司马迁曰："天下熙熙，皆为利来。天下攘攘，皆为利往。"又曰："人各任其能，竭其力，以得所欲。故物，贱之征贵，贵之征贱，各劝其业，乐其事，若水之趋下，日夜无休时，不召而自来，不求而民出之。岂非道之所符而自然之验邪？"（《史记·货殖列传》）可见，先贤普遍认为，无论是利还是义，皆出自道，根于人性，自然形成，非外力为之。

儒家利、义两分相对，视为彼此不容的水火。孔子曰："君子喻于义，小人喻于利。"（《论语·里仁》）将取义和得利与君子、小人的完全不同的品格对应并对立起来。孟子在尚义厌利上，比孔子更为坚决和彻底。孟子曰："王亦曰仁义而已矣，何必曰利？"（《孟子·梁惠王上》）荀子也是将义、利与人的道德、操守并置而论的。荀子曰："先义而后利者荣，先利而后义者辱。"（《荀子·荣辱》）

　　其实，利与义两分相对是一个伪命题，是不成立的。与利对立的是害而不是义，与义对立的是不义而不是利，因而利不一定就必然不义，二者完全可以兼容共享，而不是水火不容。二者是人需求、向往、追求的不同层面，而不是你存我亡的矛盾体。对此董仲舒有很精到的见解："天之生人也，使人生义与利：利以养其体，义以养其心。心不得义不能乐，体不得利不能安。义者心之养也，利者体之养也。"（《春秋繁露·身之养莫重于义》）虽然董仲舒重义轻利，但认为义养心而利养体，二者缺一不可，是可以在一身之内相安互养的。利是满足于人的生理、世俗需求的物质、权力等的资源，而义则为一种道德的标准和境界。前者作用于人的现实生活，而后者则关涉人的理想追求。

　　同样名之为利，但因动机和效果的不同，又可分为三境。一曰损人利己，二曰惠人利己，三曰大公无私甚至舍生取义。损人利己者为不义，会给他人、社会带来破坏甚至灾难，是应该极力杜绝、防范的；大公无私、舍生取义，是大义是圣德，能够践行的为英雄、为圣贤，是一般的人敬仰而又是可望而不可即的；而惠人利己之利则是人人都能够做得到的，也应该是我们所倡导的。

　　从这个意义上说，趋利避害乃人之本性，而惠人利己本身就是义。《礼记》曰："饮食男女，人之大欲存焉。死亡病苦，人之大恶存焉。故欲恶者，心之大端也。"（《礼记·礼运》）也就是说，喜爱、追求饮食男女，厌恶、躲避死亡病苦，这是人心人性的自然倾向和常态，是合于道、顺乎情的。自利利他，构成了人活着或活下去的目的和动力，或者退一步讲，即如亚当·斯密所言的那种"主观为自己，客观为大家"的"看不见的手"，也是推动个人和社会完善、进步的动力。从这个意义上说，利即义，义即利，二者不可偏废，而应兼得，故而墨子曰："义，利也。"（《墨子·经上》）北宋李觏曰："利可言乎？曰：人非利不生，曷为不可言？欲可言乎？曰：欲者人之情，曷为不可言？言而不以礼，是贪与淫，罪矣。不贪不淫，而曰不可言，无乃贼人之生，反人之情？世俗之不喜儒以此。孟子谓'何必曰利'，激也。焉有仁义而不利者乎？"（《李觏集·原文》）

利、义兼顾互惠，就有了现实的可行性，不至于让人望而却步，甚至望而生畏。由此可见，墨子、李觏等古贤是颇有现代意识、世事洞明之人，与现代人心、时世有遥远的呼应。

第三节 人之立

人猿揖别，就在于人告别了动物的爬行而挺直了腰杆，站立在天地之间，因而"立"成了人之异于禽兽的重要特点之一。身体的立，是人类经过亿万年的进化而赢得的，也是道让人之为人的这一特征从潜在的可能性成为现实的实在性。对个体而言，身体的立在离开母体后一两年之内就可以顺利完成，而社会、文化、心理的立则要艰难很多，需要付出更多的努力，进行漫长而艰辛的探索和奋斗才能实现——有的人甚至活了一辈子，直到进入坟墓都没有立起来。闻道、得道、践道则立，离道、背道、违道则无以立。

一个人活在世上，不仅是生理的存在，还是社会、道德和精神的存在。作为生理的存在，追求的目标是生命的维持和延续；作为社会的存在，追求的目标是事业的成功；作为道德的存在，追求的是伦理人格的完善；而作为精神的存在，追求的目标则是心灵的独立和自由。一个人不仅只是为了肚子而活着——为肚子而活着只是动物的状态，还要为面子而活着。面子就是尊严，一个人可以贫穷，可以位卑言轻，但不能没有尊严。没有尊严地活着，无异于行尸走肉，而有尊严地活着就要独立自强。除了活出面子、活出尊严，还要安放好自己的心，那就是灵魂的安宁和心灵的自由。独立、尊严、自由，就是人立起来的标志，是人之所以成为人的道。

一、"人要独立生活，学习有用的技艺"：立于技

一个人成长的过程，就是一个不断地摆脱对环境、外物和他人的依赖

而走向独立自主的过程。从母亲的温暖舒适的子宫中呱呱坠落在冰冷、坚硬的世界，开始用自己的肺、气管和鼻子呼吸，用自己的眼睛打量这个世界，用自己的唇舌吸吮乳汁，用自己的肠胃汲取营养，这是割断了与母体连接的脐带、走向独立的第一步。蹒跚学步，脱离父母的怀抱独自行走，牙牙学语自由地表现自己的喜怒哀乐，表达自己的愿望诉求，这是走向独立的第二步。但这只是生理上的独立，还是初级的、刚刚起步的。重要的是社会的独立，也就是要获取独自谋生的职业和技能。一个人只学会自己吃饭不行，还要给自己挣饭吃，要吃自己的饭而不能吃别人的饭，哪怕这个别人是自己最亲的、不分你我的人。无论如何，吃人家的总是心虚的。总之，不付出劳动，没有独立的社会地位而苟活，都要付出更大的代价，如自尊、青春、姿色、肉体，甚至灵魂。

职业、工作是一个人获得社会独立的重要途径和手段。一个人在职业岗位上有了事业的成功，不仅可以自己养活自己，可以安身，而且可以立命，拥有了功成名就、不依傍他人、独立实现自我价值的成就感，从而增加了自己的幸福指数。一个人生存在这个世界上，什么都是不可靠的，可靠的就是自己，自己的实力，自己的奋斗，用事业功勋来开创一片属于自己的新天地。如果说生理的存在是一个人的血肉的话，那么一个人的事业追求、职业技能就是人的骨骼。没有了事业的支撑，就像是患了软骨病一样，难以直立行走，如一堆烂泥一样颓然地瘫倒在地。只有在职业、事业上有所建树，才能获得他人的尊敬，才能独立而有尊严地活在这个世界上。

一个人在职业化、社会化的过程中，要尽量前置而不要滞后。要自觉体认人生、生命的经济学：长痛不如短痛，晚痛不如早痛。无论是学业还是职业，都要通过刻苦的学习、精心的设计、艰苦的奋斗而提前进入高端，使自己不仅衣食无忧，而且进入较高的阶层，这样就可以有更多的闲暇和心情来慢慢地、从容地享受、品味人生，不至于陷入大半生甚至一生都在社会底层为了温饱而苦苦挣扎的尴尬之中。

一个人选择的职业有千万种，因而一个人成就自我的路径也有千万条。各人因各自的趣味、喜好的不同而千差万别，虽然仁者见仁智者见智，但本着两利相权取其重、两害相权取其轻的原则，窃以为在职业的选择上，还是以从事技术性、专业性而远离政治性、行政性、商业性的职业为妙。前者与物打交道，侧重于做事，因而较为单纯、专业、独立；后者则要与人打交道，因而就显得复杂多变，没有清晰的规则可以遵守。虽然它可以给人带来温柔富贵、风光体面，但风险很大，是非很多。前者虽然平淡如水，甚至默默无闻，但风险小，成本低，也会更持久稳定，不会随着世态人情的变动而浮沉；不用看他人的脸色，无须卷入复杂的人际关系，不必花费很多心思揣摩人、迎合人、跟人站队、看人下菜碟。只要技术在手，学问在心，就可以清清白白地做事、干干净净地做人，问心无愧，堂堂正正，顶天立地。

职业、技艺是一把双刃剑，能立人也能毁人，因而在技艺成就自我的同时，也要警惕不要沦为技艺的奴隶，不要被技艺所异化，不要逐物迷己，堕落成以技挣钱的机器。要如庄子所告诫的那样，要"物物而不物于物"（《庄子·山木》），要如孔子所言"游于艺"（《论语·述而》），在技艺的展示中使生命进入自由、解放的状态。

二、"立人之道曰仁与义"：立于德

古人的"三不朽"说，凝结了中国传统文化的精华。三不朽之立德、立功、立言，是将立德排在第一位的。这里我之所以将立德排在立技之后，是我自己对世事人生的一种新的理解和策略上的调整。这并不意味着德不重要，而是想表达这样的意向：德需要起码的物质条件作基础，不然德就会走形、变质，在生存竞争如此激烈的时世，空头道德家是行之不远的。"君子固穷"是美谈，更是美德，但能够真正称为君子的毕竟寥寥可数，大多数的芸芸众生不过是"穷斯滥矣"的小人而已。而能够不朽的不过是那些几百年才出一个的圣贤，在急功近利的当下更是打着灯笼也找不着的稀有产品。因此，我更认同北岛的看法："在没有英雄的年代里，我只想做一个人。"（北岛《宣告》）而做一个人并不是那么容易，这起码有两个向度：一是守住底线，不要滑向小人和禽兽，做一个堂堂正正的人；二是要向往和追求高度，天天向上，做一个纯粹而高尚的人。在这两条线之间所构成的空间里，人才能成为有尊严的人，进入冯友兰所称许的道德境界。

我们先说底线。底线要守住，不可触碰，更不能越过。所谓底线，是人之为人的最低标准，越过了就不再是人了，而是沦为了小人甚至禽兽。这是做人立德的消极要求，就是不能做不应该做的事。一个人有很多角色，因而在任何一个角色中都不能失去底线。作为父亲或母亲，对孩子不能逃避养育的责任，如果不能让孩子受到教育、得到家庭的温暖，那你就不配做父母；作为儿子或女儿，你不能逃避对父母养老送终的责任，否则你不是一个合格的儿女；作为一个妻子或丈夫，你不能背叛、虐待你的配偶，不然你就不是一个合格的丈夫或妻子；同样，对朋友不能背信弃义，否则你失去了朋友的信任，最后当然也会失去朋友。作为社会角色，你是一个官员，就不能行贿受贿、贪赃枉法，否则你是一个贪官赃官；你是一个商人，就不应偷工减料、弄虚作假，不然你就是一个奸商；你是一个学者，就不能背弃良知，不能宣扬那些假丑恶、假大空的东西，否则即使你著作等身，也不过是一个徒有虚名，甚至贻害无穷的伪学者。孟子曰："人之所以异于禽兽者几希，庶民去之，君子存之。"（《孟子·离娄下》）就是说人与禽兽的区别就那么一点点，守住了是人，守不住就沦为禽兽。人兽之别，仅仅一念之差、一纸之隔而已，能不慎乎？

再说高度。守住底线，只是达到做人的最低要求和标准，只能保证自己的行为是正当的，而追求高度，主动积极地做并做好自己应该做的事，担当一个人必须担当的责任，则会提升自己的品位，从正当而达到崇高。因此，道德不仅让你成为一个合格的社会成员，还会使你成为一个高尚的、纯粹的人，让你成为一个顶天立地的大写的人。

在天为道，于人曰德。德者，得也，即人之得于天者。而《易传》将人之道或人之德称为"仁与义"。"仁"是爱的付出，"义"是责任的完成，"仁与义"合而言之即为用爱心善行来尽到自己的责任。孟子将人与人之间应尽之责概括为五伦："使契为司徒，教以人伦：父子有亲，君臣有义，夫妇有别，长幼有序，朋友有信。"（《孟子·滕文公上》）而《礼运》又将五伦细化为十义："何谓人义？父慈、子孝、兄良、弟弟、夫义、妇听、长惠、幼顺、君仁、臣忠十者谓之人义。"（《礼记·礼运》）五伦是人与人之间构成的五种基本关系，而十义则将五伦细化为十种责任和伦理，即父亲对孩子要慈爱，孩子对父亲要孝顺；兄长对弟弟要爱护，弟弟对兄长要恭敬；丈夫对妻子要有情有义，妻子对丈夫要温柔乖巧；年长的要厚道贤德，年幼的要温和顺从；做国君的要仁慈，做臣子的要忠诚。也就是说这十种责任你都尽到了，做得非常好，那你就是一个仁至义尽的人，一个完全的人。五伦十义虽为古人所倡，当然会留下时代的局限甚至糟粕，如人与人之间的不平等，但运用冯友兰所提倡的"抽象继承法"对之进行扬弃吸收，对我们今天的道德文化建设还是很有裨益的。

立于德，五伦十义仅仅只是其中的一部分，在如今人际交往日益频繁、社会互动程度越来越丰富多样的背景下，每个人还应该在更广阔的领域里尽到自己的职责，积极主动地恪守职业伦理，为社会服好务，尽最大的努力将自己应做的事情做到尽善尽美。你是一个医生，就要医者仁心，悬壶济世，治病救人；你是一个官员，就要关心百姓疾苦，造福一方，为人民谋福祉；你是一个教师，就要教书育人，学高为师，身正为范，以传道、授业、解惑为己任；你是一个作家，就要当好人类灵魂的工程师，用自己的作品书写真、善、美，让人间大爱代代薪火相传；你是一个记者，就要把社会生活的真相公之于众，对权力进行舆论监督，揭露社会的弊端，以引起社会的关注和治理。

人立于德是一个不断升华的过程，最初是受制于先自己而在的风俗、伦理等的压力而被动地不得不为的消极认同；久而久之，则会内化于心，融入血液，成为一种自律自觉的行为；再高一层，则成为一种引以为荣、孜孜以求的道德情操、人格理想。在 2017 年的斯诺克世锦赛的英国选手塞尔比与中国选手丁俊晖的半决赛中，塞尔比击球前左手碰到球，裁判、丁俊晖、观众都没有发现，但塞尔比主动示意裁判自己触球犯规。这就是如康德所论的人为自己立法，自己主动监督自己，自觉遵守发自内心和生命深层的"道德律令"。在我们的民族文化中，也有类似的传统，如儒文化的"三省吾身""慎独"；民间文化中的不做伤天害理的亏心事，否则会不安，等等。

三、"精神的实质是自由"：立于心

人在成长的过程中更高的状态是心理、精神、人格的独立。一个人，只有摆脱肉身、欲望、世俗的囚禁、羁绊，让精神成为精神、让思想成为思想、让人格成为人格，才能从生物、外物、虚荣的奴役中解放出来，成为有价值、有意义的生命。要做到这一点，就必须从心理上、情感上与旧我、与社会、与他人割裂开来。一个生命个体不可能脱离他人、社会而独立存在，作为一个社会成员，他是与他人共在的。但作为一个人格、精神的存在，他是完全可以不依傍任何人而傲然独立、特立独行的。《易经》中有这样的话："自天佑之，吉无不利。"（《易经·系辞上》）它告诉我们，这个世界能够拯救自己、化凶为吉的，只有自己，别人包括父母、兄弟、儿女，都是靠不住的。我好人自好，当你的人生尤其是心理崩溃时，那么任何人都无法帮助你。你想将身体靠向别人的肩膀，别人会很快躲闪开；朋友在关键的时候会背叛你，爱人对你的爱又有多少真诚和恒心，亲人对你的亲情能支持你走多远，是否能经受起时间的考验，是否会转化为怜悯甚至厌恶、抱怨和诅咒，这些都很难经得住探究和拷问。因此一个真正自强自立的人，一定首先要具有独立的人格和强大的内心世界。

卢梭在《社会契约论》的首句就这样写道："人是生而自由的，但却无往不在枷锁之中。"这道出了人的困境，也道出了人面对困境的不甘和抗争。人不自由，被外物、社会、他人、习俗、法律，乃至自己的欲望所纠缠、撕扯、控制，但每个人又不甘于被囚禁、被束缚，而是渴望和追求着自由。自由是人的天性，而前述的社会、精神、人格的独立是自由的前提和基础。若不具有独立的社会地位和人格，就无法获得自由，即使得到了自由，也会丧失。

自由是道、造化赋予每个人的神圣的权利，是精神存在的实质。罗素说："物质的实质是重量；精神的实质是自由。"① 萨特也这样说："人是自由的，人就是自由。"② 一个人，可以失去生命，但不应该放弃自己的自由，自由就像生命一样，甚至比生命更重要。帕特里克·亨利在其著名的演讲中说："不自由，毋宁死。"卢梭这样写道："一个人放弃自由，就是作践自己的存在；一个人放弃生命，就是完全消失了自己的存在。"③ 自由给人带来了真正的解放，让人成为真正的人。萨特这样写道："一旦自由在一个人的灵魂里爆发了，神明对这个人也无能为力了。"④ 也就是说，自由给了人一种特殊的智慧，让人忘却并超越了死亡，成了无恐无惧、无忧无虑、我行我素的人。相反，一个人如果丧失了自由，即使拥有万贯家财、位居万人之上、获得齐天洪福，那也没有任何意义，甚至不如天上的飞鸟、水中的游鱼。

每个人都向往和追求自由，但对自由却有很大的误解。自由并不是放任自流，不是为所欲为，不是无所顾忌的生命狂欢——那只是对自由的破坏，因为你的自由是建立在别人丧失自由的基础之上的。这正如李泽厚所说："自由不是随心所欲，那不叫自由，而恰恰是情欲的奴隶。"⑤

自由看似复杂玄妙，实质上却非常简单朴素，那就是按照自己的意志行事，进行自由的选择。周国平这样概括萨特的观点："自由就体现在选择之中，自由也就是一种选择的自由。人一旦被抛于世，他就开始了自己的选择，人就是在不断选择的过程中不断成为自己的。"⑥ 这段话有两层意思：一是一个人在人生展开的过程中，不能只是被动地适应社会、听从他人或命运的安排，而是要主动地选择自己的出路和活法，活在自己的意志里，而不是活在别人的阴影里，这样才能真正成为自己而不只是被动的

---

① ［英］罗素：《西方哲学史》下卷，马元德译，商务印书馆1976年版，第283页。
② ［法］萨特：《萨特自由选择论集》，关群德等译，天津人民出版社2007年版，第43页。
③ ［法］让·雅克·卢梭：《论人类不平等的起源》，吕卓译，九州出版社2007年版，第161页。
④ ［法］萨特：《萨特自由选择论集》，关群德等译，天津人民出版社2007年版，第31页。
⑤ 李泽厚：《走我自己的路》，安徽文艺出版社1994年版，第560页。
⑥ ［法］萨特：《萨特自由选择论集》，关群德等译，天津人民出版社2007年版，第32页。

环境的产物。萨特还这样说："我有一个关于自由的朴素理论：一个人是自由的，他总可以选择自己要干的事。"① 他又这样说："我自己决定自己，没有谁可以强迫我作出决定。"② 二是一个人要为自己的自由选择承担责任，敢于担当，不能文过饰非、逃避推诿。他说："一个人，哪怕他的行为是由外部的东西引起的，他也要对自己负责。"③ "一个人最后总是要对自己所做的事情负责，他除了承担这种责任外别无其他选择。"④

自由就是做自己的主人。它包括正反两个方面：一方面是选择自己喜欢做的，按照自己的愿望和意志行事为人；另一方面是不做自己不愿做的，不违心地做违背自己意愿的事。葛兆光如是说："自由不是想干什么就干什么的自由，而是拒绝干什么的自由，这才是真正的自由。"⑤

自由的获得，要摆脱和战胜许多我们在现实中渴望、牵挂、看重和孜孜以求的东西，如温馨而琐屑的日常生活、亲人间的天伦之乐、对财富的贪恋、对权位的崇尚、对荣誉的热衷、对异性的耽迷，还有生命深处勃勃欲望的涌动、对生的执着、对死的恐惧。只有这些看轻了、看淡了，甚至放下了，才会给精神留下空间，才能真正拥有自由。

自由让人的心灵插上翅膀，从肉欲、尘世中挣脱出来，在精神的世界里游走、飞翔。对自由的渴望受到现实的阻碍和制约，有时不得不转归于内心，甚至潜隐、流淌在梦里，或者转化为梦的另一种形态：白日梦——通过文学的阅读或创作让放逐的意志回家，让囚禁的灵魂飞翔。

冯友兰根据人的觉解程度当然也可以是道对人的灌注程度的不同，而将人生分为自然境界、功利境界、道德境界和天地境界。自然境界是生物存在的状态，功利境界是通过事业、技艺而自立自强的状态，道德境界是在伦理道德层面成就自我的状态。我们在这里谈人之立之所以缺失了天地境界，即人与天地万物交融一体、物我两忘的状态，是因为它不属于芸芸

---

① ［法］萨特：《萨特自由选择论集》，关群德等译，天津人民出版社2007年版，第19页。
② ［法］萨特：《萨特自由选择论集》，关群德等译，天津人民出版社2007年版，第36页。
③ ［法］萨特：《萨特自由选择论集》，关群德等译，天津人民出版社2007年版，第19页。
④ ［法］萨特：《萨特自由选择论集》，关群德等译，天津人民出版社2007年版，第42页。
⑤ 葛兆光：《中国古代文化讲义》，复旦大学出版社2006年版，第103页。

众生，是常人所无法抵达的，只属于少数的圣贤或诗人、哲人，因此放在另章专门言说。

第四节 人之群

人不是一个孤零零的个体，而是与他人共在的，是一种社会化的存在。人从动物进化而来，而人区别于动物的重要方面之一就是人的社会性。正如亚里士多德所言："人天生是一种社会性的动物。"（《政治学》）就此哲学史家梯利总结道："人是社会动物，只能在社会和国家中实现其真正的自我。……也就是说，社会生活是人类存在的目标和目的。"① 也就是说，人不可能独立自存，是依赖于他人和社会而存活的，因而社会性是道赋予人的特性之一，是道给人的一种恩赐。这样的社会性在中国文化中被称为"群"。古语曰："物以类聚，人以群分。"荀子曰："力不若牛，走不若马，而牛马为用，何也？曰：人能群，彼不能群也。人何以能群？曰分。分何以能行？曰义。故义以分则和，和则一，一则多力，多力则强，强则胜物中，故宫室可得而居也。"（《荀子·王制》）又曰："故百技所成，所以养一人也。而能不能兼技，人不能兼官，离居不相待则穷，群而无分则争。穷，患也；争，祸也；救患除祸，则莫若明分使群也。"（《荀子·富国》）这里荀子所强调的是人的"群"与"分"的特性，也就是人能够相互联合、合理分工、相互取长补短，然后才能够战胜自然，从而得以存活并不断壮大起来。而这也正是人之别于并优于动物之处，他这样比较道："水火有气而无生，草木有生而无知，禽兽有知而无义。人有气，有生，有知，亦且有义。故为天下最贵也。"（《荀子·王制》）人之所以为万物之灵，是因为人不仅具备了物质、植物、动物的所有特性，同时还独具了人与人之间互相担当责任、义务的意识和行为，而这一点则使人与其他存在区别开来。这样的有群、有分、有义的特性，则是大道赋之

---

① ［美］梯利：《西方哲学史》，葛力译，商务印书馆1995年版，第97页。

于人的。

人作为一种社会化的存在，就要处理好人与人、人与社会的关系。作为一个个体，这样的关系已经积淀为大家约定俗成的伦理规则、风俗习尚或社会明文规定的法律规章，并先于个体而存在，因而作为一个个体，就要无条件地认同、遵从这样的伦理、风习和法律，外践于行，内化于心，这样才可以成为一个合格的社会成员。

而这样的必须认同和遵从的社会规则可以归结为几个方面：一是礼和法二者兼具，也就是既要遵守法律，不要越过法律的底线，同时还要将伦理道德规范内化为自觉的道德情操。二是待人接物要秉持仁爱之心，要有老老、幼幼、亲亲、仁人、与物的大爱之心。三是人与人之间要恪守着相互平等的观念，无论彼此在穷富、贵贱上有多大区别，但在人格上都是平等的，因而要尊重每一个个体的意愿、利益、权利和尊严，平等待人。四是要培养好公民意识，心有家国情怀，关怀并积极介入社会的监督和参与。这样才可以成为一个健全的人，才可以自豪地说自己是人间正道的践行者。

一、"起礼义，制法度，以矫饰人之性情而正之"：礼法兼为

礼为礼义、礼教，属于道德的规范和教化；法为法度，是法律、法规的条文和措施。二者相辅相成，构成了人与人、人与社会的行为规范、准则和伦理，使人们的社会生活和谐有序，人和人之间得以和平相处。礼与法，使人与动物的弱肉强食的丛林法则区别开来，使人放弃了自然法则而遵从社会法则，遏制了人性中的野蛮和暴力，多了人性的文明和礼让。

因而在我国古代，礼和法就是用来治理社会、化育人性的重要手段。荀子曰："今人无师法则偏险而不正，无礼义则悖乱而不治。古者圣王以人之性恶，以为偏险而不正，悖乱而不治，是以为之起礼义、制法度，以矫饰人之性情而正之，以扰化人之情性而导之也。始皆出于治，合于道者也。"（《荀子·性恶》）荀子还认为，假如没有礼义和法度，那么人性变

得很野蛮，社会也随之陷入混乱之中。他这样写道："今当试去君上之势，无礼义之化，去法正之治，无刑法之禁，倚而观天下民人之相与也，若是，则夫强者害弱而夺之，众者暴富而哗之，天下悖乱而相亡不待顷矣。"（《荀子·性恶》）

而古贤哲往往礼、法并提而兼顾。战国时的秦孝公曰："今吾欲变法以治，更礼以教百姓。"对此商鞅应之曰："三代不同礼而王，五霸不同法而霸。……各当时而立法，因事而制礼。"（《商君书·更法》）荀子也是礼、法并称："下之亲上欢如父母，可杀而不可使不顺，君臣、上下、贵贱、长幼，至于庶人，莫不以是为隆正。然后皆内自省而谨于分，是百王之所同也，而礼、法之枢要也。"（《荀子·王霸》）汉代贾谊也如是说："夫礼者，禁于将然之前；而法者，禁于已然之后。是故法之所用易见，而礼之所为生难知也。……人主之所积，在其取舍。以礼义治之者积礼义，以刑罚治之者积刑罚。刑罚积而民怨背，礼义积而民和亲。故世主欲民之善同，而所以使民善者或异。或道之以德教，或驱之以法令。道之以德教者，德教洽而民气乐；驱之以法令者，法令极而民风哀。哀乐之感，祸福之应也。"（《汉书·贾谊传》）

礼也好，法也好，在封建时代，不过都是帝王对民众的统治方式而已。所不同的只是方式、效果的差异而已。所谓法度，是用屠刀、刑罚、牢狱的手段以达到以暴制暴的目的；而所谓礼义，则不过是用仁慈、恭让、规矩等怀柔的策略来规训民众。而礼、法并用的策略，也是一把双刃剑，一方面确实带来了国泰民安的效果，另一方面也贻害无穷。一是礼教杀人，窒息了人的生命活力和心灵的自由，造就了许多表里不一的伪君子和心如槁木死灰的活死人，因而成了一种僵尸文化。二是酷刑之下出现的两类社会怪胎，那就是酷吏和暴民。酷吏是为统治者服务的、没有人性的鹰犬，让咬谁就咬谁、让杀谁就杀谁，以至于为吏为官者以酷以狠为傲自骄，而《史记》《汉书》等专设有《酷吏列传》以记之；而苛法重刑之下，不堪其苦的暴民自然会揭竿而起。在这个过程中，那些被人尊为贤哲之人，其实不过充当了帝王的谋士和顾问，是帮助统治者的智囊，并没有把百姓的利益放在心，因此礼也好、法也好，对大多数人来说都是不公平的。荀子这样写道："由士以上，则必以礼乐节之；众庶百姓，则必以法数制之。"（《荀子·富国》）也就是说，即使在荀子那里，法度、礼义也不是一视同仁的，而是看人下菜碟儿、因人而异的：对士以上的贵族阶层，用礼乐加以节制，而刑罚则是专门用来对付普通百姓的；反过来，刑不上大夫，寻常百姓则连受礼乐熏陶的资格都没有。从而可知，在法度和礼义面前，在那样的时代和文化背景中，人和人是非常不平等的。它是要牺牲大众的根本利益而只为那些少数的贵族、君王服务。

　　无论是什么时代，无论是什么人，如果只是为少数人而不是为多数人服务的礼和法，都是违道、背道的，以此为标准看，夏桀、殷纣、秦始皇固然违道、背道，而唐太宗、宋太祖也是违道、背道的；韩非、李斯这些法家的理论家固然违道、背道，而那些如荀子、贾谊的儒者又何尝不违道、背道？倒是那些作为现代法理和伦理之源的社会契约论、人权论等更符合道，体现了道的意志和精神，因为它是为了大多数人或所有的人制定的法和理，是建立在最广泛的人道主义基础之上的，是给人带来平等、公平、正义的理论，当然也是带来光明和福祉的理论。

　　社会契约理论认为，人生而自由、平等，这是任何组织和力量都无法剥夺的自然权利，因而政府和人民的关系应是主权在民而不是在政，更不是拥有权力的那些高官显贵，政府只是人民自由意志的产物，因而人民有权废除那些违反自己意愿、剥夺自己自由的政府。卢梭这样写道："每个人都生而自由、平等，他只是为了自己的利益，才会转让自己的自由。"①他又这样写道："人类由于社会契约而丧失的，乃是他的天然的自由以及对于他所企图的和所能得到的一切东西的那种无限的权利；而他所获得的，乃是社会的自由以及对于他所享有的一切东西的所有权。"②

　　人权理论认为：人人生而平等，自由是不可让与的权利；个人拥有自己的见解，是天赋的权利，国家无权对他进行迫害和处罚；任何国家都无

----

① ［法］卢梭：《社会契约论》，何兆武译，商务印书馆 2003 年版，第 5 页。
② ［法］卢梭：《社会契约论》，何兆武译，商务印书馆 2003 年版，第 26 页。

权约束子孙后代，或规定世界如何统治。《人权和公民宣言》这样写道："一、在权利方面，人生来是而且始终是自由平等的。因此，公民的荣誉只能建立在公共事业的基础之上。二、一切政治结合的目的都在于保护人的天赋的和不可侵犯的权利；这些权利是自由、财产、安全以及反抗压迫。三、国民是一切主权之源；任何个人或任何集团都不具有任何不是明确地从国民方面取得的权力。"①

中国古代的礼、法观念，现代的社会契约、人权理论，我们今天都需要采取冯友兰先生所说的"抽象继承法"，对其进行去粗存精、去伪存真的扬弃，以建立并践行健全的法律和道德体系。比如荀子主张的"君君、臣臣、父父、子子、农农、士士、工工、商商"（《荀子·王制》）的观点，剔除其等级观念，吸收其每个人都把自己应该做的事做到最好的职业、身份的伦理观念，运用到现代社会生活之中建立现代的职业和人伦的道德。比如《礼记》中记载的关于冠礼、婚礼、丧礼等的仪式，我们也可以开掘其人文内蕴，并加以改造更新，用来丰富我们的人生和文化生活，唤起国民对生命、尊严和历史的敬畏之情。当然，更重要的是吸收和化用人权理论中对人权的尊重、法律面前人人平等观念，并进而建立新的法律、道德体系。法律是全体公民制定并共同遵守的，而不是像封建社会那样只是由权力集团独裁制定而用来惩罚反对自己的人民，借以维护自己的统治的。法律一旦制定，所有的公民都必须遵守，无论是国王、总统、国家主席还是普通民众、庶民百姓，违背了都要受到同样的惩罚，而不能刑不上大夫、法外开恩，当权者也无权根据自己的好恶、喜怒而对一些人进行"严打"，而对另一些人赦免。

二、"仁者，爱人"：爱人如己

作为社会化的成员，作为群体中的一员，人为了满足自己的欲望而争夺资源会产生嫉妒、仇恨和争斗，有时甚至会激化为你死我活、血流成河

① ［美］潘恩：《潘恩选集》，马清槐等译，商务印书馆1981年版，第185页。

的相互厮杀，这是人性之恶和人际关系恶化的极端现象。而另一方面则是人性善、人际和谐相处的维度，那就是人的仁爱之心和人际间的互爱相助之意。仁爱之性，爱人之心，是道根植于人性人心之中的大善，是人区别于禽兽的品性。爱的最基本的元素就是真心、诚意、同情，这样的心，孔子把它命名为"仁"。孟子则以"爱人"来解释"仁"（《孟子·离娄下》），并进而这样说："仁也者，人也。合而言之，道也。"（《孟子·尽心下》）许慎在《说文解字》中这样解释"仁"："仁，亲也。从人从二。"这些看似不同的解释，其实都是相通的，"仁"由"二"和"人"构成，是人际间互爱的会意的书写。它要表达的是，人与人之间要彼此真诚相爱、互相关心，这是人之为人的基本伦理，只有在爱别人和被别人爱的时候，人才能够成为真正的人；反之，就是禽兽，就是野蛮人。

而仁爱之心，是人皆有之、生而有之的。就此孟子举了一个非常有名的例子，当一个小孩子不小心要掉到井里时，看到的人虽然非亲非故，也没有想到要赢得他人的赞誉，本能地就会着急上火、忐忑不安，以至于产生马上前去救助的冲动。之所以如此，就源于每个人内心深处的同情，即"怜悯之心"，这是"人皆有之"的，而它是"仁"的萌芽和开端。如果加以培育，发扬光大，就会发展为真正的、完善的"仁"。

"仁"是儒家道德理想的核心，以至于孔子这样言说对"仁"的践履："君子无终食之间违仁，造次必于是，颠沛必于是。"（《论语·里仁》）而仁爱的实施，是将心比心、由己推人的。当子贡问"有一言而可以终身行之者乎?"时，孔子这样回答："其恕乎! 己所不欲，勿施于人。"（《论语·卫灵公》）也就是由自己亲历身受来反推、想象别人的感受和心情，爱他人首先就是要像自己不愿受到伤害一样不应强加于人，不要伤害别人，设身处地地站在对方的角度为对方着想，把别人当作自己来看待、对待别人。孟子所说的"知命者不立乎岩墙之下"（《孟子·尽心上》），并非胆小怕死，而是为自己的亲人、需要自己的人着想，担心他们会因为失去自己而痛苦和无依无靠。这样的同情、仁爱是非常合情合理、真实可信的，它是建立在人人皆有的自爱自尊、互爱互尊、同情怜悯的共同基础之上的。不仅不彼此伤害，还要得体、适当、有度，不要让对方有心理压力、承受不起、无法接受。施仁爱于对方的时候，要不作秀，不显山不露水，不留痕迹，悄无声息，让对方觉察不到、不惊不辱。

孟子曰："老吾老以及人之老，幼吾幼以及人之幼。"（《孟子·梁惠王上》）由此可见，儒家的仁爱道德理想是建立在血缘伦理基础之上的，是有等差远近的，它是由己及亲、由亲及人、由近及远的。因为建立在人性人情的基础之上，显得更加真实不虚：一个人只有自爱而后才可以爱亲人，只有对亲人有真情才可以将爱扩展到血亲之外的他人。同时，儒家的仁爱又是开放而博大的，它将以血缘为纽带的父子之亲、兄弟之情延伸到没有血缘关系的夫妻之伦，进而又拓展到家庭之外的君臣之义、朋友之信，最后还要爱护、亲近那些没有任何关系的陌生人。《论语》有言："四海之内皆兄弟也。"（《论语·颜渊》）王阳明如是说："夫圣人之心，以天地万物为一体，其视天下之人，无外内远近，凡有血气，皆其昆弟赤子之亲，莫不安全而教养之，以遂万物一体之念。"（王阳明《传习录·中》）一个人，首先应该具备仁者的胸怀和爱心，只有从爱自己、爱私亲、爱家庭到爱社会，最后扩展为爱一切人的无边界的人间大爱，心里装着天下人，才可以成为一个真正的人、一个顶天立地的人。

有一种爱，是一般人无法理解、更难以接受和实施的，那就是无等差的爱，无条件、无边界的爱。这种爱，在中国叫兼爱，在西方叫博爱。它虽然不为常人理解，但却更深刻地体现出爱的真谛，显示了爱的境界和胸襟。

与孔子、孟子的由己及亲、由亲及人的等差之爱不同，墨子提出天下人平等的、无偏私的互爱、兼爱。因为他发现，兼爱是顺乎天意的，因而可以使爱者从中得到丰厚的回报："顺天意者，兼相爱，交相利，必得赏。"（《墨子·天志上》）"夫爱人者，人必从而爱之；利人者，人必从而利之。"（《墨子·兼爱中》）"爱人利人者，天必福之。"（《墨子·法仪》）也就是说，按照墨子的设想，你爱每一个人了，每一个人也以同样的爱回报你，我爱人人，人人爱我，这样就会出现一个和平温馨、爱意融融的世界大家庭。反之，则会带来仇恨和争斗："反天意者，别相恶，交相贼，必得罚。"（《墨子·天志上》）"恶人者，人必从而恶之；害人者，人必从而害之。""天下之人皆不相爱，强必执弱，富必侮贫，贵必傲贱，诈必欺愚。凡天下祸篡怨恨，其所以起者，以不相爱生也，是以仁者非之。"（《墨子·兼爱中》）"恶人贼人者，天必祸之。"（《墨子·法仪》）作为一种社会乌托邦，墨子勾画的我爱你、你爱我、人人兼相爱的社会理想显然美好，但显得虚幻缥缈，无法变为现实，后人特别是后儒，对此也多有质疑。孟子将杨朱和墨子并论，不仅否定，而且甚至将之类比为禽兽："天下之言，不归杨，则归墨。杨氏为我，是无君也；墨氏兼爱，是无父也。无父无君，是禽兽也。"（《孟子·滕文公下》）王阳明也指出墨氏兼爱缺少人性的依据和人心的动力："墨氏兼爱无差等，将自家父子兄弟与途人一般看，便自没了发端处；不抽芽便知得他无根，便不是生生不息；安得谓之仁？"（王阳明《传习录上》）但作为人性乌托邦，却显示了它的宏伟气象、无穷魅力和长盛不衰的生命力，也对后世人心人性的化育起到了很大作用。20世纪初，《民报》创刊号卷首刊登古今中外四大伟人肖像，与黄帝、卢梭、华盛顿并列，墨子位居其中，并被尊为"世界第一平等、博爱主义大家"。根据当时国情，梁启超提出"今欲救之，厥惟墨学"的口号。戊戌六君子之一的谭嗣同，更是墨子精神的尊崇者和践履者，他不仅"深念高望，私怀墨子摩顶放踵之志"，而且舍生取义，以血变法，用自己的生命捍卫了人性的尊严，表达并实现了对民族和人类的无私大爱。

　　与墨子的兼爱相似，耶稣提出了"爱人如爱己"的观念，不仅像爱自己一样爱父母兄弟，也同样像爱自己一样爱邻居，爱陌生人，爱一贫如洗的人，爱丑陋不堪的人，爱病魔缠身的人。爱是平等的，无差别，无远近，无偏私，不分血缘浓淡、远近、有无，不计亲疏、贫富、贵贱、贤与不肖。这样的博大之爱，甚至可以延伸、扩展到对手乃至仇敌的身上：一改耶和华的"以眼还眼，以牙还牙"的对仇人的仇恨和残忍，耶稣提出爱自己的仇人，并说："不要与恶人作对。有人打你的右脸，连左脸也转过来由他打；有人想要告你，要拿你的里衣，连外衣也由他拿去。""要爱你们的仇敌，为那逼迫你们的祷告。"(《新约全书·马太福音》)这种看似不可思议的态度和行为，在许多有圣徒精神的基督徒身上都变成了活生生的现实。耶稣的这种爱人如己、爱敌如友的观念，对人与人的关系、人的精神世界、生命形态和爱的形态都产生了重大的影响，使之发生了本质性的改变和飞跃。据史料记载，古罗马皇帝为了惩罚耶稣的信徒，竟然把他们投进狮子笼里。面对狮子的血盆大口和尖牙利爪，这些信徒不仅没有恐惧和躲避，而是含笑拥抱狮子，至死都露出从容、安宁、幸福的表情。同时，耶稣的爱的观念也改变了人类的心理结构和社会的走向：梭罗的"消极抵抗"理念的倡导，托尔斯泰的"不抗恶"或者"以爱抗恶"主张的坚守，印度圣雄甘地的"不抵抗运动"的发起，南非前总统曼德拉"非暴力斗争"的实行，等等，都是耶稣爱人如己、爱敌如友理念的余韵流响，共同构成了以良知、爱心、和平来谋求公平、正义、独立、自由的模式和途径，一改冤冤相报、以暴易暴的人类自相残杀的历史，为人与人之间的和平共处、和谐发展、真诚相爱掀开了崭新的一页。

三、"站在同一地平线上"：生而平等

封建礼教中的礼义，尽管对特定时代的社会秩序、道德伦理的建设起到了重要作用，但它的局限性甚至弊端是一望而知的，那就是它建立在等级制度和观念之上，存在着极大的不平等，甚至是反人性的。这样的礼教，是君对臣、父对子、夫对妇、长对幼、上对下、富对贫、强对弱等的统治、占有和压制；而反过来则是臣对君、子对父、妇对夫、幼对长、下对上、贫对富、弱对强的无条件地遵从、顺应和屈服。因此，它是强者、统治者制定的并为强者、统治者服务的君权、父权、夫权和强权的文化，是违背人性的礼，是与道格格不入的礼。对于这样的不平等、不公平，先秦圣贤就提出了质疑和拷问。孔子曰："丘也闻有国有家者，不患贫而患不均，不患寡而患不安。盖均无贫，和无寡，安无倾。"(《论语·季氏》)老子曰："天之道，其犹张弓欤？高者抑之，下者举之；有余者损之，不

足者补之。天之道，损有余而补不足。人之道，则不然，损不足以奉有余。孰能有余以奉天下？唯有道者。"（《老子》第七十七章）圣人果然不愧为圣人，在人之初时就发现社会中存在着人和人之间的不平等，并希望通过天之道的施行而加以纠正。

　　而在现代民主社会中，人和人关系的基本法则，也是第一法则，就是平等，因为平等是天赋的人权，是任何人或集团都无法剥夺和侵犯的神圣的权利。潘恩如是说："人权平等的光辉神圣原则不但同活着的人有关，而且同时代相继的人有关。根据每个人生下来在权利方面就和他同时代人平等的同样原则，每一代人同它前代的人在权利上都是平等的。……所有的人都处于同一地位，因此，所有的人生来就是平等的，并具有平等的天赋权利，恰像后代始终是造物主创造出来而不是当代生殖出来，虽然生殖是人类代代相传的唯一方式；结果每个孩子的出生，都必须认为是从上帝那里获得生存。世界对他就像对第一个人一样新奇，他在世界上的天赋权利也是完全一样的。"① 这种平等首先是人的基本权利，如生存权、参与社会的选举权和被选举权都是平等的，是任何人、任何组织和力量都不能侵犯和剥夺的。潘恩这样写道："天赋权利就是人在生存方面所具有的权利。其中包括所有智能上的权利，或是思想上的权利，还包括所有那些不妨碍别人的天赋权利而为个人自己谋求安乐的权利。公民权利就是人作为社会一分子所具有的权利。"② 其次更为重要的是在法律面前人人都是平等的：法律是所有公民都参与制定的，是所有公民意志的体现而不是贵族集团用来统治、镇压老百姓的工具；法律规定公民所拥有的权利，无论社会地位多么低级、多么人微言轻，都可以完全拥有；违反法律应该得到的惩罚，无论地位多么高，即使贵为总统、富豪，也得依法惩治，没有任何商量调和的余地。《人权和公民权宣言》第六条这样写道："法律是公共意志的表现。凡属公民都有权以个人的名义或他们的代表协助制定法律，不论是保护还是处罚，法律对全体公民应一视同仁；在法律面前，人人平

---

　　① 〔美〕潘恩：《潘恩选集》，马清槐等译，商务印书馆1981年版，第142页。
　　② 〔美〕潘恩：《潘恩选集》，马清槐等译，商务印书馆1981年版，第144页。

等，公民可按他们各自的能力相应地获得一切荣誉、地位和工作，除他们的品德与才能造成的差别外，不应有任何其他差别。"① 还有就是在这个基础上自然形成的人际间的人格上的平等，尽管人和人之间有着职业、身份、年龄等的不同，但在人之为人这一根本问题上，即在人格上都得到了彼此之间空前的尊重、宽容、忍让和关爱，长与幼、上与下、贵与贱、富与贫、父与子、夫与妇之间建立了一种真正意义上的相互尊重、彼此平等的新型的关系，一种真正的人和人之间的关系。

而人际间平等的前提和结果就是人拥有了真正的自由，平等的前提就是每个个体都拥有着任何权力都不能干预的自由，没有自由就无平等可言，平等、自由是相提并论的。卢梭如是说："每个人都生而自由、平等，他只是为了自己的利益，才会转让自己的自由。"② 《人权和公民权宣言》开篇第一条即为"在权利方面，人生来是而且始终是自由平等的"③。这可以看为卢梭原话的翻版。这种自由不是写在纸上仅供装点门面的摆设，而是实实在在地落实、体现在社会人生的方方面面，而且这些自由都得到法律的充分保障。《人权和公民权宣言》这样写道："十、任何人都可发表自己的意见——即使是宗教上的意见——而不受打击，只要他的言论不扰乱法定的公共秩序。"④ 这种自由最具体的体现就是在不违背法律的前提下，一个人可以使自己的意志和行为得到充分的自由，也就是要做符合自己意愿的事，同时也绝不做违背自己意愿的事。

自由、平等使人成为真正意义上的人，也是道赋予人、人性、人际的一个极为珍贵的礼物。

四、"胸怀祖国，放眼世界"：公民意识

在中国传统文化中，有着浓厚的家国情怀，有着忧国忧民的精神传

---

① ［美］潘恩：《潘恩选集》，马清槐等译，商务印书馆1981年版，第185页。
② ［法］卢梭：《社会契约论》，何兆武译，商务印书馆2003年版，第5页。
③ ［美］潘恩：《潘恩选集》，马清槐等译，商务印书馆1981年版，第185页。
④ ［美］潘恩：《潘恩选集》，马清槐等译，商务印书馆1981年版，第186页。

承，有着为民请命、为民做主的薪火相传。孟子曰："穷则独善其身，达则兼善天下。"（《孟子·尽心上》）《大学》也将"齐家""治国""平天下"并提，范仲淹也在其《岳阳楼记》中留下了"先天下之忧而忧，后天下之乐而乐"的千古名句，梁启超改顾炎武《日知录》文意曰："天下兴亡，匹夫有责。"在民族危亡之际，那些胸怀天下的仁人志士往往挺身而出，不惜舍生为民、以身殉国，就此我们可以列出一个长长的名单：文天祥、谭嗣同、陈天华、秋瑾、林觉民等。

不过，让我们感到悲哀的是，这些都是属于圣贤文化、士大夫文化、清官文化，似乎与国民大众关系不是很大，因为在中国，国民从来就没有在法律层面享受到一个公民的权利，从来就没有争取到一个真正为人的资格。在封建专制的统治下，一个人的生存权随时就可以被剥夺，触犯了贵族、皇权，就会招来杀身之祸，甚至满门抄斩、家灭九族。在暴政的统治下，没有公民可言，百姓只不过是像伏在地上任人践踏的草一样，是永远低人一等、仰人鼻息的贱民，当然在忍无可忍的背景下也会成为揭竿而起、以暴易暴、以血还血的暴民。这正如鲁迅所说的那样："中国人向来就没有争到过'人'的价格，至多不过是奴隶，到现在还如此，然而下于奴隶的时候，却是数见不鲜的。"他又进一步概括道：中国变来变去只有两个时代，"一，想做奴隶而不得的时代；二，暂时坐稳了奴隶的时代"①。

世界是世界上所有人的世界，国家是所有国民的国家，而不是仅仅属于某个人、某些权贵们的世界和国家，因而每个人、每个公民都应该拥有天赋的、神圣的生存、工作、学习、思想、信仰、言论、参与社会管理和监督的权利，这是什么人、什么集团、什么力量都无法剥夺的。这就是道，这就是真理，顺之者昌，逆之者亡，只是时间的长短而已，因而国人最最重要的就是践行于道，争取到一个公民最基本的权利。自由、权利是要靠自己争取的，而不是别人赏赐给你的，赏赐给你的也就不是自由和权

---

① 鲁迅：《灯下漫笔》，载《鲁迅全集》第一卷，人民文学出版社 2005 年版，第 224—225 页。

利了，只有自己争取到的才真实、可贵、可靠。就像顾准所说的那样：
"民主不能靠恩赐，民主是争来的。"① 如雅斯贝斯所言："自由不会主动
落在我们身上，也不会自动地保存；只有当它上升为意识并且为此承担责
任，才能保存它。"②

　　我觉着，当前最大的要务就是要争取到做人的权利。不要仅仅满足于
吃好、穿好、有房子、有车子的生活；宠物也天天享受美味，穿着价格不
菲的时装，被主人牵在手里、抱在怀里。一个为了吃、穿、住、行等生理
和世俗生活而沉醉不已的人，与那些被人豢养的宠物又有什么不同？而作
为一个真正的人，就要使自己的公民意识觉醒起来，那就是清醒地认识到
你不仅仅是一个吃饭穿衣的生物个体，也不仅仅是一个干活赚工资的劳动
者，你还是并首先是一个公民，你的言行、思想都应该与民族、国家的命
运息息相关、荣辱与共。不仅要有用法律的武器来维护自己和家人的基本
权利，对那些危害你的强人、强权说"不"，更要主动热情地参与到整个
社会的管理和监督活动之中，这就是萨特所说的"介入"。

　　"介入"是萨特提出的一个命题，也是一个当代人文知识分子面对社
会所应有的一种姿态和伦理：理应投身于制度的变革，参与社会的监督和
管理，批判社会的弊端和干预权力的运作；不能仅仅做社会大舞台上冷静
的看客，也不应满足于当一个待在书斋里的学究式的纯粹学者。他这样写
道："对知识分子来说，介入就是表达他自己的感受，并且是从唯一可能
的人的观点来表达，这就是说，他必须为他本人，也为所有的人要求一种
具体的自由，这种自由并不仅仅是资产者所理解的那种自由，但它也并不
取消后者。这就是赋予一种具体的内容，使之成为既是质料又是形式的自
由。因此今天比任何时候都更必须介入。作家与小说家能够做的唯一事情
就是从这个观点来表现为人的解放而进行的斗争，揭示人所处的环境，人
所面临的危险以及改变的可能性。"③ 而"介入"的动机和内涵就是以现

---

① 林贤治：《沉思与反抗》，复旦大学出版社 2010 年版，第 110 页。
② 林贤治：《沉思与反抗》，复旦大学出版社 2010 年版，第 143 页。
③ ［法］萨特：《他人就是地狱——萨特自由选择论集》，关群德译，天津人民出版社 2007
年版，第 69 页。

实的社会行动为自己、为人类而争取权利和自由，"我以两个齐头并进的原则的名义：首先，如果不是所有的人都是自由的，那么任何人都不可能是自由的；其次，我将为提高生活水平、改善工作条件而奋斗。自由不是形而上学的，而是实践的，它受到蛋白质的制约。只有当所有的人都能吃饱饭，都能从事一项他力所能及的工作时，人的生活才会开始。我不仅将为生活水平的提高，而且还将为每个人的民主生活的条件，为所有被剥削、被压迫者的解放而奋斗。在一个存在着剥削和压迫的社会里，……如果所有的人都表现出赞同的样子，那么作家就必须站出来表现那些不赞成者的生活，只有这样才能避免最坏的事情发生"①。

如果不是从概念而是社会实践出发，我觉得"介入"的方式有两种：一种是思想、言论的"介入"，一种是具体行动的"介入"。

知识分子之所以为知识分子，不在于他有强健的肢体筋骨，也不在于他拥有学富五车的专业知识，而在于他有深刻、敏锐的思想，具有对社会审视、批判的精神和勇气，拥有敢于同社会黑暗、邪恶抗争的血性和气节。林贤治这样写道："知识分子无力抵抗现实的威逼，唯有进入思想领域，才可以挑起犄角，使用牙齿"②，并指出"思想的全部力量在于批判"③。萨义德这样认为："知识分子扮演的应该是质疑，而不是顾问的角色，对于权威与传统应该存疑，甚至以怀疑的眼光看待。"④ 其实，不仅仅是知识分子，每一个公民都应该对社会进行监督。

同样或者更重要的是行动的"介入"。中国的先哲如王阳明、陶行知等都注重行在人生、社会中的意义，主张知行合一。作为一个当代知识分子，不能只是在思想、语言上做巨人而在行动上却是侏儒，更不能只是躲在幕后出谋划策、玩弄心计却不敢担当；一定要走在时代的前列，将自己融入社会变革的时代大潮中，担当起为民请命、救民于水火、挽狂澜于既

---

① ［法］萨特：《他人就是地狱——萨特自由选择论集》，关群德译，天津人民出版社 2007年版，第 65 页。

② 林贤治：《沉思与反抗》，复旦大学出版社 2010 年版，第 107 页。

③ 林贤治：《沉思与反抗》，复旦大学出版社 2010 年版，第 110 页。

④ 林贤治：《沉思与反抗》，复旦大学出版社 2010 年版，第 184 页。

倒、扶大厦之将倾的神圣的历史使命。如费希特所言："我是真理的献身者；我为它服务；我必须为它承做一切，敢说敢做，忍受痛苦。要是我为真理而受到迫害，遭到仇视，要是我为真理而死于职守，我这样做又有什么特别的呢？我做的不是我完全应当做的吗？"① 因为历史的进步、社会的变革，都是靠仁人志士的亲身践履甚至生命的牺牲为代价而取得的，美好、完善的社会制度不会自动地降临。正如雅斯贝斯所言："自由不会主动落在我们身上，也不会自动地保存；只有当它上升为意识并且为此承担责任，才能保存它。"②

不要说作为一个知识分子，就是作为一个普通的公民，都要摆脱自己身心世代因袭的奴性，为了争取自己正当的权利，为了推动社会制度的民主化进程，为了谋求一个公民应该拥有的尊严和自由，而做出自己的努力和贡献，而且要从自我做起，从身边脚下做起，从现在做起，但同时要注意运用智慧和策略，要遵守法律和程序。要如临深渊，如履薄冰，瞻前顾后，走好每一步，以免授人以柄，让那些心怀叵测、利令智昏、丧心病狂的既得利益集团不择手段地疯狂捕杀而找到借口。虽然这会磨钝刺向黑暗势力的剑锋，虽然延缓了走向社会坦途的速度，但仍要恪守建设性的理念，希望在社会的系统性风险已经出现的背景下，努力实现开闸放水、消除隐患的目标，而要极力避免出现坝溃堤决、家毁人亡的结局。

第五节 人之梦

即使是那些在现实生活中过得非常好，甚至是非常得意的人，也会有梦。梦是人的愿望的虚幻的达成，是人想成为而没有成为的那个样子，是一种虚幻的美好。它是道在人身上的潜在性、无限可能性的虚幻式、审美

---

① ［德］费希特：《论学者的使命·人的使命》，梁志学、沈真译，商务印书馆 2005 年版，第 45 页。

② 林贤治：《沉思与反抗》，复旦大学出版社 2010 年版，第 143 页。

式的显现。从这个意义上说，梦比醒、梦想比现实更接近道。

人之梦的形态多种多样。最常见的形态是夜里出现在睡眠中的梦，它是对白天无法满足的欲望的弥补和满足，是对过往的伤痛的修复、疗治，是对现实缺憾的慰藉、抚慰，是对未知的未来的一种畅想和勾画，当然也是奋然前行的动力和方向。另一种形态是酒醉的状态，是酒神附体的状态，人间的清规戒律在特定的时空中失效了，人可以进入一个天马行空、自我放纵的自由自在的境界和空间。还有一种形态是童话的世界，在遐想或阅读中忘掉了世俗的功利和人间的烦恼，穿越时空与那些用文字、色彩、音响建构的世界以及跃动于其中的大心对话，在如诗如画的境界里物我两忘、流连忘返。还有一种形态是醒时的梦，我们有时称其为梦想，有时称其为理想，那是一个人渴望成为的状态、一个可望而不可即的目标，是一直牵引着人前行而不停下脚步的那样的风景。

在梦的美好和虚幻中，痛苦不再是痛苦，灾难不再是灾难，缺憾不再是缺憾。在梦中，人生焕发出勃勃生机，生命变得流光溢彩。在梦的体验和分享中，人才成为健全的、圆满的人。梦和醒、现实和理想、实在性和可能性，相互交织，彼此映衬，才会使人完成自己。

一、"梦是一种不自觉的诗的艺术"：美梦如诗

梦是与生俱来、无师自通的。它是人的最好的朋友，就像日光下的影子伴随着你一样，梦也会与你须臾不离，陪伴你一生。那些初生的婴孩，醒时表情呆板，面无笑容，但常常会在沉睡中笑得满脸开花，甚至咯咯有声，那是婴孩在梦中回味到母亲子宫中的温暖、美好吗？即使你老得走不动了，困在屋内，瘫在床上，但却无法囚禁、阻挡你的心灵在梦中周游世界，甚或穿梭在过去、未来的时空隧道之中。

梦是虚幻的。它是那么短暂，一闪即逝；它又是那么飘忽不定，醒时即灭；它只在沉睡时和黑夜里蠢蠢欲动，而无法在阳光下、清醒中呈现真身；它是荒诞不经的，人们往往把一些胡言乱语称为梦话，把不可思议的行为讥为梦游，把不可实现的愿望斥为白日做梦。

梦又是美丽的。你所渴求、向往的世界上一切美好的东西，春天、鲜花、明月、童年、青春、财富、爱情、美女、帅哥、长生等，都会在夜晚降临在你的梦中，因而梦是愿望的愿望、圆满的圆满、诗意的诗意、美丽的美丽。我们祝愿一个人时往往会说："愿你好梦成真！"亲朋好友在临睡前会彼此这样道别："做个好梦！"从而梦也就成了人们孜孜以求的人生目标的代称，马丁·路德·金有一个著名的演讲，题名即为"我有一个梦"。

美丽的虚幻，虚幻的美丽，因美丽而虚幻，因虚幻而美丽，这就是梦的特性。老子说："信言不美，美言不信。"（《老子》第八十一章）王国维说："可爱者不可信，可信者不可爱。"① 这些说的都是现实中的悖论，也可以拿过来反着说梦。在严峻的生存中，人既需要直面现实中丑陋的真实和真实的丑陋，同样也在内心深处渴望梦中的虚幻的美丽和美丽的虚幻。现实和梦想是人生的两个翅膀，缺少一个都无法飞行。现实生活中的伤痛、缺失、遗憾，都需要梦来弥补、修复和完善。

人人都有梦，人人都需要梦。梦可以给人在醒着时无法得到的东西，梦可以帮助人实现在现实中实现不了的愿望，梦可以满足人在日常生活中不能满足的欲求。梦除去了人在日光下的面具，而在夜幕的遮盖下隐藏在心底的秘密可以被呈现出来，还原为赤裸裸的自我。梦驱赶了现实中的人与人之间的隔膜、冰冷和僵硬，给人带来了亲切、温馨和美好。梦打破了美与丑、贫与富、贵与贱、老与少的差别和间隔，给人带来平等、自由和快乐。那种平时无法想象、可望而不可即的企求，在梦中成了真真切切的存在。困守沙漠、饥饿将死之人，在梦中大快朵颐，兴奋得要死要活；失恋者、单相思者在梦中与心上人拥抱、热吻。梦还帮助你进入时空隧道，在其中自由穿梭。死去的亲人可以复活，参与着活人的日常活动，你的思念、牵挂都可以在梦中向死而复生的亲人倾诉、表达；小孩子一夜之间不仅长出了爸爸的胡子、穿上了爸爸的衣衫，而且还拥有了爸爸的成熟、智慧、力量和威严；老态龙钟、步履蹒跚的老人，也可以在梦中返老还童，重温翩翩少年的风流浪漫。因为有了梦，缺憾不再是缺憾，而人生的残缺

① 王国维：《王国维文选》，上海远东出版社 1997 年版，第 108 页。

也都可以变得圆满。这又回归到弗洛伊德的那个观点：梦是愿望的达成，虽然只是虚幻的达成。就像每个人都喜欢美丽的谎言一样，人们也同样乐于沉醉在梦的温柔之乡。

人生如梦，像梦一样短暂、空幻；梦如人生，梦里浓缩、映射了人的一切生活内涵和心灵秘密。佛经常常把宇宙人生比作梦和幻，《金刚经》云："一切有为法，如梦、幻、泡、影，如露亦如电，应作如是观。"大家都知道庄周与蝴蝶互梦而迷的故事：庄周夜里梦见自己变成了一只蝴蝶，自由自在地翩翩飞舞，感到非常快乐，忘记了自己是庄周，一觉醒来，发现自己不过还是原来的庄周。最后，他感叹道："不知周之梦为胡蝶与，胡蝶之梦为周与？"（《庄子·齐物论》）在梦中体验了人生，同时又怀疑人生不过是一场梦，这样的感悟和困惑在因"我思故我在"的哲学命题而闻名于世的法国哲学家笛卡尔那里有了异曲同工的版本：他穿着棉袍子在壁炉旁烤火取暖，但他又怀疑这是真的。因为在以前他做的许多梦里，他也曾多次梦见自己像现在这样穿着棉袍在壁炉旁取暖，因而笛卡尔也像庄子一样，怀疑自己眼下是不是也同在梦中那样虚幻不实。庄子也好，笛卡尔也罢，作为圣哲，怎么会梦醒不分呢？他们都是大知大觉、先知先觉者，不过是用这种寓言的形式来说明人生如梦、梦若人生的道理和感觉罢了。

人人有梦，但梦梦不同。同样是梦，却又因人而异。好人有好人的梦，恶人有恶人的梦；浊者梦浊，清者梦清。你是什么样的人，就会有什么样的梦。梦就像一面镜子，是一个人现实生活的折射，是一个人生命轨迹、内心世界、心灵情感的全息投影。你的善与恶、美与丑、真与假、智与愚、迷与悟、贤与不肖等，也同样会以各种不同的形式呈现在你的梦里。白天醒时的纯正或邪恶、作恶或行善、快乐或痛苦、幸福或烦恼，在夜晚的梦里又会重温一次，并随之增添了一倍。心底纯正高洁之人，他的梦也必定是美好、温馨、洁净的，他不会被恶梦、怪梦、邪梦、淫梦所困所缠，所以一个自我修行的人，不仅修行他的醒，也修行着他的梦。庄子这样描写"古之真人"："其寝不梦，其觉无忧，其食不甘，其息深深。真人之息以踵，众人之息以喉。"（《庄子·大宗师》）真人、好人、有德之人，坦坦荡荡，无忧无虑，无愧天地，不惧鬼神，以至于可以无梦而眠。不过，无梦也像做好梦、美梦一样美好和愉悦。要想好梦常在，就要首先做好人，而且一辈子做好人。人好梦自好，心清梦自清。而那些虚情假意者、傲慢自大者、奢华糜烂者、贪赃枉法者、为非作歹者、作恶多端者，都会被邪梦、淫梦、丑梦、噩梦纠缠不休，他们会在一个噩梦连着一个噩梦中苦苦挣扎，饱受煎熬，痛苦不堪。一个人在白天醒时所造的业，在夜里、在梦中就会遭到果报、受到惩罚，要想进入安宁、平和的梦乡，首先就要断恶念、绝恶行。

梦美丽、空灵、飘逸，如诗如画。达尔文曾说："做梦最能使我们懂得，想象力是什么东西，而瑞希特尔又说过，'梦是一种不自觉的诗的艺术'。"[1] 梦神秘、诡异、奇幻，却更能抵达生命的本质，以独特的方式显示了人性的奥秘。荣格说："梦是那永恒的创造的源泉：自性（道）所传递给我们的消息。"[2] 梦把人带入了他的故乡，回到了生命的本原上来，与先祖进行了神秘的连通和对话：梦中的自由飞翔，是对现实中自身不能飞的局限而渴望、虚幻的弥补、自慰，还是远祖会飞的这种实际能力在后代记忆中的神奇重现？抑或就是自我前世曾经亲历亲为的心理再现、复活？——假如真有前世的话。从高高的天空、险峰向深不见底的大海、峡谷失控地、自由落体式地飞速跌落的梦，是对先辈贴近自然、风险遍布、危机四伏生活的记忆，还是现实中人倒行逆施、离经叛道行为而必遭恶报的来自苍天的警示？梦中反复呈现的野花点缀、杂草蓬生的田野，溪水环绕、炊烟袅袅、犬吠鸡鸣、人语之声交映的村落，倒映在如镜一般的静水中的、在夕阳的映照下披着奇光异彩的青山，在森林和夜色之中穿行和泼洒的如水一般的月光，这是在母亲子宫中安宁、温暖、幸福经历的重温，还是先民真实的生活情境、人生图画的神秘重现？天际路断、人海心迷的梦境，究竟是人们自我现实生存处境的隐喻表达，还是人类未来命运的神

① ［英］达尔文：《人类的由来》，潘光旦、胡寿文译，商务印书馆1983年版，第112页。
② ［美］戴维·罗森：《荣格之道》，申荷永等译，中国社会科学出版社2003年版，第8页。

喻式的暗示、警示？从这个意义上来说，梦比醒更真实，幻觉比肉身在俗世中的游走更真切，因为它排除了外在、他者、日常的一切纷扰、诱惑，只留下心灵的聆听和倾诉。弗洛伊德这样写道："做梦是梦者回到早年状态的一个例子，是他儿童时代占支配地位的那些本能冲动以及当时行之有效的表达方式的复活。在个人的这个童年背后，我们有望有一幅种族发生的童年图画——一幅人类发展的图画——个人的发展实际上不过是生命的偶然机遇的一次简短的复演。"①

个人有个人的梦，集体有集体的梦。个人的梦滋长在自己的夜里、自己的床上、自己的心中，而集体的梦即种族的梦、人类的梦，则凝淀在神话、传说和宗教里。个人的梦是小梦，是私我的愿望的达成，而神话、传说、宗教作为人类的大梦则对应、承载、实现着人类共同的愿望和希冀，那就是永恒、长生、不朽。而神话、传说则可以使人既无须遵从宗教的清规戒律，又可以让人的愿望、欲求实现最大化。那些传说、神话中的神、英雄，都有着超自然的特异功能和神通，能够创世造人，能够改天换地，能够腾云驾雾，能够登月射日；当然也能够拥有最大的自由，得到最大的快乐：想活多久就可以活多久，想到任何地方游玩转眼就到，想和谁恋爱就可以和谁恋爱，想得到什么就可以得到什么，想杀了谁就可以立马要了谁的小命，当然还可以不负任何责任。在个我的小梦中看似荒诞不经的事情，在人类的大梦中都变得合情合理、顺理成章。

个人的梦，人类的梦：梦想、呓语、神话、传说、宗教，共同构成了人类向上飞升的交响，摆脱沉重的肉身和喧哗的尘世，向着无限和永恒的世界升腾。

二、"对酒当歌，人生几何"：诗酒风流

醉是酒融入肉身之后生命呈现的状态，但这样的非常态或者说失态，却常常让人赋予了美好的称谓，如沉醉、迷醉、陶醉、醉人、心醉、酒不

---

① ［奥］弗洛伊德：《释梦》，孙名之译，商务印书馆 1996 年版，第 550 页。

醉人人自醉等。酒是一种神奇的液体，是如水之火，又是如火之水，它既有水一样的柔和、温润，又有着火一般的热烈、狂躁。它流进人们的肠胃、血液，也同时浸入心灵，让生命燃烧，使灵魂舞蹈。像是一剂仙药，它使沉重的肉身变得轻飘如羽，让人摆脱了世俗的纠缠、人生的烦恼、伦理的束缚，使人进入了自由、快乐、忘我的生命状态，给人带来了洒脱、风流、飘逸之感，让人自由自在、欲仙欲死、翩然若鸿，从而醉成了白日的梦境，化作了此岸的天国。《世说新语》中有这样的记载："王光禄云：'酒正使人人自远。'""王卫军云：'酒正引人著胜地。'"（刘义庆《世说新语·任诞第二十三》）确实如此，酒及其所带来的醉，改变了人的生命形态、心理感受、审美趣味，让每个人都可以进入常态中达不到的生命的佳境、人生的胜地。

人生在世，充满着忧愁、烦恼和痛苦，而摆脱忧烦、寻求快乐构成了人生苦苦追寻的一大目标。曹操咏酒之名句云："何以解忧？唯有杜康。"（曹操《短歌行》）他深得酒之妙理，颇解醉之佳境。魏晋名士重个性、崇自由，在专制社会的压抑之下，也只有在酒中求解脱："阮籍心中垒块，故须酒浇之。"（刘义庆《世说新语·任诞第二十三》）以"性嗜酒""造饮辄尽，期在必醉"的五柳先生而自况的陶渊明，也这样来描述酒对自己的忘忧之用："试酌百情远，重觞忽忘天。"（《连雨独饮》）"泛此忘忧物，远我遗世情。"（《饮酒其七》）我们都知道，酒精对人的神经有相反相成的双重作用：麻醉和兴奋。如果说酒是以麻醉的方式消极地让人忘掉从而远离、解除了烦恼、焦虑和痛苦的话，它还以兴奋的方式让人在醉中体验到一种快乐、自由、幸福之感。曹操赋诗曰："对酒当歌，人生几何？譬如朝露，去日苦多。"（《短歌行》）是的，人生苦短，觉醒的个体痛感青春不再，岁月匆促，生命难久，为何不在歌酒酣醉中享受生命的畅快淋漓呢？这里的醉酒不是挥霍生命、自我放纵，而是珍惜生命，享受人生之乐。因为生命的美好不仅在对过往的回忆中，也不只在对未来的憧憬中，也不是在对来世的虚妄寄托中，重要的是在当下的瞬息中、生命的律动里，现时的诗酒风流比不可靠的未来的功业名声更有意义，故而张季鹰这

样慨叹道："使我有身后名，不如即时一杯酒。"（刘义庆《世说新语·任诞第二十三》）

美酒、酣醉不仅让人忘忧得乐，还使人进入审美的状态；不仅让人在内心感受到人生之美，还让人通过眼睛看到他人在容颜、神态上的实实在在的美的变化。醉眼迷离，故而映射出视野中的人、物，无论形状还是色彩，都呈现出朦胧、柔和之美，如在月下影中，自然会体会到别样的美感。心醉改变了常态的心理，浮想联翩，幻影频现，如坠云雾，如在梦中，品味着世事人生灵动幻美之妙。醉态之中，人卸下了社会、文化、道德强加在人身上的面具，返归本真，使人显得憨态可掬、稚纯可爱，多了几分与成年人渐行渐远的童趣，故而苏轼有了"老夫聊发少年狂"（苏轼《江城子·老夫聊发少年狂》）的激情。酒使人心跳加速，血流通畅，反应到面容上，自然会耳热脸红，以致女人面如桃花，平添了几分妩媚；男人也会面颊红润，好像唤回了流失的青春。苏轼诗句"寒心未肯随春态，酒晕无端上玉肌"。（《红梅》）既是写梅，也是写女人因酒而美艳欲滴。而另一诗句"翠袖倚风萦柳絮，绛唇得酒烂樱珠"（《浣溪沙其五》），则直写女子微醉之时嘴唇红艳如灿烂的樱桃那样的美丽动人。苏轼在《纵笔》中这样写道："小儿误喜朱颜在，一笑那知是酒红。"（《纵笔其一》）纳兰性德在其《浣溪沙》中这样吟唱："漫惹炉烟双袖紫，空将酒晕一衫青。"这里先后提到的"酒红""酒晕"，都是指人因喝酒而微醉而红光盈面、青春重返的写照。

醉让人从社会、他人、习俗强加在身心上的枷锁中挣脱出来，对那些僵腐的伦理、道德、纲常进行彻底的颠覆，从而使压抑、拘禁的生命得以释放、宣泄、狂欢，让人生进入自由自在、放荡不羁的状态。那些真人、名士都能以酒为友，以醉为乐，蔑视礼法，我行我素，任性自然。竹林七贤之一的刘伶，他妻子见他纵酒无度，沉醉如病，就砸坏了他的酒具，哭着劝他戒酒。他骗妻子准备酒肉祭神以戒酒，自己却跪在神像前祷告道："天生刘伶，以酒为名，一饮一斛，五斗解酲。妇人之言，慎不可听。"接着，他还把供神的酒肉吃喝掉，沉醉不醒。（刘义庆《世说新语·任诞第二十三》）他纵酒时常常无拘无束，以至于在屋子里赤身裸体，一丝不挂。当别人讥笑他时，他不仅不以为耻，反而反唇相讥："我以天地为栋宇，屋室为裈衣，诸君何为入我裈中？"（刘义庆《世说新语·任诞第二十三》）真可谓显真性情，得大自在。陶渊明也同样是在痛饮和酣醉中使生命进入了酒脱、狂放的状态。他这样写自己："若复不快饮，空负头上巾。但恨多谬误，君当恕醉人。"（《饮酒其二十》）这些都显示了诗人饮酒时及醉后的真率、放达和自由的状态：生命在酒的作用下，摆脱了凡俗常理的羁绊而获得了彻底的解放。昭明太子萧统在其《陶渊明传》中也这样写他："贵贱造之者，有酒辄设。渊明若先醉，便语客：'我醉欲眠，卿可去。'其真率如此。"因为有了酒，有了醉，诗人的平淡的生活便多了几分光彩，日常的人生便平添了许多激情，凡常的生命便突显不羁的酒脱风流。

在特定的时间和场景中，人们往往会郑重肃穆地把酒浇在地上，以之来祭祀神灵、先祖和逝去的亲人，这种仪式专门有个称谓，叫作酹。纳兰性德歌曰："湘灵杳，一樽遥酹，还欲认青峰。"（《满庭芳·题元人芦洲聚图》）从我们手中泼洒出的酒，在地上空中渗透挥发，好像是从我们心灵深处发出的虔诚的祈祷，从而与神灵、先祖和逝去的亲人产生了神秘的沟通和交流。祭神如神在，心到神即知，我们的敬畏之心、缅怀之意、思念之情，也随着酒而得以传递。与此同时，神灵、先祖、逝去的亲人也会在另一个世界得到慰藉，并反过来给我们以关怀和护佑。而那些富有奇思妙想的诗人，往往别出心裁，还会进而以酒祭天地日月、高山流水、大漠荒野。苏轼词曰："人生如梦，一樽还酹江月。"（《念奴娇·赤壁怀古》）长江、明月，都成了以酒祭奠的对象。而高高地悬在天空、可望而不可即的明月，在醉者的眼中、心里，变得亲近了，不仅成了问询的对象，还进而成为邀请共酌的友人。李白在《把酒问月》中歌道："青天有月来几时，我今停杯一问之。"苏轼借其意而书之："明月几时有，把酒问青天。"（《水调歌头》）李白《月下独酌》中有"举杯邀明月，对影成三人"的奇思遐想；与李白相近，苏轼在《念奴娇·中秋》中也有了"我醉拍手狂歌，举杯邀月，对影成三客"的狂放之举。以酒问天邀月，把天地水月拟人化，并作为一种个人仪式，个体对其亲近、倾诉，从而与蓝天、明月、大地、流水等融合交汇，彼此成为一体，将短暂、渺小的个我汇入了天地自然的无限和永恒之中。

酒是无辜的、清白的、醇香的，关键还是什么人喝，为何而喝，因何而醉。酒一旦与权力、金钱、世俗、功利结合，为顽劣粗鄙之人所用，则会多了粗俗污浊之气，多了乖戾暴虐之风；而与琴诗、书剑、雅士、豪杰相遇相合，则平添了几分豪放洒脱、雅趣风流。

在古今文人的心目中，诗与酒是密不可分的，常以诗酒风流来形容文人雅士的文质彬彬、儒雅兼洒脱之美。北宋的朱敦儒在其词《鹧鸪天·西都作》中写道："诗万首，酒千觞。几曾著眼看侯王。"南宋的黄机也咏唱出同样的词句："诗情吟未足。酒兴断还续。"（《霜天晓角·仪真江上夜泊》）纳兰性德在《潇湘雨·送西溟归慈溪》中这样吟诵："君须爱酒能诗，鉴湖无恙，一蓑一笠。"酒中有诗，诗中含酒，诗酒风流。酒醉作诗，诗有了醉酒的汪洋恣肆和醇厚芬芳；融诗入酒，则因酒而醉中多了几分从容优雅和风流浪漫。

三、"语言是存在的家"：符号家园

恩斯特·卡西尔把人定义为符号化的动物。他认为拥有和使用符号，从而不仅与其他动物共享着同一个物理世界，还特有着一个符号的世界，这是人所独具的一个本质特征。他这样写道："我们应当把人定义为符号的动物来取代把人定义为理性的动物。只有这样，我们才能指明人的独特之处，也才能理解对人开放的新路——通向文化之路。"①

人通过符号系统的拥有而为自己打开了另一个世界的大门。他不仅生活在平面、单一的现实世界，还生活在由回忆、梦想、想象构成的理想的世界，而这个看不见、摸不着的世界则更加丰富、完美和激动人心，"人

---

① ［德］恩斯特·卡西尔：《人论》，甘阳译，上海译文出版1985年版，第34页。

不再生活在一个单纯的物理宇宙之中，而是生活在一个符号宇宙之中。语言、神话、艺术和宗教则是这个符号宇宙的各部分，它们是织成符号之网的不同丝线，是人类经验的交织之网。……即使在实践领域，人也并不生活在一个铁板事实的世界之中，并不是根据他的直接需要和意愿而生活，而是生活在想象的激情之中，生活在希望与恐惧、幻觉与醒悟、空想与梦境之中"①。

符号系统的普遍性、有效性和全面适用性的特点，使它所构建的符号世界摆脱了现实世界的物质性、偶然性和短暂性的局限，拥有了思想性和理想性，因而更为完美和持久，从而给人的视野带来了极大的拓展，也给人的心灵以极大的解放，使人类进入了一个更为自由宽广的崭新世界。

符号系统虽然由神话、宗教、艺术、科学、历史等众多因素构成，但其中最基本与核心的元素是语言。它是其他符号的基础，或者可以说是符号的符号。如果没有语言，符号的其他形态就不会出现，或者不能像现在那么完备，因而恩斯特·卡西尔所定义的人是符号化的动物，也可以置换为人是语言的动物，或者说拥有和使用语言构成了人之所以为人的本质特点。海德格尔这样说："我们总是不断地以某种方式说话。我们说话，因为说话是我们的天性。说话首先并非源出于某种特殊的欲望。人们认为，人天生就有语言。人们坚信，与植物和动物相区别，人乃是会说话的生命体。这话不光是指，人在具有其他能力的同时也还有说话的能力。这话的意思是说，惟语言才使人能够成为那样一个作为人而存在的生命体。作为说话者，人才是人。"②

人类使用的语言有多种多样的形式，有口语和书面语，有特殊人群使用的手语和盲文。其中，口语是人类语言的最基本和最重要的形式，它源于并应用于人类生产和生活中的交流和表达，与人的现实生存密不可分、息息相关。而书面语是语言发展到一定阶段的产物，它是口语的一种精致和高级的形态。文字的出现把语言带到了这样的高度，书面语言及其所构

---

① ［德］恩斯特·卡西尔：《人论》，甘阳译，上海译文出版 1985 年版，第 33 页。
② ［德］海德格尔：《在通向语言的途中》，孙周兴译，商务印书馆 2004 年版，第 1 页。

建的世界完全可以脱离言说者而独立自存，不仅可以用书信的形式给千山万水之远的人捎去问候，而且还可以传之后世，甚至死后多年还可以对活着的人产生启迪，因而让人油然而生对语言文字的敬畏之感。相传仓颉造字而惊天地、泣鬼神，以至于出现了"天雨粟，鬼夜哭"（《淮南子·本经训》）的瑞征和异兆。其实，人类拥有和使用语言的能力，无论东方还是西方，都认为是一件不可思议的神奇的事情。卡西尔这样说道："语言的起源问题，在任何时候都对人类心灵有着不可思议的诱惑力。人类在其蒙昧初开之际就已对此感到惊奇。许多神话都告诉我们，人是如何从上帝本身那里或靠着一个神圣的导师的帮助而学会说话的。"①

语言虽然有不同的形式和各异的传达、表现方式，但作为一种符号系统，其最根本的原理、规则、要素却是一致的。首先就是每一物都有一个名字，这个名字所使用和对应的词是音、形、义的结合体。虽然这个名字与物的联系带有一定的随意性，但彼此关系一旦确立，就在共同使用的族群中达成了共识，因而这样一个名字完全可以脱离实物的具体、感性、特殊的特征而独立存在和言说。名字不仅可以指称实有的存在，还能指称看不见、摸不着的存在，甚至根本不存在的存在。看似可有可无的名字却是如此重要，以至于恩斯特·卡西尔这样说："没有名称的帮助，在客观化过程中取得的每一个进步，就始终都有在下一个瞬间再度失去的危险。"②

其次，语言表达着世界中万事万物的复杂关系。在现实中的某一个具体的存在，转换到语言中，则凝结、映射着千丝万缕、错综复杂的关系。这既有从属关系，如现实中的某一个人就是某一个人，而在语言体系里，我们发现他或她从属于男人或女人、老人或中年人或青年人或儿童、中国人或外国人；向上还可以追溯到他或她是属于动物中的灵长类而不是其他动物，更不是植物，再向上还可以追究到他或她是生物而不是非生物，等等。也有彼此并列相对的关系，如人与大地、苍天的人与自然的关系，你、我、他之间的人际关系，自身的精神与身体的灵与肉的关系等。在自

---

① ［德］恩斯特·卡西尔：《人论》，甘阳译，上海译文出版1985年版，第151页。
② ［德］恩斯特·卡西尔：《人论》，甘阳译，上海译文出版1985年版，第169页。

然状态下混沌不清、一团乱麻的世界，因为语言的命名和梳理而清晰可辨、井然有序、丰富多彩。

再次，语言是一个严密统一的系统和整体。它是由一系列完整的元素、秩序、规则构成的符码世界，每一个体可以使用但却不可随意改变它，只能无条件地遵从。就像一个象棋棋手可以先跳马，也可以先平炮，这是你的自由和个性，但你不能让车翻山、让相走日。正如索绪尔所言："语言以存储在某一集团每个成员大脑中的全部印象的形式存在，几乎就像他把一本词典的相同副本发给每一个人。语言存在于每个个体中，同时也是所有人共有的，而且不被存储者的意志所左右。"①

语言是先于个体而存在的。每一个体来到人世，就被抛掷在先你而在的、预设的、先验的语言的汪洋大海之中，你要想成为一个合格的社会成员，就必须抛弃与生俱来的那种生物的、心理的、混沌而真实的经验世界，转而认同、学习、屈从、融入那个巨大的、无所不在的语言之网。可以设想一下，一个独自身处异国而又不懂当地语言的游客，你说的、写的别人不懂，别人说的、写的你不懂，那么你的遭遇可能就是虽然身上不缺钱，但你饿了却找不到饭店、内急了找不到厕所、夜里找不到旅馆睡觉，当然也无法坐上火车和飞机，即使坐上了也无法说清到哪里去。而根本没有语言能力比这还要糟糕得多，因为你根本就不会说、不会写，也不会听、不会看。相反，那些聋、哑、盲的残疾人，一旦熟练地掌握了语言，则会一下子变得心明眼亮、耳聪目明，好像是找到了一把神奇的钥匙，瞬间进入了人间的天堂，重获了一双心灵的翅膀，可以在语言的天空中自由飞翔。美国的海伦·凯勒原本是聋、哑、盲兼具的儿童，但后来经过刻苦学习，不仅考上了大学，还进而掌握了五门语言，并著有十五部著作，成了闻名全球的作家、教育家，也为人类创造了一个因语言的习得而使丑小鸭变为白天鹅并从地狱飞升天堂的传奇和神话。

每个人都不甘于仅仅生活在日常的、外在的物理世界、现实世界，因

---

① ［瑞士］费尔迪南·德·索绪尔：《普通语言学教程》，刘丽译，九州出版社 2007 年版，第 43 页。

而自然而然地会走进文学家、哲人们书写的人文世界，以拓展自我的心灵空间，丰富自己的精神、情感世界，提升个人的人生境界。我们每一个普通人都可以享受着语言构建的诗意世界带来的天地的神奇、人性的润泽和心灵的惊喜。在有限生命中的某个时刻，当我们无意间打开一本书的时候，时空的间隔和制约一下子消融了，先贤今哲的慧心睿思穿越了尘封的时空隧道，抚慰、开启了我们的心智，撞击着我们的心灵，从而使我们豁然开朗，好像是让我们生出了第三只眼，看见了现实中看不到的另一个世界；好像是给我们打开了一扇门窗，使我们走进了另一个神奇的天地；好像给我们的心灵插上了翅膀，让我们在浩渺无际的另类的空间中自由翱翔。在那个美妙的时刻，小我消融，与远古的大心碰撞、共鸣、拥抱，从而有了心灵的皈依和托寄。

并不是所有的人都可以走进并居住在语言之家。许多人寒窗苦读十几年，不过是在读文凭，为稻粱谋，为了叩开向上升迁的大门；有的人阅读，不过是附庸风雅，将之作为装点自己的饰物和向人炫耀的谈资；有的人阅读是出于好奇，在字里行间搜寻情怨恩仇、名人轶事、明星绯闻，甚至社会黑幕、杀人越货、劫财劫色，贪图猎奇的艳俗之乐；还有的走得更远，对语言之家不屑一顾，转身离去，甚至哂然一笑，面露讥讽之色。由此可见，语言之家的大门只对慧眼诗心打开，换句话说，只有那些拥有诗人的心灵、情感和关注精神世界、审美价值的哲人眼光、观念的人，才能拥有打开语言之家大门的钥匙。相反，那些性情愚浊之人，则只会在语言之家的门外徘徊，只会满足于尘世的浮华并沉醉于肉身的放纵之中，永远流浪野外而无家可归。

四、"生活在别处"：理想世界

人并不满足于自己现实的生活、已有的生活、此时此地的生活，而是向往着自己没有得到的生活、他人的生活，正如法国诗人兰波所吟诵的那样："生活在别处。"这就是人性，他不仅生活在现实的时空和日常的世俗生活中，还生活在梦想之中。

梦想是白天的梦，是醒着的梦，也是道在人心中埋下的一颗神奇的种子。人的肉身和世俗生活是狭隘的、被禁锢的、现实的，而人的梦想作为人想成为的样子和形态，则是自由的，有着无限的可能性。梦想冲破了灰色人生、暗淡生活的束缚而进入了自由而五彩缤纷的世界，体验着虚幻的美好，想象着自己另外的可能或不可能的样子和人生，与已有的、现实的迥然不同的恋情、婚姻、职业、生活方式，或者假想着自己出生在另外一个家庭、有着另外的血统，甚至是出生在别的国度，有着另外的肤色、语言、文化、活法。当然，在遐想中也可以回到现实中无法回到的过往，对自己的一切特别是人生那些重要的、本质的东西来一次重新选择，如爱情、职业等。这些都可以是散点式的、散乱无章的，也就是想想而已。而想一想，就很美好，就可以缓解心理的焦虑，就能够让人得到精神上的解脱，就可以实现一种超脱、穿越的自由和快乐。想象超越了时空，心离开了肉身，在另外一个空间里自由徜徉、飞翔。陶渊明诗曰："情通万里外，行迹滞江山。"（陶渊明《答庞参军》）想象改变并创造了时间，长生不老，返老还童，回到过往，这些现实不可能的事情都变成了现实。梦想中的心灵是自由自在、无拘无束的，摆脱了肉身的滞重和束缚。梦想因为自由而美丽，并不一定都会变成现实，但它会在心灵里播下种子，向着现实生长。心有多大，天就有多大。人的许多神话般的梦想如千里眼、顺风耳、日行千里、上天入地等，不都变为现实了吗？正如林语堂所言："梦想无论怎样模糊，总潜伏在我们心底，使我们的心境永远得不到宁静，直到这些梦想成为事实才止；像种子在地下一样，一定要萌芽滋长，伸出地面来，寻找阳光。"（《生活的艺术》）美国总统威尔逊也写下了类似的感受："我们因梦想而伟大，所有的成功者都是大梦想家：在冬夜的火堆旁，在阴天的雨雾中，梦想着未来。有些人让梦想悄然绝灭，有些人则细心培育、维护，直到它安然度过困境，迎来光明和希望，而光明和希望总是降临在那些真心相信梦想一定会成真的人身上。"

梦想是私密而不为外人道的，只是自己想想而已，有时甚至会陷入想入非非的迷境。要想让梦想照耀着阳光并梦想成真，就要让梦想升华为理想。理想，顾名思义，就是梦想中增添了理，或者说循道顺理的梦想就是理想。同名为理想，在不同的人那里，又有纯杂、清浊、雅俗之分，我们所张扬的理想，是纯粹的、清洁的、崇高的理想，而不是仅仅满足自己私欲的浑浊、低俗、芜杂的理想。前者推崇的是道德、精神、心灵，后者看重的是肉欲、虚荣、私利。这就如爱因斯坦所言："照亮我的道路，并且不断地给我新的勇气去愉快地正视生活的理想，是善、美和真。要是没有志同道合者之间的亲切感情，要不是全神贯注于客观世界——那个在艺术和科学工作领域里永远达不到的对象，那么在我看来，生活就会是空虚的。人们所努力追求的庸俗的目标——财产、虚荣、奢侈的生活——我总觉得都是可鄙的。"他还说："每一个人都有一定的理想，这种理想决定着它的努力和判断的方向。就在这个意义上，我从来不把安逸和快乐看作是生活目的本身——这种伦理基础，我叫它猪栏的理想。"（《我的世界观》）在爱因斯坦看来，理想有真善美和假丑恶、高尚和庸俗之分，我们都应该选择前者而不是后者。与梦想仅仅自己想想就可以完成不同，理想是人为自己设定的人生目标，是要通过自己的向往、追求和奋斗而使之变为实实在在的现实，因而理想对一个人来说意义更为重大，它给了追求它的人以方向和动力。正如列夫·托尔斯泰所言："理想是指路明灯。没有理想，就没有坚定的方向；没有方向，就没有生活。"（《最后的日记》）罗曼·罗兰也这样说："你们的理想与热情，是你航行的灵魂的舵和帆。"（《约翰·克利斯朵夫》）而理想犹如指路导航的路标和灯塔，指导并牵引着人奋然前行，从而引导人永无休止地探索、追求、奋斗，创造出一个丰富、辉煌、饱满的人生。而这个过程是动态的、不断修正和调整的、没有止境的，就如那天边的地平线，当你走近了，它又自动拉远了，还在永远无法抵达的天边等着你、召唤着你、激励着你。

　　梦想也好，理想也好，它都需要一个底子，这个底子就是"志"。志，顾名思义，为士之心也，或者为有心之士也。在天为道，在人为德，在士为心为志。人之为人，士之为士，贵在立志，志立则人立，则成为真正的人，拥有了灵魂，而摆脱了行尸走肉式的生活，因而志乃是一个人循道、践道的一个重要标志。孔子曰："志于道，据于德，依于仁，游于艺。"（《论语·述而》）同为志，有君子之志，有小人之志；有鸿鹄之志，有燕雀之志。而这里所言之志，特指背依着真善美的宏大之志、高远之志。诸葛亮曰："夫志当存高远，慕先贤，绝情欲，弃疑滞，使庶几之志，揭然有所存，恻然有所感；忍屈伸，去细碎，广咨问，除嫌吝，虽有淹留，何损于美趣，何患于不济。若志不强毅，意不慷慨，徒碌碌滞于俗，默默束于情，永窜伏于平庸，不免于下流矣。"（《诫外甥书》）有志者，当为道的担当和践行者，当将天下苍生的使命担在自己的肩上。当代大儒熊十力这样说："儒家教学者，必先立志；佛家教学者，首重发心。所发何心？所立何志？即不私一己之心之志，易言之，即公一己于天地万物之心之志而已。……古人立志之初，便分蹊径。入此蹊径，乃是圣学；不入此蹊径，乃是异端。阳明公万物一体之论，亦是此胚胎。此方是天地同流，此方是为天地立心、生民立命，此方是天下皆吾度内，此方是仁体。"①

---

① 熊十力：《复性书院开讲示诸生》，见《十力语要》，岳麓书社 2011 年版，第 177 页。

第三章 道与神

　　神与人有着天然和密切的联系。神是从人的心灵深处化生出来的，是人心、人性的延伸和升华，是人的类的本质力量的对象化形态，也是人对孤独、无助、渺小、短暂的现实人生的一种虚幻的心灵补偿。因而，我们把"道与神"这一章放在了"道与人"这一章之后。

　　除了人之外，与道相近并且联系最密切的就是神了。从某种意义上说，神与道是两位一体、异名同谓的，都是对化生宇宙天地的第一存在、第一推动力的一种称谓、指代，只不过二者的思维和表达方式不同而已。道是对第一存在的科学、哲学的思维和表达，而神则是对第一存在的神话式的思维和表达。二者的受众群体、传播方式、途径也不一样。神是通过民间的风俗、宗教仪式等传播的，受众为教徒或平民百姓；而道则更多是由知识分子通过著书立说和阅读而薪火相传的，或是通过学校老师对学生的传道、授业、解惑而承前启后的。前者普泛而浮散，后者则少寡而精湛。二者关系复杂多变，时而相辅互补，时而又会彼此抵触，前后矛盾。

　　神是一个繁杂纷纭的谱系，既有至高无上、生天生地的一神之神，如基督教、天主教的上帝，伊斯兰教的真主，道家经典中的天帝，中国民间的玉皇大帝、老天爷等；也有多神信仰的众神，如希腊神话中的太阳神、海神、爱神，中国的灶神、财神、土地神，道教中得道升天的神仙等。无论是什么样的神，与道在内涵上都有着或多或少的关系，都以神话的方式传达出了道的信息。在《圣经》的译本里，就将"道"与"上帝"同构并置："太初有道，道与上帝同在，道就是上帝。这道太初与上帝同在。万物是藉着他造的；凡被造的，没有一样不是藉着他造的。""这等人不是从血气生的，不是从情欲生的，也不是从人意生的，乃是从上帝生的。道成了肉身，住在我们中间，充充满满的有恩典，有真理。"（《新旧约全书·约翰福音》）圣奥古斯丁这样写道："道，亦即天主自己，才是'普照一切入世之人的真光，他已在世界上，世界本是藉他造成的，但世界不认识他，'"① 在这里，道与上帝是同一个内容的不同称谓，换句话说，上帝就是道。儒家经典《中庸》这样论神："鬼神之为德，其盛矣乎。视之而弗见，听之而弗闻，体物而不可遗。"（《礼记·中庸》）《易传》曰："神无方而易无体""阴阳不测之谓神""知变化之道者，其知神之所谓乎?"（《易传·系辞上》）张载曰："天下之动，神鼓之也。"（《正蒙·神化》）"天之不测谓神，神而有常谓天。"（《正蒙·天道》）由此可见，在儒家的认识中，神无形无体，神妙莫测，但却化生万物，这在某种意义上与道之性极为相似。即使那些只是分管一方或某个领域的众神，如太阳神、灶神、财神等，虽然不像上帝、玉皇大帝、真主等那样可以创世、开辟天地、主宰万物，但在无影无形、超越时空、主宰一方等方面，也在某种特征和要素上接近了道的性与能，传达着道的一些音信。以道说神，从象征、隐喻入手，就解释了神秘、神话背后的合理性内涵，从而可以使宗教精神更为健康地发展，而道的精髓也随之开辟了更多的传播途径而得以深入人心。

神与道的关系错综复杂，简而言之，可分为三种形态或三个阶段。其一为神的初生阶段，那是人对道即化生天地万物的那样一种存在的神话式的解释和探索。其二是在文艺复兴之后，随着自然科学、医学的发展，人们对神产生了质疑，甚至进行颠覆，从而出现了神的退隐甚至死亡。其三是道对神的扬弃，吸收其合理性的内核，从而对神进行另一维度的重构，使之在信仰、道德领域而不是社会、科学领域复活，从而焕发新的生机和活力。

海德格尔认为，和谐完美的世界是天、地、神、人共处的世界，而随着科学的发展则消解了神，出现了神的缺席。这样就使人类进入了世界之夜，跌进了深渊时代，处于失去信仰和心灵皈依的绝望状态。而人的出路

---

① ［古罗马］奥古斯丁:《忏悔录》，周士良译，商务印书馆 1963 年版，第 123 页。

之一就是呼唤神重新莅临，让神进入人的内心。而将家喻户晓、尽人皆知的神与深奥精妙的道进行无缝对接，从而让人在信仰神的过程中平易而自然地感悟道，并进而进入道境，得道并践道，则可以使人心、人性进入接近至善至美的形态。

从某种意义上说，上帝、神与道是一体的，它们的根就生在人的心里。不在于上帝、神是什么，而在于你怎么看待、对待上帝、神，你把上帝、神放在一个什么位置。上帝、神是人类自身的本质力量的外化和对象化，是人类自身所渴望而在现实中无法达到的那个样子的一个镜像，因而寻找和皈依上帝、神，就是寻找和皈依一个理想的自己，爱上帝、爱神也是爱那个心目中的、理想化的自我，在上帝、神、道的圆融之境中发展、成就自我。

第一节　神的产生——对道的神话式体认

神是特定历史阶段的产物，根植于人自身的脆弱、渺小和无知。在人类历史的初级阶段，人们对自然和自身的生命现象缺少科学的认识，因而认为有一种超自然力的神秘力量的存在，主宰着世界和人类的命运，人们就把这种神秘而神奇的存在称为神。而对自然、社会、人生等现象背后神秘、奇异力量和存在的猜测、想象，则与对产生并化育万物的道的体认有着惊人的相似，而人对神的认识、想象和描绘，从最初的自然崇拜的泛神论，到与现实生活息息相关的多神论，再到至高无上，创造世界、人类的一神论，也正好以神话的思维、表达方式探索着对道的认识由零散、碎片化到纯粹、整体性的发生、进化的轨迹和态势。人对道的认识的深度与人对神的认识水平有着密切的同构关系，二者息息相关，相辅相成。从某种意义上说，神是道的铺路石和形象大使。换句话说，如果没有神的神话、传说的普及和传播，道的理念的出现和被认同还会推迟到很多年之后。

一、"阴精阳气，聚而成物，神之伸也"：万物有灵观对道的原始探索

先民认识、解释世界的途径是远取诸物、近取诸身的，对神的认识和解释也是如此。神的观念来源于与自己的生存密切相关的天地自然和发于自我身心的醉生梦死等人生形态。

人类的原初时期，犹如个体的童年时期，都具有推己及物的认知特点，并都经历了万物有灵的对世界体认的阶段。就像儿童天真、认真、真诚地与自己的玩具说话、睡觉一样，先民也本能地认为身处其中的日月星辰、江河湖海、树木森林等都是像自己一样有生命、有灵魂的，而且更进一步从天地自然对人正反不同作用而认为有一种神秘的力量的存在。太阳给人类带来温暖和光明，雨露给大地、禾苗以滋润；同时，洪水、雷电、地震、火山等也给人类造成灾难和死亡。原初的先祖们，凭着直觉和本能意识到大自然对人类的这种奖赏和惩罚兼施的态度和作为，是由那个无影无形而又无处无时不在的神灵所主宰和决定的，并且与人自身的善恶的行为密切相关。初民的关于太阳神、月神、山神、海神、地神等的观念和崇拜，都来源于人对自己生命渺小、短暂的忧虑、恐惧而将自我的情感、愿望投诸天地自然的一种努力和追求，是对大自然的崇拜的体现。这是因为月亮、太阳、海洋、大地、山石等，都比人的生命要长久得多，将自我投入自然的怀抱，可以在心理上获得像日月星辰、山川河流那样的一种永恒、持久的满足和慰藉，从而实现了生命的超越。

而在人生方面，亲人、同类的病痛、死亡带来的恐惧，睡梦中呈现的与死去的亲人、熟人相聚的温馨，重现往日时光的奇妙，无翅无羽而飞、入水坠地无恙的特异功能等，对以上种种自然、生命、心理的神奇、诡异现象的好奇和困惑，自然使无知的先祖们产生了灵魂长存以及灵魂可以脱离肉体、超越生死的认识。今人挖掘出的历史早期的大量的用于饮食起居的随葬品可以进一步印证这一点：那时的活着的人认为，亲人死后在另一个世界、另一个时空中，还过着与生前一样的生活，照样吃穿住行，而且通过梦幻、祭奠、祈祷等形式，人与神、生者与死者，可以进行神秘而神圣的交流和沟通。

初民对神的体认和解释，从某种意义上是以一种朴素、原始的方式在思考和言说着道的内涵，是对道的初步的探索。其万物有灵的观念，那种认为在感官感受到的这个世界的背后还存在着一个或多个无影无形、神妙莫测的力量的思维，是在空间的无限拓展的维度上为道的探索做了准备；而人的灵魂不死、人有前生来世等的观念，则在时间的维度上与道的内涵相近，对道来说，时间是无始无终的，道打破了从人类、个体的立场看世界的模式，而灵魂永生的理念对现世短暂的时间观是一个很大超越和突破，有了向道的视野靠近的迹象。

二、"神创造天地"：人格神对道的接近与游离

随着社会的不断进步和人们认识水平的日益提高，神也经历了由万物有灵的自然崇拜到后来的人格神崇拜的高级阶段的变迁。初民心智性情朴素混沌，认为每一个自然存在如山川河流、苍天大地，甚至一池浅水、一茎野草、一阵清风等都是有灵的，都跃动着神的影子。随着生产的提高、社会的进步、文明的发展、心理的丰富，人类由崇尚日月山水的自然物发展到膜拜与人们的生存、生产、生活息息相关的牛、马、羊、虎、豹、狼等动物，如中国传统文化中的龙凤图腾崇拜。再进一步，世界各地的神话和宗教典籍中都先后出现了多种多样、丰富复杂的人格神。

人格神虽然细分种类繁多，但大体上粗看又可简化分为两类：其一为各司其职、分工细致的多神或众神，其二为至高无上、创造万物、唯我独尊的一神或万能之神。前者众多而繁杂，每个民族都有自己的众神的谱系，大多都以神话或民间传说呈现和传播。古希腊神话中记录的神系主要有众神之王宙斯（Zeus）、黎明女神厄俄斯（Eos）、海神波塞冬（Poseidon）、太阳神阿波罗（Apollo）、爱情女神阿佛洛狄忒（Aphrodite）、战神阿瑞斯（Ares）、河神阿科洛厄斯（Achelous）、月亮和狩猎女神阿尔忒弥斯（Artemis）、酒神狄俄尼索斯（Dionysus）、死神塔纳托斯（Thanatos）和睡神许普诺斯（Hypnos）等。罗马神话中的神系主要是神王朱庇特（Jupiter）、天后朱诺（Juno）、商业之神墨邱利（Mercury）、美神与爱神维纳斯（Venus）、战神玛尔斯（Mars）、农神萨图娜（Saturn）、月亮女神狄安娜（Diana）、太阳神阿波罗（Apollō）、智慧与战术女神米诺娃（Mineva）、丰收女神赛尔斯（Cerēs）、火神与锻造之神伏尔肯（Vulcan）、海王神尼普敦（Neputon）、冥神普鲁托（Pluto）、女灶神维斯太（Vista）、爱与爱欲之神丘比特（Cupid）、黎明女神欧若拉（Aurola）、正义女神称狄克（Dice）、门神雅努斯（Janus）等。中国神话和民间传说的神系主要有开天辟地、抟土造人的盘古、伏羲、女娲等；与天地星宿相关的福星、寿星、文曲星、武曲星、嫦娥等；与风雨雷电水火相关的雷神、电母、风神、雨师、雹神、火神、水神等；与山川河海相关的河神、江神、海神、龙王、洛神、东岳大帝、华山神老等；与吃穿住行相关的田神、土地神、城隍、门神、灶神、井神、船神、厕神、床神等；与生产、医药、民生相关的五谷神、蚕神、医王、药王、痘神、茶神、盐神、花神等。而一神的万能神相对就少得多，仅仅是寥寥可数的几个：基督教、天主教中的耶和华，伊斯兰教中的真主，印度教中的梵天，中国民间呼为老天爷的玉皇大帝，佛教中的如来佛祖——释迦牟尼只是他的肉身而已，道教的元始天尊等。多神也好，一神也好，与万物有灵的自然崇拜的神化自然不同，这些神都是人格化的神，也就是神的身上有了人的七情六欲和爱恨情仇。

在人格化的多神世界里，每个神虽然性格、性别、容貌、品质、神力等各有不同，但他们在整体的特征上又有着大致的相似。比如他们都可以在时空中穿越，可以长生不死或具有转世、再生的能力，可以在某个方面、领域给世界造福以奖赏人类，或者给世界带来灾难以警示、惩罚人类。众神的这些特点都与道的某种特性、功能有着极大的相似性，但这种相似只是个别元素、特性上的，而不是整体性的对接呼应，呈现的是碎片化的暗合。但他们毕竟以神话、传说等这种通俗流行的方式传播了道的信息，让深奥难解的只属于精英阶层的道的内蕴得以通过大众的渠道使引车卖浆的普通民众也能够略知一二，从而对道的普及推广起到了无意插柳柳成行的效果。而诸如上帝、佛祖、真主、梵天、天帝等万能的一神，具有开天辟地、化生万物、主宰世界、无影无形、至高无上、无始无终、无时无所不在等特点，剥去其神话、宗教的外衣，与道完全相同，或者说就是神话形态的道。换句话说，这些万能之神，以神话的方式、宗教的渠道将道至深至高的意蕴和境界渗透到人们的日常生活和心灵深处。因此，我们可以得出这样的结论：无论是分工明细的、各显神通的众神还是至高无上、无所不能的一神，都自觉不自觉地阐释、传播了道，对道的普及、推广起到了重要的作用。换句话说，因为神的出现和流传，道才那么接近了人类，有了人间的烟火气息。

不过，神毕竟只是神，神有自己独具的领地、性能和特征，神不是道，不可能与道无缝对接，在它们之间彼此相辅相成的同时，也存在着神对道的错位和偏离的现象。神的人格化特征，一方面使神有了不应该有的肉身，即使是道成的肉身，也会显得沉重和累赘，无法对自身必须占据的时空进行超越，因而不仅神性的纯粹和空灵大打折扣，也与道的超越于时空之外、无形无影的特征格格不入；另一方面人格神因为有了人的情感、欲望、喜怒、好恶，同时也沾上了人不可免的局限、缺点，天若有情天亦老，神如生欲神会贪。老子曰："天地不仁，以万物为刍狗。"（《老子》第五章）天地、道无所偏私，对万事万物都是一视同仁，这就是因为道无情无欲、自自然然。而人格神的因情而生欲，因欲而生善恶、美丑、真假之别，并进而有了远近、取舍、爱恨等选择和行动，从而也就有了偏私之心，当然离道的至大至公也就越来越远了。神的人格化相伴而生的肉身、情感、现实性等特征，无形中破坏了道的纯粹性和超越性，也丧失了道的完整性和完美性，因为任何有形、有欲、有情的存在都限制、束缚了道的自由自在和完美无缺。

第二节 神的死亡——现代文明对神的质疑和颠覆

随着社会的进步，文明的发展，进入近现代以来，上帝、众神的客观实在性越来越遭到人们的质疑，神的地位越来越下降，地盘日益缩小；而随着尼采"上帝死了"的一声呐喊，神终于从大众的生活和心灵中退隐了。置神于死地的是以现代文明为代表的多把利剑：既有以医学、物理学、生物学、天文学等为代表的自然科学，也有以历史学、精神分析学、哲学、社会学、文学等为代表的现代人文学说，还有来自日常生活和人性人情的道德伦理。当然，导致神覆灭的最后一根稻草是神自己，它自身的缺陷使它声名狼藉，陷入了万劫不复的深渊。在神走向式微的过程中，道或隐或现地起着神秘的作用，一只看不见的手在以道为准则将神身上偏离道、违背道的元素、观念加以剔除、舍弃，从而使神性中含道的成分更为纯粹，与道的距离更为接近。

一、"天上没有玉皇"：科学视镜中神的光环黯然失色

在科学的显微镜和望远镜的视野里，神性的五彩光环瞬间变得黯然失色，神性开始返归为人性的原态。哥白尼的日心说，爱因斯坦的相对论，哈勃的天文望远镜，击碎了《圣经》关于上帝创世的神话：地球不再是宇宙的中心，在无边无际、无始无终的时空中，它不过是一个孤零零的、有一天会化作烟尘的行星。达尔文的进化论则颠覆了人类先祖的神圣身份，人不是上帝创造的而是由猴子进化而来的科学结论，让人惭愧得无地自容、尴尬万分，因而上帝按照自己的形象创造了人类先祖亚当、女娲抟土造人等的说法自然不攻自破；佛教中的前世、今生、后世的生死轮回，活佛死后的灵童转世，《新约》记载的耶稣死后的神奇复活，《古兰经》记述的膜拜真主的人死后在某个时间令人惊异的集体复活，这些都是无法经受现代生物学验证的；而医学、物理学的常识也使一系列的宗教奇迹如耶稣使盲者复明、瘫者行走、一块饼可以让几千人吃饱、自己在海上如履平地等，都成了无稽之谈。许多考据家也不甘寂寞，对基督耶稣的真实身份、血缘基因苦苦探索、穷追不舍：他的身份并不高贵，并非上帝与圣母玛利亚的儿子，而是玛利亚和木匠约瑟的非婚生儿子——不光彩的出身和可疑的血统，让虚饰其上的美丽神奇的神话、传说层层脱尽，而完美、崇高的

神还原为普通平凡的常人。对此，许多杰出的思想家如伏尔泰、费尔巴哈、幸德秋水等分别在他们的经典著作《哲学辞典》《基督教的本质》《基督何许人也》等中，都先后提出了质疑、叩问和挑战。幸德秋水这样写道："我在这里写下这样的宣言而结束：基督教徒以基督为历史人物，以其传记为历史事实，这是迷妄，是虚伪。迷妄阻碍进步，虚伪有害世道，是决不能允许的。这就要揭开它的假面，剥去它的伪装，暴露出它的真相实体，把它从世界历史上抹杀掉。"①

如果说自然科学从客观上消解了神的真实性，那么社会、人文科学则从功能上颠覆了神的神圣性。弗洛伊德认为：宗教信仰、对上帝的崇拜，如同梦一样，不过是受压抑的愿望的伪装的满足："我们按照自己的形象，至少是按照我们的欲望形象来创造上帝。……我们狂妄地使自己成为造物主而使上帝成为受造物"②。费尔巴哈认为，神是人的本质力量的对象化，人在尘世无法实现的愿望都付诸了神："上帝源于对某种缺乏的感觉；人需要什么……上帝就是什么"③。许多信徒信仰、膜拜上帝、神灵，都是出于非常实用甚至庸俗的目的，他们是想用现世的隐忍、行善等有限的付出，来换取天国、来世的荣光和永生，真是一本万利的投入产出的好生意。有的则更为实惠，通过钱财的布施来赎去现世的原罪，换来心灵的安宁，给自己和儿孙带来平安和幸福，甚至只是为了满足日常生活中世俗愿望：婆媳关系的和睦，生意的兴旺发达，添丁进口，招财进宝，祛灾免祸，等等。马克思则从社会学的角度对宗教的发生和危害进行了深刻的剖析："宗教里的苦难既是现实的苦难的表现，又是对这种现实苦难的抗议。宗教是被压迫生灵的叹息，是无情世界的感情，正像它是没有精神的制度

---

① [日] 幸德秋水：《基督何许人也——基督抹煞论》，马采译，商务印书馆1982年版，第88页。

② [美] 默罗阿德·韦斯特法尔：《解释学、现象学和宗教哲学》，郝长墀译，中国社会科学出版社2005年版，第230页。

③ [美] 默罗阿德·韦斯特法尔：《解释学、现象学和宗教哲学》，郝长墀译，中国社会科学出版社2005年版，第246页。

的精神一样。宗教是人民的鸦片。"① 马克思的意思是：宗教是一把双刃剑，就像鸦片给人的肉体既可以镇痛又可以麻醉一样，天国、来世、神的世界，既慰藉了人们的心灵，同时也让人失去了在现实中谋求幸福的力量。

科学的兴起，理性的回归，从而产生了对神的质疑和拷问，这样就挤去了神与科学、理性、道相悖的那些杂质和水分，保留并纯化了神性中的神圣、信仰的品性和元素，使神在更高的层面上进一步接近了道。

二、"以眼还眼，以牙还牙"：神在道德伦理上的沦陷

人格神崇拜所带来的负面效果，把神自己原本神圣、完美的身份搞得声名狼藉。宗教作为人们心灵的避难所，本来应该秉持公平和正义；人们虔诚膜拜的神，按理应该是仁爱、慈悲、宽容的；人们倾心向往、皈依的彼岸世界，原本应是圣洁、高雅、纯净的。但在宗教的经典中，我们却看到了与人们的期望完全相反的另一面。

首先，在人们的印象中，神、宗教充满着血腥和暴力，而连绵不断的宗教战争及其造成的巨大灾难和伤亡，更进一步印证了它的森然可怖。很多神，如《圣经》中的耶和华，都非常专制、残忍，唯我独尊，充满嫉妒，与世上的暴君没有什么两样：一个在安息日上山砍柴的人，本来是一个勤劳的普通人，仅仅只是违背了安息日不可劳作的律令，耶和华就下令用石头将他无情地砸死；耶和华也好，其他神也好，他们要求教众只能信仰自己，不能膜拜偶像，更不能膜拜别的神，否则就会将信徒置于死地。潘恩这样写道："不论何时，我们读到那些猥亵的故事，放荡淫逸，残酷而折磨的处死方法，无情的报复，《圣经》中一半以上充满了这些记载，与其称它为上帝之道，不如称它为魔鬼之道较为贴切。那是一部邪恶的历史，曾经用来使全人类变为腐化和野蛮；就我自己来说，我真诚厌恶它，

---

① ［德］马克思：《〈黑格尔法哲学批判〉导言》，载《马克思恩格斯选集》第一卷上，人民出版社1972年版，第2页。

好像我厌恶一切残酷的东西一样。"①潘恩进一步写道："基督教本来是以
《圣经》为基础的，而《圣经》是完全依靠刀剑来制定的，而且把刀剑做
最坏的使用，不仅用于恐吓，而且用于毁灭，犹太人不是使人改宗，他们
屠杀一切人。《圣经》是产生《新约》的创始者；两者都被称为上帝之道。
这两本书基督徒全都读，牧师根据这两本书来传教，所谓基督教这种东西
是由两者组成的。所以，说基督教不是依靠刀剑来建立的，那是谎话。"
"《圣经》教我们的是些什么东西呢？——劫掠，残暴和杀人。《新约》教
我们些什么呢？——教人相信上帝奸污了一个已经订婚的女人？相信这种
奸污行为称为信仰。"②

　　其次，神所引领的价值观、行为准则、道德伦理不仅自相矛盾，而且
逆情悖理。在《旧约全书》中，耶和华是主张人和人之间相互仇恨和报复
的。耶和华这样说："流你们血、害你们命的，无论是兽是人，我必讨他
的罪，就是向个人的弟兄也是如此。凡流人血的，他的血也必被人所流。"
（《旧约全书·创世记》）耶和华又这样对摩西说："若有别害，就要以命
偿命，以眼还眼，以牙还牙，以手还手，以脚还脚，以烙还烙，以伤还
伤，以打还打。"（《旧约全书·出埃及记》）而在《新约全书》中，基督
耶稣则完全相反，教人不要仇恨他人，甚至还要去爱仇人。耶稣这样对信
徒说："你们听见有话说：'以眼还眼，以牙还牙。'只是我告诉你们：不
要与恶人作对。有人打你的右脸，连左脸也转过来由他打；有人想要告
你，要拿你的里衣，连外衣也由他拿去；有人强逼你走一里路，你就同他
走二里；有求你的，就给他；有向你借贷的，不可推辞。"耶稣又说道：
"你们听见有话说：'当爱你的邻居，恨你的仇敌。'只是我告诉你们：要
爱你们的仇敌，为那逼迫你们的祷告。"（《新约全书·马太福音》）《新
约》与《旧约》，基督与耶和华，在价值取向和伦理观念上都截然相反，
让人无所适从，而且更让人无法接受的是，两位至高无上的神所设置的恨
和爱的两种伦理规范都不规范，都是极端的样式，与人情常理大相径庭。

---

　　①　[美]潘恩：《潘恩选集》，马清槐译，商务印书馆1981年版，第363页。
　　②　[美]潘恩：《潘恩选集》，马清槐译，商务印书馆1981年版，第506页。

就此潘恩论道："在《新约》中说，'有人打你的右脸，连左脸也转过来由他打'，这是毁灭人类的尊严而使人沦为走狗。""爱仇敌又是一种伪造的道德信条，而且也没有什么意义。人作为一个有道德的人来说，受了损害，不加报复，是他的职责，而且在政治意义上也是好的，因为报复没有终了；彼此互相报复，称为公道；但是爱与损害成比例，即使能够做到，也将是对犯罪的奖励。"① 在这一问题上，中国孔子要比希伯来的神理智、明智得多，也更接近人性和道。当有人问孔子可否"以德报怨"时，孔子答曰："何以报德？以直报怨，以德报德。"（《论语·宪问》）孔子显然是不同意以德报怨的，因为如果用恩惠、美德来报答怨恨，那么就没有东西配得上报答恩惠、美德了，就出现了爱恨情仇的错位，因而用公平正直来应对怨恨，用恩惠、美德来酬答恩惠、美德才是合适的选择。这里体现了孔子的人生智慧，也更符合人性人情，是道在人心、人际上的体现。

三、"隐晦的神学却给无神论资助了武器"：神自毁于神学理论的破绽

许多宗教经典本身是自相矛盾、无法自圆其说的，即如以庞大、丰富、系统、严密、完善而著称的佛经，也留下了难以弥合的漏洞。比如，《心经》《金刚经》都认为宇宙人生的本质是空，所谓"诸法空相"，所谓"一切有为法，如梦幻泡影，如露亦如电，应作如是观"。也就是说，天地间万事万物，包括我们自身，不过是因缘和合而成，都是虚幻而短暂的假象，缘聚而生，缘散而亡，因而人们"不应住色生心，不应住色、香、味、触、法生心，应无所住而生其心"。即我们把世间一切都看空了，不再渴求、贪得、依赖外物、他人，才能拥有般若之智，摆脱苦海烦恼，心无挂碍，进入菩提之境。而在"净土三经"即《佛说阿弥陀经》《佛说无量寿经》和《观无量寿经》等经典中，却又设置、描绘了一个西方净土：那是一个神奇美妙的极乐世界，此生今世信佛的人即或只是坚持口念"阿

---

① ［美］潘恩：《潘恩选集》，马清槐译，商务印书馆 1981 年版，第 507 页。

弥陀佛",死后即可往生西方净土,得享现世无法得到、也无法想象的幸福快乐。而所谓西方净土的极乐世界,却又是根植于世俗凡常的观念和趣味:那里有用黄金、美玉建成的宝殿华屋,有用宝石、琉璃、玛瑙砌就的池台楼阁,美轮美奂,五光十色,金碧辉煌,让人流连忘返。但它却是非常物质化,而且是俗而又俗的。一体两面,但一面尚空无,一面信色有,自相矛盾,疑窦丛生,让人无所适从。

　　当然,人们发现理论破绽最多的恰恰是世世代代公认在神学理论上最完美无缺、至善至美的《圣经》了,许多学者、思想家就其内在的矛盾、不可原谅的漏洞提出尖锐的质疑,并进行了深度的探究。伏尔泰这样写道:"在世界上,除他们自己,从来就没有人听说过亚当、夏娃、亚伯、该隐、挪亚。……这就是老天爷秘密之道,使人类的父母永不为人类完全知道,以致亚当、夏娃的名字,直到穆罕默德时代以前,在任何希腊、罗马、波斯、叙利亚甚至阿拉伯作家的作品里都找不到。上帝愿意让世界大家族的名字由族中最小最不幸的一部分人来保持。怎么会让亚当和夏娃不为他们所有的子女们知道呢?在埃及和巴比伦,我们的祖先怎么会任何遗迹、任何传说都没留下呢?为什么俄耳甫斯、利努斯、塔米里斯都丝毫没有谈到他们呢?因为,倘若他们有一句话谈到他们,这句话必然会为赫西俄德所引用,尤其是荷马必然要引用。荷马无所不谈,只是没有谈起人类的始祖。"① 这里伏尔泰以机智幽默的语调反讽了关于上帝以及人类之祖亚当、夏娃与整个人类历史脱节,只是在一个民族中秘密流传,从而消解了神的真实可信性。以至于伏尔泰得出了这样的结论:"据说神学往往把人的心灵引入无神论里去,后来倒是哲学又把人的心灵从无神论里引了出来。"② 因为神父们关于上帝有形体、住在天上、三位一体等自相矛盾的说法,以及上帝的存在不仅没有带来福音反而带来纷争和苦难的书写,自身就把上帝、神的神圣性给颠覆了。潘恩认为《圣经》中关于人类的原罪和上帝派自己的儿子耶稣受难救赎的故事是荒诞无稽的:"所以起初在天

---

① ［法］伏尔泰:《哲学辞典》上册,王燕生译,商务印书馆 1991 年版,第 24 页。
② ［法］伏尔泰:《哲学辞典》上册,王燕生译,商务印书馆 1991 年版,第 24 页。

上经过叛变和作战以后，——就把撒旦关入地狱——又让他跑出来——使他对于整个创造得到胜利——又因为他叫人吃了苹果使全人类有罪，这些基督教的神话家把寓言的两个头连结起来。他们把这个有德行而和蔼可亲的人耶稣基督在一个时候代表着上帝和人，又代表着上帝的儿子，自天上降生下来，专诚为了牺牲而来的，据他们说因为夏娃在想望之中吃了那个苹果"。就此潘恩总结道："现在把一切因荒诞而引起发笑或因亵渎而引起厌恶的事情搁置不谈，让我们只把故事的各部分加以审查，我们觉得不可能想出另外一个故事比这个故事对于全能的上帝诽谤得更厉害，对于他的智慧更不符合，对于他的权力更相矛盾。"① 他又说："基督教的体系只不过是神话的一个变种；而且它所继承的那种神话是古代一神论体系腐朽的产物。"② "此外《创世记》就没有什么了，只不过一本隐名的故事书，内中有故事、有寓言、有传统的或造作的谬论，或者可以说是一本弥天大谎的书。夏娃和蛇，诺亚和方舟的故事降落到《天方夜谭》的水平，而没有引人入胜的长处。至于说人活到八九百岁，成为神话中巨人那样的长生不死一样的荒唐。"③

四、"道成肉身"：神的人化和人的神化让神声名狼藉

神就是神，永远不会变成人；神就应该居住在神界、天上，而不该降临到人间俗世。如果神成了人，如果神到了人间，那就会显得滑稽可笑、不伦不类，就会使神丧失了尊严。人就是人，不可能变为神，人就应该处于尘世、世俗之中，而人一旦自以为是神或被同类信奉为神，并被供奉在神界、天上，那对被尊为神的人和尊人为神的人，都将是一场万劫不复的灾难。

上帝、神如道，是无形无体的，是看不见摸不着的，是无情无欲的，而有形有体、有情有欲的就不会是神和上帝，当然也就偏离甚至背离了

---

① ［美］潘恩：《潘恩选集》，马清槐译，商务印书馆1981年版，第358页。
② ［美］潘恩：《潘恩选集》，马清槐译，商务印书馆1981年版，第388页。
③ ［美］潘恩：《潘恩选集》，马清槐译，商务印书馆1981年版，第427页。

道。这自然让我们想到了基督文明的"道成肉身"之说。"道成肉身"一说，最初源自《新约全书·约翰福音》："这等人不是从血气生的，不是从情欲生的，也不是从人意生的，乃是从神生的。道成了肉身，住在我们中间，充充满满地有恩典，有真理。我们也见过他的荣光，正是父独生子的荣光。"这里说的是道也即上帝耶和华，虽然无时无处不在，但却是无影无形、看不见摸不着的。但他通过他的儿子将圣灵在耶稣的肉身上显现，上帝以感性的形态将人们无法看见的道展示出来，使人们看见了他就如同看见了天父。而上帝的意志也通过基督耶稣在俗世中的行为得以实现。这样的勾画充满奇幻色彩，让可望而不可即的上帝从神秘高远的天空降临了充满烟火气的尘世，并承受天下苦难、救赎众生，这看似是极具人性、人道意味，但却存在着无法自圆其说的内在矛盾。我们先说作为三位一体的耶稣：上帝本来是自由的、无时无处不在的，一旦被肉身所困，则只能居住在一个具体而固定的时空中，神的自由性、超越性当然就荡然无存了；没有肉身的上帝是不需要吃喝拉撒的，因而上帝才能保证他的圣洁纯净，以至于上帝有没有肠子曾被人作为一个哲学命题，但上帝之子耶稣因为肉身的负累，却不得不如肉体凡胎一样吃喝拉撒，这显然玷污了上帝的尊严和纯洁；耶稣既有肉身，自然会有他的世俗的谱系，他有孕他生他的母亲玛利亚，有人间的父亲木匠约瑟，而约瑟则为大卫王的直系后裔，而耶稣自己有没有妻子和后代，作为一个争议的问题可以搁置不谈。我们再说一下希腊、罗马等神话中的众神，他们身上的人情色彩更浓，而且有了比人还强烈的物欲、情欲，还会利用自己的神性的超自然力为实现、满足自己的欲望提供极大的便利，当然神和神之间也会像人一样互相争风吃醋、彼此伤害，而且在程度和规模上比人类要大得多。当然这样一来，神在人的心目中的完美形象就会大打折扣、面目全非了。

　　道成肉身即神的人化固然可疑，而肉身成道即人的神化则可悲可惧。在人类历史上，许许多多的人和集团往往会披上神的神圣外衣，装神弄鬼，招摇撞骗，欺世盗名，满足自己或集团的贪欲，而给人类带来的则是无穷无尽的灾难。欧洲的中世纪就是一个神统治人的时代，教会冒充神的身份与政治联手、合谋对民众进行政治上的专制压迫和宗教上的欺骗麻醉，把人民打入了人间地狱。即使历史进入现代社会，那些极权主义者也利用自己的权力和地位而将自己神化，对广大民众进行现代的奴化教育和统治，使民众从言行到灵魂都百依百顺、俯首帖耳，因而给人类的生活、身心都带来极大的伤害。神、天国只能在天上，而极权主义者则要将天国推向人间，而自己则扮演救世主。林骧华这样写道："极权主义政府意在征服全世界，将一切国家置于它们的统治之下。它们认为没有一个国家会永远是外国，而相反，每一个国家都是它们潜在的领土。"① 而这样的极权主义形式是以希特勒为代表的德国纳粹和以斯大林为代表的布尔什维克党的专政，而它们制造的痛苦和灾难则是全人类的和深入骨髓的。林骧华又这样说："极权主义政权的集中营和种族灭绝营用作实验室，极权主义的基本信念——'一切事物都是可能的'，换句话说，也就是'一切都可以被摧毁'——在此经受验证。极权主义统治尝试通过精英组织的意识形态灌输和集中营里的绝对恐怖来达到这个目的。集中营不仅意味着灭绝人和使人类丧失尊严，而且还用于在科学控制的条件下可怕的杀人实验，消灭人类行为的自发性表现，将人类个性转变为一种纯粹的事物，转变成连动物也不如的东西。"② 在中国特别是"文革"时期对毛泽东的个人崇拜所发展的现代造神运动，则将中华民族推向了大灾难的深渊。笔者曾在一本研究新时期小说的专著里这样写道："中国的十年'文革'与欧洲的中世纪很类似，都是神对人的统治。封建意识的死灰复燃、造神运动的风起云涌、国民'做稳了奴隶'的奴性意识和英雄崇拜情结的根深蒂固，使领袖被供奉在神圣的殿堂，成了高高在上的神灵；而那些本来应该是共和国主人的人民大众却反过来成了匍匐在领袖的脚下、山呼万岁的朝拜者，而且在早请示、晚汇报、跳忠字舞、唱语录歌这些带有浓厚宗教色彩的对领袖顶礼膜拜的过程中，国民也开始用神的高大、完美和纯净来规范、裁割

① 林骧华：《〈极权主义的起源〉译者序》，汉娜·阿伦特：《极权主义的起源》，林骧华译，生活·读书·新知三联书店2008年版，第14页。
② 林骧华：《〈极权主义的起源〉译者序》，汉娜·阿伦特：《极权主义的起源》，林骧华译，生活·读书·新知三联书店2008年版，第15页。

和改造自我，不仅压抑自己的食色之性，淡化喜怒哀乐之情，而且还要'狠斗内心深处私字一闪念'，沦为不谈爱情、不讲吃穿、以苦为乐、充满负罪感的禁欲主义的苦行僧。"①

人只是人，不可能也不应该成为神。如果将现实社会中某个人当作了神，那不仅是对神的亵渎，也会给个人和人类带来深重的灾难。那些肉体凡胎，可笑不自量，以神自比，利用权力和威望满足私欲、我行我素、胡作非为，当然就颠覆了神的至高无上，也破坏了神本有的神圣、完美和至善，给自己、人类和历史留下了不可弥补的创伤，同时也留下了让人不齿的千古笑谈和骂名。

第三节 神的复活——道对神的扬弃

在自然科学、社会科学宣告"上帝死了"之后，宗教、神是否还有存在的价值？人是否还有呼唤神性的必要和可能？其实，科学的力量是有限的、有边界的，在人类心灵的深处，在遥远的星际，还有许多领域是科学无能为力的。而在科学叹为观止的地方，新的宗教又开始出发，重新踏上精神漫游的旅程。因为人对神性的向往、对信仰的执着，是发之于生命、人性的深层，是永无止息的。

即使这个世界根本没有基督教、佛教、道教，根本没有《圣经》《阿弥陀经》，人们还是会无师自通地认为这个世界有神在，有造物主在。这除了人天性中对神性的向往、对自我超越的追求外，还在于自然界包括人自身就充满着常识无法解释的神奇。这些大自然、人类生命的鬼斧神工，除了将它归之于冥冥之中的神，没有别的更好的办法，因为连最先进的现代科学都无法自圆其说。如伏尔泰所言："万物本原的性质是造物主的机密。……我们的本性，万物的本性，甚至一草一木的本性，对于我们来

① 李永建：《人的回归、发现和重塑——新时期小说的人学研究》，当代中国出版社 2002 年版，第 1 页。

说，全都沉在黑暗的深渊里。"①

如果从自然、人心的神奇之处探寻、言说神，如果回到神的最本质的状态，那么神即是道，神本身就是充满神话色彩的道。反过来说，道也就是神，道与神叠印、交织在人心、大自然、宇宙天地的在在处处、时时刻刻里。

一、"苍天在上"：自然的神性崇拜

古人认识、解释世界是近取诸身、远取诸物的方式，我们也不妨先看看我们自己的肉身是怎样地充满神奇的：人有眼睛，正好用来看世界的色彩、形态；人有耳朵，正好用来听风声、雨声、兽啸、鸟鸣；人有鼻子，可以闻香臭；人有口舌，能够品苦辣酸甜咸；人有骨骼、肌肉、关节，可自由地行走、奔跑；人有心脏、血管，可以使血液四体畅通、输送营养；人有肺、气管、鼻腔，呼吸之间吐故纳新，新陈代谢；当然最重要的还有神经、大脑，指挥、控制着全身器官、肢体运行自如，感知自然外物的冷暖软硬，辨别人间的正邪、真伪、是非、善恶、美丑，体味自身的痛苦与快乐、烦恼与幸福、束缚与自由。这样完美无缺、天造地设的生理构造是谁又是怎样设计制造的？这是一个难解之谜，就是医学家、生物学家、计算机专家联手也无法设置出这样完美的存在。还有就是，动物有雄雌之分，人有男女之别，他们之间相同又互异，各自独立又合二为一，难道真的就像神话传说中说的那样：雄雌、男女原本一体，后来分成了两半，各自成了对方的一半？那么是谁将他们从中间劈开？又是什么力量让他们从这一半而重新地寻找到丢失的那一半成为一个整体？而合在一起时又好像着了魔一般，激情迸发，如火如荼，要死要活，若仙若醉？而彼此的生理结构又正好一阴一阳、相反相合、你中有我、我中有你、严丝合缝、亲密无间？更为奇异的是，这样的结合之后的不久，就会孕育、产生出一个小人来。我们不禁进一步追问：又是谁这样设计了人的身体、生命的不同结构和功能？仅仅用达尔文的生物进化论是否能够做出圆满的解释？

---

① ［法］伏尔泰：《哲学辞典》，王燕生译，商务印书馆 2009 年版，第 48 页。

　　再看看人的身外之物的天地自然：地球绕着太阳运转，从而产生了春夏秋冬四季，地球自转，给人类带来白昼和黑夜；太阳与地球保持着正好不远不近的距离，既给我们送来温暖，催促万物生长，又不至于太近将我们烤成肉干，或者太远将我们冻成冰块；夜里的月亮不止给我们驱走黑暗和恐怖，还给天真的儿童、相爱的恋人、思念的亲友带来温馨、诗意和无尽的遐想。这些妙不可言、巧夺天工的合目的性，好像是有人刻意而精心设计的，而设计它的那个人又是谁？而那个神秘的谁怎么可能是一个生活在地球上的肉体凡胎？

　　难怪伏尔泰会说出这样的话："神学往往把人的心灵引入无神论里去，后来倒是哲学又把人的心灵从无神论里引了出来。"① "健康的哲学摧毁了无神论，而隐晦的神学却给无神论资助了武器。"② 这是因为，在伏尔泰看来，大自然本身就蕴含着神性，一个倾心自然的人，往往不由自主就会被大自然的奇妙所折服、震撼："我们觉得思想很奇异，可是感觉也一样地奇妙。最低级昆虫的感觉里，有一种神力迸发出来，就像在牛顿的脑海里一样"③。由此他也情不自禁地对具有神力的最高存在产生了探究的好奇："是谁创造了这些天赋的性能呢？是谁赋予了这一切能力的呢？就是使野草生长、使地球绕日而行的人"④，因而在所有的宗教中，伏尔泰最为推崇的就是以对神奇的大自然为膜拜对象的自然神教："在各种宗教中，自然神教在世界上传播最广"⑤，"自然神教既是很温和的宗教，又是很符合理性而却从未在民间广为流传"⑥。

　　假如换个思路或者角度来看《圣经》《南华经》等中的神迹，我们就会有完全不一样的发现。比如，这些经文中记载的在现实生活中匪夷所思、违背科学常识的奇迹、神迹和被理性、道德所排斥的罪恶，假如我们

① ［法］伏尔泰：《哲学辞典》，王燕生译，商务印书馆2009年版，第162页。
② ［法］伏尔泰：《哲学辞典》，王燕生译，商务印书馆2009年版，第163页。
③ ［法］伏尔泰：《哲学辞典》，王燕生译，商务印书馆2009年版，第707页。
④ ［法］伏尔泰：《哲学辞典》，王燕生译，商务印书馆2009年版，第223页。
⑤ ［法］伏尔泰：《哲学辞典》，王燕生译，商务印书馆2009年版，第168页。
⑥ ［法］伏尔泰：《哲学辞典》，王燕生译，商务印书馆2009年版，第170页。

从隐喻、象征而不是写实的角度来重新解释，就会得出合情合理的结论。《圣经》中的上帝，如果并非写实的、实存的而仅仅是比喻和象征的存在的话，那他就不是如世俗生活中的那种高高在上的暴君一样的人格神，而是一种神秘的、超自然力的象征。这样的力量和存在，具有神奇而神秘的特性，它创造并主宰万物，无时无处不在而又尽善尽美、至高无上；它高踞在太空之上，俯视着大地上的一切，洞悉人世间和人心中的所有秘密；它是天之所以为天、地之所以为地、人之所以为人的那样的一种存在，它是自然法的代名词。

面对着这样的一种存在，自然万物包括人类对它当然只有无条件地遵从而不可有丝毫的偏离和违逆，否则就会招致灭顶之灾。于是我们明白了为什么上帝只让人们崇拜他自己而不能信仰偶像和别的神，知晓了这不是嫉妒、专制、暴虐而是警告人类要遵照自然法则行事做人，而不可走旁门左道：上帝让众人将不遵守法令而在安息日上山劳作的那个人用石头砸死，就不再是残忍和暴虐，它的隐喻是在警示人类：要遵道而行，不可盲目、贪婪、肆无忌惮地向自然开采、索取，要有所止有所不为，这样人与自然才能和谐相处，人与人之间才会减少纷争。否则就会自取其咎，不仅会给自己带来杀身之祸，甚至还会造成种族乃至整个人类的毁灭——这以后的历史不正从一定程度上印证了这一点吗？复活，这种在现代医学、生物学看来根本不可能发生的事，我们如果还原为隐喻和象征就不难理解了：它不是指肉体的复活，而是指灵魂的再生，《圣经》多次强调耶稣复活后不再是原来的容貌，这不是已经暗示得很清楚么！这与庄子的薪尽火传的理念是异曲同工的。这样一来，关于天国、乐园、净土之说也就很好理解了：那是人们向往和追求的目标，是精神的世界而不是实存的世界。以上种种，本来一目了然、清清楚楚，只是惯常的认识和思维定式制约了人们，只是将之当作纪实的来看，自然就出现了南辕北辙的误解。

从隐喻、象征的角度来解读宗教经典，并非断章取义、刻意为之，更不是无中生有。其实，《圣经》、佛经中都有大量的或明或暗、或隐或显的比喻。在《新约全书》中，记录耶稣传教时用了一系列的比喻：撒种的比喻，稗子的比喻，芥菜种的比喻，面酵的比喻，撒网的比喻等。佛经中的比喻就更多了，除了著名的火宅之喻、化城之喻、筏喻等之外，还在经文中反复、密集设喻，让人应接不暇：《金刚经》连用六个比喻即梦、幻、泡、影、露、电来形容"一切有为法"；《楞伽经》则这样设喻："观一切法，皆无自性，如空中云，如旋火轮，如乾闼婆城，如幻如焰，如水中月，如梦所见，不离自心。"（《楞伽经·集一切法品第二》）只是这些都是明喻，大家一望而知、清清楚楚，当然就不会有什么误解。而隐喻、象征就不一样了，它是以象寓意，而常人大多滞留于象的表层，并以现实、世俗来对应、参照，而没有进一步探究物象背后所蕴含的深层意蕴。

其实，从隐喻和象征视角解读宗教经典，在五百年前就有人这么做了，帕斯卡尔在其《思想录》中专门用一章以"象征"为题来解读《圣经》，而他的思路与笔者也恰好不谋而合。他这样写道："《福音书》中，有病的躯体象征病态的灵魂；但是因为一个躯体不足以病到很好地表现病态的灵魂的程度，因此就需要多个躯体。这一切全都包含在有病的灵魂里。"[①] 这样实际上也就回答了那些看似虚妄不实的奇迹的可能性：耶稣治好那些瘫子、盲人、哑巴，使死人复生，并非有特异功能。他疗救的并不是人生理上的病痛和残疾，而是心理、精神、灵魂上的疾病；耶稣可以让盲者明、聋者聪、哑者言、瘫者立、死者复活，不过是以他的智慧、人格魅力来感召、点化那些误入迷途的人们，使他们心智开启，认识宇宙人生的真谛，从而迷途知返，摆脱行尸走肉的、残缺不全的状态，拥有健全的人格，进入高尚的境界，过一种有灵魂的生活。

帕斯卡尔破译了解读《圣经》内核的密码，让我们知晓了宗教中遮蔽千余年的真相和奥秘。而这个密码就是象征，"象征——耶稣基督启迪他们的精神，以便理解《圣经》。""象征——这个秘密一旦被揭开，人们就不可能看不见它。让我们以这种眼光阅读《旧约》吧，让我们来看看殉道是不是真的，亚伯拉罕的亲缘关系是不是上帝爱宠的真正原因，上帝允诺的土地是不是真正的安身之所？都不是的；因为它们是象征。让我们同样

---

① ［法］帕斯卡尔：《思想录》，钱培鑫译，译林出版社 2010 年版，第 216 页。

来看看一切规定的仪式、一切不以仁爱为目的的戒律，我们会看到它们也是象征"[1]。他又这样写道："在犹太人那里，真理只是被象征化而已；在天上，它是敞开的。/在教会那里，它是遮盖的，通过象征关系被人所知。/象征根据真理而造就，真理则通过象征而被人认知。"[2]

其实，对这种根植于大自然又超越于大自然的神秘存在的崇尚和阐释，我国的古代文化经典显示出了更为智慧、简洁、明快的风采。在《道德经》中，老子把与《圣经》中的上帝一样的存在称为道；道也像上帝一样非常神秘、无影无形："视之不见，名曰'夷'；听之不闻，名曰'希'；搏之不得，名曰'微'。此三者不可致诘，故混而为一。其上不曒，其下不昧。绳绳兮不可名，复归于无物。是谓无状之状，无物之象，是谓惚恍。迎之不见其首，随之不见其后"（《老子》第十四章），以至于它甚至无法命名和言说，"道可道，非常道；名可名，非常名"（《老子》第一章），"吾不知其名，强字之曰'道'，强为之名曰'大'"（《老子》第二十五章），但是它却具有化生万物、主宰一切的神奇的力量和功能。它是"天地之始""万物之母""众妙之门"（《老子》第一章），是自然万物之根、之本、之源，所谓"道生一，一生二，二生三，三生万物"（《老子》第四十二章），因而天、地、人，万事万物，都要崇拜它、敬畏它、效法它："人法地，地法天，天法道，道法自然。"（《老子》第二十五章）当然，这里的自然不是我们今天所说的大自然，而是自己成为自己的那种东西，即道本身。因为道是最高的存在，它不用再效法任何东西，只效法它自己。

周敦颐则在《易经》的基础上，创造了解释宇宙人生奥秘的图式：无极生太极，太极生两仪，两仪生四象，四象生八卦。他是把无极作为产生、化育天地万物的最高存在，与上帝等同。但他没有将之人格化，而只是与自然、人生密切相连，用无极、太极、阴阳、四象、八卦等来阐释它，最后以八种自然现象来代表宇宙人生的元素、关系、变化和转换。

---

① ［法］帕斯卡尔：《思想录》，钱培鑫译，译林出版社2010年版，第223—224页。
② ［法］帕斯卡尔：《思想录》，钱培鑫译，译林出版社2010年版，第220页。

在英文中，关于上帝的表述，即 Great Heavens 和 My God，都与大自然有关，Heavens 和 God 都是天空的意思。而我们汉语中也常说的"我的天啊""苍天啊！大地啊""苍天在上"等，也正是对那种神秘的、超自然力的存在的一种惊奇、希冀、祈盼和呼唤。由此可见，无论是东方还是西方，在人们的观念中，上帝、神与以天为代表的神奇的大自然是叠印在一起，是两位一体的。

上帝、神，自然、人性中的神性，是普遍存在的，但凡俗之人，被利欲熏了心、被功利蒙了眼的人，是无法看到、听到和感受到的，他们只能视而不见、听而不闻、感而不觉。只有那些进入悟境，因而心明眼亮的人才可以看到、听到、感悟到。但那种神奇而神秘的存在又是稍纵即逝的，是忽现忽闭的，如陶渊明在《桃花源诗》中所叹："奇迹隐五百，一朝敞神界。淳薄既异源，旋复还幽闭。"

二、"我心即佛"：神性就在理想自我的塑造和追寻中

上帝、神性向外延绵在辽远空阔的苍穹，向内根植于每个人的灵魂深处，正如康德给自己写的墓碑铭文那样："位我上者灿烂星空，道德律令在我心中"。每个人心灵深处都有一个属于自己的上帝，神性也以各种方式融入你的生命。这样的上帝、神，不再是一个外在于你的生命的顶礼膜拜的对象，而是你生命深层、心灵深处一直渴望、想要成为的那个样子，那是你一直向往、憧憬、追求的理想中的、完美的自我。这样的一个你，摆脱了生理层面的肉欲的动物性，超越了世俗意义上的功利性、局限性，力图在与神性的融合中完善自我。虽然这个理想的、完美的、圆满的自我永远无法达成，但他始终在遥远的前方召唤、牵引着自己，催促着自己遏制欲望、修正残缺、自省思齐、浴心日新，永无休止地向着既定的神圣而美好的目标眺望、追寻，而在这样的自我修行、不断完善、苦苦挣扎、漫漫跋涉的无尽苦旅中，在如阿·托尔斯泰所说的"在清水里泡三次，在血水里浴三次，在碱水里煮三次"（《苦难的历程》）的身心煎熬、洗礼的过程中，充溢满怀、流淌内心的是一种圣洁、虔诚、肃穆的宗教情感。这样

的宗教情感，完全摆脱了皈依神灵的外在崇拜，而进入了一种天人合一、物我交融的那样的一种充满神性的信仰的自觉。诚如爱因斯坦所言："我是一个具有深刻宗教情感的、没有信仰的人。这是一种崭新类型的宗教。"① 李泽厚这样分析和评价康德的上帝观："'上帝并非在我之外的存在，而只是在我之内的一种思想。上帝是自我立法的道德实践理性。'（康德《遗嘱》）康德在《实践理性批判》结语中说：'位我上者灿烂星空，道德律令在我心中。'这两句刊镌在康德墓碑上的名言——自然界因果森严所指向的理念目的和人心中同样森严的道德律令，这是康德最尊敬的伟大对象，它就是康德感到无比敬畏惊叹从而崇拜的上帝。"② 李泽厚在回答记者问是否需要一个上帝时这样说："我不需要上帝。上帝早死了。上帝的公设不过是把人类的善的意志和力量抽象出来化为人格而已。费尔巴哈已论证过：这是一种异化。我的人类学心理本体自身即是上帝，它高于一切。"③

宗教情感或宗教精神与一般的宗教不同之处在于，它不再只是如信徒那样对神灵的皈依和膜拜，而是将宗教、信仰的最本质的东西，如博爱、宽容、善良、仁慈、殉道、虔诚、奉献、救赎等融入心灵血液；也不再只是履行如念经、进香、祈祷、礼拜等大家共同遵从的宗教仪式，而是在日常凡俗之中时时处处以个人的仪式身体力行，始终以宗教的精神、神性来严格要求、规范自我，自洁自律，如康德所言，听命于内心深处的道德律令。

个人仪式之一是在待人接物、为人处事中，把每一次都当作第一次和最后一次。我们知道，在每个人成长以及与别人交往的过程中，会经历许多的第一次，而每一个第一次，我们往往会不由自主地肃然起敬，如履如临，像是要参加一个仪式一样地充满着宗教色彩。比如男女情爱中的初恋、初吻、初夜，亲历者往往并不急于满足、实现自己的情欲，而是压

---

① ［英］理查德·道金斯：《上帝的迷思》，陈蓉霞译，海南出版社 2010 年版，第 11 页。
② 李泽厚：《批判哲学的批判》，安徽文艺出版社 1994 年版，第 336 页。
③ 李泽厚：《李泽厚哲学文存》下编，安徽文艺出版社 1999 年版，第 481 页。

抑、延宕着自己的欲望和激情，或者以自己的痛苦、努力来让对方愉悦、快乐，甚至发现对方不能在自己身上得到爱的满足和幸福时，而心甘情愿地主动离开而给所爱的人以自由，并幸福着对方的幸福。当一个人身处此情此景中时，他就好像换了一个人一样，整个生命、心灵得到了洗礼，注入了神性，完全沉浸在忘我的境界里，在自苦、献身、舍弃中体验到超越世俗和生理的愉悦。正如伏尔泰所言："爱情在一个不信神的国度里也会使人信仰神明的。"① 这样的第一次还有很多很多，第一次去拜访一位老师或长者，第一次与朋友相会，还有第一次上学、第一次上班、第一次旅游等，都会在穿戴、言谈举止上谨慎小心，将完美的一面呈现给他人。不过人性的弱点往往是当这些都进入常态了，当恋人变为夫妻，新友成为老友，生人变成熟人，当年复一年、日复一日地重复着自己的工作、生活甚至游戏时，就会不由自主地产生松懈、怠慢甚至厌倦，人生第一次的那份恭敬、谨慎、虔诚也就随之荡然无存了。而我们珍惜和追求的也恰恰是那种如纳兰性德所说的"人生若只如初见，何事秋风悲画扇"（《木兰花·人生若只如初见》）的境界，因为我们人生哪怕是平平凡凡的一次都可能是最后一次，都会逝而不再，都是不可重复的。

同样，我们对待自己生命中许多的最后一次也是不由自主地充满宗教般的情感，如毕业了、退伍了、退休了、分手了等。原先属于自己的都将要永远地失去，就要与自己人生的一个重要阶段做最后的告别，因而是极具仪式性的，而且这种仪式是发自生命深处，并且是无师自通的。而在这许许多多的最后一次中，最大的莫过于死，因为生命属于我们只有一次，而死也是生命的唯一的最后一次，死了就再也活不过来了。人之将死，与这个世界做最后诀别的时候，往往会有浓厚的宗教意味，充满善意地打量着这个世界，交代着身前身后的许多事，或遗憾或安详地离开。与此相应，生者对于死者，也同样充满敬畏之意地安葬，做最后的送行，因为亲人的死、他人的死，作为最后的一次，也同样是自己不久的将来的最后一次，很快就会降临在自己的身上，因而我们给别人的送行、追悼，从某种

---

① ［法］伏尔泰：《哲学辞典》，王燕生译，商务印书馆 2009 年版，第 82 页。

意义上也是提前给自己送行和追悼。其实不仅是死，最后一次表现在人生的方方面面、时时处处，因为人生是无常的，死亡会随时降临在每一个人的身上，因而当我们吃一顿晚餐的时候，走在上班的路上的时候，乘车远游的时候，与亲友告别的时候，也许就是最后的一次。如果你在意识和行动中把这些日常生活中时时处处亲历的每一次、与他人交往的每一次都当作最后一次，你就多了一份珍惜、感恩、肃穆和郑重。进一步，如果你把人生中的每一次都既当作第一次又当作最后一次，那你的心灵深处、生命中就注入了可贵的神性。

个人仪式之二是把不在场者当作在场者，人前人后一个样。人性的弱点、人之常态往往是人前人后差别很大，甚至截然相反、判若两人，当面对你说好话、恭维赞美你的人，极有可能一转脸就把你说得一无是处，甚或损得一塌糊涂。《增广贤文》中这样说："哪个背后无人说？哪个背后不说人？"帕斯卡尔更是这样写道："我们一味彼此蒙骗，阿谀奉承。没有人会当着我们的面说出他在我们背后所说的话。人与人之间的联系只不过是建立在这种互相欺骗的基础之上；假如每个人都知道自己的朋友在背后说了些什么，那就没有什么友谊能维持下去了。"[1] 一个有宗教情感的人，就要与这种与生俱来的人性弱点抗争，一般情况下不会轻易去议论他人，更不会恶意地去夸大、指责、辱骂别人（即使是一个仇人）的缺点、罪恶，更不要说是一个朋友或亲人了。而当你不得不说一个人或一件事的时候，即使那个人不在现场，你也要假定他就在跟前。也就是说，你在背后说他的那些话，当着他的面一样可以说，因为你会在你的心里设定对方处于你一样的位置，或者你设定自己就是你正要议论的那个人，你所不愿听到的别人对你的不好的议论，当然也不希望自己说出来。这又回到了孔子的那句名言："己所不欲，勿施于人。"（《论语·颜渊》）不要说不在背后谈论别人的短处，有时我们提到前辈、师长的时候，我们甚至不敢直呼其名，而是要在名字后加上称谓，如××老师、××叔叔、××先生等。这样做并非为了迎合在场的人，故作风雅，作秀表演给人看，以博取好名声；也不是希望自己的恭敬之语可以传到对方的耳中，借以取悦对方。而是完全发自内心地对他人尊重、对生命敬畏，当然最终是自爱自重。

个人仪式之三是人是一种有缺陷、甚至有罪的存在，因而要不断地反省自己，不断地净化、升华自我。商汤王在自己的浴盆上这样写道："苟日新，日日新，又日新。"（《礼记·大学》）这里表面上说的是给人的身体洗澡，人的肉身吸收排泄，吐故纳新，是很脏的，要不断地清洗才能保持清洁；而它的深层意义则是隐喻人的精神、灵魂也一样，会不停地为物欲所染，因而要不断地给自己的心灵洗澡、除秽、排毒，这样才可以保持灵魂的清洁纯净。庄子说的"疏瀹而心，澡雪而精神"（《庄子·知北游》）也表达了同样的意思。老子则这样写道："涤除玄鉴，能无疵乎？"（《老子》第十章）这里老子又使用了另一个比喻，不断给自己的心灵照镜子，看看是否有瑕疵。禅师神秀那首有名的偈"身是菩提树，心是明镜台。时时勤拂拭，莫使有尘埃"，则把心灵本身当作一面镜子，一个人在成长、向善的过程中，就要不断地擦拭自己的心灵之镜，不要让它被尘埃、污垢所遮蒙。孔子曰："见贤思齐，见不贤内自省。"（《论语·里仁》）子思曰："吾日三省吾身。"（《论语·学而》）这两位先贤都强调了自我反省，也就是说检点一下自己的行为乃至心灵深处是否留下了什么污点或者存有什么恶念，要不断加以清除、灭断，使自己一点点地变得完美、纯洁。孟子把这一自我不断深化、完善的过程进行了这样的总结："可欲之谓善，有诸己之谓信，充实之谓美，充实而有光辉之谓大，大而化之之谓圣，圣而不可知之之谓神。"（《孟子·尽心下》）在孟子的心目中，人格的完美有六个不同的尺度、标准和阶梯，即善、信、美、大、圣、神，一个人要想达到人性的高度，就要像登山那样，不能懈怠，更不能停下来。这些都启示我们，作为肉体凡胎，每个人的心灵、精神都像我们的肉体一样，充满着污垢，存在着瑕疵，因而自我完善、修炼的过程是漫长而坎坷的，不可能一蹴而就，而是一个无止境的动态的过程。一个人就要在这种不停地自我审视、反省、悔改、修正的漫漫长旅中，使自己慢慢地净化、升华，渐渐地成为一个高尚的人、一个纯粹的人、一个拥有神性的人。

个人仪式之四是慎独——即使在独处的时候，在没有他人监督的情况下，仍然像别人在场那样地严格要求、规范自己，不敢有丝毫的懈怠和放纵。人性的弱点和劣根往往在于在公共场合、与他人共在的时候，能够严格规范自己，能够自戒自律，而一旦独处时就会放纵自己，不仅会胡思乱想，甚至会为所欲为、胡作非为。而进入悟境、拥有神性的人，即使在无人监控、独自一人的时候，也会用自己的良知来监督自己、管束自己、规范自己。假定着身旁就有人在注视着你的一言一行，想象着你的头顶就有一双神秘的眼睛在不停地盯着你，而且还会穿透你的皮肉，直达你内心最隐秘的角落，从而迫使、警醒着自己不仅在言行上不敢作恶，就是在内心也不敢闪过一丝贪欲和邪念，不让自己的身心在成长的过程中留下丝毫的污点。之所以能够做到这一点，是因为觉悟的人能够超越人的生物性、世俗性和局限性而将自己作为一个理想的、完美的存在，不被自己的即使别人看不见的不雅的举动甚至不当的意念所玷污。慎独还包括能够守住孤独、寂寞和冷清，不为花花世界的喧闹和浮华所诱所惑，并进而直视和阅读自我。实际上，一个人只有在独守自我，静听自己的心音时才能真正感受到人生的真味，感受到自我的独特、神圣和丰厚。信仰的本原和动力，就是追寻和回归到真实而完美的自我。

三、"我的主、天主，我向你倾泻胸臆"：至善如道的神性

尽管神奇的大自然、纯洁的内心、日常的生活和美好的人际关系，都程度不同地存在着神性，因而人性中对神的向往、皈依、膜拜可以通过不同的路径在很多对象物上得以对应和实现。不过，这些对象都还程度不同地存在着欠缺和不确定性，难以全面、完整、持久地寄托人的最高的爱——即对永恒、无限、完美对象的追求，因而最终不得不还要追寻那种能够涵盖人的至高、至善、至大、至全的存在。

我们常常会把我们心中深藏的最圣洁的爱珍存、敬献给现实生活中最

亲近、最敬仰的人：一个德高望重的导师，一个忠厚仁慈的长者，一个美丽纯情的少女，一个阳光帅气的男孩。在爱恋、倾慕者看来，他们就是自己心目中的神。有时，我们在自己所景仰的人身上心甘情愿地付出不求回报的美好情感时，就会自然而然地产生那种圣洁美好、纯净无瑕的神圣情感。比如为了一个青春美丽的少女，你可以受很多罪，你愿意把世界上最珍贵的东西送给她，甚至为了对方的幸福甘愿献出自己的生命，而你在爱她、为她而付出的时候，反而觉着你一下子拥有着整个世界。不过，这样唯美而纯洁的情感和关系很难持久，因为人情无常，人性易变，每个人自身都存在着致命的缺陷，而这些在那些离你最近、与你朝夕相处的人身上，你看得最清楚。正如南非前总统曼德拉所言："无论你对一个人多么崇敬，都不要把他当作天使，因为每个人都是血肉之躯。"① 曼德拉作为一个命运坎坷、经历丰富、阅人无数的大英雄，对人性真相的体悟和把握应该是非常准确的。人是血肉之躯，这是人的特点，也是人的局限。既然是血肉之躯，他就不会是一个自足的存在，他必须依赖于外物来维持自己的生命，当你知道你膜拜的偶像也像你一样吃饭、消化、排泄，你还会像原初那样敬仰他或她吗？既然是血肉之躯，每个人就都会衰老、变丑，当你一见钟情的美少女、小帅哥在岁月的侵蚀下已经满脸皱纹、步履蹒跚时，你还会像初见时那样激情澎湃、春心荡漾地欣赏、怜惜对方吗？既然是血肉之躯，人就难免会有欲望，当你得知你倾心相爱的人不过是贪图你的钱财、地位乃至你的家庭背景，或者他或她背着你又与另一个美女或帅哥幽会时，你还会用整个身心去爱他或她吗？也许，你宁愿将这份圣洁之爱投寄在一棵树、一座山、一条河流之上，因为它们比人要持久、恒常，但你会发现，它们却是无知无识、无觉无情的。

向外的寻找和托寄无望，同样向内、向自身开掘，我们同样无法让灵魂憩息、安宁，因为这源于我们自身的矛盾和残缺。假如一个人只有灵魂而没有肉体就像神一样，或者只有肉体而没有灵魂犹如飞禽走兽，事情就非常简单了。但上帝恰恰将人设置成灵与肉的结合体，这既是上帝对人类

---

① 吴楠、路客：《比尔·盖茨全传》，中国戏剧出版社 2000 年版，封面语。

的馈赠，也是命运对人的戏弄和惩罚：灵魂向往和追求着不死和永恒，渴望着与天地同在、与日月同寿，不仅希望有前世和今生，还梦想着有来世乃至永生；但可惜的是我们的肉体只能生存几十年，是有止境的，如《古诗十九首》中所吟咏："生年不满百，常怀千岁忧。"又如苏轼在《赤壁赋》中所慨叹的："哀吾生之须臾，慕长江之无穷。"另一方面，人的心灵在空间上渴望无限，想把日月、天空、大地乃至整个宇宙都尽收眼底，甚至装在自己的心里，但不幸的是我们的肉体是如此渺小，如大海中的一滴水，若沙漠里的一粒沙，在空旷辽阔、无边无际的宇宙中，小到完全可以忽略不计，如苏轼所说的："寄蜉蝣于天地，渺沧海之一粟。"（《赤壁赋》）还有就是，我们的心灵渴求完美无缺、尽善尽美，但我们的肉体是那样不争气，只是一个臭皮囊，光鲜的衣装下面，包裹着的不过是腥血臭液，即使每天吃精美的食物、饮纯净的清水，但排出体外、泼向大地的却只是粪便汗液而已。更为可怕的是，在貌似文明、善良、儒雅的面具背后，我们还隐藏着比肉体还要丑陋数倍的内心深处的贪欲和恶念。

在这个世界上，最不安分而又骚动不宁的，就是人的心灵。它要摆脱沉重的肉身给自己设下的陷阱，要挣开世俗、红尘对自己的诱惑、羁绊和囚禁，寻找一个自由、永恒、无限和完美的存在。而这样的一个存在，看似虚无缥缈、若存若亡，但又真真切切地存在着，它在自然界而不是自然，它在人的心中又不是人的心灵，它是人对外在神灵的膜拜与心灵、人性深处对神性的渴求合二为一、交融一体的一种状态。只有心灵的神性的火花与自然的神奇的电光同时闪耀、交相辉映之时，人才可以进入一个别样的世界和境界。也只有在那里，人们才能够分享到神的荣光，与神同在。而在这样的时刻，自身的局限被打破了，进入了一个圆融互摄、物我两忘、瞬间永恒的境界里，因为有了这样的一个神奇的瞬间，平凡的人生一下子被照亮、激活、升华了。这就如西田几多郎所言："我们一方面知道自我是相对有限的，同时又想同绝对无限的力量结合，以求由此获得永远的真正生命，这就是宗教的要求。"①

---

① ［日］西田几多郎：《善的研究》，何倩译，商务印书馆 2007 年版，第 127 页。

　　埃·弗罗姆在其《爱的艺术》中这样写道："人类的价值受到来自社会制度和自然力两个方面的限制，作为人类价值之冠的爱，遭到了自然和社会的无情嘲弄，人类对永恒爱的追求，变成奔腾入海泛起的泡影，可望而不可即。因而人们只能把对永恒的爱的追求，寄托于同尘世相悖的幻想的天国，用有意识和无意识的双手，雕塑出上帝的英姿，用对它的爱来满足人世间无法满足的永恒的爱。"① 由此可见，对上帝、对神的崇敬、膜拜，是人所特有的一种禀赋、品性和天性。山石泥土，落花流水，杂木荒草，都不会有对上帝的爱，山自兀立水自流，草自葱茏木自凋，它们不过只是自然的存在，是无知、无欲、无识的；鸟兽虫鱼，不会有对上帝的爱，鸟翔鱼游，兽跑虫爬，它们被生生不息的本能、欲望主宰、牵引着，是自然法则的产物和奴仆。同样是人，有的只是生活在生理层面，满足和追求着食色之欲，一生浑浑噩噩，死后却没有留下任何痕迹；有的只是在世俗层面生活，遵照社会法则行事，他们也可能在人生的某个瞬间忽然对日常之外的神秘力量进行深思和遐想，但那只是短暂的一念，因为世俗的强大引力和惯性会把他快速地拉回到日常生活的烦琐和温馨中来。只有那些具有特殊的禀赋、气质、品性的人，才可以超越生理欲望、世俗牵挂，而神往并追求着神性。这样的与生俱来的天性，王阳明称它为"灵明"，詹姆斯称它为"圣徒性"。这样的人，往往天生就清高纯正，对常人津津乐道、孜孜以求的权力、金钱、荣誉、美色，往往不屑一顾，甚至视若粪土；他们能够忍受常人无法忍受的寂寞、孤独和苦难，注重和追求的是天国、彼岸、圣洁、正义、永恒、完美、无限和崇高，天生就是神之子，正如振翅待飞的鸟儿听到蓝天的召唤就会直冲云霄，这些人在特定的情景中就会与神性相遇。

　　在人类历史的长河中，留下了许多神秘而美丽的人神相遇的记录，许多圣哲都经历了那种自我身心与神交融一体的奇妙体验：圣·奥古斯丁对上帝的幡然悔悟，帕斯卡尔车祸中死而复生后的神奇感悟，王阳明龙场的月下悟道，还有那些禅宗大师的妙不可言的顿悟。在这样的悟道、人神相

---

① ［美］埃·弗罗姆：《爱的艺术》，李健鸣译，商务印书馆1987年版，第53页。

遇的过程和体验中，人的肉身被神性所浸润、照亮和穿透，从而摆脱了自身的局限、短暂和残缺，进入了永恒、无限和完美的心理体验和人生境界。

圣·奥古斯丁在《忏悔录》中这样描述了他的上帝注入内心的神秘体验：

> 我是谁？我是怎样一个人？什么坏事我没有做过？即使不做，至少说过；即使不说，至少想过。但你，温良慈爱的主，你看见死亡深入我的骨髓，你引手在我的心源疏瀹秽流。我便蠲弃我以前征逐的一切，追求你原来要的一切。
>
> 但在这漫长的岁月中，我的自由意志在哪里？从哪一个隐秘的处所刹那之间脱身而出，俯首来就你的辕轭，肩胛挑起你的轻松的担子？基督耶稣，"我的依靠，我的救主！"我突然间对于抛弃虚浮的乐趣感到无比的舒畅，过去唯恐丧失的，这时却欣然同它断绝。
>
> 因为你，真正的、无比的甘饴，你把这一切从我身上驱除净尽，你进入我心替代了这一切。你是比任何乐趣更加浃洽，但不为血肉之躯而言；你比任何光彩更明粲，比任何秘奥更深邃，比任何荣秩更尊显，但不为自高自大的人。这时我的心灵已把觊觎和营求的意念、淫佚和贪猾的情志从万端纷扰中完全摆脱；我向你，我的光明，我的财产，我的救援，我的主、天主，我向你倾泻胸臆。①

在上帝的莅临中，肉体的个我消失了，自私的、充满欲望的自我不在了。自我的生命得到了彻底的更新和洗礼，整个身心被神性所灌注，成了一个无我的真我。在对上帝的皈依中得到了一种从心底涌出的充满光明的快慰和愉悦，进入了心底无私天地宽的豁然开朗之境，自身也因此而变得完美无瑕，如将老之蚕那样纯净透明。从而自我与神交融一体，时时处处皆被神性的光辉所照耀："我爱天主，我爱另一种光明、音乐、芬芳、饮

---

① ［古罗马］奥古斯丁：《忏悔录》，周士良译，商务印书馆2008年版，第160页。

食、拥抱，在我内心的光明、音乐、馨香、饮食、拥抱：他的光明照耀我心灵而不受空间的限制，他的音乐不随时间而消逝，他的芬芳不随气息而散失，他的饮食不随吞咽而减少，他的拥抱不因久长而松弛。我爱我的天主，就是爱这一切"①。

在一场车祸中与死神擦肩而过的帕斯卡尔，在劫后余生的庆幸中产生了一种神奇的生命体验和人生感悟，觉着在冥冥之中，好像真的有一个奇异的存在，俯视着人间的一切，而自己危急的紧要关头，正是这一神奇的存在出手相救。当天夜晚，他在沉思中体验到一种"神秘的心醉神迷状态"，顿时彻悟，心中一片光明，真切地感到与上帝相通、共在。正是因为有了这样的经历和体悟，他才可能在其《思想录》中写下了那个十分著名的打赌，上帝的真实性有两种可能：存在或者不存在。帕斯卡尔劝人们赌上帝存在，因为这是只会赢而不会输的打赌："让我们掂量一下赌上帝存在的得与失吧。我们来考虑这两种情况：假如你赢了，你就赢得一切；假如你输了，你却毫无损失。那就毫不犹豫地打赌上帝存在吧"②。这是因为，如果我们打赌上帝存在，我们怀着对上帝的虔敬过一种自洁自律的充满神性的人生，希冀在来世的天国获救。那么，如果上帝真的存在，我们死后进入天国，得到真正的幸福；即使退一步讲，上帝根本不存在，我们也一点不吃亏，因为我们放弃的仅仅是尘世的、肉身的欲望和乐趣，而得到的同样是心灵的升华。

佛教中的无我、无相、无住，并非否定人世间的一切，而是否定现象界的虚幻不真，而追求和实现的恰恰是臻于真我的般若的涅槃之境，即那种超越肉身、尘俗的神奇的境界。禅宗大师香严听瓦片击竹而顿悟，另一位著名禅师灵云见山中桃花而悟道，这些都是欲悟而未悟之心与瓦竹相击之声、桃花绽放的色相的机缘相触而瞬息间的飞跃和升华，犹如炮仗的火捻遇火突然引起整个炮仗的爆炸一样。星云大师这样描述悟的情状："悟：砰然一声，迷妄的世界给悟的炸弹炸得粉碎了，一切差别，森罗万象都没

---

① ［古罗马］奥古斯丁：《忏悔录》，周士良译，商务印书馆 2008 年版，第 190 页。
② ［法］帕斯卡尔：《思想录》，钱培鑫译，译林出版社 2010 年版，第 83 页。

有了，示现出另一个平等的、光辉灿烂的世界。"① 但悟者悟到了什么呢？这是只能意会而不能言传的，因为禅宗本来就是不立文字、以心传心的，这就更增加了它的神秘性和神奇性。李泽厚曾以"瞬间永恒"的心理体验来解释禅宗的顿悟："禅宗讲的是顿悟。它所触及的正是时间的短暂瞬刻与世界、宇宙、人生的永恒之间的关系问题。这问题不是逻辑性的，而是直觉感受和体验领悟性的。即是说，在某种特定条件、情况、境地下，你突然感觉到在这一瞬刻间似乎超越了一切时空、因果，过去、未来、现在似乎溶在一起，不可分辨，也不去分辨，不再知道自己身心在何处（时空）和何所由来（因果）。所谓'不是心，不是佛，不是物'（《五灯会元·南岳·南泉普愿禅师》）是也。这当然也就超越了一切物我人己界限，与对象世界完全合为一体，凝成为永恒的存在，于是这就达到了也变成了所谓真正的'本体'自身了。……消除了一切欲求、愿望、思虑、意识，'无念'，'无心''心''境'也就两忘。既已超时空、因果，也就超越一切有无分别，于是也就获得了从一切世事和所有束缚中解放出来的自由感。从而，既不用计较世俗事务，也不必故意枯坐修行；饿即吃，困即眠；一切皆空，又无所谓空；自自然然地仍然过着原来过的生活，实际上却已'入圣超凡'。因为你已参透禅关——通过自己独特途径，亲身获得了'瞬间即可永恒'＝'我即佛'的这种神秘感受了。"② 在悟中，时间和空间的间隔、局限性被打破了，在眼下的瞬息中，连接了千年万年的时间长河；立在脚下寸土，却与无边宇宙产生了内在的会通，达到了圆融互摄之境，所谓"万古长空，一朝风月"（《五灯会元》卷二），"一花一世界，一叶一如来""芥子纳须弥，毛端含国土""十世古今，始终不离于当念；无边刹境，自他不隔于毫端。"（《华严经》李通玄注疏）

《南华经》中描述的那些"登高不慄，入水不濡，入火不热"，"大泽焚而不能热，河汉沍而不能寒，疾雷破山而不能伤，飘风振海而不能惊"（《南华经·大宗师》）的具有特异功能的古之真人，看似荒诞不经，不足

---

① 星云大师：《星云大师讲心经》，湖南文艺出版社 2011 年版，第 52 页。

② 李泽厚：《中国古代思想史论》，安徽文艺出版社 1994 年版，第 206—208 页。

为信，但拨开其神话、寓言的面纱我们就会发现，它不过是以隐喻的方式表达了：那些真人不过是进入悟境的人，他们因为悟道、得道，精神获得了极度的自由，因而不被时空局限而成了时空的主宰者，故而能够在不同的时空中自由穿越，天马行空，独来独往，我行我素。但这不是生物的身体和自然的时空，而是精神穿行在精神的时空里，是人与道合二为一时进入了神奇的精神境界的外在显现。

对现实政治、社会人伦过多的关注，遮掩了儒家自身对神性的追求；而"子不语怪、力、乱、神"（《论语·述而》），"未知生，焉知死"（《论语·先进》）等的语录，似乎又佐证了儒家对彼岸世界的轻视和忽略。其实，儒家同样十分注重对神的虔敬和皈依，只是更多地与现实生活、宗法人伦交融在一起而已。孔子重视祭祀，自己也曾经担任过司祭的官职，注重人神相通时内心的虔诚和敬畏："祭如在，祭神如神在。子曰：'吾不与祭，如不祭。'"（《论语·八佾》）慎终追远，心诚则灵，人神之间存在着神秘的感应和沟通。孔子对道的尊崇，显然也浸透着神性的色彩。他说："朝闻道，夕死可矣。"（《论语·里仁》）可见，道对人有多么重要，进入道的境界，即使很快死去也没有什么遗憾了，因为融入道的生命，已经摆脱了肉体和世俗，具有了独立的价值和意义。所以即使贫穷到"饭疏食饮水，曲肱而枕之"，也能"乐在其中"（《论语·述而》）。孔颜所乐，并非乐贫，而是安贫乐道。这个道虽然只可意会而不可言传，但显然与神性有关。也就是说，如果在尘世的凡俗人生中注入了神性，生命就会发生神奇的变化，进入了一种奇妙而美好的境界。

古今中外的无数人，自愿放弃世俗生活的享受，抗拒着生命欲望的诱惑，转而投入神的怀抱，过一种高尚、无私、奉献的生活，这显然不是有人所说的病态、自欺、幻觉和白日梦。那是一些既具有独特的禀赋同时又有着不凡的人生阅历的人，在阅尽人间沧桑之后的一种理性的选择，在对上帝、神的皈依中，生命从短暂走向永恒，心灵从有限趋向无限，人生从残缺变为完美。

第四章 道与圣

圣是人，但又不是寻常的人。圣乃人中之瑞，集天地万物乃至人之精华，是谓至人。邵雍曰："是知人也者，物之至者也；圣也者，人之至者也。物之至者，始得谓之物之物也；人之至者，始得谓之人之人也。夫物之物者，至物之谓也；人之人者，至人之谓也。以一至物而当一至人，则非圣人而何人？谓之不圣，则吾不信也。何哉？谓其能以一心观万心，一身观万身，一物观万物，一世观万世者焉；又谓其能以心代天意，口代天言，手代天功，身代天事者焉；又谓其能以上识天时，下尽地理，中尽物情，通照人事者焉；又谓其能以弥纶天地，出入造化，进退古今，表里人物者焉。"（《皇极经世·观物内篇》）因此，圣与道有着天然的密切的联系，圣是宇宙天地大道的体悟者、继承者、体现者，也是宇宙天地大道的传播者、代言人、践行者和担当者。胡五峰曰："惟圣人既生而知之，又学以审之，尽人之性，尽物之性，德合天地，心统万物，故与造化相参，而主斯道也。"（《知言》）道至高无上，高不可攀，无形无体，沉默无语，而通由圣人之言之文，我们知晓了道的音讯、奥秘和玄机。如《易传》所言："昔者圣人之作《易》也，将以顺性命之理。是以立天地之道曰阴与阳，立地之道曰柔与刚，立人之道曰仁与义。"（《易传·说卦》）天、地、人三道，本来混沌幽暗，因圣人立之而豁然明朗，烛照人心。

虽曰人人皆可为尧舜，人人皆可成佛，但圣毕竟只是少数人，是几亿个人里上百年中才会出一个的，是典型的稀有产品。圣不是一种职业、社会地位、贵族血统，而是先天异秉和后天修行合力炼成的集真善美于一身、仁智勇于一体的具有至善至美的完全人格的特殊的人。这样的人，儒家称为圣人，道家称为真人，佛家称为悟者，基督教称为圣徒。

　　成圣之路是漫长而坎坷的。成圣者不仅要有智而清的禀赋，还要胸怀学为圣贤的高远之志，更需要后天现实的勤学、苦修、笃行。成圣的阶梯有向内和向外的两个维度，即内圣外王的内外兼修；而成圣的形态又有两个向度，即由凡入圣和由圣入凡；根据人的智愚、利钝的不同，成圣又有顿悟和渐修之分。

　　天人合一是中华文化的精华所在，也是凝结着历代文人智慧的理想追求和梦寐以求的美好人生境界。天人合一的内涵有三层。其一是作为人类的普通民众出于本性的源于自然、生于自然、最后又归于自然，人与自然融为一体的自然和谐的形态和关系，已在第一章即道与人中专节论述。其二是作为具有诗性品格的诗人以诗心与天地自然、宇宙本体的物我相融、两忘的审美关系和境界，将在下一章即道与诗中专节言说。其三即本章所论的乃悟道、得道的圣人与像天一样高远而神秘的道体的合二为一：道即圣，圣即道，即圣即道。历代文人墨客神往、憧憬的充满宗教色彩的道德理想，神秘而美妙的人生境界，在圣者那里变成了可触可感的现实。

　　圣者不是神不是仙，不是居住在庙堂、天上，而是生活在人间大地，也如常人一样有着血肉之躯和七情六欲，也在日常俗世中吃穿住行，但又与一般的常人不同。这些由凡入圣者，因为对宇宙天地、世事人生的觉解的不同，有着异于凡人的品性、气象和风韵。

　　圣者既不像神仙自由自在、风流潇洒，也不像出世的隐者那样看破红尘、无牵无挂，圣者有着圣者的使命和担当，这样的使命和担当不是一时一事，而是非常庄严和沉重，那就是将整个世界以及世界的过去、现在和未来放在自己的心里，挑在自己的肩上。他要自度度人，他要先觉觉后觉，他要为王者师，他要齐家治国平天下。如张载所言："为天地立心，为生民立命，为往圣继绝学，为万世开太平。"一句话，他要将天上的道担在肩上、行在地上，让道的光普照苍生、直抵人心。

第一节 成圣之路

虽曰人人皆可为尧舜，人人皆有佛性，但并非人人皆可成圣。成圣必须具备智而清的禀赋和品性，还要有成圣的高远之志。成圣之路是艰难而漫长的，需要后天现实的勤学、苦修、笃行。儒家所设定的个人的成圣之路，有向内和向外的两个向度，即孟子所说的"穷则独善其身，达则兼善天下"（《孟子·尽心上》）。也就是说，成圣有两个方向、标准，二者要兼备，缺一不可，那就是一要向内完善自我的心灵和人格，二要向外治世救民济天下。而道家则有着另一维度的取向。在道家的观念中，人所能抵达的最高境界就是与道同体，即庄子所说的"同于大通"，而进入这一境界的人被称为真人或圣人。

由凡入圣固然重要而不易，而由圣入凡同样很重要，而且会更难，而这恰恰就是践道的功夫和境界，也是成圣的一个不可或缺的重要环节。由圣入凡是以得道的圣心返回到俗世过日常的生活，同时也是以成圣的身份回到人间凡世，主动担当起唤醒芸芸众生的使命，使其获救或走在获救的路上。成圣者虽然目标相同，那就是闻道、明道、悟道、得道，并最终与道合一，但因为各人的悟性、根器的各异，因而成圣的形态、方式又彼此有别，各个不同，借用禅宗之语，乃有渐修与顿悟之分。虽然人分利钝，修有渐顿，悟有快慢，但道是相同无别的，而最终目标都是相似相通的，那就是认识宇宙本体的真相并与之合二为一，从而抵达人生的最高境界，成为一个完全的人，拥有最完善的人格。

一、"学为圣贤"：成圣的禀赋

圣贤不是人人可成的，必须具有天生的异秉和品性。换句话说，圣贤只能是少数人，那些造化所钟的神秀之人，人中之最有灵明者。

根据人的天分、智商的不同，孔子把人分为智和愚，佛家把人的智性分为利和钝或大根器和小根器，老子把人分为上士、中士和下士。其实，人的品性，除了智愚、利钝等这些智性因素外，还有性情的因素，不妨把它名为清和浊。清者上扬超越，化为人性中的诗性、神性，极力摆脱肉体的欲望和世俗的羁绊，而侧重、关注并追求心灵、情感的价值；浊者下沉凝滞，沉醉于生物本能的欲望，贪图人世间的荣华富贵，追逐尘俗中的权力荣誉。如果将人的智性与性情的因素进行排列组合，人就可以分为智而清者、智而浊者、愚而清者和愚而浊者四种类型。而这里我们所着重关注和考察的是智而清者，他们最为清雅、仁厚和灵动，天生就是来人间做圣徒甚至是圣人的。他们存在的意义和天职，就是要进入圣界和悟境，或者说智而清者虽然还不能说就是圣贤，但具备了圣贤的先天禀赋，是潜在的圣贤，有着成圣的可能性。反过来可以这样说，不是智而清者，基本上排除了成圣的可能，一生与圣贤无缘。

清纯、清雅、神清气爽是成圣者与生俱来的秉性。成圣者首先是一个清者，与浊者的迷恋世俗、肉欲不同，清者虽然也生长在俗世，但他们却对人间烟火不感兴趣，他们心中向往的是别样的、别处的世界。他们好像不是为父母、为儿女、为家庭而生，不是为了在地上庸庸碌碌地活着。他们对尘世间人人艳羡不已的声色犬马、温柔富贵视若浮云，甚至不屑一顾。释迦牟尼身为王子，但视锦衣玉食、美女王位如粪土，因而离家出走寻找有意义的人生，走向了探索宇宙人生真谛的艰难的苦修和解脱之路。他们要挣脱肉体和大地对自己的束缚、拖累，而让精神向浩渺的天宇、向神性的世界飞翔。也正因如此，他们好像比常人有着更加多愁善感的心灵，不仅众人皆醉吾独醒，而且会感时花溅泪，恨别鸟惊心，甚至念天地之悠悠，独怆然而涕下。悲他人所未悲，伤他人所未伤。

能够成为圣贤之人，还具有超于常人的大智慧，拥有与生俱来的慧心睿目和对道体的天赋悟性。他们常常见别人所未见，感别人所未感，思别人所未思，还能够见微而知著，察始而知终。这样的成圣者，孔子称之为"生而知之者"，尼采称其为"超人"，叔本华称其为"天才"。慧能作为目不识丁、打柴为生的少年，听了《金刚经》的"应无所住而生其心"的经文而言下大悟，更以其著名的偈语"菩提本无树，明镜亦非台，佛性常清静，何处有尘埃"表达了对佛理的个性化见解。陆象山作为十几岁的少年，就对天地宇宙大道有了独到而深刻的觉悟。《象山年谱》这样记载陆象山形状："后十余岁，因读古书至宇宙二字，解者曰：四方上下曰宇，往古来今曰宙。忽大省曰：元来无穷。人与天地万物，皆在无穷之中也。乃援笔书曰：宇宙内事，乃己分内事；己分内事，乃宇宙内事。又曰：宇宙便是吾心，吾心即是宇宙。东海有圣人出焉，此心同也，此理同也；西海有圣人出焉，此心同也，此理同也；南海北海有圣人出焉，此心同也，此理同也；千百世之上，千百世之下，有圣人出焉，此心此理亦莫不同也"。在禅宗中，他们都被称为大根器，具有慧心利根，机缘一到，当下大悟，瞬息洞穿世事人心，一步踏入圣境妙界。如老子所言："上士闻道，勤而行之。"（《老子》第四十一章）在耶稣撒种子的比喻中，用"好地"来比喻这类人："撒在好地上的，就是人听道明白了，后来结实，有一百倍的，有六十倍的，有三十倍的。"（《新约全书·马太福音》）

成圣之人还有一个先天素质，那就是有成圣之志，也就是在少年之时，在为学之初，就立下宏大之志，那就是做忧国忧民忧天下、救国救民救天下的圣贤，而不仅仅是为了千钟粟、颜如玉、黄金屋的功名利禄。王阳明年少之时就立志做圣贤。《王阳明年谱》这样记载："尝问塾师曰：'何谓第一等事？'塾师曰：'惟读书登第耳。'先生疑曰：'登第恐未为第一等事，或读书学圣贤耳。'"做圣人这一理想的道德人格伴随王阳明的一生，他从生活中的点点滴滴着手去做成圣的功夫，而以后的人生历程也正好印证了年少之时一个相士对他成圣轨迹的预测。相士对王阳明曰："吾为尔相，后须忆吾言：须拂领，其时入圣境；须至上丹台，其时结圣胎；须至下丹田，其时圣果圆。"（《王阳明全集》卷三十三）程颐在其《颜子所好何学论》中这样论颜回："颜子所独好者，何学也？学以至圣人之道也。"也就是说，颜回之所以受孔子欣赏和推崇，以至于惺惺相惜，就在于颜回志存高远，其志不在世俗名利，而在致力于学为圣人。陆象山认为，为学做人应"先立乎其大者"。他这样写道："近有议吾者云：'除

了先立乎其大者一句，全无伎俩。'吾闻之曰：'诚然。'"（《陆象山全集》
卷三十四）又云："孟子云：'尽其心者知其性，知其性则知天矣。'心只
是一个心，某之心，吾友之心，上而千百载圣贤之心，下而千百载复有一
圣贤，其心亦只如此。心之体甚大，若能尽我之心，便与天同。为学只是
理会此。"（《陆象山全集》卷三十五）陆象山所推崇的"先立乎其大者"，
就是如张载所说的立天地之心，就是让自己的心与古今圣贤之心、天地宇
宙之心合为一体，让自己成为圣贤之人。

　　智而清的先天禀赋固然对成圣非常必要，但这并不是成圣的充分条
件，要让为圣为贤的可能性转换为现实性，还需要后天的自我修行。这是
一个艰难困苦的漫长过程，是一个苦其心志、劳其筋骨、饿其体肤、空乏
其身、行拂乱其所为的经受考验和磨炼的漫漫长旅。

二、"穷独达兼"：成圣的阶梯

　　成圣需要先天的禀赋，但具有了先天性禀赋并不一定就能成圣，成为
圣贤还需要后天的现实的勤学、苦修、笃行。历代公认的圣人、被称为
"命世之大圣，亿载之师表者"的孔子这样叙述自己的成长过程："吾十有
五而志于学，三十而立，四十而不惑，五十而知天命，六十而耳顺，七十
而从心所欲，不逾矩。"（《论语·为政》）孔子说自己十五岁立下为学之
志，这里的"志"，当然应是学为圣人之志。假如连孔子这位公认的圣人
立的都不是圣人之志，那谁还敢厚着脸皮说自己立志做圣人呢？只是孔子
谦虚，没有明说罢了。孔子说自己"三十而立"，这里的"立"是指自己
已经成为一个完善的人，在道德、事业、礼义等方面已经完成了自己。以
后每隔十年一个台阶，层层推进，提升自我，直到最后从心所欲不逾矩地
与社会、他人乃至天地合一的最高境界，达到了生命的最大、最高的自由
和解放。与孔子对自己成圣轨迹的追忆不同，孟子描述了人们当然是那些
具有圣贤潜质的人自我修炼的进程和层阶："可欲之谓善，有诸己之谓信，
充实之谓美，充实而有光辉之谓大，大而化之之谓圣，圣而不可知之之谓
神。"（《孟子·尽心下》）在孟子的心目中，人格的完美有六个由低至高

的尺度和标准，即善、信、美、大、圣、神。善是一个人能够让人喜欢的品性，这是为人处世最基本的条件；进一层的是信，就是那些让人喜欢的好处实实在在地存在于自身，对己对人都非常真诚；那些好处、美德充满全身就是美的境界；不但自己充满，而且将那美好的品性像太阳一样光芒四射，体现在日常行为中的是大，这样的人不仅真实可信，而且能充分掌握其内在才华，还具有转化人的品质，他代表着一个扩大了的自我，是一个大写的人；既能扩充自己又能化育他人、外物者，是圣人的境界，他标志着人性的极致和顶峰；再进一层就超过了我们一般人的理解限度，那就是一种出神入化的境界了。在孟子所标设的六个人性层面里，前四种即善、信、美、大，一般人经过努力是可以达到的，而圣、神的境界是一种理想化的人性乌托邦的虚设，就是孔孟也自叹无法企及，但"'高山仰止，景行行止'，虽不能至，然心乡（向）往之"。（《史记·孔子世家》）

儒家所设定的个人的成圣之路，有向内和向外的两个向度，即孟子所说的"穷则独善其身，达则兼善天下"。（《孟子·尽心上》）也就是说，成圣有两个方向、标准，二者要兼备，缺一不可，那就是一要向内完善自我的心灵和人格，二是向外要治世救民济天下。而这样的思路和设计，在儒家的两部经典《大学》和《中庸》中有着具体而详细的体现。

《大学》是《礼记》中的一篇，与《论语》《孟子》《中庸》一起合称为儒家"四书"。关于《大学》的内蕴，宋明道学家特别是朱熹、王阳明有着详尽而独到的阐释。他们都认为《大学》的核心话题就是讲一个人怎样可以成长为圣人。就此冯友兰这样总结道："朱熹和王守仁都认为《大学》所讲的是'大人之学'。所谓大人指完全的人，能完全实现人之理的人，即可为'完人'，亦即所谓'圣人'。《大学》的三纲领就是人之理的内容，也就是要成为'圣人'的人的修养目标，能达到这个目标就算是'穷人之理''尽人之性'。"①《大学》是教人成圣之学，其主要内容可以概括为"三纲领""八条目"。所谓"三纲领"，即"明明德""亲民""止于至善"。其中，"明明德"即是彰明人的光明的德性，是属于向内自我圆

满的修心之路；"亲民"是对人民的仁爱、关怀，是向外发展的济世之道；而"止于至善"就是达到完善、圆满的目标，这是完成了前两项之后所实现的道德理想，即圣人的境界。或者换句话说，这三者都实现了，也就成为一个完全的人，一个至善至美的圣贤之人。所谓"八条目"，即"格物""致知""正心""诚意""修身""齐家""治国""平天下"。"八条目"的前五项，即"格物""致知""正心""诚意""修身"是属于个人内在的认知、道德、人格等方面的修为、完善，对应的是"三纲领"中的"明明德"；而后三项，即"齐家""治国""平天下"等对应的是"三纲领"中的"亲民"，是救世爱民的具体表现和作为。两个方面一内一外，一心想一身行，一自我圆满一天下太平，二者合二为一就构成了圣人的理想和境界。那就是儒家向往、追求和践行的"内圣外王"之道，一个充满着仁爱精神和终极关怀的博大情怀和人性乌托邦。而"八条目"中最核心和根本当然也是最难的环节是"修身"，"修身"是"格物""致知""正心""诚意"的结果，也是"齐家""治国""平天下"的前提。它是至为关键的环节，失去了它，整个"八条目"的链条就会断裂，故而《大学》特别强调："自天子以至于庶人，壹是皆以修身为本。其本乱而末治者，否矣。"以修身为本，穷独达兼，最后止于至善之境，成为完善的圣人，这就是《大学》所勾画的成圣之道。

《中庸》也是出自《礼记》，也是儒家四书之一，它提出的一个人成圣之道的设想与《大学》同归而殊途，二者有异曲同工之妙。它提出的道德理想是"参天地之化育"进而"与天地参"，将"诚之者"的"人之道"与"诚者"的"天之道"融为一体。而要实现这一理想，抵达这一境界，首先就是要尽性，因为性与道是两位一体的，尽性方可得道而成圣。《中庸》开篇即言："天命之谓性，率性之谓道，修道之谓教。道也者，不可须臾离也，可离非道也。"而尽性，不是一蹴而就的，而是一个无止境的、动态的、漫长的过程，要完成这一艰难的过程并最终达到这一目标，是有它独特的路径和条件的。这个路径或条件，儒家把它名之为"诚"。《中庸》曰："唯天下之至诚，为能尽其性。"（《中庸》第二十六章）"诚者，自成也。"(《中庸》第二十九章)"诚者，天之道也；诚之者，人之道也。"（《中庸》第二十四章）"诚"就是真诚，真诚是天地自然的天性和原则，而追求真诚，按照真诚的规则、伦理为人处世，则是人的原则和天职。只有恪守真诚，并将真诚达到极致，才能尽自己之性，最大限度地成就和完善自我。因为诚就是成，是自己成全自己，自己完成自己。在遵诚尽性的过程中，不同的人有着不同的方式和结果。对不假人力而自然合于天道的圣人而言，自己就是天生真诚的人，他们可以做到"不勉而中，不思而得，从容中道"。（《中庸》第二十四章）不用刻意为之，自然就致诚尽性。而智德中等但又一心向善志诚的人，就要身体力行，付出更多的努力和艰辛，"博学之，审问之，慎思之，明辨之，笃行之"，这样最终也能达到"虽愚必明，虽柔必强"（《中庸》第二十四章）的目标，同样可以致诚尽性。由致诚而尽性，不是一次完成的，也不仅仅是人生追求的最终的、唯一的、孤零零的一个点，它是一个动态的、开放的、变化的、由低至高的过程，有着不同的等级和境界："诚者，物之终始，不诚无物。是故君子诚之为贵。诚者，非自成己而已也，所以成物也。成己，仁也；成物，知也。性之德也，合内外之道也，故时措之宜也。"（《中庸》第二十九章）作为一个有修养、有仁德的人，不仅要成己，还要成物，不仅尽己之性，还要尽人之性，更进一步尽物之性。而那些出类拔萃的圣明之人，则可以与天地共存而成为顶天立地的大写的人，当然也就是圣人："唯天下至诚，为能尽其性；能尽其性，则能尽人之性；能尽人之性，则能尽物之性；能尽物之性，则可以赞天地之化育；可以赞天地之化育，则可以与天地参矣。"（《中庸》第二十六章）

以上是儒家成圣的阶梯，而道家则有着另一维度的取向。在道家的观念中，人所能抵达的最高境界就是与道同体，即庄子所说的"同于大通"，而进入这一境界的人被称为真人或圣人。这样的圣人，是"天地与我并生，而万物与我为一"（《庄子·齐物论》）的。而由一般人而成为圣人，也同样需要不断晋升的阶梯。在《大宗师》中，庄子这样描述女偊教卜梁倚学圣人之道的程序："吾欲以教之，庶几其果为圣人乎？不然，以圣人之道告圣人之才，亦易矣。吾犹守而告之，参日而后能外天下；已外天下矣，吾又守之，七日而后能外物；已外物矣，吾又守之，九日而后能外生；已外生矣，而后能朝彻；朝彻而后能见独；见独而后能无古今；无古今而后能入于不死不生。杀生者不死，生生者不生。其为物无不将也，无不迎也，无不毁也，无不成也。其名为撄宁。撄宁也者，撄而后成者也"。这里女偶首先强调教卜梁倚圣人之道的前提是卜梁倚具有圣人之才，具备了为圣的先天禀赋，否则是无以教的。具有圣人之才的人，要圣人变为现实性，第一步是"外天下"，也就是遗忘世故，不为人间俗事所累；第二步是"外物"，摆脱外物的役使；第三步是"外生"，即无虑于生死之忧；第四步是"朝彻"，即心境清明洞彻；第五步是"见独"，即体悟至高无上、独立不依的道；第六步是"无古今"，即超越时间的限制；第七步是"入于不死不生"，即没有生死的观念。至此也就进入了最高的境界即圣人的境界，名之曰"撄宁"。"撄"者，纷扰也；"宁"者，安宁也；"撄宁"者，在万物生死成毁的纷纭烦恼中保持宁静的心境之意也。而"撄宁"之境，非常人能够抵达，而至其境者，非圣人莫属也。由此可见，与儒家相比，道家成圣的方向是向内的，是单维的，是逃避社会责任而只是独善其身或心的。这样的圣增添了遗世独立的自由洒脱、无牵无挂，但也缺少了人间关怀的温情和亲切。

三、"即凡即圣"：由圣入凡

悟道、得道，使人由迷转悟、由凡入圣、由色入空，这固然重要，而由圣入凡、即空见色、由悟转常同样重要，而且更难。而这恰恰就是践道的功夫和境界。由圣入凡具体又有两种样式、方向。

其一是以得道的圣心返回到俗世过日常的生活。悟道、得道让人看破红尘，挣脱肉欲，远离世俗的喧嚣和琐屑，而践道则是圣者以开悟的、出世的眼睛和心灵重新地观照和返回俗世凡尘，以悟道得道、超凡入圣的身心过普通平凡的生活，应对俗世、常人无法回避的麻烦和烦恼：和其光，同其尘；在朝即在朝，在市即在市，在野即在野；吃饭便吃饭，穿衣便穿衣，睡觉便睡觉，行走便行走。内心澄澈、丰富、洞明、高远，外表却又是十分简单平常，与他人并没有任何不同。人还是那个人，说着日常的话，做着普通的事；太阳还是那个太阳，月亮还是那个月亮，世界还是那个世界。但在悄然静默之中，一切都发生了崭新的变化。这颇似青原惟信禅师所说的学禅三阶段：由见山是山，见水是水，到见山不是山，见水不是水，再到见山只是山，见水只是水的最后阶段。表面上看山水依旧如初，但此山非彼山，此水非彼水。其实，山还是那山，水也还是那水，只是见山见水的人变了，那山那水在见山见水人的眼里、心里和生命里就发生了根本性的改变。色不异空，空不异色，色即是空，空即是色。烦恼即菩提，祸灾即福祉，沉沦即救赎，死亡即新生。老子这样说："道之出口，淡乎其无味，视之不足见，听之不足闻，用之不足既。"（《老子》第三十五章）虽然平平淡淡、普普通通、无影无形，但是一切都不一样了，因为心灵的脱胎换骨，旧人蜕变成了新人，如浴火重生的凤凰，似破茧振翅的蝴蝶。因为道入人心成圣心，俗世凡尘的麻烦、烦恼就都不再是麻烦、烦恼，被圣心超越了、淡化了。禅宗大师黄檗曰："但终日吃饭，未曾咬着一粒米。终日行，未曾踏着一片地。与么时，无人无我等相。终日不离一切事，不被诸境惑，方名自在人。"（《古尊宿语录》卷三）云门匡真亦云："终日说事，未曾挂著唇齿，未曾道著一字。终日著衣吃饭，未曾触著一粒米，挂著一缕衣。"（《古尊宿语录》卷十五）就此冯友兰论道："人是从圣入凡，所以虽有人有境，而仍若无人之境。'人境俱夺'，是从凡入圣的功夫。'人境俱不夺'，是从圣入凡的境界。"[①] 这不是简单的倒退、妥协、返回，而是生命更新后的衣锦还乡。冯友兰认为，同样的人有着不同的觉解，便会有截然不同的境界。同样，在同一个世界生活的人，因为认识体悟的不同，就会有迥然不同的天地。心灵、认识、观念改变了，处身其中的世界也就随之进入了崭新的境地，从而人生也就发生了翻天覆地的变化。就像尼采所说的那样："一个人知道自己为了什么而活，他就能够忍受任何一种生活。"

---

① 冯友兰：《中国哲学史新编》中，人民出版社 1998 年版，第 670 页。

其二是以成圣的身份回到人间凡世，主动承担起唤醒芸芸众生，使其获救或走在获救的路上。立志"解民于倒悬"，并当仁不让地说出"如欲平治天下，当今之世，舍我其谁也？"（《孟子·公孙丑下》）的孟子，以豪情壮志写下"天下兴亡，匹夫有责"（《日知录·正始》）的顾炎武，以"先天下之忧而忧，后天下之乐而乐"（《岳阳楼记》）而自许的范仲淹，都是这一大爱精神的体现者。而对此更为集中、更为突出、更为强烈地加以体现和展示的是基督耶稣。作为上帝之子，他甘愿上十字架，以拯救芸芸众生。虽然他舍命拯救的对象中有羞辱他的同胞、有出卖他的弟子、有起哄的平民，但他义无反顾、无怨无悔。而钉死他的十字架，也正是他受难与救赎的象征。基督教与佛教，虽然信仰各异，但他们的最高境界是相同的——地藏菩萨所言所为与耶稣有着惊人的内在一致："地狱不空，誓不成佛"。"我不下地狱，谁下地狱？"这种集使命、忧患、救赎、受难于一身的精神，就像是照亮人类心灵而奋然前行的火把，一直接力传递，如列夫·托尔斯泰、圣雄甘地、马丁·路德·金、曼德拉等，前赴后继，不绝如缕。这样的圣徒情结，在每个普通人的内心深处都程度不同地存在，平时隐而不现，若存若亡，但往往在千钧一发的关键时刻会突然显现，甚至爆发出来。牺牲者虽然失去了自己的血肉之躯，但在献身殉道的过程和行为中升华了人格、净化了心灵，从而实现了一个真正人的超越。这不禁使我想到柏拉图的《理想国》中那个著名的洞穴之喻：那个从同伴身边逃脱的洞穴人，在天空下和太阳的照耀中看清了事物的本相，由此他终于从原来的假象、幻影中挣脱出来，洞悉了宇宙的真谛和奥秘："造成四季交替和年岁周期，主宰可见世界一切事物的正是这个太阳，它也就是他们过去通过某种曲折看见的所有那些事物的原因"[①]。这个看到事物的本相、洞悉到宇宙奥秘、身心获得解放的人，会为自己的幸运而欢庆，会为自己昔日的伙伴而遗憾，对那些在洞穴中获得奖赏，拥有权力、地位，甚至被尊为领袖的囚徒，不仅不会有任何羡慕、嫉妒，还会远离他们，"宁愿活在人世上做一个穷人的奴隶，受苦受难，也不愿和囚徒们有共同的意见，

———————————
① ［古希腊］柏拉图：《理想国》，郭斌和、张竹明译，商务印书馆1986年版，第274页。

再过他们那种生活"①。而且他还会返回原先囚禁的洞穴，向那些在洞穴中自得其乐的囚徒说出世界的秘密、真相，并拯救他们逃出洞穴，为此即使遭受嘲笑、斥骂，甚至招来杀身之祸，也会义无反顾。

四、"人有利钝，故名顿渐"：渐修与顿悟

成圣者虽然目标相同，那就是闻道、明道、悟道、得道，并最终与道合一，但因为个人的悟性、根器各异，因而至圣的形态、方式又彼此有别、各个不同，借用禅宗之语，乃有渐修与顿悟之分。

渐顿之说出自禅宗，但其理则存在于一切成圣的过程之中。同为成圣，在不同的时代和学派中，称谓又各自不同，道家称为得道、真人，禅宗名之觉悟、成佛，儒家称作学为圣贤、成大人。名虽各异，而最终目标都是相似相通的，那就是认识宇宙本体的真相并与之合二为一，从而抵达人生的最高境界，成为一个完全的人，拥有最完善的人格。既然渐顿之说出自禅宗，我们不妨先从禅宗说起。渐顿是禅宗修行开悟的两种截然不同但又相辅相成的方法。所谓渐修，就是在较长的时间里对人性中的贪嗔痴一点点地去除，对戒定慧慢慢地理解、践行，并通过禅修的方式调整自己的心理和行为，最终妙悟禅理并进入禅境。倡导并践行渐修的为北宗代表者神秀，其所作偈语"身是菩提树，心如明镜台，时时勤拂拭，莫使惹尘埃"，可以看作其渐修理念的表露。顿悟则是在极短的时间内无须禅理的储备，也不必在身心上苦修，只是因为禅师的接引或偶然因素的触发就可当下觉悟，刹那间妙解真如本性，顿悟成佛。而顿悟说的代表者为六祖慧能，其偈语"菩提本无树，明镜亦非台，佛性常清净，何处有尘埃"是其顿悟思想的诗化体现。二者看似势不两立的派别，但作为修禅之法，是彼此交织互补的，二者可交替兼用。《五灯会元》记载了弘辩禅师答唐宣宗的话："帝曰：'何为顿见？何为渐修？'对曰：'顿明自性，与佛同俦。然有无始染习，故假渐修对治，令顺性起用。如人吃饭，不一口便饱。'"

① ［古希腊］柏拉图：《理想国》，郭斌和、张竹明译，商务印书馆1986年版，第275页。

（《五灯会元》卷四）而顿悟之始作俑者慧能认为，修行之法并无顿渐南北之分，顿渐不同乃是因人而异。慧能曰："法无顿渐，人有利钝。迷即渐修，悟人顿契。"（《坛经·法无顿渐》）又曰："法即一宗，人有南北，因此便立南北。何以渐顿？法即一种，见有迟疾，见迟即渐，见疾即顿。法无顿渐，人有利钝，故名渐顿。"（《坛经·南能北秀》）由此可见，或渐修或顿悟，是与修持者的天赋禀性相关的。一般而言，小根器、愚钝之人适合于渐修的方法；而大根器、智者则可以选择顿悟之径。

利钝智愚、先天禀赋，对最高境界的感知、觉解、反应，自然会有很大的不同。禅宗如此，其他学派亦然。老子曰："上士闻道，勤而行之；中士闻道，若存若亡；下士闻道，大笑之。不笑不足以为道。"（《老子》第四十一章）庄子也描述那些得道之人，彼此相知相通，能够"相视而笑，莫逆于心"（《庄子·大宗师》）；同时提到那些愚钝之人则说："井蛙不可以语于海者，拘于虚也；夏虫不可以语于冰者，笃于时也；曲士不可以语于道者，束于教也。"（《南华经·秋水》）由此可见，道家的老、庄，作为得道、述道之人，都有着智力、悟性上的优越感，对那些愚钝之人，采用的是不屑一顾、居高临下，甚至嘲讽讥笑的态度。基督耶稣也用撒种子的比喻来说人对天国的理解的区别："你们当听这撒种子的比喻。凡听见天国道理不明白的，那恶者就来，把所撒在他心里的夺了去，这就是撒在路旁的了；撒在石头地上的，就是人听了道，当下欢喜领受，只因心里没有根，不过是暂时的，及至为道遭了患难，或是受了逼迫，立即就跌倒了；撒在荆棘里的，就是人听了道，后来有世上的思虑，钱财的迷惑，把道挤住了，不能结实；撒在好地上的，就是人听道明白了，后来结实，有一百倍的，有六十倍的，有三十倍的。"（《新约全书·马太福音》）这里所说的路旁的、石头地、荆棘里、好地等，表面是说长庄稼的土地，实际上是以比喻的方式说感悟天国的心田。正像田地的好坏决定了庄稼的收成一样，心灵、智力、品性的优劣则影响着对天国、道等感悟和践行的程度、结果。

儒家虽未有渐顿之说，但对人的禀赋的差异以及相应得道成圣的方式却有着极大的关注和精细的论述。孔子发现了人智力、品性的先天差异，并依此将人分为四类："生而知之者，上也；学而知之者，次也；困而学之，又其次也；困而不学，民斯为下矣。"（《论语·季氏》）虽然孔子提倡"有教无类"，但对不同智力和品性的人还是采取了不同的态度和措施："中人以上，可以语上也；中人以下，不可以语上也。"（《论语·雍也》）孔子曰："朝闻道，夕死可矣。"（《论语·里仁》）由此可见，孔子是主张顿悟的，即那些"生而知之"的天才，可以在某一瞬间了悟大道，抵达生命的至高境界，乃至夕死而无憾。不过，孔子另一方面又十分注重知识的储备和人格上的渐修。他十分谦虚，虽被后世称为至圣先师，但他却说自己"我非生而知之者，好古，敏以求之者也"。（《论语·述而》）他主张在为学、做人、修德等方面要日积月累、孜孜不倦，以达到理想的境界。孔子曰："默而识之，学而不厌，诲人不倦，何有于我哉？"又曰："德之不修，学之不讲，闻义而不能徙，不善不能改，是吾忧也。"（《论语·述而》）因而其对道德理想即"仁"的憧憬和追求是："君子无终食之间违仁，造次必于是，颠沛必于是。"（《论语·里仁》）在后世的宋明道学家那里，对修道成圣所奉行、遵循的不同方式更加自觉和明晰。简单而言，理学家更为侧重渐修，而心学家更注重顿悟。其原因主要在于理学家认为成圣的基础在格物，因而对物之性的探索用力较深，而心学家则主张"吾心即是宇宙"（陆象山十三岁悟道语），"圣人之道，吾性自足，不假外求"（王阳明龙场悟道语）。理学集大成者朱熹专门为《大学》作《格物补传》，其文曰："右传之五章，盖释格物致知之意，而今亡矣。间尝窃取程子之意以补之。曰：所谓致知在格物者，言欲致吾之知，在即物而穷其理也。盖人心之灵，莫不有知，而天下之物，莫不有理。惟于理有未穷，故其知有不尽也。是以《大学》始教，必使学者即凡天下之物，莫不因其已知之理而益穷之，以求至乎其极。至于用力之久，而一旦豁然贯通焉，则众物之表里精粗无不到，而吾心之全体大用无不明矣。此谓格物，此谓知之至也。"这里朱熹也写了为学之中豁然贯通之后心与道合一的状态，并将之当作最终和最高的目标，但这些都是前期格物之理并穷尽众物之理后而致之。而心学家主张"圣人之道，吾性自足，不假外求"，但对不同根器之人还是相应采取或渐修或顿悟的接引方法。王阳明晚年曾模仿佛家作偈语之为而为弟子作四句教曰："无善无恶心之体，有善有恶意之动，知善知恶是良知，为善去恶是格物"。而这凝结了王阳明一生智慧和体悟的四句教就是直接领悟心之本体的顿悟和为善去恶慢慢格物的渐修二者兼而有之的。就此王阳明对他的两个得意弟子王汝中和钱德洪曰："入我王门的有两种人。一是利根之人，一是中根以下之人。人心的本体原是明莹无滞的，是个未发之中。利根之人可直接从本源上领悟到心的本体，这就是功夫。中根以下之人本体受了习性的蒙蔽，所以先应为善去恶，等功夫熟透之后，才可明尽本体。"又对二弟子说道："汝中之见，是我这里接引利根人的法门；德洪之见，却是我这里接引中根人的法门。二者不偏不废、相取为用，这样，中根上下的人都可在我王门得道。世上利根之人极其难得，连颜子、明道都不敢承当，如果只依汝中之见，岂不将他二人也拒之门外？人生在世，少有不染习性的，如果不教他们在良知上做为善去恶的功夫，一切都不着实处，只去悬空想个本体，岂不养成了一个虚寂？"[①]

由此可见，渐修和顿悟，均为成圣之道。二者各有利弊，不同禀赋、品性的人可依据自己的实际而选择对自己最为合适的法门进行修为。可以将二者兼容、交替使用：渐修以为顿悟做好德性、知识和心理的准备，并在悟后用以巩固自己难得的悟境，使之更为持久和完善；悟不是一次性的，人的一生在不同的阶段会有相应不同等级的悟，年少之悟和老年之悟同为悟，但其内涵和况味无论如何都不会相同。正如辛弃疾词曰："少年不识愁滋味，爱上层楼。/爱上层楼，/为赋新词强说愁。//而今识尽愁滋味，欲说还休。/欲说还休，/却道天凉好个秋。"（《丑奴儿·书博山道中壁》）在成圣得道的路上，渐修也好，顿悟也好，都不是一次可以完成的，也都不是单独一种就可以完成的，所以二者兼而有之，并在持续中渐修和顿悟，才能够更为可靠和长久地与道合一，成为一个具有完全人格的圣贤之人。

① 方志远：《旷世大儒——王阳明》，河北人民出版社 2000 年版，第 369 页。

第二节 天人合一之道圣合一

天人合一一直是中国历代文人反复言说、书写和阐释的中国哲学、文学、艺术的一个重要命题，也是文人雅士锲而不舍、孜孜以求的人生梦想和道德、审美兼具的境界，是人文知识分子向往、追求，用以安放自我心灵的最高目标。不过，对其内蕴却有着各异的理解、解释和阐释。在这一节里，我是在这样的一个观念和层面来言说的，天人合一即是道与圣的合二为一、融为一体。

这里的天，非自然之天，乃道体之天，或曰天之道。这里的天是一个无边无际、无始无终、至大无外、至小无内、造化万物、主宰天地的那样的存在和力量。这里的人，非血肉之人，非世俗之人，乃凝集天地精华的圣人，或者说是有着圣贤心的人。这样的人，有一颗大心，能纳海容山，能包天盖地；这样的人，有颗未被习染的初心，与天地万物一体，与大化同流共转。这样的心，不是血肉心，不是凡俗心，不是私欲心，不是自我中心，不是人类中心，而是世界之心、天地之心、宇宙之心。一句话，是圣贤之心。故而有着这样包容四海天地的大心之人，与道有着天然的亲和力。

天道与圣人是如何合二为一的呢？它们之间是天人一体、浑然不分的本然的状态，还是后天的道我两分之后的复合的向往、追求的目标和过程的理想形态呢？是圣贤之人主动与道合一，还是道主动开启了众妙之门等待着圣贤进入呢？而天道与圣人合二为一之后又怎样呢？是一锤定音的高峰体验，还是景行行止的、漫漫的无尽长旅呢？这都是需要冥思和索解的问题。

一、"天何言哉"："天"为何天？

在我国古代典籍中，天人合一之"天"有多层含义。冯友兰指出它至少有五层意义："在中国文字中，'天'这个名词，至少有五种意义。一个意义是'物质之天'，就是指日常生活中所看见的苍苍者与地相对的天，就是我们现在所说的天空。一个意义是'主宰之天'或'意志之天'，就是指宗教中所说有人格、有意志的'至上神'。一个意义是'命运之天'，就是旧社会所谓运气。一个是'自然之天'，就是指唯物主义哲学家所谓自然。一个是'义理之天'或'道德之天'，就是指唯心主义哲学家所虚构的宇宙的道德法则。"[1]

张岱年也认为"天"具有多义性。他这样写道："宋明道学中所谓天，指大自然，全宇宙，亦指究竟本根。道学家的著作中，常以天为宇宙或本根之代名。——宋明道学中所谓天，虽是从孟子来，但已改换其意义。孟子所谓天，有意志的主宰之义；在宋儒，此义已取消。宋儒所同于孟子者，在于皆认为天是人的心性之本原，道德之根据。但又受老、庄之影响，认为天是自然的。宋儒虽常衍述《易传》，说所谓'天地之心'，其所谓心乃中心、核心之义；天地之心为天地之中心原则。"[2]

以上各说，见仁见智，虽有不同，但都说到了"天"的多义性。不过具体到天人合一之"天"，更接近冯友兰所说的"义理之天""道德之天"和张岱年所说的有着浓厚道德色彩的天地宇宙的"究竟本根"。从这个意义上而言，天人合一之"天"，其核心意义就是我们所说的道。不过，作为核心意义的道，并没有完全排除天的本然的含义，而是与之同在共存于一身的。朦胧多义的内蕴整合、融集在一个具体的字中，抽象、多元、多层的内涵以单一的具象呈现出来，以感性、诗意的样态表达、承载着哲理、道德、宗教、自然等的丰富内蕴，这也正是中华文化、文字的独特魅力所在。

这样的道之天，或曰天之道，它是至高无上的天，是化生万物的天，是超越时空的天，是无始无终、无边无际的天，是含蕴着过去、将来和现在的天，是涵盖着整个宇宙的至大无外的天，是包含着每个人、每缕烟

---

[1]　冯友兰：《中国哲学史新编》上，人民出版社1998年版，第103页。
[2]　张岱年：《中国哲学大纲》，江苏教育出版社2005年版，第180页。

尘、每阵轻风、每丝细雨的天，是拥有着所有已生已死、在生在死、将生将死的所有的生命的天。而这样的无形无体、不可知不可识、无法言说的天，却对人心敞开了自我的胸怀和门户，期盼着人的解读和走进。因为道体本身与人心有着本然的两位一体的内在联系和对应，如程伊川曰："道未始有天人之别，但在天则为天道，在地则为地道，在人则为人道。"（《语录》卷二上）又曰："心即性也，在天为命，在人为性，论其所主为心，其实只是一个道。"（《语录》卷二二上）但并不是所有的人都能读懂道并与之合二为一，肉体凡胎注定是视而不见、听而不闻、感而不识的，只有那些心清气爽、心明眼亮的圣者才能够与道体相遇并相互走近、合二为一。

二、"惟大人为能尽其道"："人"者何人？

虽然每个人都是道的产物，都与道有着与生俱来的天然的联系，但并不是每个人都能够与道合一，而能够闻道、明道、得道、践道，并最终与道融为一体、合二为一的毕竟只是少数。这是因为人与人在智力、品性、道德、情怀和胸襟上有着上下、高低、优劣等很大的差异，而只有那些睿智、清雅、心胸宽阔的人才会与道有缘有份。老子这样写道："上士闻道，勤而行之；中士闻道，若存若亡；下士闻道，大笑之。不笑不足以闻道。"（《老子》第四十一章）张载曰："性者，万物之一源，非有我之得私也。惟大人为能尽其道，是故立必俱立，知必周知，爱必兼爱，成不独成。"（《正蒙·诚明》）程颢曰："仁者以天地万物为一体，莫非己也，认得为己，何所不至？"（《识仁篇》）这里的老子的"上士"、张载的"大人"、程颢的"仁者"都是与道有缘，能够悟道、得道的圣者。也就是说，道虽人人有份，但只有圣者才能全面、整体、系统、深刻地理解道，并进一步将道贯穿在自己日常生活之中。冯友兰对此总结道："道学并不是一种知识，所以仅'识得此理'还不行，更重要的是要实在达到这种境界，要真实感觉到自己与物同体。这种境界叫作'仁'，达到这种境界的人叫作

'仁人'或'仁者'。"①

　　同样是人，而普通人对道视而不见，听而不闻，感而不识，甚至大笑之；而圣人、大人、仁者，则对道心有灵犀一点通，相见恨晚。那么，圣人和常人的区别在哪里呢？窃以为，就对道而言，圣人与常人之别，仅在心不同而已。圣人都有一颗大心，没有大心者不足以称为圣人。圣人的心不是常人的血肉心，不是常人的私欲心，不是常人的以自我为中心的小心，也不是以人类为中心的偏狭心。张载这样论圣者的大心："大其心，能体天下之物，物有未体，则心为有外。世人之心，止于闻见之狭；圣人尽性，不以见闻梏其心，其视天下，无一物非我，孟子谓尽心则知性知天以此。天大无外，故有外之心，不足以合天心。"（《正蒙·大心》）

　　圣人的大心，首先就是无我，也就是排除自我、个人为中心的那样的私心。常人或者说人之常性，大多都是以自我为中心的，是站在自己的立场和角度来评价和选择是非曲直、利害祸福的，而圣人之所以为圣人，就是可以超越人之常性，能够站在他人、公众的立场上，代表着集体、民族，甚至人类的利益来观人察物，并作出自己的判断、评价、取舍、选择和行动，往往会舍弃一己之私甚至生命而将时代、民族乃至人类的使命担在自己的肩上。诚如孟子曰："穷则独善其身，达则兼善天下。"（《孟子·尽心上》）又如梁启超化用顾炎武之语曰："天下兴亡，匹夫有责。"也如林则徐诗曰："苟利国家生死以，岂因祸福避趋之。"（《赴戍登程口占示家人》）再如范仲淹赋曰："先天下之忧而忧，后天下之乐而乐。"（《岳阳楼记》）这些仁人志士、圣贤之人，在大是大非面前、生死存亡之际，往往会毫不犹豫地弃私心、小我，而选择道心、道义，所谓舍生而取义者也。《书经》曰："人心唯危，道心唯微。"说的就是人之常心大多是充满私欲，是利己的，因而存在着很大的危险，而道心即为天理，是微妙、精致而至善至美的。而圣人之心不同于常人之心，而是以道心为心，因而也是至善至美之心，是与道合一之心。这就是无我之境，无我不是没有我，而是舍小我而成就大我，弃私心而得道心。

---

　　①　冯友兰：《中国哲学史新编》下，人民出版社1999年版，第126页。

圣人之心，其次是无人，也就是去除以人类中心的那样的狭隘之心。常人还有一个人性的特征，那就是站在人类的立场上，以人为万物之灵的优越感来对待万物，甚至为了人类的利益、欲望而将自然万物当作自己使用的工具、驱使的奴隶而加以伤害和破坏。而圣人之心则不同，往往是站在天地自然、宇宙大道的立场和角度来思想、评判和行动，忘却了或者超越了自己作为人的身份和处境，这样才显得更无私和客观。老子曰："天地不仁，以万物为刍狗；圣人不仁，以百姓为刍狗。"（《老子》第五章）也就是说，圣人遵从的是自然法则，在自己的眼里心中，世间万物没有贵贱高下之分，一律都是平等的。孟子曰："尽其心者，知其性也；知其性，则知天矣。存其心，养其性，所以事天也；夭寿不二，修身以俟之，所以立命也。"（《孟子·尽心上》）在孟子的认识中，人当然是那些圣人之心、性与天当然也是道是一体贯通的，圣者之心来自天道。圣者通过心可以知性，进而知天、事天、乐天、同天，进入冯友兰所认为的那样的"天地境界"。周敦颐曰："圣希天，贤希圣，士希贤。"（《通书·志学第十》）这里的"希"，是仰慕的意思，文人雅士和贤哲之人仰慕圣人，而圣人仰慕的是天，而这里的天是道的代称。也就是说，圣人仰慕和追求的最高境界是与天当然也就是道同在那样的境界。陆象山曰："宇宙内事，乃己份内事；己份内事，乃宇宙内事。"（《陆象山全集》卷三十三）又曰："宇宙便是吾心，吾心便是宇宙。"（《陆象山全集》卷三十六）陆象山把自己和宇宙当成了一回事，自己的小我投身到了宇宙大化之中，或者说把自己放大了，成了一个宇宙心的人，这也就是张载所要立的那个天地之心。罗素所呼唤的超越于日常生活中的大的宇宙公民，显然也是西哲与东圣的遥远呼应，都是对那种有着宇宙心灵和境界的完全的人格的期待、向往和响应。

这样的心，就是圣徒之心，古今中外皆有之，如孔子、孟子、张载、陆象山、王阳明、释迦牟尼、耶稣、圣雄甘地等，他们是人类乃至天地万物中最灵明者，见常人所未见，识常人所未识，以心中之灵明与天地之道相通，道通过他们的代言、解释、传播而流布凡间俗世，使常人也能明心见道，沐浴在道的光辉之中，如朱熹书壁上语曰："天不生仲尼，万古长如夜"（《朱子语类》卷九十三）。

圣人毕竟还是人而不是神。圣人首先也像人一样是血肉之躯，有着人人皆有的生存权和基本的生活条件和利益，如果连这些最基本的生存基础都抽去了，连人都做不好了，何谈圣人？何谈天人合一？另外，圣人也不是人人都能成就的，对一般的人而言，圣人是可望而不可即的神话，好像离自己的生活非常遥远，以至于觉得与自己一点关系都没有。而背依着现代和西方文明的学者金岳霖提出的圣人人生观则很好地解决了这个问题，使高不可攀的圣人走向了世俗人生，与我们每个普通人拉近了距离。金岳霖这样写道："我们在此所讨论的是人生观，而不是人的类型。我们并不是极力在提倡要创造圣人这样类型的人，也不提倡英雄类型的人。……没有理由说明为什么一个划船者或一个制鞋者或一个律师或一个医生不可以是具有圣人观的人。一个具有圣人观的人与一个制鞋者或国家管理者的关系应该是平等的，因为任何一种关系中他都是在实现所给予他的职责，即努力为他在其中生活的这个特殊的世界做贡献。在这样做的时候，他不允许在谦和的和自命不凡的人之间作出什么区别。也没有什么特殊的职业有碍于去达到圣人观，每个人都可以达到圣人观。当然，并不是每一个人都能在实际上成功地达到这样的境界。在这里，重要的问题是要使每一个人想成为圣人或引导或鼓励他把圣人观当作一种理想去追求。有了这样的理想在胸中，人们就不会误用权利、知识、财富和人的智慧。"① 也就是，不一定可以人人成圣人，但人人都有可能具有圣人观，当然人人也就有与天即道合一的潜在可能性。金岳霖进一步解释了圣人观："圣人观在某些方面类似于朴素人生观，所不同的在于它的明显的谱系、朴素性是得自高级的沉思和冥想。具有圣人观的人的行为看上去像具有朴素人生观的人一样朴素，但是在这种朴素性背后的训练是以超越人类作用的沉思为其基础的，这就使得个人不仅仅能够摆脱自我中心主义，而且也使他能够摆脱人类中心主义"②"如果一个人不再是一位人类中心论者，那么他也就不再

---

① 金岳霖：《道、自然与人》，《金岳霖选集》，吉林人民出版社 2005 年版，第 334 页。
② 金岳霖：《道、自然与人》，《金岳霖选集》，吉林人民出版社 2005 年版，第 331 页。

是一个自我中心论者了。一旦脱离了自我中心的困境，那么他也不再会为自我奴役这样的问题所困扰。正是个人的既得利益使个人成为自己的欲望的奴隶。也正是他的欲望扰乱了他与他人之间的那种平和的关系"①。具有了圣人观的人，因为不再是人类中心论者和自我中心论者，就不会被私欲心、偏狭心遮蔽住道的光芒，因而就可以用初心和大心来观道、得道、践道，以实现最终的与道合二为一。

三、"诚者，人之道"：天即道与人即圣何以合一？

既然我们论证了"天人合一"之"天"非自然之天，乃是天之道，"人"也不是常人，而是进入"无我""无人"境界的圣人或具有圣人观的人，那么进而我们还要论证天之道与圣人或具有圣人观的人是如何合一的。前人基本上有两种看法：一是天人本来合一，二是天人应该合一。虽然都是合一，但状态、观念、取向是完全不同的。

先说天人本来合一。这种看法认为，天人本来浑然一体，因而天人合一是自然、本然的状态，不需要再刻意地追求天人合一。老子曰："故'道'大，天大，地大，人亦大。域中有四大，而人居其一焉。"（《老子》第二十五章）老子这里认为，人虽然是道的产物，但人就像天、地一样，又是与道一体的，是四大之一。这种观点在宋儒那里得到了更为明晰的解释。陆象山弟子杨慈湖曰："吾未见夫天与地与人之有三也，三者形也，一者性也，亦曰道也，又曰易也，名言之不同，而其实一体也。"（《己易》）在杨慈湖看来，天地人名字、外形虽然是三个，其实内在的本性是一个，都是道，是三位一体的。程颢曰："天人本无二，不必言合。"（《语录》卷二上）又曰："尝论以心知天，犹居京师往长安，但知出西门，便可到长安。此犹是言作两处，若要至诚，只在京师，便是到长安，更不可别求长安。只心便是天，尽之便知性，知性便知天。当处便认取，更不可外求。"（《语录》卷二上）程颢认为，天与人心是一体的，我心即是天，

---

① 金岳霖：《道、自然与人》，《金岳霖选集》，吉林人民出版社 2005 年版，第 334 页。

知心便知天，不必向外求别样的天。对此程伊川论述得更为详尽清楚。程颐曰："道未始有天人之别，但在天则为天道，在地则为地道，在人则为人道。"（《语录》卷二上）又曰："安有知人道而不知天道者乎？道一也，岂人道自是一道，天道自是一道？……天地只是一道也，才通其一，其余皆通。""心即性也，在天为命，在人为性，论其所主为心，其实只是一个道。"（《语录》卷十八）就程颐之论，张岱年总结道：在程颐那里"道、天、心、性、命，只是一事。人之心性和天之道是一贯的。人受性于天，天之根本原理即存于性中，由人之心性即可知天"①。心即道、道即心之论最为明澈、极致而集大成者，当推王阳明。王阳明曰："人者天地万物之心也，心者天地万物之主也。心即天，言心则天地万物皆举也。"（《答李明德》）又曰："如今人只说天，其实何尝见天？谓日月风雷即天，不可；谓人物草木不是天，亦不可。道即是天，若识得时，何莫而非道？人但各以以其一隅之见认定，以为道止如此，所以不同。若解向里寻求，见得自己心体，即无时无处不是此道。亘古亘今，无终无始，更有甚同异？心即道，道即天，知心则知道、知天。"（《传习录上》）在王阳明的认识中，人心是天地万物的主宰，是天地宇宙的本根，因而他认为了解了自心，天地与道就在其中了，道不必外求，就在人心之中，所以说"知心则知道、知天"。

宋儒和王阳明等是站在人的立场上，从人心出发来逆推道的，认为道即心，心即道，道心一体。当然这里所说的心是圣人之心，而不是平常心，更不是私欲心。这种看法认为，圣心乃宇宙天地的本体，无我心宇宙天地便不存在。陆象山、王阳明、熊十力等都是这样的人本主义者，他们与站在天和道的立场上来看人看世界的老子、庄子、金岳霖形成了鲜明的对比。站在人的立场上虽然多了人间的亲切、人性的温馨，但失去了老子、庄子、金岳霖等站在宇宙、天地、道体视角的雄浑、客观、辽阔宏伟的气象。王阳明灵明今何在？桃花依然灿烂在山中。

再说天人应该合一。这种观点认为，天与人、心与道本来是一体的，

---

①　张岱年：《中国哲学大纲》，江苏教育出版社 2005 年版，第 179 页。

人、心源于道、天,是彼此不分的。只是因为后天的习染,人们忘了初心,失了本性,因而心道两分,天人背离。常人滞留于世俗红尘,沉迷于人欲私情,与道天地之隔,永难合一。只有那些圣者或具有圣人观的人,还可以返初心、复本性,从而实现心道、天人的合一。这样看来,天人合一是一种理想的状态,是人向往和追求的目标,当然它只是或然的、潜在的、将在的状态,并不是本然的、现实的、必然的、实在的状态。天、道是无知无识、浑然不觉、沉默不语、无求无欲的,因而天、道并没有要主动与人合一的意愿、诉求。天人合一的主体是人,是人一厢情愿地认为,天人应该合一,因为合一则吉,二分则凶。人无法改造道为我所用,人只有循道、顺道乃至最后与道合一,这样人才能真正地提升、超越自我,进入自由、完全、至善的境界。

　　紧接着的一个问题就是,即使是圣人,又怎样实现与道合一的理想,要通过怎样的途径才可以天人合一。这也正是先贤一直苦苦求索的一个重要的命题。结论千条万绪,归根结底,可以一言以蔽之,一"诚"而已。《中庸》曰:"天地之道,可一言而尽也。其为物不贰,则其生物不测。天地之道,博也,厚也,高也,明也,悠也,久也。"这里所说的道的特性之"不贰""悠""久"等,就是说的"诚",这一点在上文中说得更为简明清晰:"诚者,天之道也;诚之者,人之道也。诚者,不勉而中,不思而得,从容中道,圣人也。诚之者,择善而固执之者也"。《中庸》认为,天之道的本性就是一个"诚",而圣人与天之道相近,是诚者,因而可以"不勉而中,不思而得",自自然然与道合一。而对一般人而言,作为诚之者,就不仅要"勉而中""思而得",还要"择善而固执之",坚持不懈,才可以接近天道。而这样的人,还只是那些具有圣人观的人,也就是具有圣人潜质的才可抵达。《中庸》进一步说:"唯天下之至诚,为能尽其性;能尽其性,则能尽人之性;能尽人之性,则能尽物之性;能尽物之性,则可以赞天地之化育;可以赞天地之化育,则可以与天地参矣。"也就是说,能够达到至诚之境,就能够充分发挥自己的本性,并进而发挥人类的本性、万物的本性,这样就最终实现了赞助天地化育万物、与天地并列为三的目的，抵达了天人合一之境。《中庸》通过人之诚而接近天道之诚并最终与天之道合一的设想，源自孟子。孟子曰："万物皆备于我矣，返身而诚，乐莫大焉。"（《孟子·尽心上》）又曰："尽其心者，知其性也；知其性，则知天矣。"（《孟子·尽心上》）与《中庸》相比，孟子说得简洁而明了，天地万物当然也包括道在我身心已经完全地具备了，我只要以真诚返回天地万物即可得与天地合一之大乐，而完成、洞悉了自己的心性，则天地大道之秘也就了然于胸了。由此看来，由诚而知性、知天、知道乃至最终与天合一的思路、策略，儒家一脉大多出自孟子，在此基础上阐释、丰富、发展。周敦颐曰："诚者，圣人之本。"又曰："圣，诚而已矣。"（《通书·诚》）邵雍曰："天地之道直而已。"（《皇极经世·心学》）就此冯友兰论曰："诚和直是一种道德品质的两个方面。自然界的规律是什么，就是什么，该怎么就怎么。它没有私心杂念，没有'我'。圣人之道是和天地一样。一般地说人是有'我'的，因此就有私心杂念，但是，圣人之道是以天地之道为法，要求无我，反对私心杂念。学圣人之道，也就是学天地之道。"[①]

天人合一、道圣合一是人们向往、追求的理想和境界，那么这一理想实现了又怎样呢？或者说，这究竟是一种怎样的境界呢？简而言之，即为入天地境界，得仁者至乐。"天地境界"是当代大儒冯友兰提出来的，他认为根据人对宇宙人生的觉解的层次的不同，由低到高可以分为"自然境界""功利境界""道德境界""天地境界"，而"天地境界"是最高的境界，是只有特殊的人通过哲学特别是中国哲学的研读、修炼才可以抵达的境界。他这样解释"天地境界"："人有此进一步底觉解，则可从大全，理及道体的观点，以看事物。从此等新的观点看事物，正如斯宾诺莎所谓从永恒的形式的观点，以看事物。人能从此新的观点以看事物，则一切事物对于他皆有一种新底意义。此种新意，使人有一种新境界，此种新境界，即我们所谓天地境界"[②]。而抵达天地境界之人，"他即可知天。知天

---

① 冯友兰：《中国哲学史新编》下，人民出版社 1999 年版，第 94 页。
② 冯友兰：《新原人》，《冯友兰选集》，吉林人民出版社 2005 年版，第 165 页。

然后可以事天，乐天，最后至于同天。此所谓天者，即宇宙或大全之义"。冯友兰进而又写道："孟子说，有所谓'天民''天职''天位''天爵'等。知天底人，觉解他不仅是社会的一分子，而且是宇宙的一分子。所以知天底人，可以谓之天民。……天民所应做底，即是天职。他与宇宙间事物底关系，可以谓之天伦。一个人所有底境界，决定他在宇宙间底地位，如道学家所谓贤人地位，圣人地位等。这种地位，即是天爵。孟子曰：'有天爵者，有人爵者。仁义忠信，乐善不倦，此天爵也。公卿大夫，此人爵也。'人在宇宙间底地位，谓之天爵，其在社会间底地位，谓之人爵。人的天爵，不随人的人爵为转移。他有何种境界，即有何种地位，有何种地位，即有何种天爵。"① 抵达天地境界之人，即是与天地、大道合一之人，因而具有了宇宙的眼光和心灵，也超越了世俗地位和生活，而成了另一空间的天民，拥有了天马行空般的自由和身心的解放。

天人合一，抵达天地境界，就会体验到仁者的至乐。这样的境界和状态，冯友兰把它描述为天地境界，罗素把它命名为宇宙人体验，佛祖称它为涅槃，儒家、道家名之为闻道、得道，马斯洛称其为高峰体验。进入天地、大道之境，意味着由自然、社会的人生升华为有意义的、审美的人生，生命从生物、世俗的层面抵达了灵魂的、信仰的、审美的高度。得道者之喜也不是一般的喜，而是大喜，是大欢喜，是大欣悦。得道者之所以得道，得道者之所以有大欢喜，就在于当世界万物的创造者、主宰者即道、神、上帝走进人的内心，成为人的灵魂的时候，或者个体生命用自己的心灵和生命投身、拥抱至高无上的道的时候，平凡而渺小的个我就会发生神奇的蜕变，他的生命一下子更新了，如脱胎换骨、化茧成蝶一般，实现了一次从肉体到灵魂的超越和升华。我不再是我，我不再是那个充满肉欲的血肉之躯，也不再是功名利禄熏心的凡俗之徒。昨日种种譬如昨日死，今日种种譬如今日生。道我一体，我与大道同在；我即是道，道即是我。正因为残缺的、有尽的、会死的、局限的肉体凡胎被挣脱了、抛掷了、放下了，我才进化、蜕变为一个精神的、灵魂的存在，就像一个成熟

---

① 冯友兰：《新原人》，《冯友兰选集》，吉林人民出版社 2005 年版，第 167 页。

的蚕那样，排尽了体内的污浊，变得通体透明、晶莹剔透，犹如脱壳的金蝉展翅欲飞。肉体的生老病死，俗世的悲喜苦乐，已经不会再影响我人生的一丝一毫。不以物喜，不以己悲。我得道的精神不会死，是与天地同在的，只要道不死，我就会永生；我与道体为一的灵魂是自由的，不会被有限的时空所禁锢束缚，只要道体长存，它的光芒就恒久地照耀着我。因而这样的喜悦不再只是生理欲望和俗世虚荣得到满足的那种一己之乐，而是一种完整的、终极的、神性的、愉神悦心的快乐。这也就是孔子的"乐亦在其中矣"、颜回的"不改其乐"的那个著名的"孔颜乐处"吧！周敦颐教程氏兄弟"寻孔颜乐处，所乐何事"，而周敦颐在《通书》中做了部分回答："夫富贵，人所爱也，颜子不爱不求，而乐于贫者，独何心哉？天地间有至贵、至富、可爱、可求而异乎彼者，见其大而忘其小焉尔。见其大则心泰，心泰则无不足，无不足则富贵贫贱处之一也，处之一则能化而齐，故颜子亚圣。"（《通书·颜子》）

第三节 圣人气象

圣者是道的人间俗世的化身和体现者。无形无影、无声无色、不可闻不可识的神秘之道，在圣者身上以血肉之躯和人间烟火的样貌呈示出来，变得形象而具体，成为可闻可见、可触可感的存在。而得道的圣者，虽然也是生物性的存在，虽然也驻留在俗世凡间，过着吃穿住行的日常生活，但因为有了道心，一切又都与常人不一样了，具备了独特的圣人气象。

圣人首先是一个仁人，有一颗仁慈的大爱之心。而这样的仁爱之心，体现在圣者的在在处处、时时刻刻，洋溢在举手投足之中、凝目蹙额之际。仁心根植于天地万物一体的本源及对其的体悟，因而虽仁心人人皆有，但唯有圣者能将其发扬光大，发挥到极致。因而圣者会将仁爱之心从自身推向亲人、族人、国人、人人，乃至动植物和天地万物。当一个人把别人甚至自然万物都当作自己一样关爱的时候，他才是一个完全的人、一个真正的人。

圣人因为与天地与道合一同体，因而是尽伦者，也就是在人性、人生等各个方面都达到了极致，是尽善尽美的人。圣人尽伦之一在于在义上达到了极致，不仅可以远利近义，甚至能够舍生取义，自觉地放弃荣誉、利益、欲望而通过道义、正义等的道德理想的追求而得到人格上的圆满。圣人尽伦之二在于在智慧上达到极致，也就是具有"圣智"。具有圣智的圣者，并不是脱离天地万物而进入空冥之境，而是融汇万物于心而后成圣。圣人尽伦之三在于在美上达到极致，即在与万物同体的基础上进而领会到与世界万物交融一体那样的自由的状态和愉悦的感受。

而圣人的尽伦不是一蹴而就、一次性完成的，要经过一个漫长的格物致知的修行的过程，在知行合一中完善和完成自我。圣者与天地万物一体，因而圣者能够站在天地的角度，以宇宙的尺度来看待俗世、人生和自我，故而虽然也身为凡胎肉体，地处具体时空，纠缠俗世凡尘，但却可以超越现世和俗念，不为物役，不为名累，不为利困，能够超然物外，脱离生死，从而获得身心的真正解放，遨游在自由自在的审美空间，进入洒脱无羁的生命状态。在闻道、明道、得道、与道合一的过程中，人的生理元素和心理元素在比例和关系上不断消长变化，不同的阶段、境界自然会相应呈现出各异的形态。心灵的提升不只是对肉体的压抑、厌弃、否定、挣脱的过程，同时也在对人的生理不断改造和重塑，使人的肉身在潜移默化中进化和净化，使人在形体、步态、举止、容貌、神情等各个方面日臻完美，可谓道玉成了肉身。

一、"仁者爱人"：仁爱之心

圣者不仅只满足于自己成为一个体察万物、洞悉自身的智者，还要进一步升华为对同类乃至天地自然充满关怀和爱怜的仁者。作为圣者，在对他人同情、体贴、尊重同时，他也会得到这个世界的认可、他人的关爱。正如孟子所言："仁者爱人，有礼者敬人。爱人者，人恒爱之；敬人者，人恒敬之。"（《孟子·离娄下》）

仁爱之心，就根植于每个人的内心深处，是人心的本质自然的流布。正如孟子所言："仁，人心也。"（《孟子·告子上》）它是人先天就具有的，是孟子所说的"人之所不学而能者"的那种"良能"（《孟子·尽心上》），就像每个小孩子都亲近自己的父母一样，是无师自通的，而"亲亲，仁也"（《孟子·尽心上》）。仁是发自天性、本心的，没有任何的功利性目的，就像人渴了要喝水、冷了要穿衣一样自自然然。孟子就此举了一个非常著名的例子：突然看到一个孩子要掉到井里去了，任何人都会油然产生惊骇同情之心，并且会本能地伸出援手相救。这并不是要与这个孩子的父母结交，不是为了在乡亲朋友中间博取名誉，也不是因为厌恶那小孩子的哭声。这是因为每个人都有怜悯、同情别人的本心，这种心孟子名之为"不忍人之心"和"恻隐之心"，而这种心是人人皆有之的。"无恻隐之心，非人也。"没有同情心的人，就不能称为人，而是与禽兽无异。"恻隐之心，仁之端也。"（《孟子·公孙丑上》）"端"是开头、萌芽的意思。孟子认为，人人皆有的恻隐之心，是仁的萌芽，扩而充之，就发展成健全的仁。而恻隐之心，是由我及物、推己及人的，它源于对自我生命的珍爱，由爱己进而爱人。仁心的产生，看似仅仅是发自私我的本能，其实是根源自生命伦理的自觉，它是集体无意识，是先祖族类经验的积淀。一个人只有像爱自己一样地爱护、关心、救助别人，自己才能更好地生存、发展和壮大。作为"仁之端"的"恻隐之心"人人皆有，而能够将人人皆有的"仁之端"发扬光大乃至发挥到极致的，唯圣者能为可至。

主张"至仁无亲"（《庄子·天运》）因而看似冷漠无情的庄子，恰恰一语道破了仁产生和流布的本质根源。他说过这样一句很有名的话："天地与我并生，而万物与我为一。"（《庄子·齐物论》）拨开哲学的玄思和文学的夸张所布下的语言帷帐，从人类学、生命伦理层面我们看到了仁产生根源的另一向度：人是由天地万物产生、发展、进化而来的，人产生于天地万物，受天地万物的滋养，最后又返归于天地万物，成为天地万物的一部分。由此可见，天地万物与每一个生命体都有着密不可分的相关性，是你我互有、彼此不分的，是一个有机的、血肉相连的生命整体，因而我们不仅爱他人，也爱宇宙万物，因为爱他人、爱宇宙万物也是爱我们自己。天地万物皮之不存，我们每个个体之毛将焉附？

仁者见仁，智者见智。不同的人对仁的认识的角度、层面、内涵也大异其趣。孔子思想体系的核心是仁，他言说的仁侧重的是人与人之间的伦理关系。孔子的高徒曾参把老师的道即仁"一以贯之"为"忠恕"，而孔子是这样解释"恕"的："己所不欲，勿施于人。"（《论语·卫灵公》）这是从仁的消极面来说的，强调的是人性层面：自己不喜欢的、不乐于接受的，也不要强加给别人。这是将心比心、推己及人的出于同情的道德底线，不一定能给予别人关爱和帮助，但至少不要给别人带来痛苦和伤害，自己要做一个善解人意的善良的人，与孟子后来所倡导的"穷则独善其身"颇为类似。孔子显然是不满足于这种被动的、消极的仁的，因而他还有积极的、建设性的目标和追求："己欲立而立人，己欲达而达人"（《论语·雍也》），对他人的爱护和关心，不能只停留在同情上，而是要尽力成全对方，使其在事业上有所建树，身心上日渐健全，能够自立自强、安身立命。这才是真正的、更高意义上的仁，才是大爱、博爱。孔子把仁由个体推向群体和社会，让更多的人都得到仁的光辉的照耀，因为他的更高的理想是"博施于民而能济众"（《论语·雍也》），"修己以安百姓"（《论语·宪问》）。由此可见，孔子不仅是根植于人性的道德家，还是立足于道德的政治家，通过政治目标的追求来实现道德的理想。而他对仁的追求、践履是孜孜以求、兢兢业业、不曾须臾分离的："君子无终食之间违仁，造次必于是，颠沛必于是。"（《论语·里仁》）

基督的仁爱与中国墨家近似，都比儒家的仁爱拓展、推进了一步。基督、墨子的爱是没有远近等差的，是兼爱而不是老吾老以及人之老、幼吾幼以及人之幼那样的由亲及人、由近及远的爱，虽然孟子也说过"仁者以其所爱及其所不爱"（《孟子·尽心下》），也就是把自己对待所喜爱的人的恩德施之于他不爱的人，体现了儒者博爱的胸怀。但基督的仁爱显然更宽阔博大，因为基督倡导的爱是没有边界、等级、远近的，是泛爱一切人的。不仅爱自己的亲人、邻居，也爱自己的仇人；追求的是爱人如己，不是单单地推己及人的那种移情的爱，而是完全平等、无私、没有区别和等级的爱。这种爱虽然在现实中无法真正地、全面地实现和践履，但却为人类的道德理想设置了一个至高的目标，也在某种程度上化作了人性的一部分，改变、塑造着人们的灵魂，提升、净化着人们的心灵。

佛家的仁爱则更前进了一步，不仅爱人，而且还爱动物、植物等这些有生命的东西，更进一步而泛爱众物，包括山、石、水、土等这些没有生命的存在。佛家通过布施来救赎众生，不仅布施物质财物给人，让他们满足生存之需，这叫有相布施。更重要的是无相布施，即以般若这一最高的人生智慧来唤醒众生，使他们由迷转悟，从贪嗔痴的苦海迷途中引渡他们到澄明的极乐之境。佛家体现了最高意义上的人道主义，众生平等的观念体现、流动在具体的、日常生活之中，食素，不杀生，以免或最低程度地减少对那些有生命的或没有生命的东西造成无谓的伤害。僧肇曰："天地与我共根，万物与我一体。"（僧肇《肇论·涅盘无名论》）是啊，既然物我是一体的，我怎么能够为了自己的存活而自己伤害自己、自己吃自己，我们总不会蠢到像传说中的蛇那样自噬其身吧！

佛家这种众生平等、泛爱众物的思想和行为，也深深地影响了许多儒者，并留下了不胜枚举的美谈。周敦颐喜欢"绿满窗前草不除"，别人追问其因，他这样回答："与自己意思一般"，又说："观天地生物气象"。也就是说，在周敦颐的心中，平凡的甚至低贱的野草，就像人一样也是有自己独立的生命和尊严的，观看生机勃勃的绿草，就像是看到另一个自己一样。程颐是皇帝的老师，有一天他看到皇帝在春日折柳枝玩，便上前劝阻道："方春发生，不可无故摧折"。即使因此得罪了皇上也不后悔，因为在他看来，春天萌发的柳枝，也有其存活、生长的意志和权利，是不应该被摧残和剥夺的。而他的兄长程颢也同样体悟着自然万物的生生之意。他这样说："万物之生意最可观。"他喜欢养鱼，并时时观赏道："欲观万物自得意"。他还对刚刚孵出的鸡雏喜爱不已，因为小鸡雏活泼可爱，最能体现"生意"。他还写诗表达自己的心得："万物静观皆自得，四时佳兴与人同。""云淡风轻近午天，望花随柳过前川"。他体验到人与万物的"生意"，体验到人与大自然的和谐，"浑然与物同体"，得到一种快乐。王阳明这样写道："夫圣人之心，以天地万物为一体，其视天下之人，无外内远近，凡有血气，皆其昆弟赤子之亲，莫不欲安全而教养之，以遂其万物一体之念。"又言："盖其心学纯明，而有以全其万物一体之仁，故其精神流贯，志气通达，而无有乎人己之分，物我之间。譬之一人之身，目视、耳听、手持、足行，以济一身之用。"（《传习录中》）

仁根植于人的内心，是人性的重要组成部分，只有求仁、得仁、成仁，才是一个真正完善的人，才是一个圣贤之人。正如孟子所言："仁也者，人也。合而言之，道也。"（《孟子·尽心下》）又说："君子亦仁而已矣，何必同。"（《孟子·告子下》）也就是说，仁是一个人的人格理想，是不可或缺的。同时，仁还是每个人自我净化、去恶向善、不断提升自己的人格理想和精神境界的过程。它要求人要克制、祛除嫉妒、仇恨之心而培植、付出宽容、博爱之心，铲除贪婪、自私的劣根，光大同情、善良、慈悲等美德的光辉。这注定是一个无休无止，充满反复、坎坷、曲折的漫漫长旅。一个人只有不断登攀、不停修炼，才能最终修成正果，求仁得仁，抵达人生和人性的高度。

二、"圣人，尽伦者也"：尽善尽美

圣人之为圣人，就在于与常人相比，是完全的人，是一个全面实现自我的人，是一个真正的人。荀子曰："故学也者，固学止之也。恶乎止之？曰：止诸至足。曷谓至足？曰：圣也。圣也者，尽伦者也。"（《荀子·解蔽》）荀子这里强调的是，圣人为学做人，能够"止诸至足"，能够"尽伦"，也就是在各个方面都达到极致，都做到尽善尽美。反过来说就是，"止诸至足""尽伦"不是常人能够做到的，只有圣人才可以做得到。换句话说就是在社会人生、人情人性的方方面面都做到尽善尽美的人，才可以称为圣人。

而圣人之伦中最为核心者，乃仁义而已。《易传》曰："立人之道曰仁与义。"（《易传·说卦》）而能够尽人之道者，唯圣人者也。故而周敦颐在其《太极图说》中写道："圣人定之以中正仁义而主静，立人极焉。故圣人与天地合其德，日月合其明，四时合其序，鬼神合其吉凶。"他自注其文曰："圣人之道，仁义中正而已。"也就是说，在周敦颐看来，圣人乃制定并践行人的最高标准即"人极"，那就是"中正仁义"，从而达到与天地、日月、四时、鬼神合一的目标。简而言之，为圣、成圣的要素、指标就是仁义中正。关于"仁"，上节所论甚详，此处仅就"义"略言之。"义"，繁体字为"義"，属会意字，从羊从我。《说文解字段注》段玉裁注曰："义，善也。引申之训也。从我。从羊。威仪出於己，故从我。董子曰。仁者，人也。义者，我也。谓仁必及人。义必由中，制也。从羊者，与善美同意。"由此可见，义的本意，乃是发自人内心而非外力所致的善与美的道德理想和标准，是圣者必然向往、追求和践行的目标。它有着正义、道义等内涵，与私利、人欲等相反，因而古人常常利、义并提，如《论语》曰："君子喻于义，小人喻于利"（《论语·里仁》），因而作为圣人，常常会在面临着利与义的抉择、考验的时候，能够异于常人的见利忘义，而是能够舍利取义，甚至可以舍生取义，正如孟子所言："生，亦我所欲也；义，亦我所欲也；二者不可得兼，舍生而取义者也。"（《孟子·告子上》）而这样的舍生取义，不是为了流芳百世，不是为了谋取荣誉，而是发自生命的自觉，是内在心灵的自愿选择，在以自我献身而拯救、成全家国、同类的行为中，体验到一种人性的尊严和人生的圆满，这就是得道者的圣人情怀。先贤所向往和张扬的"义"这一道德理想，与康德所推崇的道德律令有异曲同工之妙。康德认为："自然中万事万物均依照法则而活动。只有有理性的存在者有能力依照对法则的概念而行为，也就是按原则而行动。这就是说，有一个意志。"① 李泽厚就此论道："道德的根源不在人性，例如爱憎、幸福等等；恰恰相反，道德之所以为道德，正在于它经常是自觉地牺牲幸福、爱憎、生命，不顾利害、效果，不屈服于自然的需要、欲求和愿望，不等同于动物性的求生本能或任何享乐愉快，总之是牺牲人作为感性血肉的存在而显示出来，令人钦佩，令人仰慕和敬畏。

---

① ［德］康德：《道德形而上学探本》，唐钺译，商务印书馆 1957 年版，第 27 页。

牺牲自己的肉体生命，既不是为了精神上的名誉、愉快或满足，如法国唯物主义者所认为；也不是为了上帝的恩宠或报答，如神学家或唯理论者所认为。它只是为了服从或执行所'应当'服从或执行的道德律令而已。在这里，任何经验的喜怒哀乐、利益愿望、目的效果都应摈弃。为康德所紧紧抓住并极力突出的，就是这种道德行为、道德意识的一般形式特征。这就是康德伦理学的全部核心所在。"①

　　圣人不仅是至善者，还是上智之人，即在智慧上达到顶端的人。人的智慧之一表现在"知"，就是他对宇宙人生的认识。僧肇这样论圣人的"知"："夫有所知，则有所不知，以圣心无知，故无所不知。不知之知，乃曰一切知。故《经》云：'圣心无所知，无所不知。'信矣。是以圣人虚其心而实其照，终日知而未尝知也。故能默耀韬光，虚心玄鉴，闭智塞聪，而独觉冥冥者也。然则智有穷幽之鉴，而无知焉；神有应会之用，而无虑焉。神无虑，故能独王于世表；智无知，故能玄照于事外。智虽事外，未始无事；神虽世表，终日域中。所以俯仰顺化，应接无穷，无幽不察，而无照功。斯则无知之所知，圣神之所会也。然其为物也，实而不有，虚而不无，存而不可论者，其唯圣智乎"？（《肇论·般若无知论》）不为固有的知识和成心所累所困所固化，而是虚心实照，以无成见的空灵之心来观照自然万物和世事人心，而天地万物则尽会于心中矣。这就是最高的知，最全面的认识，当然也是最高的智慧，也就是所谓的"圣智"。具有圣智的圣者，并不是脱离天地万物而进入空冥之境，而是融汇万物于心而后成圣。僧肇又曰："无名曰：夫至人空洞无象，而万物无非我造。会万物以成己者，其唯圣人乎！何则？非理不圣，非圣不理，理而为圣者，圣不异理也。故天帝曰：般若当于何求？善吉曰：般若不可于色中求，亦不离色中求。又曰：见缘起为见法，见法为见佛。斯则物我不异之效也。所以至人戢玄机于未兆，藏冥运于即化，总六合以镜心，一去来以成体。古今通，始终同，穷本极末，莫之与二，浩然大均，乃曰涅槃。《经》曰：不离诸法而得涅槃。又云：诸法无边，故菩提无边。以知涅槃

---

① 李泽厚：《批判哲学的批判》，安徽文艺出版社 1994 年版，第 298 页。

之道，存乎妙契。妙契之至，本乎冥一。然则物不异我，我不异物，物我玄会，归乎无极。"（《肇论·涅槃无名论》）进入涅槃之境的人，能够抵达"物不异我，我不异物，物我玄会，归乎无极"之"妙契"的状态，能够超越时空，所谓"古今通，始终同，穷本极末"。就此冯友兰论道："有'涅槃'这种精神境界的人就是佛，就是圣人。僧肇说：'会万物以成己者，其唯圣人乎！'圣人并不是脱离万物以形成他的精神境界，而是汇合万物以形成他的精神境界。他的精神境界包含了万物。"①

圣人尽伦，不仅尽善尽智，而且还尽美。这里所言之美，特指圣人因为对世界的态度、观念的改变、更新而直指世界本质、真相，并进而与世界万物交融一体那样的自由的状态和愉悦的感受。邵雍在其《皇极经世书·观物》中着重论述了圣人由智慧的境界过渡到审美境界的轨迹和流变：因为观物的角度、理念的更新而进入诗意般的空间和状态，即"以物观物"。邵雍曰："圣人之所以能一万物之情者，谓其圣人之能反观也。所以谓之反观者，不以我观物也。不以我观物者，以物观物之谓也。既能以物观物，又能安有我于其间哉？"（《皇极经世书·观物内篇》）所谓以物观物，就是站在物的角度和立场上来观物，这样才能避免以我观物的偏私，从而更为客观、真实地认识世界万物。正如邵雍所论："以物观物，性也；以我观物，情也。性公而明，情偏而暗。"（《皇极经世书·观物外篇》）邵雍的"以物观物"之说，自然会让我们联想到王国维在《人间词话》中论"无我之境"时所言："无我之境，以物观物，故不知何者为我，何者为物"。我们无法判断王国维是否受到了邵雍的启发，但二者却有着异曲同工之妙。"以物观物"本来是讲的认识论的问题，但渐渐演化成一个审美的问题，这不仅在于王国维的"知何者为我，何者为物"的物我交融的状态具有诗性之美，也是邵雍的站在物的立场上来认识物的设想也是审美的想象和联想——人非物，无物之眼，无物之心，无物之情，何以以物观物？不是还要通过审美移情才可以变成现实吗？邵雍还进一步说道："是知我亦人也，人亦我也，我与人皆物也。此所以能用天下之目为己之目，

---

① 冯友兰：《中国哲学史新编》中，人民出版社1998年版，第614页。

其目无所不观矣。用天下之耳为己之耳，其耳无所不听矣。用天下之口为己之口，其口无所不言矣。用天下之心为己之心，其心无所不谋矣。夫天下之观，其于见也，不亦广乎！天下之听，其于闻也，不亦远乎！天下之言，其于论也，不亦高乎！天下之谋，其于乐也，不亦大乎！夫其见至广，其闻至远，其论至高，其乐至大。能为至广、至远、至高、至大之事，而中无一为焉，岂不谓至神至圣者乎！"（《皇极经世书·观物内篇》）能"以物观物"的人，"能为至广、至远、至高、至大之事"的人，当然不是一般的人，只能是邵雍所言的"至神至圣者"。而能以物观物、以天下之目观、以天下之耳听、以天下之口言、以天下之心谋的人，不也还是有着丰富的想象力和强大的创造力的诗人做得到的吗？不也正是这样的人才能够得到自我实现的那种诗意的美好和愉悦吗？

德也好，智也好，美也好，不仅要有所知、有所思，还要有所行，才能最后完成。也就是说，圣人不是想出来的、说出来的，而是做出来的。这里就要侧重说一下行的问题，行就是践行、行动。先圣往往将行与思、言等同提并论，将其作为一个人特别是圣贤之人完成自我的一个重要环节。荀子曰："不闻不若闻之，闻之不若见之，见之不若知之，知之不若行之。学至于行而止矣。行之，明也，明之为圣人。"（《儒效》）荀子在这里强调了行在认识中的重要性，行是认识过程的最高阶段和最终成果，如果没有最终的行，前面的闻、见、知都将化作泡影。而只有行之，才可以达到明的境界，而这只有圣人可以做到。到了王阳明那里，明确提出了知行合一的理念，将知和行的关系以及行的重要性的认识和阐释推到了一个空前的高度，而且也把知行合一作为一个人特别是圣贤之人所向往、追求的道德理想。王阳明曰："知是行的主意，行是知的功夫。知是行之始，行是知之成。若会得时，只是一个知，已自有行在。只说一个行，已自有知在。"（《传习录》上）王阳明所说的"知"，并不是我们日常说的知识、认识、理论；他说的"行"，也不是我们所认为的行动、实践、行为。因而知行合一在王阳明那里，当然也不是我们所理解的认识和行动、理论和实践、言论和行为的统一。王阳明说的"知"，就是"良知"，是人生而有之的判别是非善恶的道德能力，它是人的心之本体；而"行"，即为"致良知"，"良知"本有，本不须致，但因为私欲、习染所蔽而黯然不明，因而需要为善去恶而格去心中的杂染而复返本性的净纯。正如其言曰："人心是天渊，心之本体无所不该。原是一个天，只为私欲障碍，则天之本体失了。心之理无穷尽，原是一个渊，只为私欲窒塞，则渊之本体失了。如今念念致良知，将其障碍窒塞一齐去尽，则本体已复，便是天渊了。"（《传习录》下）知行本一体，何必合一？知即是行，行即是知，即行即知，即知即行。二分则知非知，行非行也。当然，并不是所有的人都能知行合一，而只有圣人才能够抵达这样的境界。

三、"心普万物而无心"：超然物外

圣者与天地万物一体，与道一大全为一，因而圣者能够站在天地的角度，以宇宙的尺度来看待俗世、人生和自我。故而虽然也身为凡胎肉体，地处具体时空，纠缠俗世凡尘，但却可以超越现世和俗念，不为物役，不为名累，不为利困，能够超然物外，脱离生死，从而获得身心的真正解放，遨游在自由自在的审美空间，进入洒脱无羁的生命状态。

自由、逍遥，人人向往、羡慕，但不同的人对自由、逍遥的标准、观念是不同的。在常人看来，水击三千里、抟扶摇而上九万里的大鹏，比那些只能飞到小树高度的蝉、小鸠之类，在空间上应该是很自由了；以八千岁为春、八千岁为秋的大椿树，活了八百岁高寿的彭祖，相对于不知晦朔的朝菌、不知春秋的蟪蛄，在时间上应该是很自由了；列子可以轻轻巧巧地御风而行，相对于常人的徒步而走，在速度上可以说是很自由了。但在另一个尺度下，他们又都是不自由的。大鹏的高飞，列子的御风而行，都要凭借风的力量；大椿和彭祖的高寿，也要以时间为参照，都是要假于物的。在庄子看来，真正的自由应该是"乘天地之正，而御六气之辩，而游无穷者"，并进而总结道："至人无己，神人无功，圣人无名。"（《庄子·逍遥游》）庄子所说的"至人""神人""圣人"，名虽各异，但都是与道为一，得到真正的身心自由的人，因为他们不把己、功、名放在心上，进入了"无己""无功""无名"的境界，就像庄子所推崇的宋荣子那样："举世而誉之而不加劝，举世而非之而不加沮，定乎内外之分，辩乎荣辱之境"。(《庄子·逍遥游》) 因为淡化了，甚至不屑于自我、功名、利禄、毁誉，因而才不会被身外之物所累所困，从而活得自由自在，从容洒脱，心安理得。

人的自由不自由、独立不独立、异化不异化，涉及一个怎样看待和处理心与物的关系的问题。对这一问题，先哲十分重视，专门提出对之思索和应对。《乐记》曰："人生而静，天之性也。感于物而动，性之欲也。物至知知，然后好恶形焉。好恶无节于内，知诱于外，不能反躬，天理灭矣。夫物之感人无穷，而人之好恶无节，则是物至而人化物也。人化物也者，灭天理而穷人欲者也。"人性人心本清静无染，但物至心惑而生欲，欲而不戒无止则人化而为物。人不能离物而独存，但物对人而言又是一把双刃剑，会激发人的私欲，以至于异化自我而丧天理。这是常人的困惑和困境，而圣人则思索并采取了应对的举措和策略。程颢作《定性书》以应对《乐记》和张载提出的心物之惑："所谓定者，动亦定，静亦定，无将迎，无内外"。程颢认为，人之本性初心是安定的，没有动静、将迎、内外之别，当然也就不会为外物所惑所染。他又接着说："夫天地之常，以其心普万物而无心；圣人之常，以其情顺万事而无情。故君子之学，莫若廓然而大公，物来而顺应。"也就是说，能够定性者，只有圣人能够做得到。他用天地来类比圣人：天地无心，以万物为心；而圣人无情，以万事之情为情。而他提到的无将迎，显然源于庄子之语："圣人用心若镜，不将不迎，应而不藏，故能胜物而不伤"。(《庄子·应帝王》) 对此冯友兰这样解释道："他们都认为，'圣人'的心，好像是一面镜子，能照一切东西，有什么东西来，就现出一个什么影子。所映之物去了，它不去送(将)它，所映之物来了，它也不去迎它。物不来即不应，物来即应，应了也不把它藏起来。程颢虽然用了庄周的这个比喻，但是他和庄周的目的不同。庄周的目的是养生，他讲的是'胜物而不伤'，就是说，这样可以战胜外界的事物而不为他们所伤。程颢讲的是'定性'，讲的是这样可以安定自己的'性'而不为外界的事物所动摇。"① 程颢又这样写道："与其非外而是内，不若内外之两忘也，两忘则澄然无事矣。无事则定，定则明，明则尚何应物之为累哉！圣人之喜，以物之当喜；圣人之怒，以物之当怒；是圣人之喜怒，不系于心而系于物也。"程颢认为，圣人能做到自心与天地万物为一体，以宇宙心为心，因而可以内外两忘，澄然无事，从而以物本身之当喜当怒而喜怒，放弃一己的私心而顺应天地万物之本，则人当然是圣人就超然于心物的拘禁而获得身心的解放和自由。

　　生死事大，而人之常情是惧死而恋生。而圣人之为圣人，其中之一就是可以打破生死的界限，超越生死对生命的拘禁，将生老病死看作是生命流转的一个自然的环节，视死如归，坦荡从容。庄子借子来之口说道："夫大块载我以形，劳我以生，佚我以老，息我以死。故善吾生者乃所以善吾死也。"（《庄子·大宗师》）子来是一个将死之人，他不仅对死没有任何恐惧，而且为之安然乐然。因为他认为他自己本来是无形无影之气，是大块即自然赋予他以形体，又是自然用生命让他辛劳，用衰老让他安逸，用死亡使他安息，来于自然又归于自然，又有何喜何忧？如陶渊明所言："纵浪大化中，不喜亦不惧。"（《形影神》）论及生死，庄子还这样写道："适来，夫子时也；适去，夫子顺也。安时而处顺，哀乐不能入也，古者谓是帝之县（悬）解。"（《庄子·养生主》）这里说的"夫子"特指老聃，他在该来时应时而生，在该去时顺理而死。安心适时而顺应变化，哀乐之情便无法侵入内心，古时把这称作解除倒悬。冯友兰就此论道："庄周所讲的这个道理，后人称之为以情从理，我称之为以理化情。情对于人是一种束缚，理可以使人从束缚中解放出来。这种解放，就是自由。"② 庄子又这样论道："人之生，气之聚也。聚则为生，散则为死。若死生为徒，吾又何患？故万物一也，是其所美者为神奇，其所恶者为臭腐。臭腐复化为神奇，神奇复化为臭腐，故曰通天下一气耳。圣人故贵一。"（《庄子·知北游》）庄子认为，天地万物皆由气构成，而人之生死

　　① 冯友兰：《中国哲学史新编》下，人民出版社1999年版，第130页。
　　② 冯友兰：《中国哲学史新编》上，人民出版社1998年版，第428页。

也是由于气之聚散而成。圣人视万物为一，故而神奇与臭腐、生与死都是同等的，因而圣人得以从美恶、哀乐之情束缚中解脱出来，获得生命的解放和自由。深得庄子之神韵的郭象这样解释庄子的"齐生死"："旧说云：庄子乐死而恶生，斯说谬矣。若然，何谓齐乎？所谓齐者，生时安生，死时安死。生死之情既齐当生而忧死耳。此庄子之旨也。"（《庄子·秋水》"吾安能弃南面王之乐而复为人间之劳乎"）又注曰："夫圣人游于变化之涂（途），放于日新之流。万物万化，亦与之万化；化者无极，亦与之无极。谁得遁之哉？夫于生为亡而于死为存，则何时而非存哉？"（《庄子·大宗师》"故圣人将游于物之所不得遁而皆存"）郭象可谓懂庄子者也，对庄子的言外之意不仅体味颇深，而且有着独到而深入的阐释、生发。他释庄子之意曰：圣人以万物之变化而变化，如万物一样日日刹那刹那自我更新，活着的时候就安心地活着，死的时候就安心地死去，自自然然，坦坦然然，无牵无挂，无忧无虑，得人生之大欢乐，享生命之大自由。

道家以出世而超脱生死，而儒家面对生死之问，同样从容洒脱，而且充满着人文关怀，显示了浑厚宏大的气象。张载曰："存，吾顺事；没，吾宁也。"就此王夫之注曰："有一日之生，则受父母之生于一日，即受天地之化于一日。顺事以没，事亲之事毕，而无扰阴阳之和以善所归，则适得吾常而化自正矣。"（《正蒙·乾称篇上》）张载的意思是，我存活在这个世界上，是顺应天地造化的事；而死了，又归于阴阳大化之中，将会得到身心的安宁。张载之所以有这样的境界，源于张载有着宽阔的胸襟和博大的情怀。张载曰："大其心，则能体天下之物，物有未体，则心为有外。世人之心，止于闻见之狭；圣人尽性，不以见闻梏其心，其视天下，无一物非我。"（《正蒙·大心篇》）也就是说，圣人不同于常人，他是与天地合为一体一心的，天下的事事物物、生生死死，都出于自己的心中，当然就会把小我的或生或死置之度外了。他又说道："故天地之塞，吾其体；天地之帅，吾其性。民，吾同胞；物，吾与也。"（《正蒙·乾称篇上》）张载的超越于生死之外，不仅仅是自我的修持与圆满，而是有着大爱做底子的，那就是宇宙精神、天下情怀和民胞大心。

四、"富润屋，德润身"：道成肉身

这里所说的"道成肉身"，不是为了说神、上帝、基督，而是移用来借以说人特别是那些得道、践道的圣人。这里的肉身是说人的生理、肉体，这里的道，则是指人内隐的心灵、精神、灵魂。在闻道、明道、得道、与道合一的过程中，人的生理元素和心理元素在比例和关系上不断消长变化，不同的阶段、境界自然会相应呈现出各异的形态。心灵的提升不只是对肉体的压抑、厌弃、挣脱的过程，同时也在对人的生理不断改造和重塑，使人的肉身在潜移默化中进化和净化，使人在形体、步态、举止、容貌、神情等各个方面日臻完美。

人们常说，相由心生。此言不谬。一个人的心态、品性、境界都会毫无遮拦地呈示在人的脸上、眉宇间、眼神里。一个心里充满贪欲、恶意、杀机的人，即使善于伪装、掩饰，也必然面露戾气、目含恶意、手显贪欲，以至凶相毕露；同样，一个拥有诚心善意的人，举手投足、行住坐卧之中，自自然然地流淌着友好关爱，面容也会温润祥和，让人感到可亲可近。诚如《礼记》所言："孝子之有深爱者，必有和气；有和气者，必有愉色；有愉色者，必有婉容。"（《祭义》）孝子对长者是这样，人与人之间何尝不也是同样的道理呢？心慈所以面善手软，和蔼故而可亲可敬。《大学》所说的"诚于中，形于外"，说的就是一个人内心的真实一定会在外表上体现出来，又说"富润屋，德润身，心广体胖。故君子必诚其意"（《大学》第四章），就像财富可以润饰房屋一样，品德能够润养人的身体，宽广博大的心胸会使自己安康舒泰，因而品德高尚的人一定要使自己意念真诚。

美国总统林肯曾说过这样一句非常有名的话："一个人，四十岁以前的相貌上帝负责，四十岁以后的相貌自己负责"。也就是说，一个人在人生之初的时候，他的相貌的美丑、善恶是由父母遗传的，是自然的基因决定的，自己无法选择，但中年以后的相貌却会因为心性、心态、心境而加以改变，内在的心理状态会在你的外形、面容上打上深深的烙印，使你的身体特别是面部肌肉在结构、形状、纹理、色泽上发生变化并固定下来，从而与少小、年轻时的面相、容颜相比发生了巨大的改变。美的可以变丑，丑的可以变美；善的可以变恶，恶的可以变善，以至于面目全非。非常熟悉的人时隔多年相见不相识，除了岁月留下的痕迹外，主要就是人的心灵的变化导致了外形的改变。卢梭也发现了人的心灵和容貌之间的内在关联性，他这样写道："有人认为，人的相貌只不过是大自然所描绘的特征的简单的发展而已。而在我看来，我认为，除了这种发展以外，一个人的面部的特征是通过心灵的某些感情的惯常的影响而不知不觉地形成的。在面貌上流露的这些情感是最真确不过的，它们流露惯了，就会在脸上留下持久的痕迹"①。孟子早就注意到了这一点，并做了精辟的论述："存乎人者，莫良于眸子。眸子不能掩其恶。胸中正，则眸子瞭焉；胸中不正，则眸子眊焉。听其言也，观其眸子，人焉廋哉？"（《孟子·离娄上》）孟子的意思是观察一个人的品性没有比观察他的眼睛更好的了，因为一个人的眼睛无法掩藏他内心的丑恶。心胸充满正气，眼睛就明亮清澈；心里有了邪气，他的眼睛就散乱昏暗。听一个人说话，并观察他的眼睛，人就无法隐藏内心的秘密。

因果报应的佛理在道成肉身上同样体现出来了。一个人不断地去恶扬善、扶正祛邪、扬清排浊、崇理抑欲，使自己心性纯正、心态平和、心境高洁、心灵博爱，自己自然就会身体健康，精神焕发，面容润朗，从而使自己更多地体悟到生命、人生、生活的美好、幸福和快乐，得到上苍赐给自己的最大福报，让身体、心灵、人生都沐浴在审美的境界之中。孟子这样说道："君子所性，仁义礼智根于心，其生色也睟然，见于面，盎于背，施于四体，四体不言而喻。"（《孟子·尽心上》）孟子认为，君子的本性，仁义礼智的根植在内心深处，从而呈现出的神色是纯和温润的，它表现在颜面，反映在肩背，以至于延伸到他的手足四肢，在手足四肢的动作上，不必言语，别人一目了然。这是只有品德高尚、心性高雅的君子才能体会到的灵肉交融互渗的美妙状态。

---

① ［法］卢梭：《爱弥儿》上卷，李平沤译，商务印书馆 1978 年版，第 318 页。

　　看不见摸不着的道，人的内在心性、品格，以感性、肉身、外显的方式呈示出来。但一个人修道、悟道、得道、践道的程度不同，对生命觉解的层次不同，在人的肉身留下的印痕，呈现的形态、等级也会不同。

　　初得道者，对人与物、灵与肉、人与人等的关系有了正确的体认和应对，对自己的原欲有所节制，心灵主宰着肉体，人际关系和谐，从而心情舒畅、心态平和、心胸开阔。这自然会给人的生理带来良性的反作用，从而使血脉畅达，气息和顺，面色红润，眉宇朗泽，身体康健，四肢舒坦，步履敏捷。

　　得道中者，体现在生命的律动上的自然和谐，既充满着勃勃的生机和活力，又与外在的自然、社会，内在的心灵、身体合拍共振。呼吸的气息均匀、平顺、深沉，不仅呼吸以喉、以肺，还深及肚腹和丹田；心跳舒缓厚实、平稳深重，无浮、滑、迟、数之征；举手投足，行止坐卧，无不洋溢着发自生命深层的，无法遏制的节律、动态之美。

　　得道上者，体现在人的气质优雅不俗，出类拔萃。这里的气质之气，不是呼吸之气，也不是血气之气，而是人文之气，是人在社会化、文化化过程中修身养性所积淀在生命中的内在气韵。气看不见摸不着，无声无息，但又遍布全身，弥漫于每一个细胞，洋溢在指尖、眉梢和嘴角。这里的气质之质，则是人的可感可触的血肉之躯、可闻可见的音容笑貌，是气的依托和支撑。二者相辅相成，没有气的质和没有质的气都是不能存在的，也是不可想象的。没有内在之气的流布充实，人就是一具血肉机器、行尸走肉，不过徒有其表而已。

　　气质之气，又有几种类型。其一是底气。它是根植于生命深处的自信、自尊、自强，同时又涌动、潜滋在人的丹田乃至脚踵之中。一个人，有了底气，就显得沉稳达观，淡定从容，无忧无虑，宠辱不惊。其二是正气。孟子把它名为浩然之气，并这样解释"其为气也，至大至刚，以直养而无害，则塞于天地之间。其为气也，配义与道；无是，馁也。是集义所生者，非义袭而取之也"（《孟子·公孙丑上》）。浩然正气，至大至刚，遍布天地与身心。人缺少了它，就没有了精气神。它的底子是道德和正义的日积月累，人有浩然正气于胸襟，则淫邪之气不得侵入，因而为人处世就能坦坦荡荡、理直气壮，一身正气，器宇轩昂，进而超越外物、社会、命运对自己的囚困，不以物喜，不以己悲，达到孟子所说的"富贵不能淫，贫贱不能移，威武不能屈"（《孟子·滕文公下》）那样的境界，从而在语默动静中自然呈现出一种高贵优雅的气质，以至于在面对进退、荣辱、沉浮乃至生死考验时，能如文天祥那样高唱一曲《正气歌》："天地有正气，杂然赋流形。下则为河岳，上则为日星。于人曰浩然，沛乎塞苍冥。皇路当清夷，含和吐明庭。时穷节乃见，一一垂丹青"。其三是文气。文气是人的生命中在不断克服自身的欲望、野性而培植、修炼成的人性中的文明、优雅、仁爱、礼让、恭敬等特质。文气对人的肉身的塑造和影响，关键在于调整、处理人性中文与质的比例和关系。孔子认为："质胜文则野，文胜质则史。文质彬彬，然后君子。"（《论语·雍也》）作为一个具有理想人格、风范的君子，既不要朴实多于文采，以至显得粗俗不堪；也不要文采多于朴实，这样会显得死板迂腐，华而不实。最理想的状态就是文采和朴实在比例和搭配上比较适中，不多不少，恰如其分，既温文尔雅，又生气勃勃。其四是逸气。逸气就是飘逸、俊逸、隐逸之气。具有逸气的人，往往洒脱放逸，不拘俗礼小节，常常恃才傲物，诗酒风流，因而与世俗、常人、主流拉开了距离。这样的隐逸、飘逸之人，在言谈举止上我行我素、天马行空，好像独自生活在远离人群尘世的另一个世界一样，不仅常人常情无法认同，甚至难以容忍，就是自己的肉身也显得沉滞，无法承载、留住那自由自在、狂放不羁的灵魂，好像要飞升飘逸到另外一个世界一样。

得道之上上者，在其体貌上洋溢、流动着只可意会不可言传的神韵。这是道、精神、灵魂在人的肉体上进行塑造所留下的最大成果、最高形态，是一般人无法抵达的。具有神韵的人，往往是那些得道的高人，他们因为道的濡染浸润，几乎脱离了肉体凡胎，通体晶莹剔透，仙风道骨，翩然若仙。非凡之人，必有非凡之相。这样的神韵、瑞相、奇貌，虽然无法用语言笔墨描绘形容，但先贤还是对其留下了勉为其难的记录。老子这样写道："古之善为道者，微妙玄通，深不可识。夫唯不可识，故强为之容：豫兮若冬涉川；犹兮若畏四邻；俨兮其若客；涣兮其若凌释；敦兮其若朴；旷兮其若谷；混兮其若浊；湛兮其若海；飂兮若无止。"（《老子》第十五章）庄子这样描写得道的真人："古之真人，不逆寡，不雄成，不谟士。若然者，过而弗悔，当而不自得也；若然者，登高不慄，入水不濡，入火不热。""古之真人，其寝不梦，其觉无忧，其食不甘，其息深深。真人之息以踵，众人之息以喉。""古之真人，不知说（悦）生，不知恶死；其出不訢（欣），其入不距（拒）；翛然而往，翛然而来而已矣。""若其然者，其心忘，其容寂，其颡頯；凄然似秋，煖然似春，喜怒通四时，与物有宜而莫知其极。"（《庄子·大宗师》）身为佛祖的释迦牟尼，自然有着与肉体凡胎的常人截然不同的神奇之相。佛典上记载他有三十二相，诸如身广长相、七处隆满相、大直身相、狮子颊相等。这些得道之人、真人、大德高士们，身上所流溢、放射出的神韵，虽然也通过皮肤、肌肉、骨骼、五官、相貌、动作、表情等显现出来，但似乎超然于肉身之外，如同神奇的光环，弥散在身体的四周，常人只能远观、遐思而无法近看、细审。我们凡俗之人，虽然无法修行到这样的奇貌、神韵，但作为一种神妙的灵肉奇观、一道美丽的人文风景、一个道成肉身的景象，是值得我们心向往之、孜孜以求的。

第四节　圣人的使命

圣人不仅仅闻道、得道因而自我成为一个完人，还要践道、行道和弘道，将天之道行在地上，将天地之道推广到人间。具体表现就是要先觉觉后觉，自度度人，兼济天下做圣王，自觉担当起自救、救人、济世的神圣使命。

任何时代，任何国度，真正的觉悟者、先知先觉者都注定只是少数，是几千万个人中才会出一个，是几十年甚至上百年才会产生一个的，因而先觉者往往会自觉地承担起神圣的使命，那就是唤醒那些昏睡不醒的众生，使他们觉悟，到光明的世界和澄明的境界里去，成为真正意义上的人。只有每个个体都醒了，群体、人类才能真正地醒悟，才能一起过上真正人的生活。在觉者的视野中，人与人、人与地球、人与宇宙，是一种关联性的、整体性的存在，每个人的知和行都影响着现时的他人和环境，也都与未来的许多人的命运息息相关。让他心注入我心，大心融化小心，让理想走进现实。先觉觉后觉，个觉觉众觉。先觉者，面对仍在人生的泥淖中挣扎、忙碌，甚至陶醉、自得的芸芸众生，不是不屑一顾地厌弃，也不是居高临下地鄙视，而是像一个侥幸上岸的溺水者没有扬长而去而是返身入水去营救那些沉溺在水中的同伴一样，去唤醒他们，并拉他们进入自己所在的醒者的行列，把觉人当作自己必须承担的神圣使命。因为这些先觉者不仅充满着博大的爱，而且深知自觉仅仅是自我救赎的开始而不是结束，觉人也是觉己，救人即是救自己。

一、"先觉觉后觉"：自觉觉人

古今中外的那些作为先觉者的圣徒、先哲、大德们，都是非常自觉地把觉人作为自己不可推卸的责任主动地担当起来。孟子借伊尹之口曰："天生此民也，使先知觉后知，使先觉觉后觉也。予，天民之先觉者也；予将以斯道觉斯民也。非予觉之，而谁也？"（《孟子·万章上》）就此程子这样解释道："天民之先觉，譬之皆睡，他人未觉来，以我先觉，故摇摆其未觉者，亦使之觉。"（《河南程氏遗书》卷二上）在现实生活中，在人生的漫漫长旅中，假如你有幸成为一个先觉者，就不要忘了一定要回头返身，对溺身于水的同伴伸出救援之手，并对他们的心灵深度呼唤，让他们有前行的动力和方向。只有心灵觉醒了，才可以真正获救；只有大家都醒了，才可以一起度过迷津，携手走向彼岸。

我们常说种豆得豆、种瓜得瓜，假如在荒地裸田之中什么都不播种，要么荒芜龟裂，要么就只会长出一些野苗杂草。要想田地里长出秀木嘉禾，那就要将精良的种子播撒下去。同样地，要让一个人由迷转悟，成为一个心明眼亮有觉悟的人，就要将精神的种子撒向他的心田，生根、长叶、开花，结出丰硕的精神之果，从而在肉身上生长出灵魂来。

耶稣多次使用撒种子的比喻来启迪他的信徒，他这样说："有一个撒种的出去撒种。撒的时候，有落在路旁的，飞鸟来吃尽了；有落在土浅石头上的，土既不深，发苗最快，日头出来一晒，因为没有根，就枯干了；有落在荆棘里的，荆棘长起来，把它挤住了；又有落在好土里的，就结实，有一百倍的，有六十倍的，有三十倍的。有耳可听的，就应当听。"（《新约全书·马太福音》）这里所说的撒种子，就是耶稣向信徒、众生传播天国的音信和真理，而各种样态的土地和种子撒后的不同结果，则隐喻了耶稣将天国的真谛传播给不同人时所产生的因人而异的各个不同的效果。耶稣引导人所要进入的天国，并非一个物质化的实存的国度，而是一种精神的存在。换句话说，假如一个人能够将天国的精髓移入内心，那么，他虽然驻留在俗世中，但已经进入了天国。耶稣这样说："神的国来到，不是眼所能见的。……因为神的国就在你们心里。"（《新约全书·路加福音》）由此可见，耶稣并不是要把信众引领进实存的国中，而是把精神的种子撒在他们的心田，让他们从心灵、精神上进入天国，从而获救。因为耶稣深知，世俗的财富、权力和荣誉，并不能给人幸福，不能让人得到真正的救赎，他说富人进入天国比骆驼穿过针眼还难。

佛祖一直推崇的无相布施，也同样是往人的心田里播撒精神的、智慧的种子。他认为，布施是一种善行和美德，但等级不同。给饥者食，送寒者衣，赠贫者财，这些固然是善，但这只是有相布施。而最高的布施则是无相布施，它比给人恒河沙数的七宝还珍贵。而所谓无相布施，就是将四句偈即佛法的精髓传之他人："凡所有相，皆是虚妄。若见诸相非相，即见如来。"（《金刚经·如理实见分第五》）也就是说，佛祖认为，能让人摆脱生死轮回之厄、脱离生老病死之人生苦海的，不仅仅是给人以物质上、生活上的帮助，而是将宇宙人生的真相、妙谛展示给迷误的人，让他们拥有般若、菩提之智，远离贪嗔痴，积德行善，这样才可以往生西方极乐世界，进入涅槃的妙境，得到真正的解脱和幸福。

儒家特别推崇师者的地位，其创始人孔子被后人称为万圣师表，这是因为师者可以给人以教化和启蒙，使人摆脱愚昧、痴迷的状态而进入悟境。韩愈在其名作《师说》中这样解释师者："师者，所以传道、授业、解惑也。"将传道列于句首，可见儒家所推重的仍然是对人的心智的启迪。因为道是人生中之至大者，一个得道之人，就意味着进入了一个奇异的境界，以至于"朝闻道，夕死可矣。"（《论语·里仁》）

人的觉悟的标志，就是心灵的更新，肉体中注入了灵魂。这样的人，既摆脱了作为肉体存在的生物欲望，即仅仅满足于食与性的低级形态，也超越了世俗的羁绊，不再迷恋追逐权力、财富和荣誉，而是以美德、善心、智慧、诗意作为自己的人生目标。这样的人生才有价值，才会真正地幸福快乐。而使更多的人进入这样的境界，就要靠先行觉醒的人把这样的人生观念传达给那些仍在迷途中跋涉的众生，通过言传身教来使他们幡然醒悟、迷途知返。

把精神的种子播撒在走近你生命和视野的每个人的心田，不要让那些赤裸的心灵荒芜，不要让那空洞的眼睛里除了无聊就是贪欲。当麦浪滚滚、稻花飘香的时节，那些曾经疯长的杂草，那些滥竽充数的稗子，不就会自生自灭地枯萎、随风而逝了吗？而你作为一个播种者、耕耘者，不就会由衷地充满着丰收在望的喜悦和成就感吗？

有这样一句耳熟能详的歌词："一把钥匙打开了千把锁"。这作为一种修辞的夸张可以理解，但在现实生活中就不一样了。锁各不同，钥匙也就不同，一把钥匙只能打开属于自己的锁。人心也一样，用一种万能的办法来开启所有人的心锁是不可能的。针对不同人的各异的品性、禀赋，要采取不同的方式、方法、态度，才可以让迷者转悟、沉睡者觉醒。

如果将人的智性与性情的因素进行排列组合，人就可以分为智而清者、智而浊者、愚而清者和愚而浊者四种类型。对这四种不同的人，要想打开他们的心锁，让他们进入悟境，就要使用不同的钥匙，采用各异的开启方式。《金刚经》尚空而适合激发大根器者开悟，《阿弥陀经》崇有而宜于引导一般信众苦海登岸，《法华经》"开权显实，会三归一"。众生根机不同，修行、悟道、成佛的路径、方法也自然千差万别。众生深陷火宅，苦海无渡，执迷不悟，责任不在众生愚昧、痴迷，而在于度者没有采用最佳的因人而异的施教、引渡之法。

智而清者，最为仁厚和灵动，他们天生就是来人间做圣徒甚至是圣人的。他们对尘世间人人艳羡不已的声色犬马、温柔富贵视若浮云，甚至不屑一顾。释迦牟尼身为王子，但视锦衣玉食、美女王位如粪土，从而离家出走寻找有意义的人生，走向了探索宇宙人生真谛的艰难的苦修和解脱之路；王阳明年少之时就立志做圣贤，十一岁时他就立下了"读书学圣贤耳"的宏愿大志。做圣人这一理想的道德人格伴随王阳明的一生，他从生活中的点点滴滴着手去做成圣的功夫。他们与天国、悟界只隔一层纸，几乎不用高人的启发、点拨，甚至只是大自然的一阵风、几丝雨、春日的花开、夏天的落叶、西下的夕阳、圆缺的月亮，都可以诱发他们瞬间顿悟，一下子勘破、参透世事人生的真相和奥秘，豁然开朗。《红楼梦》中的贾宝玉，身为十几岁的少年，无意中听到一句"赤条条来去无牵挂"的戏文，就不由放声痛哭，悟出了包括自身的人可悲的处境：生死原来如此无常，人生不过是一场虚空。慧能作为目不识丁、打柴为生的少年，听了《金刚经》的"应无所住而生其心"的经文而言下大悟，更以其著名的偈语"菩提本无树，明镜亦非台，佛性常清静，何处有尘埃"表达了对佛理的个性化见解。对于智而清者而言，他们存在的意义和天职，就是要进入天国、圣界和悟境。在禅宗中，他们都被称为大根器，具有慧心利根，机缘一到，当下大悟，瞬息洞穿世事人心，一步踏入圣境妙界。在耶稣撒种子的比喻中，用"好地"来比喻这类人："撒在好地上的，就是人听道明白了，后来结实，有一百倍的，有六十倍的，有三十倍的。"（《新约全书·马太福音》）对于这样的人，作为先觉的长者，几乎无须教诲、引导，因为他们冰雪聪明，心有灵犀，一点就破，但需要倍加呵护和保佑。这是因为这些人若是年少时即悟，童言无忌，会说出常人无法理解的宇宙人生的隐秘，让常人中的亲人或仇人视为怪异不祥，从而会使人以愚昧无知或别有用心的手段给以扼制甚至加以绞杀。即使不招致杀身之祸，也会被以另类甚至精神病等之类的标签而打入另册。要么回归常态而泯然众人，要么我行我素而被人目为异端并受讥遭弃。而先觉的长者，要为这样的智而清者筑起防护的堤坝，延缓他们醒悟的时间，一定要在成年期而不要在根茎还没有长好就开放花朵，以免硕大的花朵把脆弱的枝条压断；让早慧的心智得到学养、修为、阅历、经验的支撑和维护，从而保证星火燎原而不会胎死腹中。

对于智而浊者，先觉者要想唤醒他们，就有较大的难度。这些人往往对红尘中的荣华富贵、美食美色有着深深的艳羡和迷恋，对能体现世俗价值的金钱、权力、荣誉趋之若鹜，而他们的高智商的优越、随机应变的灵动和为达目的不择手段的勃勃野心，又可以使他们更容易在竞争中脱颖而出。红地毯的诱惑、鲜花掌声的成就感、美酒娇娃的如痴如醉，这些不仅不能让他们满足、止步，反而会激起更多、更大的欲望，在人生的迷途中越陷越深，而离觉境悟界越来越远。诚如庄子所言："嗜欲深者天机浅。"（《庄子·大宗师》）世俗的成功堵住了他们进入天国的路，他们往往自作聪明，自以为是；浓厚的浊习杂染障蔽了他们的耳目和心灵，使他们视而不见、听而不闻、感而无觉。如果对他们点拨、指导，不仅不会有任何效果，还会招来明目张胆的讥嘲或者阳奉阴违的应和。因为以自身的智商和阅历，他们对人生的知识乃至大道并不匮乏和生疏，对老庄哲学、儒家伦理和佛理禅趣不仅能说得头头是道，而且不乏系统而深入的研究。但他们只是将这些珍贵的精神资源当作一种学问研读，或者作为自己世俗生活的一种互补和点缀，并无法、也不准备将其付诸行动、融入自己的生命，更不用说借此来提升自己的境界，故而笔者曾将这类人称为"就着酒肉谈佛理者"。没有信仰、虔诚和敬畏的智慧，只能是南辕北辙，离人生的真谛、生命的本质越来越远。即使成为巨商、政要和著名学者，他们也不过只是一架训练有素的机器而已。这样的人，贪嗔痴三毒所受太深，即使先觉者倾心尽力感化、救赎也无可奈何，只有自己亲历生生死死的沉浮坎坷，尝尽人世间的世态炎凉、人情凉薄，出尽毒气，才会幡然醒悟，大死之后才能大活。而其中的许多人特别是那些世俗中一帆风顺、要风得风、要雨得雨者，往往会痴迷、沉醉甚至自得其乐，一步步走向坟墓而不自觉。先觉者可以在其经历一些人生的波折之后以猛药医之，进而加以点化、接引，将灵魂赋予他的肉身。

愚而清者，虽然平平凡凡、散散淡淡，过着常态的世俗生活，但有着一颗向善的心，希望在人生特别是精神层面不断提升自己。对他们应该以循循善诱之法教之导之、诲之度之，不可强求顿悟，可以在渐修的路上一点点地脱俗、去恶、忘忧，渐渐进入悟境。

对于愚而浊者，道家的创始者老子和庄子，对他们都是居高临下地充满鄙视。老子称他们为下士，并这样描述他们："下士闻道，大笑之。不笑不足以为道。"（《老子》第四十一章）也就是说，这类人对人生正道，根本无法理解，更不会亲身践履，只会不屑一顾地加以嘲笑。对此庄子描述的更具体形象："小知不及大知，小年不知大年。……朝菌不知晦朔，蟪蛄不知春秋"（《庄子·逍遥遊》），"井蛙不可以语于海者，拘于虚也；夏虫不可以语于冰者，笃于时也；曲士不可以语于道者，束于教也"。（《庄子·秋水》）庄子认为，这些下愚之人，因环境、观念、天赋的限制，失去了察道的眼光、体道的心灵、得道的禀赋和践道的能力，因而一生都与道无缘。由此可见，道家的老、庄，作为得道、述道之人，都有着智力、悟性上的优越感，对那些愚钝之人采用的是不屑一顾、居高临下甚至嘲讽讥笑的态度。就连儒家创始者、倡导"有教无类"的孔子也这样说："中人以上，可以语上也；中人以下，不可以语上也。"（《论语·雍也》）佛祖虽然认为人人皆有佛性，但也承认人的根器是有先天的差别的。他曾设了一个有名的三兽渡河的比喻："如恒河水，三兽俱渡：兔、马、香象。兔不至底，浮水而过；马或至底，或不至底；象则尽底。"（《优婆塞戒经·三种菩提品》）虽然佛祖对利根大智者有所偏爱，以至与迦叶尊者拈花一笑，以心传心，不立文字，教外别传，赞赏之情，溢于言表，成为千古美谈。但不同于老庄的地方在于，他心底仁厚慈悲，对众生不离不弃，哪怕是愚钝之人，也苦口婆心，设法接引。

窃以为，作为仁德慈悲的先觉者，即使对愚而浊者，也应不离不弃。

佛家认为，连动物、草木甚至土石都有佛性，何况是人呢？当然，人之顽劣者，进入悟境要难些。耶稣所说的"财主进入天国比骆驼穿过针眼还难"，大概也可以移用过来指这类人。不过，即使是耶稣比作路旁的、石头地上的、荆棘里的，那些无法生根结实的地方，我认为，还要坚持撒种。因为沧海桑田，路旁也是田地，有土就可长苗；石头也会风化，变成肥沃的土壤，即使是石头缝里不是也可以长出禾苗吗？荆棘虽然厉害，但撒的种子多了，禾苗长得密了，也许就会把荆棘的营养给吸走，让它无法生存，并取而代之。故而对那些愚而浊者，不应嘲笑、鄙视，而是要对其施以爱心和耐心。不过仅仅用和风细雨的常态方式恐怕效果不太明显，而是要用猛药以毒攻毒，当头棒喝，醍醐灌顶，催其豁然醒悟。

　　未来的出路应该是这样的，将上帝、耶稣的天国还给上帝和耶稣，将恺撒的尘世的丰功伟业还给恺撒，社会的回归社会，心灵的回到心灵，各有各的领域，各就各位。康德的三大批判，即《纯粹理性批判》《实践理性批判》《判断力批判》，分别将真赋予了哲学的纯粹理性，将善赋予了宗教的实践理性，将美赋予了艺术的判断力。我们这里引而伸之，将灵魂的救赎赋予地球人全体由迷转悟的心灵觉醒的天国、佛土和乐园。费希特认为："人类的尘世目标决不是它的最高目标。"[1] 而生活在尘世的人又如何超越尘世进入有意义的人生呢？费希特接着说："只有心灵的改善，才导致真正的智慧。"这是因为"只有彻底改善我的意志，才在我这里对于我的生活与我的使命升起一线新的光芒；如果没有这种改善，不论我怎么苦思冥想，不论我具备多少突出的精神禀赋，在我之内和在我周围也都不过是一片黑暗。"[2] 也就是说，只有心灵的觉醒才是真正的觉醒，也才能获得真正的救赎。正如《观无量寿佛经》所言："诸佛如来是法界身，遍入一切众生心想中。是故汝等心想佛时，是心即是三十二相、八十随形好，是心作佛，是心是佛。诸佛正遍知海，从心想生。"

---

　　① ［德］费希特：《论学者的使命·人的使命》，梁志学、沈真译，商务印书馆2005年版，第177页。

　　② ［德］费希特：《论学者的使命·人的使命》，梁志学、沈真译，商务印书馆2005年版，第192页。

二、"众生无边誓愿度"：自度度人

无论古今中外，凡大仁高德者，尽管他们求仁成仁的路径、方式、结果各异，但最高的追求和境界都是大体一致的，那就是当自我的利益甚至生命与他人、群体、人类发生冲突的时候，往往会主动放弃自己的利益，乃至牺牲自己的生命来拯救世界，用自己的血为同代后人开拓出一条新生之路。

阿弥陀佛曾发下四十八愿，诸如"设我得佛，国有地狱、饿鬼、畜生者，不取正觉。设我得佛，国中天人寿终之后，复更三恶道者，不取正觉。设我得佛，国中天人，不悉真金色者，不取正觉。设我得佛，国中天人，形色不同，有好丑者，不取正觉"。（《佛说无量寿经》上）一言以蔽之，阿弥陀佛本已修成正果，往生西方极乐世界成佛，但他执意要留在此岸今世普度众生，发誓一人不度，自己也就永不成佛。时空不同，说法各异，但都有共同的喻义，即汤因比在《历史研究》中概括的"个体的归隐和复出"。它暗示人们，人是一体同在的，一个、几个人的觉悟无法得到救赎，人要想获救，必须大家都醒悟。而要做到这一点，只能先醒的人唤醒沉睡的人。马克思的"无产阶级只有解放全人类，才能最后解放自己"的名言，虽然是意识形态意味很浓的政治话语，但却简单明了、一语中的地点透了其中隐含的微言大义。

柏拉图《理想国》中那个在洞穴中被囚禁的人，在走出洞穴、看到阳光下的世界的真相并获得自由之后，又重返洞穴以唤醒那些仍被囚禁着的同伴，哪怕被他们怀疑、嘲笑乃至杀死。柏拉图写的虽是寓言，但显然是有现实基础和生活原型的。他的老师苏格拉底，说了真话而被打入死牢，当弟子来救他时，他放弃了生命和自由，坚持等死和赴死。临死时，他还平静地说："分别的时刻来到了，我们会各走各的路，我去死，而你们继续活着，哪一条路更好，只有神才知道。"（柏拉图《申辩篇》）

孔子主张："志士仁人，无求生以害仁，有杀身以成仁。"（《论语·卫灵公》）孟子曰："鱼，我所欲也；熊掌，亦我所欲也。二者不可得兼，舍鱼而取熊掌者也。生，亦我所欲也；义，亦我所欲也。二者不可得兼，舍生而取义者也。"（《孟子·告子上》）戊戌六君子之一的谭嗣同，不仅著有《仁学》一书，还以生命践履了自己得仁成仁的理想。戊戌变法失败后，他放弃了逃生的机会，主动赴死，以自己的鲜血来唤醒民众的觉醒，并说："各国变法，无不从流血而成。今日中国未闻有因变法而流血者，此国之所以不昌也。有之，请自嗣同始！"基督耶稣，甘愿被钉在十字架上受难，以自己的死来为芸芸众生赎罪，并救赎他们到天国里去。佛家更是主张自度度人、舍己度人。地藏菩萨立下这样的宏愿："我不入地狱，谁入地狱？"就连那些平时默默无闻的普通平凡的人，在千钧一发、生死攸关之际，仁爱慈悲之心也会沛然而生，往往会在瞬间做出舍生忘死、惊天动地的壮举。

三、"达则兼善天下"：圣王合一

圣人不仅仅满足于独善其身的内圣，还要追求兼善天下的外王，自觉地将家国天下的重任担在自己的肩上，负重前行。

圣者大都怀抱远大的政治理想，有着忧国、新民、齐家、治国、平天下的襟怀和抱负，内外兼修，内圣外王，穷独达兼。张载云："为天地立心，为生民立命，为往圣继绝学，为万世开太平。"梁启超将顾炎武《日知录》中的一段话概括为家喻户晓的名言："国家兴亡，肉食者谋之；天下兴亡，匹夫有责。"钱穆在其《晚学盲言》中这样写道："亲在家，君在国，师则在天下。"荀子提到"圣王"的概念，这样写道："故学也者，固学止之也，恶乎止之？曰：止诸至足，曷谓至足？曰：圣王。圣也者，尽伦者也；王也者，尽制者也。两尽者，足以为天下极矣。"（《荀子·解蔽》）在荀子的认识中，光做圣还不行，还要成王。圣是完全精通事物之人，王是完全精通国家制度的人，而精通这两方面的人，才是做人的一个极致。对人类的长远的政治命运和前景怀抱悲天悯人的仁慈的博大情怀，不仅是古代的圣贤，也是人文知识分子薪火相传、精神接力的一个优良传统。

对政治的关注，他们不仅表现在理论的阐述、日常的言谈和对后学的教诲、启蒙上，更体现在生活中时时刻刻的践履上。孔子、孟子席不暇暖，食不甘味，向国王游说，推行自己的利民利国利天下的仁政，颠沛必于是，造次必于是。中国历史上的许多文化名流如苏东坡、范仲淹、辛弃疾、王阳明等，都是一方面在文学、文化、政治上有着远大的理想和辉煌的建树，同时又在治国、理政、安民方面实绩显赫、流誉身后。在先贤推崇的三不朽中，"立功"即建立兴国安邦的功业名列其中。春秋时齐国的政治家管仲，背主辅敌，在道德上本来应是受到指责的，但因为他辅佐齐桓公成就霸业，改变了历史的进程和一方百姓的命运，因而受到了孔子多次的赞誉。孔子一反其弟子对管仲道德上的诟病，这样说道："桓公九合诸侯，不以兵车，管仲之力也。如其仁，如其仁。"又说："管仲相桓公，霸诸侯，一匡天下，民到于今受其赐。微管仲，吾其被发左衽矣。岂若匹夫匹妇之为谅也，自经于沟渎而莫之知也？"（《论语·宪问》）孔子之所以推崇管仲，将其作为仁德的典范，就是因为管仲不拘小节，不滞于妇人之仁，辅助齐桓公称霸诸侯，统一和匡正了天下，使国强民富，仁德外化为实实在在的功业。

在西方文化传统中，更注重公民尤其是知识分子对社会、政治的参与和管理，认为那是一个人展开和完善自我的不可或缺的重要组成部分。亚里士多德认为："人是社会动物。"[①] 马克思认为："人的本质并不是单个人所固有的抽象物。在其现实性上，它是一切社会关系的总和。"[②] 因而一个人只有在社会生活和政治活动中才能实现真正的自我，才能完成自己的价值，成为一个全面发展、健全完善的人。柏拉图则认为，在理想的国度，应该由哲学王来管理。所谓哲学王，要么是拥有国王的地位、权力和威望的哲学家，要么是具有哲学家的理想、智慧、境界和美德的国王。总之，是权力与理性、智慧的结合，才可以使国家处于理想的、和谐的状

____

① ［古希腊］亚里士多德：《政治学》，吴寿彭译，商务印书馆1965年版，第7页。
② ［德］马克思：《关于费尔巴哈的提纲》，《马克思恩格斯选集》第一卷，人民出版社1972年版，第18页。

态。在欧美的社会发展史中，知识分子一直扮演着举足轻重的重要角色。他们有的以深谋远虑的大智慧为人类构建了国家、社会、制度的宏伟而美好的蓝图，设计出了让人们可以自尊地活着、人性能够健全地发展、最大限度地得到幸福和自由的社会体制——属于这一类的精英除了前述的柏拉图、亚里士多德之外，还有莫尔、康帕内拉、孟德斯鸠、卢梭、洛克、托克维尔、圣西门、傅立叶、潘思等。另一些人则以实际行动参与了对旧制度的批判、斗争、革命和对新制度的建设和创新，如南非前总统曼德拉、印度圣雄甘地、苏共总书记戈尔巴乔夫，在中国推行君主立宪制的康有为、梁启超、谭嗣同、宋教仁等。进入现当代社会以来，无数的知识分子、思想家更是把参与社会的监督、管理，为公民争取更多的权力、自由作为自己人生的重要内容和义不容辞的使命而呕心沥血、殚精竭虑。这些都程度不同地影响了历史的进程，改变了人类的命运，革新了人们的价值观念，提升了人们的人生境界。完全可以这样说，人类社会之所以有今天的繁荣、文明、幸福、自由，是与这些有良知和责任感的知识分子无私奉献的精神和身体力行的社会践履密不可分的。正是他们一代代地前赴后继、薪火相传，才把人类从黑暗、愚昧中带进了光明和文明之中。

　　作为当代的知识分子，一个先觉先行者，无论自己的生存处境怎样艰难，都不应放弃中西知识分子兼济天下、参与社会、介入生活的优良传统，除了守住道德底线、保持独立的人格和纯真的节操，不随波逐流、同流合污之外，还要积极运用思想、监督、批判的利器，参与社会的变革，促进制度、体制的完善，把呼唤正义、公平、民主、自由的重任自觉地背负在自己的身上。如鲁迅所说的那样："自己背着因袭的重担，肩住了黑暗的闸门，放他们到宽阔光明的地方去；此后幸福的度日，合理的做人。"[①]

---

　　① 鲁迅：《坟·我们现在怎样做父亲》，《鲁迅全集》第一卷，人民文学出版社 2005 年版，第 135 页。

第五章 道与诗

诗是道的审美化的感性显现。道微妙玄通，深不可识，奥不可思，而通过诗之眼而被发现，通过诗之心而被感受，通过诗之语而被表达、再造、传播。诗在诗人的心中，也在宇宙自然的流布之中。雨滴、风吹、鸟飞、草长、水流，皆是诗。诗美是道的另一维度，与善一起构成了道的双翼，共同成就了道的至善至美。

诗与道合二为一，诗就是道的感性的显现样式，或者说没有抵达道境的诗不是最高水平的诗。黑格尔这样定义美："美就是理念的感性显现。"[①]黑格尔所说的理念就是柏拉图所说的理式，也就是宇宙万物之所以成为宇宙万物的那样的一种东西，用老子的概念来说就是"道"，它是一种不可见、不可说的一种存在，而美则以形象和感性的形式呈现出理念、理式，当然也是道的本质内涵。朱光潜就此这样解释道："理念就是绝对精神，也就是最高的真实，黑格尔又把它叫作'神'、'普遍的力量'、'意蕴'等等。这就是艺术的内容。就内容说，艺术、宗教和哲学都是表现绝对精神或'真实'的；三者的不同只在于表现的形式。"[②]海森堡也这样说："美是真理的光辉。"[③]真理就是道，通过美而呈示出它的光彩和美好。这里的美我们完全可以置换为诗，诗是美的象征或曰具体化的体现。在自然和日常生活中，凡是美的、有诗意的，都与道有着直接对应的或间接的因果关系。为什么人本能地认为花、人的酮体是美的，有着不可抵挡的吸引力？那是人之天体、花与生殖有关，是道的生生不已之性的诗化呈现。为

---

① ［德］黑格尔：《美学》第一卷，朱光潜译，商务印书馆1981年版，第138页。
② 朱光潜：《西方美学史》下卷，人民文学出版社1964年版，第477页。
③ 李泽厚：《李泽厚哲学文存》，安徽文艺出版社1999年版，第640页。

什么莺飞草长、鱼翔浅底让人觉得富有诗意？那是因为这些意象都是自由的象征，而自由则是道的本质特性。

诗即道，道即诗，二者本来一体，密不可分。但因诗对道的承载、体现的层面、角度的不同，又细分而为三途。

其一曰像诗一样地生活，即人生的艺术化。摆脱世俗的功利的价值体系的束缚，崇尚和抵达轻功利、无目的、重过程、求自由、活在当下等的生命形态和人生境界。

其二曰天人合一，即诗人以诗之眼、诗之心与自然、道体合一，进入物我两忘的境界。这既有主体的诗化，即诗人的生物性感官得到美的塑造、陶冶而具有了诗眼、诗心和诗意；也有对象即道、自然的诗化，外在的自然通过主体的移情而转化并提升为充满诗意的风景，在没有目的的合目的性中唤醒、激发起那种欣赏而不占有的审美超越的情感；还有二者的密切交融，创造出源于自然又高于自然的诗性空间，构建起一个安放心灵、停泊灵魂的存在之家。

其三曰诗中之道，或曰悟道者之诗。诗人在诗中自自然然地表现了道的形态和奥秘，使读者豁然开朗，在审美的欣赏中与道相遇；还有就是得道的圣者以隐喻、象征的方式形象而生动地传递了道的音讯。诗中有道，诗赋大道，诗中无道非诗也。

道本不可见不可闻，但有了圣人和诗人，道变得可感可触、可闻可识。圣人是道之善的体现者、践履者，而诗人则为道之美的领会者、呈示者和创造者。他们联手将道推向了至善至美，共同给人类构建了精神的家园。用海德格尔的话说就是："存在在思想中形成语言，语言是存在的家，人栖居在语言所构筑的家中，思想者与诗人是这个家的看护人"[①]。

[①] ［德］海德格尔：《路标》，孙周兴译，商务印书馆 2000 年版，第 366 页。

第一节 诗意地栖息

在人欲横流、人心浮华的时世中，还谈诗、诗意，还主张诗意地栖息，这是不是显得矫情，显得不识时务和奢侈。

生活灰暗，肉身沉重，社会喧嚣，人生艰辛。作为向死而生而又被日常的凡庸和琐屑所纠缠、围困的个体，人生本身就意味着悲剧。但人又不甘于生于灰暗、死于平庸，那就要把人生这出悲剧当作喜剧来演，苦中作乐，对俗世中的阴暗、琐屑、痛苦、绝望进行抗争，走进诗情画意一般的境界里。

诗意地栖息，就是充满诗意地在这个世界里居住、生息。诗的本质是无功利、无目的，是唯美、自由，是从心所欲不逾矩，是乐而忘忧，是一切景语皆情语。诗意地栖居就是以诗心、诗情、诗眼来重新观照、融入这个世界，使这个原本枯燥乏味、冰冷坚硬的世界变得有了温度、生命、灵性和情感。

虽然大家都生活在同一个世界、同一个地球，但并不是所有的人都能诗意地栖息。只有那些秉性清而纯者、那些具有童心童趣的人，才能进入诗意的世界。在诗意的世界里，人生如戏，以游戏的态度来化解生命的沉重和苦痛；在诗意的世界里，人生不再只是当作一个直奔主题的结果、目标，而是看作一个漫长而有趣的过程，就像漫游一样享受着人生的点点滴滴、丝丝缕缕；在诗意的世界里，以我观物、以物观物、以物观我观人，在审美移情的过程中人们进入了平等自由、生机勃勃的童话般的世界。

一、"慢慢走，欣赏啊"：走进诗意的世界

诗意不一定在诗中，有的诸如歌功颂德、树碑立传或揭人隐私的所谓诗，不仅没有诗意，而且比凡俗生活还要乏味、枯燥，比人的油腔滑调还会令人生厌。诗意是一种人生态度和生命形态，是审美的、无功利的、愉

神悦心的一种状态和境界。一个人只要进入了这样的状态和境界，目之所视，耳之所闻，手之所触，心之所思，则无时无处不有诗意。

由于对世事人生的认识、观念、觉悟的不同，人们就会进入不一样的世界。这样的世界可以分为四个，即世俗的世界、科学的世界、神性的世界和诗意的世界。世俗的世界是功利的，科学的世界是求真的，神性的世界是向善的，而诗意的世界是审美的。这四个世界不是一种客观的存在，而是具有不同的觉悟的人所抵达的人生的境界，即心灵情感的世界。在同一个客观、外在的世界中，拥有不同的眼光、心境的人就会处在迥然不同的世界里。比如几个人同时面对一棵高大的银杏树，其中一个人想到这棵树材质优良，可以做成上好的家具，使用上百年也不会损坏；或者想到可以把它移植到自己的院子里，夏天乘凉，晨夕观赏。总之，都是从现实功利、对自己的有用性来考虑和谋划的，那么这个人就处于世俗世界。如果另一个人从这棵树的形状来辨别它的雄雌，从粗细和高度来揣测它的树龄，并通过土壤、气温和湿度等来分析它茂盛的因素，那么这个人就处于科学世界。另外一个人则被它的高大粗壮、直指云天的形象所震撼，不禁联想到它活得那么久，相当于人的年龄的十几倍，它自身也应该是有灵魂和神性的，或者是有神灵居住于其上的，因而不由肃然起敬，顿生敬畏膜拜之心，那么这个人所抵达的就是神性的世界。还有一个人，他对着这个树不由痴痴地想："它独自一个在这里生活这么多年了，它不感到寂寞和孤独吗？它的爸爸、妈妈是谁？为什么把它孤单单地抛弃在这里而不管它？它有兄弟姐妹和恋人吗？它们之间又会是怎样在互相传递、交流音信的呢？冬天它冷吗？夏天它热吗？它在梦中是否也会张开翅膀飞向云彩和鸟儿所在的蓝天里呢？"那么，这个人所体验的就是充满童话色彩的诗意的世界。世俗世界关注的是肉体的欲望、日常的生活和尘世的虚荣，科学世界注重的是对外部世界的认识和探究，而神性和诗意的世界则是安置人的灵魂、拓展心灵的空间。这四个世界之间，是没有高低贵贱之分的，对人来说同样重要。一个饿了两天肚子的人，面对一轮明月，他也是无心吟诗欣赏的，因为他可能更希望那个月亮可以变成充饥的大饼；一个躺在手术台上的病人，他也不希望给他开刀的外科医生还沉醉在诗的意境中而难以自拔。从某种意义上说，诗、诗意是没有什么现实功用的，没有它，人照样活着。不过，有了它，你的生命与过去就完全不一样了，它可以使人生更美好，更有诗情画意，可以被诗性的阳光映照得通体透亮。

这四个世界与人的关系是比较复杂微妙的。有的人，一生只滞留在其中一个世界里；有的人，在不同的人生阶段，也相应经历着不同的世界；还有的人，则兼容了这四个世界。这四个世界化作了人性中的不同元素融进了一个人的生命中，在不同的人生境遇中凸显某一个世界的特性，其他世界暂时退居幕后。而让诗意进入内心，融入血液中的人，则处处皆春，时时都怡然自乐。

诗意作为一种审美的人生态度，并非一般人可望而不可即的高深的境地，每个人的内心深处，都有着诗意的种子。童年时代的思维都是童话的、诗意的，从某种意义上说，每个孩子都是一个诗人，都是在用诗的眼光、心灵、联想和想象来认识并走进自己所处的世界。儿童的思维是推己及人、由己及物的，因而在儿童的心目中，天地自然、日月星辰、草木虫鱼等都是像自己一样充满欲求和情感的：下雨是天在哭泣，树被砍伤也会疼痛和呻吟，风吹动发梢是在与人戏耍，闪电打雷是老天在发怒。不过，成人的世界、日常的生活、实用的功利、科学政治话语等的无处不在而又冰冷强硬渗透，很快就会把儿童的诗性思维的火花一点点地淹没和熄灭。蔫萎的禾苗回黄转绿非常之难，而诗意已经枯萎的心灵想再回归诗意盎然的状态更是难上加难。世俗力量如此强大，以至可以将审美、纯洁、诗意的东西作为点缀世俗的资源。在世俗思维、势力处于统治地位的生存法则面前，一个仍然保持诗意的处世态度的人犹如一个年迈的老妇人还扎着蝴蝶结那样被人讥笑。

是什么样的人，以怎样的机缘才可以返回童心，唤醒沉睡的审美意识，从而走进诗意的人生呢？

大多数的人都会沉迷、滞留在世俗、科学的世界而无法提升自己，从而使那本有的赤子诗心衰竭了。只有极少数的人把诗意的种子深埋在自己的心底，在适当的时候萌芽破土，茁壮成长。这样的人有着常人不具的高洁、独立、自信和个性，即使科学、世俗的势力多么强大，都无法遏制他们用自己的眼睛观察、用自己的耳朵谛听、用自己的心智判断、用自己的意志行动的天性。他们具有鲜活灵动的心灵、卓尔不群的禀赋和高雅清纯的气质，能够发现常人视而不见、听而不闻、感而不觉的宇宙人生的唯美微妙。天地万物时时处处都有诗意，唯有那些具有诗心诗眼者可以独得自赏，这是上苍对他们的恩宠、眷顾和惠赐。

审美意识的觉醒，诗意之门的洞开，要借助于两种力量或机缘。一是外在的宇宙天地，二是内在的生命心灵。

我们所处的天地自然，本来就十分神奇，充满着诗情画意：大海潮汐，江河长流，高山兀立，大漠无际，日出日落，月圆月缺，花开花谢，鱼潜鸟翔，昼夜更替，冬去春来，白云飘飘，阴雨绵绵。这些共同构成了一个喧闹而有序的世界，蕴含着无穷的奥秘和神奇，时时会以变换不拘、多姿多彩的形象显现着自身的神秘和美，以等待着独特的眼睛去发现、欣赏，期盼着爱美的心灵来和鸣、共振。

生老病死这些生命的经历、蜕变，让人对人生的负面有了真切的体验，有心而灵动者自然会悟出向死而生的悲剧在世的生存处境，从而感悟并看破宇宙人生为空的本相。空，既是宇宙人生的实相，也是洞彻这一实相之后一种心灵悟空、浴火重生的境界。只有心空才能够物空，即看淡、看空与生命、人生无关的身外之物，进而摆脱自身肉体的拖累和世俗生活的羁绊，拥有真心、诗心，走进审美的境界。

由于经历、气质、禀赋的差异，人的审美意识觉醒的方式、路径各有不同，有早有迟，或顿或渐，有的偶然突然，呼啸而至，猝不及防；有的自自然然，水到渠成，积沙成塔。但有一点是相同的，那就是它不是一种短暂的、转瞬即逝的心理体验，而是一种持久的、伴随终生的人生态度和观念；它不是某个方面的、局部的改变，如听音乐、观日出等才进入的状态，而是一种整体性的、全局性的、根本性的洗心革面式的更新。生理的、世俗的、平凡的眼、耳、心，蜕变成了诗眼、诗耳和诗心，随着身心的改变，自己所处的原本日常平凡的世界也跟着改变了，普普通通的生活也随之发生了根本性的变化。一切都变得那么美好、崭新、神奇，一切都是那么如诗如画，若梦若幻。旧貌变新颜，柳暗花明又一村。

审美意识的觉醒，诗意的注入心中，使俗常的人变成了崭新的人，使普通的人成为神奇的人，从而由生理的、世俗的层面而升华到诗意的、审美的层面，进入了真正自由的世界。

二、"只有当人游戏的时候，他才完全是人"：游戏人生

一说游戏人生，可能会引起人们的误解，认为这是一种很不认真、很不负责的人生态度，与玩世不恭相近。其实，游戏人生，是以游戏的心态来对待和完成自己的人生，而游戏，不是玩物丧志的不务正业，而是一种极高的、常人无法理解更无法到达的人生境界。这正如席勒所言："只有当人充分是人的时候，他才游戏；只有当人游戏的时候，他才完全是人。"（《审美教育书简》）

游戏与儿童、童年密不可分，儿童就生活在游戏的世界里，而童年则是游戏的摇篮。成年人与儿童交往、交流时，大多是以游戏的方式，并在思维、行为、语言乃至口气上都要模仿乃至回到儿童的状态。每个人在童年时都玩过游戏，都进入、体验过游戏的世界和状态。一进入成年，人就被学业、工作、婚姻、生儿育女等这些所谓的大事、正事所主导和覆盖了，自由而快乐的游戏，不仅被挤到了一个可怜的角落，而且在正人君子的眼中与旁门左道、游手好闲相等同。即使偶尔为之，如打牌、下棋、玩球，也仅仅作为一种业余的兴趣、爱好以打发、消磨闲暇的时光。只有那些审美意识觉醒、进入诗意人生状态的人，才会一直保持游戏的心态和童心，并把它作为一种人生的观念和态度，贯穿、体现、辐射在生命的始终和各个方面。

游戏人生的态度虽然与儿童的游戏状态有着本质的不同，但核心的内涵是大致相近的，那就是无功利、无目的，如果非要说功利和目的的话，那就是快乐、好玩。正因如此，它注重的就不再是结果而是过程，这就像

捉迷藏，尽管捉与被捉那一个短暂的瞬间会给当事人以极大的快感和情感的释放，但更重要的是藏与找、捉与躲的紧张、好奇、揣度、想象、失望、惊喜等那样一个斗智斗勇、身心历险的过程。明明知道那不过是游戏，是闹着玩的，但大家却都非常投入，并认真地扮好自己的角色。游戏人生，就是成年人，尤其是那些审美意识觉醒、心中充满诗意的人还童心未泯地把这种不计后果、享受过程、真诚地投入和参与的游戏精神贯穿、拓展到人生的各个方面。

生死事大，这是中国的传统的文化观念，因而国人十分注重人的葬礼，必须用非常隆重的仪式、群体的哀痛来悼念和送别。而庄子则一反旧俗，在自己妻子的葬礼上，不仅没有悲伤痛哭，反而鼓盆而歌。当别人指责、质疑时，他做出了这样的解释："是其始死也，我独何能无概（慨）然！察其始而本无生，非徒无生也而本无形，非徒无形也而本无气。杂乎芒芴之间，变而有气，气变而有形，形变而有生，今又变而之死，是相与为春秋冬夏四时行也。人且偃然寝于巨室，而我噭噭然随而哭之，自以为不通乎命，故止也。"（《庄子·至乐》）庄子还借子来之口这样说道："夫大块载我以形，劳我以生，佚我以老，息我以死。故善我生者，乃所以善我死也。"（《庄子·大宗师》）庄子不愧是一个得道、践道的达人、真人，连死都可以如此平心静气、从容洒脱地对待，是真正地以游戏的眼光和心态来面对生死。是的，生死不过是大化循环的一个过程、一个程序，它是自自然然的。作为一个人，最好的态度就是不要违逆，而是顺应，活着的时候就快快乐乐地过好每一天，死亡到来时也不要留恋、牵挂和悲伤，洒脱地纵浪大化之中，无忧无虑，不喜不惧。只要每一天、每一刻都活得很开心、很惬意，死也就没有什么可遗憾的了。

把人生当作游戏并尽力去享受过程的态度还体现在各个方面。比如一个人为了在事业上更上一层楼，为自己设计了一个更高的目标，如大学毕业后还要考研，这本来是一件极为枯燥和痛苦的事情，但假如你用游戏的态度来对待就完全不一样了。你会发现，原来背英语单词，阅读大量的参考资料，反反复复地做往年的考研真题，这些成了你生活中不可分割的组成部分，从而使你明白了，这种看似乏味、刻苦的学习也是有意义并能充实自己的生命的，进而也可以放平心态，顺利考上达到目的了也不狂不喜，名落孙山希望落空了也同样无忧无虑。如苏轼所吟咏的那样："回首向来萧瑟处，归去，也无风雨也无晴！"（《定风波·莫听穿林打叶声》）

追求过程的意义犹如旅游，不只是坐飞机或火车快速地到达目的地，到风景区走马观花式地观光一下再原路返回，然后再拿出来照片向人们展览和夸耀自己曾到此一游；而是可以选择另外截然不同的出游的方式和理念：旅游不只是始于到达目的地的那一时刻，而是从走出家门甚至在头一天筹备的时候就已经开始了。在往返的途中，就专注地、不停地欣赏窗外的地貌、植被、炊烟、动物、云霞、雨丝、禾苗、河流、房屋，以及人的各个不同的面容、神情、姿态。这样一来，你旅游出行的感受、收获就不是一个点，而是拓展为两条线。当然，如果你变换一下出行的方式，如骑自行车或干脆徒步，那么你的旅游就进而变成了由不同的散点构成的面。你可以让你的节奏、速度慢下来，甚至还可以在你感兴趣的地方停下来驻足欣赏、把玩、回味，流连忘返，这样你的所感所得就变得丰富多彩、多层立体了。这不由使我们联想到阿尔卑斯山上路边的牌子上写的非常有名的那句话："慢慢走，欣赏啊！"当然，它的有名，不仅在于提醒我们用审美、诗意的眼光和心态来欣赏自然风景，还在于启示我们要以同样的态度来看人生，因为人生就是一次精神的漫游。

游戏人生还表现在始终以乐观的态度来面对人生，把悲剧当作喜剧来演。人生就是一场悲剧：出生是偶然、被动地被抛在世，人生展开过程中对自己未来的美好想象、对甜美爱情的渴求、对财富的向往、对荣誉的追逐等，在冰冷和残酷的现实面前都会被撞得像肥皂泡一样一一破碎，空留下无尽的烦恼和遗憾，而自己也在时光的流失和逼迫下一步步地变老变丑，最后无可奈何地走向死亡的不归之路，所以尼采说："每一个人都是失败者。"但以游戏的态度来对待人生的人，则使人生的走向发生改变，并赋予全新的内涵。对待无法承受的人生之重，他们往往会举重若轻，删繁就简，把担在自己肩上的重负放下来，轻装行进。其实，虽然许多负担、烦恼、痛苦是他人、社会等外力加上去的，但更多的则是自己跟自己较劲，自己给自己加重压、添烦恼、找麻烦，正所谓"世上本无事，庸人自扰之。"（《新唐书·陆象先传》）一个人如果看破世态人情的虚幻不实，就会把那些附着于人生的虚饰浮华如灰尘一样轻轻地抖掉，从而以一种轻松、平静、安宁、乐观的心态来应对人生的艰难苦厄。

　　游戏人生，但人生却不是游戏，更不是儿戏，是很严肃甚至很严峻的。在社会资源越来越稀缺、生存竞争日益激烈、道德沦丧而潜规则盛行等的处境下，如何既可以处于强者地位，同时又能够以一种游戏、诗意的姿态来享受人生呢？我的一个经验就是前置异化，或者说就是主动地提前异化自己。一个客观而又残酷的现实是：无论如何，一个人只要降临并生活在这个世界，就面临着或迟或早地被异化，就是被先你或同你而在的社会、伦理、风俗、他人等所强行改造，让你从本真状态沉沦为毫无个性的常人、一般人。这是谁都无法逃避的遭际，是每个人的宿命。既然在劫难逃，何不迎头赶上？也就是说，反正早晚都要被异化，何不提前和主动异化？反正都要经历阵痛，最好不要钝刀割肉。晚痛不如早痛，长痛不如短痛，被动不如主动，别人动手不如自己动手。异化不就是使人变成物、变成工具、变成他者、变成非人吗？那么现在好了，我先主动地在短时间内就先行地成为物、工具、他者和非人，然后再回归为真正的人、自由的人、游戏的人，把后半辈子要吃的苦、受的罪我都先吃了、先受了，剩下的不就是甜和福了吗？以时间换空间，以时间换时间。比如一个以学问为生的人，如果集中精力把学士、硕士、博士的学位都攻读下来，把讲师、副教授、教授等的职称都尽量早地晋升上去，这样既使自己在生命的早期就达到了一个人生的至高点，也使自己拥有了闲暇的时间和从容的生活状态，你就可以慢慢地、从容地去享受、品味人生的轻松、美好和快乐了。反之，如果你是被环境所迫而被动地、勉强地去做这些事，就多了许多的难堪、痛苦甚至屈辱，即使你再超然、清高，但作为一个社会人，在沉重的生存压力的纠缠中，谁也洒脱、快乐不起来。有些人虽然也表现得轻松、潇洒，但是否恰好是以此来掩饰自己的无奈、难堪和苦中作乐？况且，在你主动异化的过程中，因为是主动、积极、清醒的，就像你是主动跳水而不是被人推下水的一样，是否还能享受这冒险、冲关的刺激和快乐呢？这样，苦也就转化成了甜，异化也正是走向本真。

游戏人生作为一种审美的人生态度，虽然体现在人生的各个方面，但人们也不妨学会一两种专门的游戏，可以根据自己的情趣和特长，选择如篮球、乒乓球、象棋、围棋、书法、二胡、钢琴、太极拳等作为自己养生、愉性的爱好，这样既活动了筋骨，在行走、呼吸、心跳、流汗中宣泄了生命，同时也愉悦、养护了性情，使自己在眼、耳、口、手、心的互相合作、运动中得到了快乐，心灵得到了安放，情感有了寄托，从而进入了无功利、无目的、自愉愉人的生命状态。作为一种习惯、定式，这也会自然渗透到人生的方方面面。孔子曰："游于艺"（《论语·述而》），说的也就是人在技艺的习得和施展中进入从容、自如的自由状态，使自我从异化、奴役感中解脱出来，成为一个真正的人，一个为自己而活、活动本身发之于身心又归之于身心的人。

游戏渗入并改变人生和生命，人生和生命转换、生成为游戏，其中的关键还是审美意识的觉醒和诗意境界的抵达，如果没有觉醒的审美意识和浸透诗意的心灵，即使身在游戏之中也不会体验到什么乐趣。因为人们会像对待生意那样对待游戏，患得患失地计较着成本、得失、输赢、荣辱、苦乐，斤斤计较着他人对自己的认识和评价。心灵改变了人生，诗意美化着生命。

三、"结庐在人境"：凡俗即美

车尔尼雪夫斯基认为，"美是生活。任何事物，凡是我们在那里面看得见依照我们的理解应当如此的生活，那就是美的；任何东西，凡是显示出生活或使我们想起生活的，那就是美的"[①]。也就是说，日常生活中就存在着诗意和美好。不过，这要看对什么人。对一般人来说，日常生活是

---

① ［俄］车尔尼雪夫斯基：《艺术与现实的审美关系》，周扬译，人民文学出版社 1979 年版，第 6 页。

枯燥乏味的，充满着痛苦和烦恼；只有那些进入诗意世界、审美意识觉醒的人，日常生活才处处充满着美和诗意。陶渊明在《饮酒其五》中这样写道："结庐在人境，而无车马喧。问君何能尔？心远地自偏。"是啊，一个人之所以能够闹中取静，在于心灵远离并过滤掉了世俗的喧哗；同样，一个人在日常凡俗中可以体味到诗意美好，在于拥有充满诗意的心灵和眼睛。诗心、诗眼可以把生活中的杂质、琐屑、灰暗的东西加以提纯、净化和转换，有着点石成金的神奇。

日常生活弥漫、充塞着一个人人生的方方面面、点点滴滴，存在、纠缠在各种各样的关系之网中，也流淌、绵延在时间的长河与瞬息。或梦或觉，或醉或醒，行住坐卧，吃穿住行，生生死死，爱恨情仇，一切的一切，都包含在日常生活之中。

人与人的关系是日常生活的重要方面。在许多人看来，人与人是最难相处的，是烦恼产生的重要根源。萨特说："他人即地狱。"（《间隔》）也就是说，每个人都是走近他的人甚至亲人的陷阱和噩梦。释迦牟尼总结的人生八苦有两种都是产生在人际间的，即"爱别离"和"怨憎会"。也就是说，你爱的人和爱你的人，你却无法长相厮守，不得不两地相分甚至阴阳两隔；而你厌恶、怨恨的人，却又不得不相遇相处，甚至还要笑脸相迎。美国社会学家霍曼斯更是认为，人类的一切社会活动都可归结为一种交换，因而人们在社会交往中所结成的关系也就必然是一种交换关系，当然不会有诗意可言。

不过，如果处理得好，功利的、烦恼的人际关系同样会充满诗意。这首先就要对不同关系的性质、类型有一个清醒的认识，并在此基础上采取相应各异的策略和方法。简单地说，物质的、功利的关系，就按照物质的、功利的规则来定位和处理，如商务、政界的交往，彼此之间大都是以共同的利益为纽带的，那就要本着诚信、互惠的准则来对待对方，只要理性、善意、公平即可，不必付出太多的情感，当然也不必渴求真情的回报，否则会失落、沮丧，为情所累。而那些以真情、纯情为纽带的，就一定要使用和付出自己的真心、诚意和纯情，而万万不能将资源置换。如果你爱上一个女人，你就应该用你的人格魅力、青春激情和精诚之心来吸引、打动和征服她，千万不要只是用你的房子、车子、钻戒、金钱、权力等身外之物来诱惑、威逼她，因为一个爱上你的钱包和权势的女人是不会以整个身心和全部的热情来爱你的，她只会以阳奉阴违的唇舌、美色、肉体来与你进行交易；你花费自己的血汗钱培养孩子上大学、读研究生，是希望他在社会上能够走上高端的岗位，实现他自己的人生价值，而不是让他给你挣大钱、养老或者出人头地、光宗耀祖来满足你的虚荣心；你千里迢迢去看一位朋友，只是因为你思念他，想和他在一起回忆往事、倾心交谈，而不是在分手时突然说要借几万块钱。这样，才是把自己和对方都当作了真正的人和真正的人与人之间的关系，而不是置换为人与物或物与物的关系。这样的关系虽然不能给彼此带来实际的利益，却给人心以慰藉，让人实实在在地感受到人性的美好和人情的温馨。不过，在日常的实际交往中保持诗意是很难的，因为你能保证你自己是无功利的，因而是诗意、审美的，但却无法保证与你交往的人也具有同样的心态和境界。假如你拥有一定的物质、社会资源时，别人会以经过掩饰和化妆过的友情、爱情甚至亲情来骗取你的信任以获取资源，从而在悄悄中把情感、精神资源置换为物质、权力资源。比如一个将身心交付给你的美女，会不经意间要求你帮她的弟弟找个工作，你对父母的百依百顺不过是想贪图他们百年之后的遗产。这样一来，本来美好的诗意就会经受不住世俗功利的纠缠、围困、腐蚀而慢慢地变质变味、扭曲变形了。

人的日常生活是在时间中展开的，而占据我们一天二十四小时、一年十二个月、一生几十年的，无非是两项内容，即工作和生活。前者忙碌辛苦，后者枯燥琐碎；前者是做工、务农、经商、从政、教学这些具体的劳作，后者则是吃、穿、住、行这些维持生命的基本活动；前者是用生命、技能、血汗来换取生活资料，后者则是消费这些用生命换来的物质资料来维持和延续生命。这种生存模式所构成的没完没了的生命循环是如此的枯燥、单调和无聊，乃至一个生命就这样慢慢变老甚至死去，这样的人生当然毫无诗意。但在具有审美意识的人那里，一切都不一样了，平平淡淡的生活都注入了神奇的光彩，赋予了崭新的诗意。

首先，在宏观上规划、设置好工作和生活在时间和精力上的比例，让其相互协调而不是矛盾冲突。在一生或一天之中，在保质保量的前提下，尽量把工作也就是用来维护自己生命的时间缩短或提前，然后自然就可以腾出较多的闲暇时间留给自己，这样用生命来换取生活资源的时间就会大大地减少，而完全属于自己的时间就自然增加了。比如十个小时的工作你七个小时就干完了，那么等于你无形中多出了三个小时的自由。这也就像吃甘蔗一样，你先把梢尖的那一部分不能吃的砍掉了，接下来的两端不太甜的部分先吃了，剩下的中间部分就会越吃越甜；这样即使当初你吃着不太甜的那一部分而想到下边等待你的是甜的，你就会忽然产生一种美好的错觉，好像现在吃的也变得越来越甜了。同样人生也是这样，当忍着性子与客户进行乏味的商务谈判时，或者当你坐在会场听一场千篇一律的报告时，想到随之而来的与恋人的亲密约会或与家人共进晚餐，是否会突然产生一种轻松、快乐，甚至是幸福之感呢？

其次，要在工作、生活的平凡、琐碎甚至枯燥中发现、感受和品味诗意和美好。不要认为月底领工资的时候才快乐，而挣工资的那一个月的辛苦劳作都是在受折磨。其实，工作着本身就是快乐和美好的，这一点也许只有在你失去之后才会真切地感受到。一个退休老教师突然明白，原先站在讲台上的那些普通平凡、日复一日地授课，是那样的温馨亲切、值得反复回味；一个退伍的士兵，常常会津津乐道昔日在训练场上的流血流汗和战场上的生死拼杀。失去的才是美好的，一般人很难去珍视现在正在拥有的一切。当一个人意识到他当下的工作不仅仅只是为了自己的收入和生活，而是对他人有着不可或缺的意义，是这个世界正常运转的一个必要环节，同时也是自己生命的重要组成部分，这样他所有的身心劳累和厌倦都会烟消云散，转化为怡然自得的快乐。还有就是，人生中往往是那些让你痛让你苦的经历、磨砺，反过来会激起你的眷恋和珍惜。辣椒辣得人喷然有声，但人反而会嗜辣如命；抽烟会呛得人眼泪直流、咳嗽不止，但有的人宁愿不吃饭也必须先抽上一支烟。而工作、谋生的不易，才会给人带来一种成就感，一种征服艰险、克服困难之后的自信自强。学会享受工作及其给人带来的好心情，而不是把它当作一种负担，这是具有诗心的人和一般人的区别。

看似凡常乏味的吃、穿、住、行，同样蕴含着诗情画意，只是看你怎样看它，用怎样的心感受它。比如洗澡是为了清洁自己，但你完全可以享受整个过程，因为其中的每一个细节、程序都是非常美好的。你脱掉衣服，让紧裹的身体裸露、放松、解放、自由，清洁、温和的水流喷洒在头发、手指、皮肤上，每个毛孔都张开来被点点滴滴地滋润，你的天体通过流水、空气、光亮而与大自然进行着神奇的交流和交融，你的心也像是被清水浸润、冲洗过一样变得纯洁而明净。同样，我们日复一日、年复一年、重复千万次的吃饭、饮水，并不仅仅是为了解渴充饥、吸收营养、新陈代谢，那其实都是一种不可重复的生命仪式和经历。同样是那只茶杯沏的茶水，但那水已经不是昨日的水，茶也不是昨日的茶，现在的喝茶人也不是刚才的喝茶人，因而你这一次看似平平凡凡的喝茶，其实是你生命中唯一的、不可重复替代的一次，与上一次和下一次都不一样，因而你应该像第一次或最后一次那样来喝这一杯，乃至这一口平凡普通的茶，因为它连接着日月星辰、山川河流，你喝茶实际上是在与天地的一次往还。

生活是我的生活，日常是我的日常，我是日常生活的感受者、亲历者和承载者。而我，一个具体的、活生生的生命个体所必须经历的宿命——生老病死，则把人带入了尴尬和悲惨的境地，当然也就消解了日常生活的诗意。谁会认为病中痛苦的呻吟和衰老中的步履蹒跚会有诗意呢？假如他的心智还正常的话。

其实不然。这要看你怎么看和怎么想，更重要的还在于你是一个怎样的人。生，对一个个体生命而言，不仅偶然，有时还十分荒唐。或许源于父母一时的心血来潮、一次避孕的失败，当然还可以追溯到父母的美满爱情或者恰恰相反是错误的婚姻。但在进入审美境界的人看来，这些都不是问题，而是认为一个人降临世间，托生为人，这就是上帝的恩宠、最大的幸运，是千万年的修行、几番轮回才得到的福分，因而无论美丑、尊卑、贵贱、富贫、贤与不肖，都要倍加珍惜，过好活着的每时每刻，感恩着上苍赐予的每顿饭、每件衣、每滴水。生病，带给人的不仅仅是痛苦、沮丧、绝望这些负面的体验，完全可以反过来把它当作试验、磨砺我们的一个环节，是上帝精心设计、安排的让我们从繁忙、紧张、竞争中心安理得地放松、调整自己的机会，我们借此可以放慢生活、工作、生命的节奏，让体能、四肢、脏器、大脑得以恢复、维护和保养。比如拉肚子了，你就把它当成给肠子洗澡，给身体进行一次免费的排毒；比如发烧了，你也不必大惊小怪，因为它在用特殊的方法给你消毒灭菌，并训练和增强你的免疫力和抵抗力。衰老，不一定等于丑陋不堪，它同时还会给人一种成熟、安详之美，让人卸下人生的重负，进入一种悠闲、安逸的状态，臻于从心所欲不逾矩的境界，安享晚年，儿孙绕膝，天伦之乐融融。像老了的蚕那样通体透明，内藏锦绣；如斜阳晚照，满目青山夕照明。当死神降临之时，也不要有什么惧怕，因为那是每个人别无选择的最后的归宿，纵浪大化，不喜不惧，将空间和资源留给后人，像安然入眠那样平静地进入永恒的世界。

行住坐卧，动静语默，只要有诗心的烛照，则目接而有画意，耳听而成乐音，生活、心灵、生命就会被诗情、诗韵所浸润，在那些日常凡俗之中就能体会、品味、享受诗意的纯美、愉悦。当然，诗意不仅仅只是喜和乐，也有伤和悲，是感时花溅泪、恨别鸟惊心的那种伤与悲，不过这是智慧的烦恼，是美丽的忧伤。

第二节　诗道合一之诗人与道性自然的合一

天人合一是中国人尤其是中国的文人雅士的道德、审美理想和精神境界，是作为一种灵魂的皈依而终生眷恋、追求不已的。而其内蕴除了前几章所论的人类与自然的合一、圣人与道的合一，还有我们这里要言说一个重要层面，那就是诗人和宇宙天地、自然万物、道体等的合一，建立起一个人与天地互融一体的诗意空间，从而进入一个审美的生命境界。天人合一只有从这三个层面上解读，才是完整的。

这一理念和层面的天人合一，人是诗人，是一个诗化的主体，他有着常人不具的诗眼、诗心和诗才。这里的天，是自然、生活和道的统一体，道在无情无欲的自然中灌注，因而自然、生活不再是世俗的样态，而演变成了自然和人文的风景。诗人与自然道体的合一，既表现在日常生活中在在处处、时时刻刻以移情的方式与天地大道交融、往还的妙境，也体现在以诗文建造了一个第二自然：那种情景交融的意境，那种用心灵和情感熔铸的诗意之家，成了自我同时也是同代后人的心灵皈依的精神家园。

一、"斯人何人"：诗化的主体

虽然如前所述，诗不是诗人的专利，每个人的心中眼里或多或少都会有诗情诗意，但是造化似乎特别眷顾那些具有灵秀之气的人。那些名副其实、当之无愧的诗人，上苍往往赋予他们以不凡的眼睛，能见常人所未见；赐给他们以不俗的耳朵，听一般人所未听；还惠赠他们以特殊的心灵，能够感他人所未感，想他人所未想；当然更让他们拥有世人所不具的神奇的表达异秉，好像神灵附体一般，能言人所不能言、写人所不能写。也就是说，与一般人相比，诗人具有常人不具的诗眼、诗心和诗才。

王国维曾以"政治家之眼"为参照专门提出"诗人之眼"："政治家之眼，域于一人一事，诗人之眼，则通古今而观之。词人观物，须用诗人之眼，不可用政治家之眼。"（《人间词话未刊稿》三九）后来他又进一步以"常人境界"来凸显"诗人境界"："有诗人之境界，有常人之境界。诗人之境界，惟诗人能感之而能写之，故读其诗者亦高举远慕，有遗世之意。"（《人间词话·附录》一六）王国维又这样写道："纳兰容若以自然之眼观物，以自然之舌言情。此由初入中原，未染汉人风气，故能真切如此。北宋以来，一人而已。"（《人间词话》五十二）这里王国维以纳兰容若为例而提出的诗人之眼，显然是未被所谓僵死的礼教文化所桎梏的与大自然保持着敏感、灵动关系的那样的眼睛，能够在风花雪月的自然和吃穿住行的日常俗世中发现诗之美、道之真。

　　诗人所独具的心理结构、审美趣味、价值取向都迥异于常人，与常人同在一个地球，但却不是生活在同一个世界，生活在用想象、梦幻构建的一个神奇的世界里。这样的一个世界，在世俗的人眼中是怪异的、另类的，甚至是疯狂的。诗人也似乎对人事俗务不屑一顾，注重的只是自我的心灵以及可以寄托和外化心灵情感的自然风景。

　　走进诗人的世界和内心是非常困难的，它是那样的空灵、神秘、飘忽不定，神龙见首不见尾，有着一种灵动、飘逸、超然的美。在诗人的眼中心里，世界是混融互渗的，各种感觉也是交融在一起的，联想、想象、通感、移情等这些作为心理学、修辞学的专业术语，在诗人那里是实实在在、可触可感的心理现象。他们可以用耳朵观色，能够用眼睛倾听和悲喜，还可以让心灵插上翅膀、生出眼睛、长上耳朵，从而可以穿越时空，进入另外的世界："寂然凝虑，思接千载；悄焉动容，视通万里；吟咏之间，吐纳珠玉之声；眉睫之前，卷舒风云之色"（刘勰《文心雕龙·神思》），"观古今于须臾，抚四海于一瞬。"（陆机《文赋》）

　　诗人之所以为诗人，不仅有着常人不具的诗心诗情，还有着一般人所没有的融物于心的境界，以及将这境界诉诸文字的能力。王国维这样写道："一切境界，无不为诗人设，世无诗人，即无此种境界。夫境界之呈于吾心而见于外物者，皆须臾之物，镌诸不朽之文字，使读者自得之。"（《人间词话附录》一六）在诗意沦丧，一切都被世俗、功利、欲望占据和吞没的时代，诗人用他的心灵、智慧和情感给我们构建了一个诗意盎然的世界："在诗人的赋诗与思想家的运思中，总是留有广大的世界空间，在这里，每一事物：一棵树，一所房屋，一座山，一声鸟鸣都显现出千姿百态，不同凡响"①。在我们失去家园，成为无家可归的浪子的时候，诗人用诗给我们建造了精神情感的家园，并使自己成了家的守护神："存在在思想中达乎语言。语言是存在之家。人居住在语言的寓所中，思想者和诗

_____

① ［德］海德格尔：《形而上学导论》，熊伟、王庆节译，商务印书馆2007年版，第27页。

人乃是这个寓所的看护者"①。

诗有什么用？这是我们常常追问的一个话题，尤其是在这个重实用、讲功利的国度和时代。如果从世俗的眼光看，诗确实没有用，它不能给我们渴求的财富和荣誉，还会给人留下笑柄。但它又有大用，用康德的话来说是无目的的合目的性。它可以给你的心灵打开另一扇窗，把你带入一个崭新的世界，使你的生命、心灵都获得洗礼和更新。当你读诗、写诗的时候，当你用诗的眼睛来观照这个世界的时候，当你的心灵沉浸在浓浓的诗意之中的时候，你就迈入了诗情画意的空间，生命、心灵都被诗化了，自己也好像变成了一首诗：人不再只是一个被束缚的人，而成了自由自在的人，成了一个真正的人。诗让女孩子长发柔顺飘逸、皮肤红晕白皙，诗会使老人返老还童、鹤发童颜、敏捷矫健，诗使愚者智慧、迂者浪漫、务实者充满幻想，诗给平凡增添了神奇，使单调变得丰富多彩，使灰暗变得阳光明媚、光辉灿烂。

二、"一切景语皆情语"：诗化的对象

在这里，天人合一的人是诗人，而这里的天又是怎样的天呢？前述的天人合一的两种类型中，天其中之一的意蕴是自然，其二的意思是道，而这里的天则为前二者的整合，即自然与道的融合。也就是说，诗人所要与之合一的那个天，既不是纯粹的自然，也不是纯粹的道，而是二者的有机结合，是以道为基础的自然，或者是蕴含着自然的道，不妨名之为道性自然。

常人身处其中的、日常生活所遇见的自然就是自然本身，这样的自然是实用的，是人自身的生存所必需的，因而人们只考虑天的实用价值和它具体的存在，如空气是人赖以呼吸的，水是用来饮用的，土地是用来生产粮食的，养羊养猪是用来吃肉的。而诗人就有所不同，虽然他也像常人一样要呼吸空气、饮用清水，也要吃饭穿衣，但他的眼光和心灵要越过自然

① ［德］海德格尔：《路标》，孙周兴译，商务印书馆 2011 年版，第 366 页。

的实用性和个体性，而在整体性、本质性的层面上对自然进行沉思和叩问。比如那给人带来光明和温暖的太阳，诗人还要冥思苦想它白天悬在高空，而夜晚它又去了哪里？是不是有一天早晨太阳可能突然不再从东方升起？而没有太阳的日子里人们又要靠什么光热来存活？会飞的鸟儿还会寻找、依恋并报答它的爹娘吗？这一阵吹过的风到了哪里才会停下它奔跑的脚步？天空中棉絮一样散开的白云什么时候才可以重新聚在一起？这些看似无用甚至让人发笑的玄思和追问，实际上是大有深意在，这不仅是人与动物的区别，也映射出诗人和常人的差异。那就是，诗人眼中、心里的自然，不再只是表象化的碎片化的存在，而是神秘而奇异的道体的个性化的显现，就像是人的眼睛可以映射出人的灵魂一样，一滴水可以折射出道的音讯，就如禅语所言"一花一世界，一叶一如来"。

柏拉图认为，我们日常生活所触所见的天地万物、一花一草，并不是真实的存在，它们都不过是对理式的模仿，是理式的派生物，是理式的影子。柏拉图认为，理式才是本质的、有终极价值的存在，而具体的事物则不过是偶然的存在，是生生灭灭的，当然也是可有可无的。而背依中华文化血脉的圣者的观念，与柏拉图有着某种惊人的相似性，也就是认为万事万物的背后都有着一个第一存在的道。偶然的、特殊的、个别的存在要皈依和服从那个最高的道，为了了解、得到那个最高的道，那些零零碎碎的个体化的存在完全可以忽略，甚至可以牺牲。道学家的"存天理，灭人欲""饿死事小，失节事大"，禅宗的"得月忘指"，道家的"得鱼忘筌"等，都是这一思维方式、价值取向的具体体现和文化积淀。而诗人与圣人对待天的观念完全不同，他们认为，道、宇宙人生的真谛，就在具体、个别的事物之中，离开具体的事物，道也就不存在，因而在他们的心目中，时时刻刻、在在处处、事事物物、林林总总，都是道，都是诗。诗不离道，道不离诗；道即诗，诗即道；天地万物即诗即道，正所谓"一枝一叶总关情"。（郑板桥《潍县署中画竹呈年伯包大中丞括》）

故而进入诗人视野的一草一木、一山一水、叶落花谢、鸟飞鱼游，都是道的流布散播，也都是诗的流光溢彩。在诗人那里，天始终是充满诗情画意的天，地是灌注着大道的地，天地间每一物都是美的极致，也都是善的巅峰，因而在诗人的眼里心中，道、诗、自然万物、诗心是四位一体的，本来就是合一的。

三、"相看两不厌"：诗性空间的情景交融

圣人与道的合一通过诚，诚虽然也含有情感因素，但主要属于理性和理智。而诗人和道之自然或自然之道的合一虽然也需要理性，但主要是情感。换句话说，诗人与道之自然或自然之道的合一主要是诗人的多情、专情、痴情、移情，所谓精诚所至，金石为开。

天地本无心，我为天地立个心，这就是圣人。自然本无情，我赋自然以情，将我的情移到天地自然之中，这就是诗人。道之自然或自然之道的天，无知无欲，是不会与人甚至多情的诗人主动合一的，所谓天人合一，也只是诗人与道之自然或自然之道的天的合一。诗人是主体，是主动的，而天是客体，是被动的。诗人与天的合一以及怎样合一，这里先从审美移情说起。

所谓移情，指的是人面对天地万物时，把自己的情感投射外移到天地万物之上，觉得天地万物也与自己一样感同身受，正所谓"感时花溅泪，恨别鸟惊心"（杜甫《春望》）。将移情说提升到系统化、体系化高度的是德国美学家里普斯。他认为，审美移情作为一种审美体验，其本质是审美主体把自我的情感移入到客观物象之上，从而在对象物的欣赏中感受到审美愉悦。而审美移情的基本特征是主客交融、物我双泯、心物浑然，从而审美主体抵达自由的诗意空间和愉悦的审美境界。

在这里我们不妨以王国维的论述进一步感受一下审美移情的具体体现和形态。王国维在《人间词话》中提到了"有我之境"和"无我之境"，这本来是说词的境界的，我们不妨移用过来说诗人，诗人的诗心、诗情和审美移情。

关于"有我之境"，王国维是这样解释的，"以我观物，故物皆著我之色彩"，并以冯延巳的《鹊踏枝》词句"泪眼问花花不语，乱红飞过秋千

去"和秦观的《踏莎行》词句"可堪孤馆闭春寒，杜鹃声里斜阳暮"为例。（《人间词话》三）从心理学的角度看，王国维所谓的"有我之境"，就是将自我的主观情感外移、投射到客观的外物上去，使本来没有情感、灵魂的山石、草木、江河、日月等都有了生命、个性和情感，正所谓"一切景语皆情语"。对应到文学表达上，大多采用拟人的修辞手法，把无生、无欲、无情的物比拟为人，以只有人才独具的心理、情感和行为来状写外物。但从深层而言，它不仅只是文学的一种表达方法，而更是诗人或者说具有诗心的人所特有的思维和审美特征，即认为天地万物与人一样，也是有生命、情感和灵魂的，在内心深处就把物当作人，甚至当作自己，因而观物即观人也是观自己，写物即写人也是写自己，是现实中的自己与想象中的另一个自己的对话和倾诉，而且是可以互相理解、欣赏和交心的。正如李白所吟咏的那样："举杯邀明月，对影成三人。"（《月下独酌》）而其诗句"相看两不厌，只有敬亭山"（《独坐敬亭山》）则是把山当作自我的一面镜子，相互映照，彼此慰藉。《红楼梦》中贾宝玉、林黛玉、薛宝钗、史湘云等人菊花题诗，以《忆菊》《访菊》《对菊》《问菊》《菊影》《菊梦》等为题，把菊花当作一个可亲、可近、可爱、可访、可问、可梦的亲人和挚友，一个独立自存、丰富多彩的主体。这其中既闪耀着作者和人物的奇思妙想，更跃动着一颗纯净的童心和真挚的爱心。一种万物平等、万物有灵的认知、审美的观念和态度，把普通平凡的物质世界点化成了像人一样有着丰富复杂的心灵情感的神奇的世界。

"无我之境"，王国维是这样描述的，"无我之境，以物观物，故不知何者为我，何者为物"。其所举之例其一是陶渊明《饮酒其五》之"采菊东篱下，悠然见南山"，之二是元好问《颖亭留别》之"寒波澹澹起，白鸟悠悠下"。（《人间词话》三）以物观物，就是人将自我的愿望、情感、欲求等完全止歇、冰封起来，让自然万物呈现出自己原本的面目和状态，恢复物与物的自然、本真的关系。清风与春草絮语，蝴蝶同花朵亲吻，明月和湖水顾盼。或者相反，花自飘零水自流，病树前头万木春；无边落木萧萧下，不尽长江滚滚来。以物观物，也可以是观物者变成了物，不仅只是躲在物的背后、站在物的角度来观看他物，而且自己就把自己当作物，用物的眼睛来看另一物，用物的心灵情感来感受、体验另一物。把树叶当作自己的手来抚摸阳光的温热，把大海的水波作为自己的皮肤来体味寒风的侵袭，把星星当作自己的眼睛来窥视黑夜的秘密，从而观物者放弃了人之为人的妄自尊大，以物的谦和、低调来走进万物的世界，也以自己的童心、爱心、诗心使原本枯燥乏味的世界成为一个童话。

审美移情的样式，除了王国维所说的以我观物和以物观物之外，还可以引申为以物观人、以物观我，也就是说站在物的立场或者自己转化成物来反视人和自我。"相看两不厌，只有敬亭山。"（《独坐敬亭山》）"我见青山多妩媚，料青山、见我应如是。情与貌，略相似。"（辛弃疾《贺新郎》）这些诗句就是从山的角度看人，呈现出了山与人的相互往还和欣赏。山还是山，人还是人；同时人又变成了山，山也变成了人；人中有山，山中有人，以至不知何者为山，何者为人，山人凝为一体：人注入了山的凝重厚实，山也秉承了人的灵性情感。当人化身成物时，还能看到人所看不到的秘密：初升的月亮窥见了河边树荫下一对初恋情人难舍难分的缠绵和半推半就的羞涩；无边的沉沉黑夜见证并遮掩了一场杀人越货的罪恶；路旁的一棵大树发现了人性的秘密和虚伪：一个打扮入时、举止文雅的漂亮女人，左右前后看看没有人迹，就匆匆地将一袋垃圾扔进树丛；一个与迎面走来的熟人握手、问候并绽放出温和笑容的男人，在对方擦身而过之后，面孔又恢复了原来的冷漠和凶光；一个文质彬彬、道貌岸然、学者一样的中年男子，把迎面走来的一个美丽少女从头到脚看了个仔细，而那女孩却浑然不觉，但那男子眼中似乎要燃烧的欲火却被大树尽收眼底。当然，从动物的角度来看人，发现人原来是多么虚伪和残忍：一条在水中快乐游动的小鱼，被钓者用诱饵、钓钩钓上了岸，活生生地刮鳞剖腹，油炸水炖之后被端上餐桌。主人喝着酒吃着它，同时高谈阔论着人生和人道——在这条鱼的眼中心里，人简直与禽兽和魔鬼没有什么区别。

诗人与天合一的另一样态，不妨说说诗人心中常思和诗人诗中常写的意境。意境是诗人在生活特别是诗歌中追求的最高境界，也是自然之道或道之自然与诗心融合一体的美的极致形态。所谓意境，顾名思义，它是由意和境两个元素构成。所谓意，就是诗人所拥有和要表达的思想情感；所谓境，是诗人所向往、憧憬和追寻的由客观外物构成的境界。而意境即为诗人主观的理想、感情与客观的外物融合一体那样的审美化境界。其实，意与境是你中有我、我中有你，不可分割的，意乃以境为依托的意，境乃包含诗人之意的境，而意境一词则浓缩地表达了诗人和道之自然或自然之道合一的意蕴，是诗心与道美合一的最准确、美妙的阐释。

意境，在王国维的《人间词话》中也称为境界。他认为境界是文学艺术的最高理想和追求："词以境界为最上，有境界则自成高格，自有名句。"（《人间词话》其一）就此冯友兰论道："这是王国维美学的第一义，他是就词说的，但其意义不限于词。任何艺术作品如果不表达一个境界，那就不成其为艺术作品的上乘。"[①] 王国维所说的境界或意境的内涵是什么呢？其《人间词话》又曰："境非独谓景物也。喜怒哀乐，亦人心中之一境界。故能写真景物、真感情者，谓之有境界。否则谓之无境界。"（《人间词话》其六）就此冯友兰又这样阐述曰："这里所说的景就是一个艺术作品所写的那一部分自然，称之为景，是对情而言。对情而言则曰景，对意而言则曰境，这条是说一个艺术作品还要表达一种情感。意、境、情三者合而为一，浑然一体，这才成为一个完整的意境。"[②] 冯友兰就王国维之意境进一步论道："在一个艺术作品的意境中，意是艺术家的理想，在一个艺术作品的意境中占主导的地位。"[③] 而说到艺术家的理想，冯友兰是与柏拉图的理念并置的。他这样写道："一类事物的理念，就是这一类事物的最高标准，就是这一类事物之所以为这一类事物者。这一类事物有得于这个标准，才成为这一类的事物。但实际上没有完全合乎这个标准的，所以柏拉图认为，实际中的事物都是理念的不完全的摹本。艺术作品可以用各种不同的手段写出理念，所以叔本华说，如果自然看到艺术

---

① 冯友兰：《中国哲学史新编》下，人民出版社 1999 年版，第 546 页。
② 冯友兰：《中国哲学史新编》下，人民出版社 1999 年版，第 548 页。
③ 冯友兰：《中国哲学史新编》下，人民出版社 1999 年版，第 550 页。

作品会说，这正是我所要做而做不出的东西。这就是艺术家和艺术作品的意境。可以说艺术家的最高的理想是对于'理念'的直观的认识。"① 冯友兰这里所说的柏拉图之"理念"，又译作"理式"，虽然不能与道等同，但却是道的一个重要元素，是万物之所以为万物的那样的一种模式。因而王国维所谓意境，就是作者的理想即理式即道与自然之境或景浑融一体的那样的一种状态和境界，它是道体的诗化的、感性的、直观的、个别的显现。

说到意境的典范和高度，王国维这样写道："'明月照积雪'，'大江流日夜'，'中天悬明月'，'长河落日圆'，此种境界，可谓千古奇观。求之于词，唯纳兰容若塞上之作，如《长相思》之'夜深千帐灯'，《如梦令》之'万帐穹庐人醉，星影摇摇欲坠。'差近之。"（《人间词话》其五十一）这是因为作者高远的理想和雄阔的自然风景浑然为一的一个极致的呈示，是一般的诗心和诗才难以企及的，因而在文学艺术上能够抵达意境之高度的，只有那些有着伟大人格和出众才华的天才才能够实现。王国维这样写道："三代以下之诗人，无过于屈子、渊明、子美、子瞻者。此四子者，苟无文学之天才，其人格亦自足千古。故无高尚伟大之人格，而有高尚伟大之文学者，殆未之有也。"（《文学小言》其六）

行文至此，我愿引用李泽厚一段充满诗心和自然之道合一之悟的文字作结："'春且住，见说得天涯芳草无归路。'既然归已无路，那就停留、执着、眷恋在这情感中，并以此为'终极关怀'吧。这就是归路、归依、归宿。因为已经没有在此情感之外的'道体''心体'，Being 或上帝了。'木末芙蓉花，山中发红萼，涧户寂无人，纷纷开且落。'天心人心在此浑然一体，无由分辨，言断路绝，无可寻觅了。呈现在如此美妙的超时间的艺术中的神秘经验，既非思辨理性，又非生物情欲，仍然是某种理欲交融的审美境界，让这种审美情感去引领你'启真''储善'，去体认宇宙、自然的诸多秘密吧。"②

---

① 冯友兰：《中国哲学史新编》下，人民出版社 1999 年版，第 551 页。
② 李泽厚：《李泽厚哲学文存》下编，安徽文艺出版社 1999 年版，第 524 页。

第三节 诗之道和道之诗

诗与道的合一最终还是归结和体现在凝结着诗心和道心的诗文之中，而这又细分为两种类型，那就是诗之道和道之诗。

所谓诗之道，是指诗人情厚意浓、悟深思远，因而在自己的诗文中有意无意地流露出了对宇宙人生的思索和叩问，表达对天与地、生与死、今世与来生、此岸与彼岸等问题的终极关怀。一句话，言志抒怀的诗文触及了道的意蕴和本质，虽无意论道，但道尽在不言中，这就是诗之道。用歌德的话来说，这是属于通过特殊，自然而然地表现了一般。也就是说，本来只是书写自己的心灵情感，但因为我心即宇宙之心，我情即天地之情，因而我之心和我之情与天地自然之大心大情发生强烈的共振，因而天地大道之意也就自自然然地从中流溢出来了。

所谓道之诗，是指那些得道的圣者，无法用常态的语言形式把自己所悟之道表达出来，因而借用诗特有的象征、隐喻等方式和言有尽而意无穷的特征，以诗文的样式将道的奥秘、内蕴进行言说，并以此来启发、开导民众，将道的光辉照耀在常人的心田。在这里，圣者用意不在诗文而在道，道明、道言即可弃诗，所谓得意妄言、得意忘形者也。也就是说，道是内容、目的，诗不过只是形式、手段而已。用歌德的话说，那就是为了一般而寻找特殊。

从诗的角度来说，当然诗之道为上品；从道的角度来说，自然是道之诗乃佳作。不过，因为二者皆出自高尚的人格和伟大的胸襟，诗即道，道即诗，诗中有道，道中有诗，因而二者又是难比高下，不分轩轾的。可谓见仁见智，见道见诗。

一、"此中有真意，欲辩已忘言"：诗之道

诗人本为书写性情，但因心之大而悟之深，往往此情此景无意有意之

间与道体交融一体，因而感发宇宙人生之慨叹，传递并表现了道的奥秘和玄机。正因如此，所以很多诗人往往以"无题"而为自己的诗作题名，意为诗意玄深高妙，难以用一时一地、一人一事来命名，只能以无名胜有名、无声胜有声之法勉而为之。对此王国维深有心得："诗之《三百篇》、《十九首》，词之五代北宋，皆无题也。非无题也，诗词中之意，不能以题尽之也。自《花庵草堂》每调立题，并古人无题之词亦为之作题。如观一幅佳山水，而即曰此某山某河，可乎？诗有题而诗亡，词有题而词亡，然中材之士，鲜能知此而自振拔者矣。"（《人间词话》其五十五）

虽然天地不仁，无情无欲，无偏无私，乃至以万物为刍狗，但它还是以自己的形状、轨迹显露着神意，诗人可以观其相、察其迹而有感生悟。江河奔流不息，东流入海，绵绵延延，逝而不绝，启悟唤醒了多少梦中人。"逝者如斯夫！不舍昼夜。"（《论语·子罕》）孔子临川观流水而悟时光的一去不返、稍纵即逝，叹人生的短暂匆促、去日苦多。"我们不能两次踏入同一条河，它散又聚，合而又分。""踏进同一条河的人，不断遇到新的水流。"[1] 赫拉克利特对万物瞬息万变、今是昨非的慨叹，同样源于河水的启示。苏轼在《赤壁赋》中问道："客亦知夫水与月乎？"月悬在天，月有阴晴圆缺之变而又万古常照；水盈于地，水长流不息却又如如不动。地上水映天上月，天上月光清如水，水月相映，相融互含，给人无尽的遐思和启迪。灵动、慧颖如苏轼者当然会见微知著，由水月之性而悟人生，"逝者如斯，而未尝往也；盈虚者如彼，而卒莫消长也。盖将自其变者而观之，则天地曾不能以一瞬；自其不变者而观之，则物与我皆无尽也，而又何羡乎？且夫天地之间，物各有主。苟非吾之所有，虽一毫而莫取。惟江上之清风，与山间之明月，耳得之而为声，目遇之而成色，取之无禁，用之不竭，是造物者之无尽藏也，而吾与子之所共适"。由水月之悟而进入人生的自由、通达之境。

王维《山居秋暝》的著名诗句"明月松间照，清泉石上流"，并非自

---

[1] 北京大学哲学系外国哲学史教研室编译：《西方哲学原著选读》上卷，商务印书馆 1986 年版，第 23 页。

然的写真，乃是心灵感物而化的隐喻。松、石都是作者的自比，而明月照松，清泉润石，乃是诗人的心灵被大自然抚慰、洗礼、润泽后朗润、明澈状态的诗化写照。张若虚在《春江花月夜》中这样咏叹道："江天一色无纤尘，皎皎空中孤月轮。江畔何人初见月，江月何年初照人？人生代代无穷已，江月年年只相似。不知江月待何人，但见长江送流水。"个体置身于江月交织而成的自然画卷之中，既有面对万古长存的江月油然而生的人生苦短的感叹唏嘘，又进而产生了将渺小、短暂的自我纵身宇宙大化以获得生命永恒的憧憬和追求。陈子昂之《登幽州台歌》曰："前不见古人，后不见来者。念天地之悠悠，独怆然而涕下。"陈子昂登幽州台有感而发怀古伤今之忧思，在时间上追索古今，在空间上叩问天地，因而超越了此时此刻、此时此地、此情此景而与苍茫的宇宙、遥远的历史相往还呼应。"采菊东篱下，悠然见南山。山气日夕佳，飞鸟相与还。此中有真意，欲辩已忘言。"（陶渊明《饮酒其五》）"行到水穷处，坐看云起时。"（王维《终南别业》）陶渊明、王维从字里行间透露出其独特的生命体验：将自己的情感融入宇宙运动永恒无限的韵律中，意会到"万古长空"与"一朝风月"的等值性，体悟到主体生命与宇宙生命本体冥契浑融的化境，从而将个体生存的有限性融进了世界的无限性之中，达到了庄子所言的"天地与我并生，万物与我为一"（《庄子·齐物论》）的境界。王维、张若虚、陈子昂、陶渊明等在自己的诗文中所构建的雄阔宏大的意境，也恰是道的一种感性的诗化的呈现。以至于李泽厚这样论道："陶潜、王维之所以比寒山、拾得，比宋明理学家们的诗似乎更使人'闻道''悟禅'，就因为'本体'已融化在此情感中。此诗此情即是真如。"①

诗之道还体现在诗的母题上。所谓母题，就是诗、文学不同时代、不同地域都在吟咏书写的永恒的主题和题材，如爱情、母爱、故乡、童年等。在这里，我们侧重谈谈诗之母题之一回家。对家的呼唤、寻找和回归是所有文学的原型、母题和永恒主题，自然也成了诗歌书写的原动力和追求目标。《诗经》曰："采薇采薇，薇亦作止。曰归曰归，岁亦莫止。……

---

① 李泽厚：《李泽厚哲学文存》下编，安徽文艺出版社1999年版，第522页。

昔我往矣，杨柳依依。今我来思，雨雪霏霏。"（《诗经·采薇》）《楚辞》曰："曼余目以流观兮，冀一反（返）之何时？鸟飞反（返）故乡兮，狐死必首丘。"（屈原《哀郢》）《汉乐府民歌》曰："石见何累累，远行不如归。"（《艳歌行》）"悲歌可以当泣，远望可以当归。思念故乡，郁郁累累。"（《悲歌》）《古诗十九首》曰："胡马依北风，越鸟巢南枝。"（《行行重行行》）薛道衡诗曰："入春才七日，离家已二年。人归落雁后，思发在花前。"（《人日思归》）如果说在这些迁客骚人的心中笔下思乡还家还是零散的、碎片化的缕缕思绪、淡淡哀愁，那么在陶渊明的诗文中则演化为系统而丰富的归家返本的一曲交响。在陶渊明的诗文中，反复出现"归鸟"的意象。"翼翼归鸟，晨去于林。"（《归鸟》）"山气日夕佳，飞鸟相与还。"（《饮酒其五》）"云无心以出岫，鸟倦飞而知还。"（《归去来兮辞》）鸟"归""还"于何处呢？陶渊明又多次这样写道"岂思天路，欣返旧栖"（《归鸟》），"日入群息动，归鸟趋林鸣"（《饮酒其七》），"羁鸟恋旧林，池鱼思故渊"（《归园田居其一》）。这里的"归鸟"，显然是陶渊明的自比自况，而鸟之所"归"、所"还"之"旧林""旧栖"，鱼所思之"故渊"，也恰是陶渊明自己寻找身心归依的家园的象征和诗化的写照。也就是说，陶渊明将自己对家园的向往、寻找、回归和追求，都投射、转寄到归林之鸟和思渊之鱼的诗意吟咏之中了，并以此对应了他自己强烈、浓厚的家园意识。如果说这仅是陶渊明归家、家园意识的象征化书写，那么《归去来兮辞》《归园田居》等诗文则是陶渊明归家的心愿和行为的直接而真实的呈现。在《归去来兮辞》的开篇，陶渊明就这样写道："归去来兮！田园将芜胡不归？"在《归田园居》中又这样写道："开荒南野际，守拙归园田。"其实，一部《陶渊明集》的中心旨意，就是对心灵之家的寻找、回归和营造。

马致远的《天净沙·秋思》全曲只有二十八个字，为什么能够引起人们反复吟咏、回味、解读、阐释而千古流传？原因就在于它触及了人们心灵深处最脆弱、最柔软的东西。异地他乡漂泊无依的浪子对故土家园的牵挂、思念和归依。那个骑着瘦马、迎着西风、行走在黄昏古道上的身在天涯的人，为何如此愁苦，以至于愁肠欲断？那就是因为万物有家、归家，而羁旅者却无家可归、四处飘零、浪迹天涯：枯藤攀爬着老树，老树是枯藤的家；黄昏时的乌鸦返巢，巢是昏鸦的家；夕阳落山，山是夕阳的家；流水从小桥下流过，流向远方的河流、天际，那里是流水的家；行人从小桥上穿过，走向岸上自己的人家。枯藤有家，昏鸦有家，夕阳有家，行人有家，连流水都有家，只有文中断肠的羁旅者/作者没有家，触景生情，怎不愁肠寸断，千转百结？其实，断肠者又何止是作者、主人公呢？我们每一个读者、每一个存在者又何尝不会因无家可归而愁断衷肠呢？因为我们每个人都是匆匆的过客，房舍院落乃至地球之家不过是我们暂时栖身的馆舍而已。正如《古诗十九首》所言："人生天地间，忽如远行客。"（《青青陵上柏》）"人生寄一世，奄忽如飙尘。"（《今日良宴会》）"人生忽如寄，寿无金石固。"（《驱车上东门》）正所谓人生如寄，我们的肉体虽然行住坐卧在大地之上，但我们的灵魂又将归于何处呢？从这个意义上看，马致远是以诗化的书写揭示了每个人都面临的生存和精神的困境：永远流浪，无家可归。

如果打破文学的局限，将视野拓展一些，我们就会发现更广阔的人文景观：柏拉图设计的理想国、莫尔构建的乌托邦、康帕内拉筑造的太阳城、儒家向往的大同世界、陶渊明描绘的桃花源等，不都是先贤大哲们为同代后人建造的让人寄身安心的家园吗？

从某种意义上说，一切文学，文学的一切追求，一切的人文学科，都可以归结为一个神圣的使命和共同的主题，那就是为人类寻找、构建可以让心灵安居的家园，从而让没有意义的人生拥有意义，使漂泊不定的灵魂有了归依。那些伟大的作家、诗人、思想家、哲人，也许初衷只是抒写自己的性灵，让自己的情感、心灵有所寄托，但客观上却为同代后人筑建了一个个心灵情感之家。而我们后生的每个个体，有幸可以通过阅读而走进并穿越在不同时代、不同地域的圣贤、先哲精心营造的精神之家，在书本中与那些先哲、智者、达人对话、交流，从而使渺小的我们变得博大，让简单的我们变得丰富，使茫茫然不知所归的我们拥有了温馨的家园可以停靠、安顿。

　　一个人，不仅要在别人用语言构建的符码世界中找到自己的心灵、情感之家并居住下来，还要用自己的心灵情感乃至血与泪通由语言以建立自己的精神之家，这就是立言。叔孙豹虽然把立言置于三不朽之末，但它在延续、拓展人的生命、使人生实现永恒上，比立德、立功更重要。作为肉身是有死速朽的，作为功业在身后是会淡化消散的，作为道德在流传中是会走样变形的，而语言特别是凝结了灵魂和血泪的、印在纸上的文字，是会超越时空的阻隔、限制，摆脱岁月的浸蚀、磨损，可以准确、明晰而持久地传之后人、流芳百世的。这就像曹丕在《典论·论文》中所说的那样："盖文章，经国之大业，不朽之盛事。年寿有时而尽，荣乐止乎其身，二者必至之常期，未若文章之无穷。是以古之作者，寄身于翰墨，见意于篇籍，不假良史之辞，不托飞驰之势，而声名自传于后。"从这个意义上说，我们创造了一个语言的世界，就等于给自己营造了一个独特的、永远居住于其中的不朽之家。

　　自己所建构的语言之家，不只是语言的堆砌和游戏，也不是对外在的物理世界的模仿，而是独一无二的创造，是创造了迥异于现实的第二空间。这是一个心灵的世界、精神的世界、灵魂的世界和情感的世界。从这个意义上看，语言世界的创造者，与当初创造世界和人类的上帝做着同样的事情。创造语言世界的人在创造的过程中成了上帝，他成了他所创造的语言世界的主宰，他让无声的世界有了声音，使僵枯的世界有了灵性，让死气沉沉的世界变得生机勃勃，使没有意义的人生有了意义，就像春风吹绿了大地一样，他赋予天地万物以灵魂。

二、"万紫千红总是春"：道之诗

　　儒、道、释的那些修为颇深、闻道、明道、得道、践道的圣者，为了将自己对道的妙悟形象生动而又通俗易懂地表达出来，往往会借助于诗歌的形式，这就是我这里所说的道之诗，也就是表现对道的真谛的理解和对悟道、践道的体会的诗。虽同名为道，但道各不同，而每种道各有自己诗性表达的风格和方式。简而言之，儒家的道之诗，温柔敦厚，充满着人间的温情和自然的诗意；道家的道之诗，遗世独立，自由洒脱，翩然若仙；佛家的道之诗，精灵古怪，超凡脱俗，洋溢着醍醐灌顶的大智慧。

悟道之诗，虽根植中华源远流长的诗歌文化的深厚底蕴，但作为一种诗歌类型，悟道诗却是肇始于源自印度的佛教文化，因而这里就先从佛家特别是禅宗的悟道诗说起。在佛教经典中，往往会将佛理中最为精华的部分用诗歌的形式表达出来，这样的诗歌特称为偈语。偈语乃佛法之本，如果说佛经是树干与青柯，偈语则为果实与花朵，往往会以最为精炼简洁的语言将佛理最为精粹的内蕴表达出来。《金刚经》有两个四句偈，一曰："凡所有相，皆是虚妄。若见诸相非相，即见如来。"（《金刚经·如理实见分第五》）其二曰："一切有为法，如梦幻泡影，如露亦如电，应作如是观。"（《金刚经·应化非真分第三十二》）这两个四句偈有异曲同工之妙，以不同的方式，从不同的角度言说了佛性本空的真谛。前偈语谓世间所有的色身相中都无真实之体，都是虚妄的，如果能够发现所有事物的相状都不是真实的相状这样的真相，那就能够透过虚幻的假象而看到真如本体，因而就可以见到法神如来了。后偈语连用六个比喻，即梦、幻、泡、影、露、电等来说明万事万象皆因缘和合而生，都是虚幻不实、生灭灭生、无常不住的。《维摩诘经》就此云："是身如梦，为虚妄见；是身如幻，从颠倒起；是身如泡，不得久立；是身如影，从业缘现；是身如电，念念不住。"《金刚经》以破相为宗，以了空为义。而这两个四句偈言简意赅，将佛家精神内核一语道破，囊括净尽，可谓绝妙好辞。而佛脉东移中华，达摩面壁，薪火传递，演化为禅宗。禅宗虽秉承不立文字、以心传心的传统，但六祖慧能和神秀的心法还是以文字的形式流芳于后，那就是传送极广的两个四句偈。神秀的四句偈为："身是菩提树，心如明镜台，时时勤拂拭，莫使惹尘埃。"（《坛经·神秀书偈》）慧能四句偈曰："菩提本无树，明镜亦非台，佛性常清静，何处有尘埃！"（《坛经·慧能、童子问答，慧能作偈》）二人后来一南宗一北宗，各为一方宗主，而二者言志之偈，都深得禅宗之妙，那就是一切众生皆有佛性，佛性即在人人本心，无须外求。但从偈语中也看出了二人修行之法和观念上的分野，那就是神秀虽然认为心性本净，但本净之心性又会为客尘所染，因而需要不断地除垢还净，去恶扬善，才能修成正果，进入悟境，显然走的是渐修之路。而慧能则认为，人人本心即为佛性，是清静无染的，无心无物，又哪里会惹上尘埃呢？可见，走的是顿悟之途。宋代临济宗僧文悦作《山居》之一曰："片片残红随远水，依依烟树带斜阳。横筇石上谁相问，猿啸一声天外长。"此诗初看仅为客观写景之作，其实大有禅意禅悟蕴含其中。对此吴言生评道，此为"禅者春居图。暮春之际，落英缤纷，残红随水，宛若桃源。烟笼青翠，映带斜阳，依依多情。这宁静温馨、清纯洁雅的桃源，也是禅者人性源头、精神家园、心灵故乡；凝重静远、祥和明澈的斜阳，是走过初阳如血、骄阳似火的诗人，澄心内视、静观自心的返照回光。禅悟的境界是法喜的境界，法喜的境界渴望有人分享"。① 北宋法演禅师作偈云："白云相送出山来，满眼红尘拨不开。莫谓城中无好事，一尘一刹一楼台。"修行者常常会隐居在人迹罕至的深山古寺而求心静，而法演禅师却反其道而行之，走出深山而进入闹市，在滚滚红尘之中得大自在，所谓即凡即圣，烦恼即菩提。读法演之悟道诗，知法演乃深得禅宗修行的正道真传。此类偈语、禅诗等颇多，可谓汗牛充栋，限于篇幅，不再一一介绍。

与佛家悟道诗的空灵、玄妙不同，儒家的悟道诗显得质朴、亲切、温馨，与自然、人生、现实、生活密切相连。儒家悟道诗作者往往是得道成圣的名家，所写的悟道诗往往是以现实自然的人、事、物、景等的感发而作，以隐喻、象征之法写自己对道之真谛的感悟，貌似写实、记事、描景、抒怀，实为对闻道、得道、践道之心得的呈示，往往有着情、景、思、悟彼此交融一体之妙。北宋理学大师程颢《春日偶成》曰："云淡风轻近午天，傍花随柳过前川。时人不识余心乐，将谓偷闲学少年。"此诗表面上似乎写自己春游忘归，为云淡风轻的春光、花柳杂植的河川所迷，以至于为时人嘲笑如少年的失态的自乐、自嘲，但大有深意隐喻其中。此

---

① 吴言生：《禅宗诗歌境界》，中华书局 2001 年版，第 62 页。

诗核心之词乃"心乐",乃是对周敦颐所思所问的"寻孔颜乐处,所乐何事"的一种诗性的解答。表面上看程颢是乐云、乐风、乐花、乐柳、乐川、乐春,但这只是表象,而其所乐乃内在之乐,是心之乐。而这心不是程颢的血肉心、私欲心,而是大心、得道之心,是与天地同体的宇宙之心。程颢曾提出"只心便是天,尽之便知性"的命题,并认为"仁者浑然与物同体,义礼知信皆仁也"。而这里的"心乐",也正是其理学命题的诗意注解。这里程颢看似身处心感于特定的地域和时间里的风云花柳,但那些只是天地大宇宙的个体化呈现而已,而程颢在那样一个特定的春日里的乐,是与超越于时间和空间的天地万物融为一体、物我两忘的那种大乐、天乐,因而不为时人所识,还错以为自己是学少年装嫩耍酷,行文中流溢着得道者居高临下的道德、智商上的优越感。程颢借春日之美而表达了自己得道之心乐,无独有偶,他身后深受其影响的另一位理学大师朱熹同样以春而喻道言道。其《春日》曰:"胜日寻芳泗水滨,无边光景一时新。等闲识得东风面,万紫千红总是春。"此诗表面是写春景,实为悟道之诗。这里的泗水乃昔日孔子讲学之处,因而以"泗水"代指"孔子",所以这里的"寻芳",并不只是寻找春日美景,而是隐喻探寻圣人之道。可观可赏的"万紫千红"的"无边风景"是色相的外在世界,它们不过是看不见、摸不着的"东风""春"的化育、催发而成。这里边既有对道之用,即"无边风景"的赞美和欣悦之情,更是对道之体,即"东风""春"的无限崇尚之意。其名作《观书有感其一》曰:"半亩方塘一鉴开,天光云影共徘徊。问渠哪得清如许?为有源头活水来。"这同样是一首借景喻道之作,颇有禅趣禅意。诗以"观书"为题,而理学家所读之书当然只能是五经四书、圣贤之书;而"观书有感",当然就是在读圣贤之书时对道的感悟。这里所说的如鉴一样明澈的方塘,乃人的本心、自性,本来清静无染,映照天地,纳含万物,"天光云影"自由"徘徊"其中。而核心之语是"问渠哪得清如许?为有源头活水来。""心"之所以清如水明似镜,因为有源头活水汩汩地流淌。而这里的"源头活水",不是生活之树常青的那种活水,而是圣贤书中的圣人之道,当然也是化生宇宙天地的大道。朱熹的悟道诗虽皆取材自然风景，而且浑然天成，没有王国维所说的"隔"的弊端，同时他能以一个理学家的心胸眼光，从清新自然的山水景物和冲淡幽远的意境中表现心源的澄净明澈，并善于通过景物的描写寄寓学理悟道的情怀，或暗喻悟道的心得，自成一体。作为心学的发展和最终完成者的一代宗师的王阳明，一生写了多篇悟道诗，其悟道诗在意蕴、风格上均深受禅家偈语的浸润，也是充满着灵动和机锋。其《书汪进之太极岩二首其一》曰："一窍谁将混沌开？千年样子道州来。须知太极原无极，始信心非明镜台。"《书汪进之太极岩二首其二》曰："始信心非明镜台，须知明镜亦尘埃；人人有个圆圈在，莫向蒲团坐死灰。"字里行间，均可以看出完全脱胎于慧能、神秀偈语。其在《示诸生三首》中更明确指出自己对禅语的模仿，"乾坤是易原非画，心性何形得有尘？莫道先生学禅语，此言端的为君陈"。不过，王阳明在形式上借鉴了禅语，而内容上还是地地道道的儒家思想。龙场悟道之后，他写的很多悟道诗皆为阐释自己所悟之道，即"致良知"。其《咏良知四首示诸生》《示诸生三首》《答人问良知二首》《答人问道》等均然。而最能体现其心学体系的乃有名的仿禅家四句偈的四句教，"无善无恶心之体，有善有恶意之动，知善知恶是良知，为善去恶是格物"。此四句教乃凝结了王阳明一生智慧和对道的体悟，那就是人的心之本体是无善无恶、清净无染的，因而修身得道不必外求，直指本心即可，那本心即是人生而有之的良知，但人心在世俗中又会为后天习染，因而变得有善有恶。这样人的修行成圣就有了两种方式，那就是直接领悟心之本体的顿悟和为善去恶慢慢格物的渐修。

道教及其信仰者的道士，与道家是两码事，但道教及道士毕竟为道家流脉，信奉道教以及修道成仙者，往往也会宗庄祖老，并以老子的《道德经》和庄子的《南华经》作为自己的至上宝典而奉为圭臬。这里所引悟道诗，大多出自那些修道有成的真人之手，虽然并不能等同于道家的悟道诗，但其诗文中所表现出的对俗世红尘的远离、对功名利禄的厌弃、对道体的崇尚、对得道成仙的向往等，基本上体现了道家文化的超然物外、追求身心解放等的特质和清雅脱俗、仙风道格的风骨。唐代吴筠作诗《高士咏·南华真人》曰："南华源道宗，玄远故不测。动与造化游，静合太和息。放旷生死外，逍遥神明域。况乃资九丹，轻举归太极。"吴筠身为唐代著名道士，所写的这首诗显然是寻根问祖之诗。南华真人即庄子，为四大真人之一。此诗乃是对其地位、思想、价值的总结和仰慕。南华真人乃道宗之源，玄远深奥而神妙莫测，动静皆与天地造化合一，超越了生死而在神明的天地里自由逍遥。南宋夏元鼎作词《西江月》二首，其一曰："大隐居尘奉道，衰颜能返朱丹。要须有主种三田，方免驱驰淮汉。天下江山第一，昆仑景胜何言。希夷妙处集真仙，默默重帘修炼。"其二曰："不死谷神妙道，杳冥中有还丹。坤牛乾马运无边，却是修行真汉。脱去名缰利锁，金童玉女传言。工夫片饷彻玄关，水火从教法炼。"自号云峰散人、西城真人的夏元鼎，在这两首词中提到"希夷妙处""不死谷神"等这些出自《老子》的语句，可见乃以老子即道教尊奉为道德天尊的思想为资源，以使自己修行成真人，以至达到返老还童的状态。而其《题壁二首其二》则为悟道诗中较为有心得和境界的一首。其诗曰："崆峒访道屈尊乎，万卷丹书看转愚。着破铁鞋无觅处，得师全不费工夫。"访道求仙很难，要到名山道观拜师，要读书万卷以明道。但道既不在名山道观中，也不在书本里，而就在你的内心，心明则眼亮，而道的光辉就突然间沐浴了你整个身心。北宋张伯端词《西江月》乃悟道之佳作，其词曰："法法法元无法，空空空亦非空。静喧语默本来同，梦里何曾说梦。有用用中无用，无功功里施功。还如果熟自然红，莫问如何修种。"张伯端乃道教南宗初祖，号紫阳山人，被时人尊为"紫阳真人"。作为一代道祖，而引禅入道，主张"先以神仙命脉诱其修炼，次以诸佛妙用广其神通，终以真如觉性遣其幻妄，而归于究竟空寂之本源"，因而其悟道诗词兼具道的超然和禅的空灵：法无法，空非空，有用本无用，无功即有功。这不是语言游戏，也不是"彼亦一是非，此亦一是非"（《庄子·齐物论》）的首鼠两端，而是言语道断、生死心物相齐的一种智慧和境界，正如其词最后总结的那样："还如果熟自然红，莫问如何修种。"道的修行是自自然然的事情，不可强求，听凭内心自性，水到而渠成。南北朝陶宏景诗《诏问山中何所有赋诗以答》乃悟道诗之逸品,不着一字于道,而道尽在其中矣:"山中何所有,岭上多白云。只可自怡悦,不堪持赠君。"此乃陶弘景隐居山中而回答梁武帝萧衍诏书所问而写的一首诗。梁武帝劝隐居的陶弘景出山辅政,并在诏书中问道"心中何所有?卿何恋而不返?"而陶弘景的回答轻松、诙谐而雅致:山中没有荣华富贵和锦衣玉食,只有淡淡的白云飘飘洒洒,在热衷于功名利禄的人看来这一钱不值,所以无以相赠。而对于陶醉于林泉之乐的陶弘景而言,则与白云往还,相看两不厌,怡悦自在其中矣。山中一片平淡的白云,看出了雅与俗、高与下、清与浊的分野,而陶弘景之乐,唯得道者能理会,能共享。唐代太上隐者的《五绝答人》堪称悟道诗之仙品。《古今诗话》载:"太上隐者,人莫知其本末,好事者从之问姓名,不答,留诗一绝云:'偶来松树下,高枕石头眠。山中无历日,寒尽不知年。'东坡《赠梁道人诗》云:'寒尽山中无历日。'用此事也。"与松石共眠一体,与俗世凡尘两隔,以至于连时间年岁都忘记了,自己的名姓身家都可有可无。这是只有活在当下、活给自己、活在道中的人才会有的智慧、勇敢、境界,是真正的得道人,是真正的神仙。

第六章 道与政

所谓政，一是指政之体，即社会的体制、制度，二是指政之行，即行政，也就是为政、行政的理想、理念、伦理、策略、实践等。而道与政所关注和思索的是政之道和为政之道。政之道是社会的制度、体制要源于道、遵道而行，而不能背道而驰，而政之道的核心内涵乃一个字，那就是"公"，即公共、公平、公正。正如《礼记·礼运》所言："大道之行也，天下为公。"而为政之道是为政行政要时时处处合于道，不能违背道，那就是秉持公心，主持公道，服务公众，如老子所崇尚的天之道："损有余而补不足。"（《老子》第七十七章）

理论上说起来容易，但在实践中就非常难了。道与政是最为复杂、棘手的关系，在政中我们似乎看不到道的影子，而看到的多是乱道、无道、背道；而在人们的印象中，政往往是最为不正的。这是因为政关涉面极广。它涉及人心，而人心是深不可测的；它涉及人欲，而人欲是永无止境的；它涉及人际，而人际是复杂多变的；它涉及权力，而权力是险恶冷酷的；它涉及为了资源的争斗，而争斗是你死我活的。在任何冠冕堂皇、威严神圣的政坛、政绩等的背后，我们都会看到斑斑血迹、点点污痕和蝇营狗苟。政与道何干？

但即使在如此污浊不堪、混乱无序的为政之中，还是可以发现道的踪迹。这源自上苍的恩赐、自然的造化和世道的规律：人心不可欺，大道不可违。道在人心，道在世间，道在天地。得道者多助，失道者寡助。孙中山曰："天下大势，浩浩汤汤，顺之者昌，逆之者亡。"道更是这样，捣鬼者虽然有术有效，但都只是暂时的，而在长的周期内、大的尺度下，有道之政才可以顺民心、得天下。

　　道与政，首先就是在历史的长河中，人们世世代代向往、追求并设计出了那些理想、美好的社会制度，那些就是道在政的流贯和体现。这样的理想社会或社会理想，有莫尔的乌托邦，有康帕内拉的太阳城，有儒家的大同世界，有陶渊明的桃花源。名虽各异，其实则同，那就是资源共有，人际平等，生活和谐，身心自由，社会民主。它虽然没有成为现实而显得虚幻缥缈，但它根植于人性、顺应了人心。人们为之倾注了无穷的心血，那些仁人志士的探索像划过夜幕的流星那样迷人炫目，虽然只是无果之花，却给人们留下了美好的记忆和憧憬。只是让人感到诡异和遗憾的是乌托邦理想、大同世界在想象中、书本里、筹划时是那样美好与完善，而一旦落入现实实践，则会给人类带来灭顶之灾，令人可叹可悲、唏嘘不已。

　　道与政，其次就是人类以理性、智慧、勇气对离道、违道、叛道之政进行深刻反省，呼唤有道之政的回归。几千年的人类史，不是平等、民主、幸福、快乐的历史，而是少数人对大多数人的统治、压迫、剥削，甚至屠杀的历史，是充满血泪、屈辱、血腥的历史，是镇压与屈从、蒙骗和被欺、愚民和民愚的历史。一句话，是离经叛道的历史，是伤天害理的历史。而在这样的历史中，法家的严刑峻法的法制和汉儒的三纲五常的礼教用恐怖和诱惑对人从身体和心灵两个方面进行了束缚和毒害，因而几千年造就了国民在鹰犬和奴才之间游走的畸形人格。所幸还有那些清醒的人，还会睁了眼看，用了心思，张了口说，伸出手写，挺起身做，哪怕为此而失去利益、自由，乃至生命，仍然要做一个挑战者。这些人是民族的脊梁，是人类的骄傲和希望。

　　道与政，其三让我们感到欣慰的是历代圣贤仁人殷殷思索、孜孜追求有道之政，给我们今天的为政以道提供了可资借鉴的人文资源。这些仁人志士，穷独达兼，胸怀天下，有着亲民、救世、济苍生的宏图大志，将为政以道的规则、理想、伦理、智慧等书之以文，践之以行，传诸后世。这些资源虽然产生在封建时代的大背景下，但它们的人性光辉也不会被遮掩，我们可以采用冯友兰所说的抽象继承法，为我所用，发扬光大。

　　世界一体，全球互动。世界大潮，势不可挡。古老的中华近现代以来是世界民主进程的一个重要组成部分，因而也融入了对为道、循道之政践行的大潮之中，觉醒的人们在深入地探索、改革、规划、完善社会制度的样式，寻找适合于自己国情民心的发展之路和前进的方向。这里既有民间社会几千年积淀而成的诚信的伦理和互助的经验，也有传统文化流传下来并深入人心的民贵君轻的思想，更有现代民主社会平等、自由、人权、民主等现代理念和权力制衡等运行机制。因此，虽然迈进现代民主社会之路、走上真正为政以道的坦途还要经历很多坎坷，但我们常说的那句话还可以再说一遍：道路是曲折的，前途是光明的。借用屈原之语曰："路漫漫其修远兮，吾将上下而求索。"

第一节 道的虚影：社会理想的想象、勾画和幻灭

中外古今的圣哲为人类也为自己设想了无数如诗如画的美好社会蓝图：理想国、乌托邦、太阳城、大同世界、桃花源、君子国，在那样梦幻般、天堂一样的国度里，人们过着平等、民主、自由、和谐、幸福的美好生活，没有压迫、专制、剥削、仇恨、黑暗，处处都是爱和光明。而这些美好的憧憬、想象和勾画，与现实的残酷、黑暗、丑陋形成了鲜明的对比，因而无形中想象的美好成了对现实苦难的控诉，对缺失的道的呼唤，对离道、逆道、叛道的社会的针砭。想象是美好的，勾画是完善的，可惜它无法走进现实。留在心里和设计图上的是美景，而到了人间则转化成了致命的陷阱和无边的灾难，而这又是值得我们每个人深思和警醒的。

一、"大道之行也，天下为公"：大同理想

世界大同，是儒家所向往和追求的社会理想或社会最完善的形态，最初源于《礼记·礼运》。其文曰："大道之行也，与三代之英，丘未之逮也，而有志焉。大道之行也，天下为公，选贤与能，讲信修睦。故人不独亲其亲，不独子其子，使老有所终，壮有所用，幼有所长，矜寡孤独废疾

者皆有所养，男有分，女有归。货恶其弃于地也，不必藏于己；力恶其不出于身也，不必为己。是故谋闭而不兴，盗窃乱贼而不作，故外户而不闭。是谓大同。今大道既隐，天下为家，各亲其亲，各子其子，货力为己，大人世及以为礼，域郭沟池以为固，礼义以为纪；以正君臣，以笃父子，以睦兄弟，以和夫妇，以设制度，以立田里，以贤勇知，以功为己。故谋用是作，而兵由此起。禹、汤、文、武、成王、周公，由此其选也。此六君子者，未有不谨于礼者也。以著其义，以考其信，著有过，刑仁讲让，示民有常。如有不由此者，在执者去，众以为殃。是谓小康。"

这一段文字不长，但内涵丰富。它假孔圣人之口，指出了大同社会的特征、性质、表现形态，并以小康社会为参照对大同社会进行了高度评价，表达了对大同社会的认同和赞美。大同社会最核心的内容可改原话而概括为"大道行，天下公"。这就是它的生产、生活的所有制形式是天下共享的公有制形式，所有的资源归全天下所有人所有，因而人人平等，没有贵贱、贫富之分；之所以能够这样至公至正，乃是大道流行、施行之故。没有道的支撑，天下为公的理想就无法实现，或者换个角度说，天下为公也恰好是大道施行的具体体现。"选贤与能，讲信修睦"，则讲的是大同社会管理者的选拔标准、方式和社会崇尚的价值体系。管理者要具备美好的品德和出众的才能，就是我们现在所说的德才兼备；而这样的人才是选出来的而不是指定的，这里的"选"是老百姓选举还是上级选择任命，或者是二者结合兼而有之，尚很难断定，但是要通过既定的程序来运作。而遵从和追求的价值体系则是以德为本的。"讲信"是核心价值观，人人诚信；"修睦"是达到的目标，那就是和谐社会。而下面所述不过是对这样的社会效果的具体展开而已：我为人人，人人为我，男女老少等各得其所，鳏寡孤独残等皆有所托，社会稳定，天下太平。而小康社会就完全不一样了，变成了私有制，公天下成了家天下，每个人只爱自己的父母和孩子，人人之间系之以礼而忘情，人与社会维之以法而无心。之所以由大同而堕入小康，乃是"大道既隐"之故，道已不行，天下何以为公？而小康社会是"今"，也就是现实的，而大同社会是孔子也"未之逮也"之时，当然是远古，也是理想的状态。对大同社会，孔子的态度是"而有志焉"，是充满了向往和崇尚之情的，而小康社会则是孔子否定和贬损的对象。

大同社会的理想，成为中华有识之士变革现实、规划社会理想的一个重要原典和理论依据，不同时代都有人从中吸收其精神营养，对其充实完善。太平天国的重要文献《原道醒世训》将《礼记·礼运》中"大道之行也"这段话一字不落地抄下来，而其《天朝田亩制度》的废除土地私有的"授田"之法指出："凡天下田天下人同耕。……务使天下共享天父上主皇帝大福，有田同耕，有饭同食，有衣同穿，有钱同使。无处不均匀，无人不饱暖也。"这显然是对《礼记·礼运》所勾画的大同社会中"天下为公"理想在田地公有上的具体实践。康有为著《大同书》，认为人类诸多苦难，皆因九界而致，而人类脱苦得乐之法，他是这样设计的："吾救苦之道，即在破除九界而已。第一曰去国界，合大地也；第二曰去级界，平民族也；第三曰去种界，同人类也；第四曰去形界，保独立也；第五曰去家界，为天民也；第六曰去产界，公生业也；第七曰去乱界，治太平也；第八曰去类界，爱众生也；第九曰去苦界，至极乐也。"康有为认为，这样的大同社会就是一个人人独立、自由平等的世界，"大同之道，至平也，至公也，至仁也，治之至也，虽有善道，无以加此矣"。这也正是康有为依据世界潮流和国情而设计的最为美好的社会蓝图，是对大同社会的创造性的发展、充实和完善。虽然现实操作的可能性等于零，但其良苦用心可嘉可赞。

大同理想，美丽而虚幻，但它是仁人志士变革现实、完善社会的重要资源。就此冯友兰所评极为中肯"这段话（即"大道之行也"——引者）所说的是一种理想社会，是乌托邦思想。在近代，康有为、孙中山都引过这段话，作为他们斗争的目标。乌托邦思想是人们对于现实社会不满和希望改革的表现"。[1]

---

[1]　冯友兰：《中国哲学史新编》下，人民出版社 1999 年版，第 402 页。

二、"不知有汉，无论魏晋"：桃花源梦

《礼记·礼运》设计了一个大同世界的理想社会，陶渊明则在自己的散文《桃花源记》和诗歌《桃花源诗》中勾画了一个充满传奇色彩的梦境一般的美好社会图景：晋代的一个捕鱼人，无意中误入一个与世隔绝的桃花盛开的地方——桃花源。这里自然环境优美，"芳华鲜美，落英缤纷""有良田、美池、桑竹之属"；风俗淳朴厚道，百姓热诚好客，即使对陌生的捕鱼人，也"设酒杀鸡作食，""咸来问讯"；这里的生活方式简单适意，"相命肆农耕，日入从所憩"；日常生活朴素自然而充满诗意，"相路暧交通，鸡犬互鸣吠"；人与人之间和谐共处，其乐融融，"黄发垂髫，并怡然自乐，""童孺纵行歌，斑白欢遊诣"；这里没有剥削和压迫，是没有官府管制而完全自治的自给自足的民间社会，"春蚕收长丝，秋熟靡王税"。陶渊明在自己的诗文中描画的这些美好的社会元素，共同构成了作者在自己的现实生活中无法实现的梦想，他只好把它移进自己虚构、想象的桃花源。正因为是虚构，它反而有了更大的普遍性，它不仅承载、弥补、圆满了陶渊明个人的家园梦，也成了民族乃至人类共同向往的精神家园、社会理想。

他所乐道的"俎豆犹古法，衣裳无新制，""怡然有余乐，于何劳智慧"的效法自然、古朴简单的社会、人生理想，与老庄的哲学有着文化血脉的相通。老子曰："小国寡民。使有什伯之器而不用；使民重死而不远徙。虽有舟舆，无所乘之，虽有甲兵，无所陈之。使民复结绳而用之。甘其食，美其服，安其居，乐其俗。邻国相望，鸡犬之声相闻，民至老死，不相往来。"（《老子》第八十章）陶渊明的桃花源梦，显然脱胎于老子这里所勾画的小国寡民社会。桃花源是为"避秦时乱"而形成的一个民间社会，是一个"与外界间隔"的"绝境"，其人"不知有汉，无论魏晋"，是一个独立自主的世界，而且叮嘱闯入者"不足为外人道也"，并在人们的视野中神奇一现而后随之又神秘消失。这里的无政府、弃文明、自给自足等特点，就是老子小国寡民社会的诗化书写，而文中的"阡陌交通，鸡犬

相闻"之语，完全是《老子》原话的改写。《庄子·马蹄》曰："夫至德之世，同与禽兽居，族与万物并，恶乎知君子小人哉？同乎无知，其德不离；同乎无欲，是谓素朴。素朴而民性得矣。"陶渊明虽然没有像庄子"同与禽兽居，族与万物并"一样走得那么远，但在远离政治文明等方面的价值取向是一致的。陶渊明的桃花源梦不仅上承先圣，而且后启来者，影响了一大批才华卓著的文人丰富、发展着桃花源梦。就此陶渊明研究专家袁行霈写道："《桃花源记》乃渊明作品中影响极大之一篇，历来说者甚多。早在唐代，王维有《桃源行》，韩愈有《桃源图》，刘禹锡有《桃源行》，皆在题咏之中有所评论。宋代，王安石有《桃源行》，苏轼有《和桃花源诗》，汪藻有《桃源行》。元代，赵孟頫有《题桃源图》，王恽有《题桃源图后》。文人竞相推毂，桃源故事遂日益深入人心。"① 陶渊明的桃花源梦对社会理想的向往和建构，不仅在中华文化的发展中承前启后，而且与后世异域的卢梭、梭罗、列夫·托尔斯泰等的人生追求、社会信念也有着内在的一致和遥远的呼应。

陶渊明的桃花源梦与《礼记·礼运》的大同社会，虽然同为中国式的社会乌托邦，是美丽而虚幻的，是可望而不可即的，是存在于心中、纸上而不能降临人间大地的，但二者又有细微的区别。大同社会出自儒家之手，是积极入世的，倡导的是好政府主义，代表着圣人文化；而桃花源梦则出自诗人之心，是消极出世、避世、隐世的，呼唤的是无政府主义，代表的是隐逸文化。虽有不同，但对现实的批判、对人间正道的呼唤都是一样的，虽然批判较为委婉，以至于悄无声息，虽然呼唤的道仅仅只是一个幻影。

三、"水月镜花空好看"：乌托之邦

在中土的圣贤建构大同世界、桃花源梦的社会理想大厦的时候，欧洲的先哲们也在忙于绘制另一个版本的社会理想蓝图，而其中最著名、最有

---

① 袁行霈：《陶渊明集笺注》，中华书局 2003 年版，第 489 页。

代表性的就是乌托邦。乌托邦之说，源于莫尔的社会学名著《乌托邦》，全名为《关于最完全的国家制度和乌托邦新岛的既有益又有趣的金书》。"乌托邦"一词，是英文 utopia 一词的音译。它来源于希腊文 ou（无）和 topos（场所），意思是"没有的地方"。也就是说，乌托邦是一种并非实存的虚幻的存在。这个作者虚拟的处于大西洋中的乌托邦新岛，有着完美的社会制度：那里财产公有，产品均分，实行着按需分配的原则，大家穿统一的工作服，在公共餐厅就餐；政治民主，官吏是公共选举产生，人人平等，人民安居乐业。这是作者对理想社会的憧憬和勾画。与他同时或稍后的有着同样追求和设想的还有培根的《新大西岛》和康帕内拉的《太阳城》。这一初具雏形的乌托邦思想，在一百年后法国的维拉斯、梅叶、摩莱里、马布利和巴贝夫等思想家那里得到了较为深入的拓展和深化，而在十九世纪的圣西门、傅立叶和欧文那里则越来越完善、系统，形成了空想社会主义的完整体系。最后，由马克思这一体系的集大成者作为里程碑和转折点，经由巴黎公社和列宁领导的苏维埃，乌托邦的天国梦想终于演变成了现实大地上轰轰烈烈、改天换地的社会主义的实践和运动。

乌托邦梦想以及随之而生的社会实践和制度，对财产私有制、政治集权专制以及由此而导致的政治腐败、社会不公、贫富分化等现象进行否定和针砭，从而实现了对现有制度的批判、反拨和矫正，这无疑都具有极大的革新价值。而它对财产公有、人人平等、自由人生、健全人性等的呼唤和憧憬，无疑也具有极大的建设性意义。

虽然存在着诸多缺点，但梦自有梦的美丽，虚幻自有虚幻的魅力。乌托之邦，那不存在的地方，不是已经存在了吗？它存在于人们的心里，生长在人们的梦中。现实的不平等、不自由、不幸福，难道不可以在虚幻的梦中得到一种心理的补偿吗？那种根植在心底的对自由、平等、幸福的向往，是道的声音、是道的光影，即使是静默之声、虚化之影，也不影响它的震耳欲聋和光彩夺目。

四、"惆怅桃源路，惟教梦寐知"：空想社会的美梦和噩梦

梦只有在睡梦中才真实美好，醒来就像肥皂泡一样破灭了；想象在纸上才完善，最好不要移植到现实中，不然就像落地的玻璃一样破碎不堪。而面对大同世界、桃花源梦、乌托之邦这些社会理想的诱惑，很多人往往会知其不可而为之，强行将它们推广到现实人间，结果可想而知，是事与愿违、适得其反，给世人带来的不是福祉而是灾难、不是幸福而是痛苦、不是爱而是仇恨、不是光明而是黑暗，因而美梦最终成了挥之不去的噩梦。

庄子借季札之口曰："中国之君子，明于礼义而陋于知人心。"（《庄子·田子方》）此语不仅道破人心人性之密，而且是知世知政知道之言。大同世界、桃花源梦、乌托之邦等社会理想的践行、推广者，都是陋于知人心者。他们只知道人心善的一面而不知道人心恶的一面，他们不知道人心叵测，不知道欲壑难填，不知道人人都有私欲，人人都会钻制度、体制的空子，而他们恰恰没有发现他们殷切向往、精心设计的制度、体制，有着无限的空子、漏洞被许多人钻，甚至那些本来不愿钻空子的人，见多了他人因钻空子轻轻松松得了好处而对钻空子也心有所动、跃跃欲试。换句话说，美好的社会理想忽略了人心多变、多欲、贪得和权力制衡上的破绽，美好的社会制度本为人性善者而设，但却为人性恶者所利用，或者说它自身先天的缺陷、弊端滋生并助长了人性之恶，从而给人类带来了灭顶之灾。当乌托邦成为实存邦、空想社会主义降临大地之时，它原先预设的美好在悄然之中发生了改变。它取得统治权的方式不是和平的改良、对话、协商，而是暴动、起义、革命，因此充满着破坏、血腥、死亡、灾难等。

总之，乌托邦是一种空想的、美好的、带有浓厚的宗教色彩的社会思潮和制度，是对理想社会的向往、憧憬和勾画，但它更适合于构筑在天国、心中、梦里、书本上、想象中，而不应该走进现实，因为它不是根植于现实大地而是发源于人的内心深处。它的计划性、一体性、集体性、强

制性等都与个别化、多样性等人的天性中的自然欲求格格不入，在现实中只能压抑和扭曲人性，甚至会带来专制、暴力、残杀等社会灾难。正如让－弗朗索瓦·勒维尔和马蒂厄·里卡尔在《和尚与哲学家》中所言："乌托邦空想家是极权制度的发明者！如果我们研究那些伟大的乌托邦空想，如柏拉图的《理想国》、十六世纪托马斯·莫尔的《乌托邦》、十七世纪康帕内拉的《太阳城》或是十九世纪的夏尔·傅立叶的著作，一直到他们中那些最可怕的人，因为这些人已经能够实施他们的制度，我们会发现，乌托邦空想家们全都是极权宪法的作者。为什么？由于从一种抽象的关于人类存在者应该做什么的思想出发，他们以毫不留情的手段实施自己的法令。这就不是真正的政治科学。乌托邦空想家是危害公众的人。"① 罗素也这样写道："莫尔的乌托邦里的生活也好像大部分其他乌托邦里的生活，会单调枯燥得受不了。参差多样，对幸福来讲是命脉，在乌托邦中几乎丝毫见不到。这点是一切计划性社会制度的缺陷，空想的如此，现实的也一样。"②

　　创作、出版于二十世纪中期的著名的政治寓言小说"反乌托邦三部曲"，即俄国作家叶甫盖尼·扎米亚京的《我们》、英国作家乔治·奥威尔的《一九八四》和英国作家奥尔德斯·赫胥黎的《美丽新世界》，则以寓言和预言的形式勾画并警示了乌托邦社会变为现实所带来的灾难性后果。他们笔下的乌托邦社会，在政治上极度专制而充满暴力，权力集中在一个至高无上、无时无处不在、充满着神秘的宗教色彩的最高统治者手中，在三个文本里分别称为恩主、老大哥、主宰者等。他大权在握，主宰着社会历史和每个个体的命运乃至生死；历史、舆论、社会都处于当政者的严密控制下，对那些提出质疑和抗议者则会进行严厉的压制和残酷的制裁，甚至可以随意地让那些异议者的肉体乃至所有的存在痕迹消失得干干净净。在社会上，人和人之间极度不平等，人为地被分为不同的社会等级，从而

---

① 〔法〕让－弗朗索瓦·勒维尔、马蒂厄·里卡尔：《和尚与哲学家》，陆元昶译，江苏人民出版社 2000 年版，第 254 页。
② 〔英〕罗素：《西方哲学史》下卷，马元德译，商务印书馆 2009 年版，第 40 页。

不同的人会有着等级分明的社会地位和生活待遇。当政者甚至会利用先进的生物技术从生理基因、生育方式等方面把人设定、培育为优劣、贵贱的不同种类，如在《美丽新世界》中描述了社会发明的波卡诺夫斯基流程，上层的高贵人称为阿尔法、贝塔，是用优质基因的精子和卵子单胎培育的，成人后属于管理层，而下层的卑贱者称为伽马、德尔塔、埃普斯隆，是由劣质的基因并加入酒精培育而成的，而且是一卵多胞胎——最多一胎可以育出 96 个婴儿，成人后专门用来做那些粗重的体力劳动而又毫无怨言；高层和低层还有着严格的比例，九分之一的人在水平线以上，九分之八的人在水平线以下，也就是多数人供养着少数人，而少数人则统治者多数人。在生活上，没有了自我的独立和隐私，我成了"我们"，有的连名字也没有，仅仅作为一个数字号码而存在。人不再是人，而是成了失去自主性、独立性、多样性、丰富性的生物机器和技术怪胎。因此，驻留在思想领域还魅力独具的乌托邦，一旦在人间大地成为现实，那只能给人们带来深重的灾难，将历史拖入黑暗的深渊。就此奥尔德斯·赫胥黎在其《美丽新世界》的醒目位置引用了俄国宗教哲学家尼古拉·别尔嘉耶夫的一段精彩论述："乌托邦似乎比我们原先所相信的更加容易实现。现在我们意识到自己正面临另一个令人担忧的问题：我们如何去阻止乌托邦实现……乌托邦是可能的，生活正朝乌托邦奔去。或许一个新的时代正在开始，在这个时代里，知识分子和文化阶层在想方设法逃避乌托邦，希望回到不那么'完美'但更加'自由'的非乌托邦社会。"[1] 先贤西哲以自己的敏锐、远见和智慧在自己的作品中解构和颠覆了乌托邦的美丽幻影，从中表达了深深的忧虑，提出了严厉的警示。而二十世纪作家的文学书写，而今在现实的许多国度里正在演变为可怕的真实，这应该引起人类的警觉，并应采取及时和有力的措施。

世外桃源只能存在于世外，世内不可有桃源；美好的大同社会被并不是那么美好的小康社会所取代，则是一种历史的进步和必然。原始的大同社会只是一种落后的美好，是一种贫穷的善良，当然也就不会是历史和人

---

① ［英］奥尔德斯·赫胥黎：《美丽新世界》，陈超译，上海译文出版社 2017 年版，第 3 页。

心发展的方向。梦是闭着眼享受到的美好，而在醒着的时候还是要睁了眼看，看清那世道和人心，才不会误入歧途。

第二节 对违道之政的反省

乌托之邦也好，大同世界也好，桃花源梦也好，作为空想中的社会理想，虽然虚幻不实，但毕竟还闪耀着道的光明，即使只是一个虚影的道的光明。而在现实之政的漫长历史中，道的踪迹却荡然无存，一部人类的为政史，也恰恰是离道、背道、叛道的历史。物之常性，是缺什么补什么，人生、人心如此，社会、政治亦然。在乌托之邦、大同世界、桃花源梦中所勾画的平等、和谐、幸福、天下为公等这些美好的东西，圣贤之人所津津乐道的道、德、仁这些高尚的品性，是否恰好正是现实社会所缺失的东西呢？而历代圣人所呼吁的为政以道，是否也恰好是社会现实中为政、行政中无道、缺德的可怕真相的折射呢？

鲁迅让我们"睁了眼看"，让我们"直面惨淡的人生""正视淋漓的鲜血"；而在其小说《狂人日记》中，鲁迅借狂人之眼，在写满"仁义道德"的历史的字缝里看到了两个字，那就是"吃人"。这是对中国封建社会和专制制度下人的生存状态的写真。在这样的社会里、政体中，何谈天下为公？何谈平等、民主？一切只是家天下或其变形而已，是少数人对多数人的剥削、压迫、统治和迫害的历史和现状。

为了维护这种背道、非人的统治，统治者心照不宣、不约而同地采用并不断丰富发展了秦始皇发明的两种方法，那就是"焚书坑儒"。

"焚书"是统治者在文化、思想、意识形态上的统治策略和专制措施，那就是割断文化的传统继承，将不利于自己统治的思想、观念加以毁灭，达到愚民的目的，以利于自己的统治，不至于因所谓的异端邪说而威胁自己的正统地位；还有就是排除异域的思想、观念的入侵，不受他者的价值观念所影响，所谓华夷之辨、反对资产阶级自由化等均然。这是消极的、被动的，还有积极的、主动的，如汉儒制定三纲五常以规训和束缚人的思想和行为。

而"坑儒"则是统治者利用刑律、军事等手段对质疑、挑战、威胁自己统治的异己分子进行人身的、肉体上的制裁、镇压乃至消灭。而这样的迫害乃至杀害，不是一时的暂时的，而是长久的永无止息的；不是个别的偶然的，而是普遍的必然的。因此，一部为政、行政的历史就是一部血腥的斗争史，是你死我活的互相撕咬的恐怖史。斗争、迫害、镇压成了封建社会和专制制度当权者信奉的国策，也成了他们乐在其中的人生哲学。在斗争的背景下，人和人充满戒备、恐怖、仇恨，而丧失了彼此的宽容、仁慈、关爱和怜悯，人人都变成了狼。

一、"暂时做稳了奴隶的时代"：道逝而人亡

在空想中、在书本里与道相合、健全而美好的社会理想，在漫长的封建专制的历史中，在关系人类世世代代的生存、发展和福祉的现实政治体制、制度以及行政观念、措施上却化作泡影，以至于离经叛道，给人类造成了无穷无尽的痛苦和灾难。而对这样的社会弊端甚至罪恶，作为中国思想史上一个异类思想家的鲁迅的两句话就一针见血地指出了它的要害。鲁迅认为，中国有两个时代，"一，想做奴隶而不得的时代；二，暂时做稳了奴隶的时代"①。

鲁迅的话并不是危言耸听，而是建立在史实的基础之上，或者说是将以往被人们有意掩盖和无意忘却的历史真相揭示了出来。中国几千年的历史，就是少数人对多数人奴役的历史，是统治者对人民大众压迫、剥削、迫害的历史。这样的历史，这样的政体，没有文明，没有仁爱，没有道德；有的只是权贵的作威作福、盛气凌人和卑贱者的被奴役、受苦难及没有独立人格的苟活、自轻自贱。这还是好的，战争爆发了，皇帝、统治者没有了，连奴才都当不成，只能过朝不保夕、猪狗不如的生活。这就是国

---

① 鲁迅：《坟·灯下漫笔》，见《鲁迅全集》第一卷，人民文学出版社 2005 年版，第 225 页。

人几千年的生存状态的真实写照。

天下是天下人的天下，天下所有的财富、资源都理应为天下人所共有所共享，所以《礼记·礼运》所倡导的"天下为公"是符合道的，是道的产物，是老子所说的"天之道"。可惜的是，这样的社会连孔圣人都没有见过——"丘未之逮也"，那不过只是一个美丽的传说而已。而孔子在现实中所遭遇和身处其中的不过是"大道既隐，天下为家"的家天下罢了。在家天下里，所有的国民被简化为两类，那就是得到天下的主人和给主人效忠的奴隶，因而是最为不平等的人际关系，人们在失去物质资料的同时，自己精神上的独立性也随之丧失了。所谓"普天之下，莫非皇土；率土之民，莫非皇臣"（《诗经·小雅·谷风之什·北山》）。作为知识分子乃至以圣人自况的韩愈在其名作《原道》中，竟然这样定位君、臣、民的身份和职责，"君者，出令者也；臣者，行君之令而致之民者也；民者，出粟米麻丝、作器皿、通财货以事其上者也。君不出令，则失其所以为君；臣不行君之令，则失其所以为臣；民不出粟米麻丝、作器皿、通财货以事其上，则诛"。虽然价值立场有很大问题，但却道出了君、臣、民极度不平等的真实状态。近代社会学家严复以西方政治原则而论中国历史上这样的社会阶层尖锐对立的现实，"是故西洋之言治者曰：'国者，斯民之公产也，王侯将相者，通国之公仆隶也。'而中国之尊王者曰：'天子富有四海，臣妾亿兆。'臣妾者也，其文之故训犹奴虏也。夫如是则西洋之民，其尊且贵也，过于王侯将相，而我中国之民，其卑且贱也，皆奴产子也"[1]。

在这样的家天下里，等级是十分森严的，而大多数劳动者只能处于社会的最底层。而这样的极为不平等的等级制度，在当政者看来是合理合法的，是天经地义的，是古已有之的。《左传》曰："天有十日，人有十等。下所以事上，上所以共神也。故王臣公，公臣大夫，大夫臣士，士臣皂，皂臣舆，舆臣隶，隶臣僚，僚臣仆，仆臣台。"（《左传·昭公七年》）在这样层层压迫、奴役的等级制度下，人在奴役、压迫别人并被别人奴役、压迫的过程中，也就渐渐失去了人的尊严和品格，以至于鲁迅就此愤慨

---

①　严复：《严复集》第一册，中华书局 1986 年版，第 36 页。

道："中国人向来就没有争到过'人'的价格，至多不过是奴隶，到现在还如此，然而下于奴隶的时候，却是数见不鲜的。"① 并进而说道："因为古代传来而至今还在的许多差别，使人们各个分离，遂不能再感到别人的痛苦；并且因为自己各有奴使别人、吃掉别人的希望，便也忘却自己同有被奴使被吃掉的将来。于是大小无数的人肉的筵宴，即从有文明以来一直排到现在，人们就在这会场中吃人，被吃，以凶人的愚妄的欢呼，将悲惨的弱者的呼号遮掩，更不消说女人和小儿。"②

专制政体、等级森严的制度，不仅给每个人都造成痛苦和不幸，进而导致国民人性的扭曲、人格的病变和道德的沦丧。孟德斯鸠这样写道："专制的国家，既没有荣誉又没有品德，人们所以有所作为，只是因为希望获得生活上的好处而已。"③ 而道德的堕落、人性的病态和人情的冷漠，源于在专制的体制下人们普遍处于等级森严的人际关系中，人与人没有平等的地位和观念，"在君主和专制的国家里，没有人渴慕平等。平等的观念根本就不进入人们的头脑里去。大家都希望出类拔萃。就是出身最卑微的人们也希望脱离他原来的境地，而成为别人的主人"④。在专制国家里，"人的命运和牲畜一样，就是本能、服从与惩罚"⑤。因而无论是大权在握的统治者，高高在上的权贵，还是人微言轻、不名一文的贱民、弱势群体、被凌辱者，无一幸免地都产生了人格的畸变。当权者因为拥有权力就拥有了一切，因而变得专横霸道、唯我独尊、自私自利甚至暴虐残忍、嗜血如兽；而处于底层的弱者、被压迫者因为没有权力也就随之失去了一切，没有独立的人格、生命的尊严，变成了唯唯诺诺、唯命是从的奴才。正如托克维尔所言：专制的国家和集权的体制，"便会使人习惯于长期和完全不敢表示自己的意志，习惯于不是在一个问题上或只是暂时地表示服

① 鲁迅：《坟·灯下漫笔》，见《鲁迅全集》第一卷，人民文学出版社 2005 年版，第 224 页。
② 鲁迅：《坟·灯下漫笔》，见《鲁迅全集》第一卷，人民文学出版社 2005 年版，第 229 页。
③ ［法］孟德斯鸠：《论法的精神》上册，张雁深译，商务印书馆 2004 年版，第 80 页。
④ ［法］孟德斯鸠：《论法的精神》上册，张雁深译，商务印书馆 2004 年版，第 51 页。
⑤ ［法］孟德斯鸠：《论法的精神》上册，张雁深译，商务印书馆 2004 年版，第 32 页。

从，而是在所有问题上和天天表示服从。因此，它不仅能用自己的权力制服人民，而且能利用人民的习惯驾驭人民。它先把人民彼此孤立起来，然后再各个击破，使他们成为顺民"①。或者走向另一个极端，成为以恶抗恶、以暴易暴的恶人、暴民。无论哪个阶层，都缺少一个正常公民所应有的温和、宽容、慈爱而变得乖戾、褊狭、怨恨、嫉妒。更可怕的是，每个人的身上，无论尊卑、贫富、贵贱，都浸染了浓厚的如鲁迅所言的主奴意识，即对比自己权力大、地位高的上级、主子唯命是从、奴颜婢膝、曲意逢迎，而对比自己权力小、地位低的人则变得像主子一样地专横跋扈、颐指气使、作威作福。"在专制的国家，每一个人都是既居人上又居人下，既以专制权力压迫人又受着专制权力的压迫。"② 就此孟德斯鸠这样评论道："绝对的服从，就意味着服从者是愚蠢的，甚至连发命令的人也是愚蠢的，因为他无须思想、怀疑或推理，他只要表示一下自己的意愿就够了。"③

既然这样的封建专制的体制是那样的弊端丛生、百害而无一利，为什么这样离经叛道、贻害无穷的统治反而寿长千年、死而不僵呢？这就是这样邪恶的制度看准并抓住了人性的弱点，并进而采取了秦始皇始作俑的"焚书坑儒"发展而来的欺骗和暴力的两大手段，对国民进行精神上的控制和人身上的镇压。

二、"中国人陷入更深的瞒和骗的大泽中"：谎言对道的覆盖

封建专制体制者为了巩固自己的统治、维护自己的家天下的既得利益，首先就是对民众进行思想、精神的控制，而控制的主要策略和手段就是建立一个以谎言为基础的文化、意识形态体系，以欺骗、麻醉、规训国民的精神和灵魂。对此，鲁迅一针见血地指出了封建历史、社会、文化的

① ［法］托克维尔：《论美国的民主》上卷，董果良译，商务印书馆 2008 年版，第 96 页。
② ［法］孟德斯鸠：《论法的精神》上册，张雁深译，商务印书馆 2004 年版，第 370 页。
③ ［法］孟德斯鸠：《论法的精神》上册，张雁深译，商务印书馆 2004 年版，第 39 页。

密码、死穴和天机，那就是"瞒和骗"，"中国人向来因为不敢正视人生，只好瞒和骗，由此也生出瞒和骗的文艺来，由这文艺，更令中国人更深地陷入瞒和骗的大泽中，甚而至于已经自己不觉得"①。在《狂人日记》中，鲁迅通过狂人的眼睛看到了一般人看不到的历史、文化真相，"我翻开历史一查，这历史没有年代，歪歪斜斜的每页上都写着'仁义道德'几个字。我横竖睡不着，仔细看了半夜，才从字缝里看出字来，满本都写着两个字是'吃人'！"被"仁义道德"伪装着的历史、文化，它的实质不过是"吃人"而已。鲁迅笔下的狂人和如狂人一样的鲁迅，用另类的眼睛和思维道出了封建专制文化虚伪、害人的本来面目。鲁迅还以细腰蜂毒蜇并麻痹小青虫以孵化并饲养后代为喻，来揭露封建统治者对民众精神的麻醉和统治，"这细腰蜂不但是普通的杀手，还是一种很残忍的凶手，又是一个学识技术都极高明的解剖学家。她知道青虫的神经构造和作用，用了神奇的毒针，向那运动神经球上只一蜇，它便麻痹为不死不活状态，这才在它身上生下蜂卵，封入窠中。青虫因为不死不活，所以不动，但也因为不活不死，所以不烂，直到她的子女孵化出来的时候，这食料还和被捕当日一样的新鲜"。接着鲁迅又这样写道："三年前，我遇见神经过敏的俄国的E君，有一天他突然发愁道，不知道将来的科学家，是否不至于发明一种奇妙的药品，将这注射在谁的身上，则这人即甘心永远去做服役和战争的机器了？那时我也就皱眉叹息，装作一齐发愁的模样，以示'所见略同'之至意，殊不知我的圣君，贤臣，圣贤，圣贤之徒，却早已有过这一种黄金世界的理想了。不是'唯辟作福，唯辟作威，唯辟玉食'么？不是'君子劳心，小人劳力'么？不是'治于人者食人，治人者食于人'么？"②心明、眼毒、手狠的鲁迅，几句话就道破了统治者的愚民术、洗脑经，可谓一语道破天机，因而"民族魂"的美誉，鲁迅当之无愧。

封建专制统治者对民众的思想控制有两种相辅相成的策略：一者是愚

① 鲁迅：《坟·论睁了眼看》，见《鲁迅全集》第一卷，人民文学出版社 2005 年版，第 254 页。

② 鲁迅：《坟·春末杂谈》，见《鲁迅全集》第一卷，人民文学出版社 2005 年版，第 215 页。

民，即用强制的手段来麻醉民众，使他们无知无欲，成为驯服、温顺的工具，当然这是一种消极的方式；二者是洗脑，即对民众进行思想的改造，把他们塑造成效忠甚至献身当政者的奴才或鹰犬，当然这是一种积极的方式。

愚民策略的具体体现就是在历史、文化、教育方面实行专制主义，从时间和空间两个方面隐瞒社会、历史的真相。前者的措施不仅仅是焚书，但焚书是最为典型的方法，也是一个带有隐喻性的事件。焚书虽然源自秦始皇，但却被历代专制统治者以大同小异的方式所采用。秦始皇统一六国之后，接受宰相李斯的建议，发布禁令：除了保留"医药、卜筮、种树之书"等这些技术方面的书之外，属于民间私学的藏书如"《诗》《书》、百家语"都要烧掉，谈论《诗》《书》者处以死刑，"以古非今"者，杀其全家。这就是历史上臭名昭著的"焚书"，而这也恰好是韩非所设想的"明主之国，无书简之文，以法为教；无先王之语，以吏为师"（《史记。秦始皇纪》）的政治文化构想的具体实施。割断了历史和文化的继承，当政者就可以建立自己的文化、政治的权威，从而起码是在谎言的自欺欺人的言说中开辟了历史文化的新纪元，一切砸碎，一切从我做起，从而为自己的独断专行、唯我独尊奠定理论和文化的基础。此种策略及其玄机，始自秦始皇，也为历代专制者心照不宣地沿用。不过，这种企图用瞒和骗的方式来割断历史以愚弄民众的做法是不可能长久的，因为它是违道之举、背道之行。就此冯友兰说得好："他们想用快刀斩乱麻的手段，割断历史，但历史是不能割断的。谁要企图割断它，它就会把割断者割断。秦朝的灭亡证实了这个真理。"[1] 而在空间上则是排斥外来文化，以警觉和恐惧之心来防范异域文化的价值观念、思维方式、体制制度、生活方式等对自身统治的冲击、威胁，甚至颠覆。《左传》曰："非我族类，其心必异。"（《左传·成公四年》）而历时数千年而不止的"华夷之辨"，也一直是一厢情愿、自以为是地在强调中原文化的合理性、正统性和优越性。而这种排外的、刚愎自用的心态很难使自己的文化构成海纳百川、兼容并蓄的浑融而

---

[1] 冯友兰：《中国哲学史新编》中，人民出版社 1998 年版，第 6 页。

博大的气象，只是处于唯唯诺诺、蹑手蹑脚的自我防守状态。

以思想改造为主要内容的洗脑术，主要通过两种方式加以实施。其一是宣传，就是通过舆论手段来证明执政、统治的合法性和权威性；其二是教育，就是通过对民众的意识形态化的灌输、政治伦理的教化等来规训、改造民众的价值观念、思维方式和生命形态。关于宣传，对专制、极权社会研究极深的社会学学者汉娜·阿伦特这样写道："在极权主义国家里，宣传和恐怖相辅相成，这一点早已为人们所认识，而且经常被如此认定。""只有暴民和精英才会被极权主义本身的锐气所吸引；而只有用宣传才能赢得群众。"① 所谓宣传，就是专制的当权者利用自己控制的舆论工具，来为自己造势，抹黑并打击敌对势力，以此来赢得政治的优势甚至权威地位。而宣传就不是客观的，要对现实进行必要的过滤、选择和屏蔽；宣传也不一定是真实的，许多时候需要用说谎、造假等手段来达到自我宣传的目的。比如本来是天下为公的，但后来却变成了家天下，是违道背道的，这样的政权是不合理不合法的，从而失去了执政的正当性。但封建专制者也运用了宣传工具，抛出了"君权神授"之说，也就是说，皇帝不是一般的人，他肩负上天的使命，是替天行道，是天帝的化身和代言人，因而皇帝又自称为天子，从而印证了自身称王称帝的合理性，让那些崇拜权力的愚民俯首帖耳、死心塌地地屈从于其统治。

专制体制下的教育，则是以系统的伦理、价值体系来强行灌输，使民众的伦理观念、价值体系发生持久的根本性的改变和固化，从而使之成为安分守己的顺民。在汉代董仲舒打着"罢黜百家，独尊儒术"的旗号，对孔子的思想进行颠覆性的改造，建立了利于封建专制统治的伦理体系"三纲"，即君为臣纲，父为子纲，夫为妻纲，而且将之提升到天地阴阳等哲学层面的高度，"王道之三纲，可求于天""君臣、父子、夫妇之义，皆取诸阴阳之道。君为阳，臣为阴；父为阳，子为阴；夫为阳，妻为阴"（《春秋繁露·基义》）。在董仲舒的伦理体系里，君、父、夫，都是属于阳性，

---

① ［美］汉娜·阿伦特：《极权主义的起源》，林骧华译，生活·读书·新知三联书店2008年版，第440页。

是强势的存在，是处于统治地位的；而臣、子、妻，属于阴性，是弱势的存在，处于服从和被统治的地位。这里的忠、孝、节三种伦理，都是针对的臣、子、妻而必尽的义务，而君、父、夫却完全可以没有任何责任和担当，因而这一伦理体系是强权的文化，是站在强势的立场上来维护统治阶层的利益的。而其中父子、夫妻属于家庭伦理，而君臣则属于社会、政治伦理；而在二者之间，侧重点是在君臣之间的政治伦理，而父子、夫妻的家庭伦理不过是一种辅助、陪衬而已。因而董仲舒的"三纲"实际上核心是"一纲"，那就是臣民对最高统治者君的忠，没有任何条件的绝对服从。这样的名为伦理、实为政治的理论教化，几千年来已经深深地浸润和塑造了国民的文化心理和伦理观念。对此危害，谭嗣同这样指责道："君臣之祸亟，而父子夫妇之伦遂各以名势相制为当然矣。此皆三纲之名之为害也。名之所在，不惟关其口，使不敢昌言，乃并锢其心，使不敢涉想。愚黔首之术，故莫以繁其名为尚焉。"（《仁学》）冯友兰对民国初年征婚的女士以"新知识，旧道德"而自我标榜的现象，引而伸之论道："在封建社会中，女人是男人的附属品，男人是统治者，女人是被统治者。男人总希望女人有旧道德，以维持他们的统治地位，也希望女人有新知识，以更好地为他们服务。"由此冯友兰进一步说道："在政治上也是如此。封建统治者总希望他所统治的老百姓维持旧道德，以维持他的统治地位，也希望老百姓有新知识，以更好地为他服务。"[1] 冯友兰不愧是一个学养深厚的智者，看穿了政治小丑玩弄的小把戏，那些换汤不换药的宣传和教育，只是为了更好地培养利于自己统治的工具而已，哪有什么道义、正道存在？

三、"二十四史不过是'相斫书'"：暴政对道的背离

封建专制统治者为了维护自己的政权和利益而采取的另一个措施，就是对质疑、反对自己的人进行肉体的消灭和铲除，而其典型的例子就是肇始于秦始皇的"坑儒"。"坑儒"是秦始皇继"焚书"之后而制造的另一个

---

[1] 冯友兰：《中国哲学史新编》下，人民出版社1998年版，第563页。

重大的政治事件，以至于历史上将二者并称为"焚书坑儒"。"焚书"是在历史、文化上割断历史，统一思想，愚化民众，而"坑儒"则是对文化的主体即那些读书、写书的书生、知识分子加以绞杀。二者看似有别，而实质是一致的，那就是为了维护和巩固封建专制的统治。

《史记》这样记载："始皇闻之，乃大怒曰：'吾前收天下书不中用者尽去之。悉召文学方术士甚众，欲以兴太平，方士欲练以求奇药。今闻韩众去不报，徐市等费以巨万计，终不得药，徒奸利相告日闻。卢生等吾尊赐之甚厚，今乃诽谤我，以重吾不德也。诸生在咸阳者，吾使人廉问，或为谣言以乱黔首。'于是使御史悉案问诸生，诸生传相告引，乃自除。犯禁者四百六十余人，皆坑之咸阳，使天下知之，以惩后。"（《史记·秦始皇本纪》）从这段文字可以看出，秦始皇这次坑儒为四百六十多人，其中有文学之士、"诵法孔子"的儒生，也有炼丹、求仙药的方术之士，但坑儒的原因除了这些人或诽谤或欺骗从而惹怒了秦始皇外，主要是因为"为妖言以乱黔首"，威胁到了秦始皇的至高权威和专制统治。

我之所以大段地摘引古典文献来论说秦始皇的"坑儒"，那是因为"坑儒"不仅是作为封建专制制度形成之初秦王朝所制造的一个恶性的政治事件，而且它开了一个暴政统治明目张胆地铲除异己、对持不同政见者进行血腥杀戮的先河。"坑儒"虽然只是秦始皇个人的、偶然的一个行为，但却成为暴政手段的一个标志性的典型，为历代专制统治者所采用，或者换句话说，历代专制统治者心照不宣地以不同的形式和花样进行"坑儒"，在知识分子的白骨和鲜血里建立并巩固自己的专制政权。因此，一部封建专制社会的发展史，也就是一部暴政者对具有独立思想的知识分子镇压、屠杀的历史，是一部知识分子被凌辱、被蹂躏、被迫害的屈辱史、受难史。而更为可怕和可悲的是，专制的暴政者对待异己的镇压方式不仅仅是"坑"，而是对各种各样的残暴手段无所不用其极；而镇压的对象也不仅仅是作为知识分子的"儒"，凡是威胁、反对自己统治的人，甚至那些只是不赞同自己的人，都在自己的清剿之列。在这样畸形的社会制度下，人们为了攫取或者巩固自己的统治权力，就将屠杀、镇压、残害、斗争、刑法等当作了一种常态的、持久的政治策略和方针加以贯彻和实施，因而在长期的封建专制统治中，一部中国的历史就成了一部鲜血淋漓的人与人之间相互残杀的血腥史：手足相残，父子互杀，君灭臣，臣弑君，鲜血染红了史册，白骨堆满了河谷。暴政下人们相残的方式也是五花八门，千奇百怪：大型的军事政变，彼此刀枪相见，你死我活；悄然的阴谋夺权，食物投毒，刺客暗杀；官逼民反，揭竿而起，杀人放火。因此，鲁迅写下了这样的文字："先前，听到二十四史不过是'相斫书'，是'独夫的家谱'一类的话，便以为诚然。后来自己看起来，明白了：何尝如此。"① 其实，中国两千多年的封建专制的历史，就是帝王将相、专制的统治者违道、背道、乱道的历史，当然也是违法、逆情、悖理的历史。虽然中国很早就有法家的学派，就探讨并实行法，但那个法与今天现代文明社会的法有着本质的不同，只是打着法的名号而做着违法之事、行犯法乃至犯罪之政。从道的角度来讲，世界大同，天下为公，因而世界是天下人的世界，因而立法就应该站在公民的立场上立法，而不是站在专制独裁者或某一个利益集团的立场上来立法；法律应该代表大多数人的利益，而不是维护个别人的利益；法律一旦制定，在实施的过程中就要法律面前人人平等，而不能存在任何不受法律约束和制裁的特殊集团、阶层和个人。《管子》曰："有生法，有守法，有法于法。夫生法者，君也；守法者，臣也；法于法者，民也。"（《管子·任法》）同样与法有关系，但三种人因为身份的不同，在法律面前的地位、作用、权益也是截然不同的，君是制定法的，臣是执行法的，老百姓则是服从、遵守法的。这显然是非常不公平的，法律成了君也即封建统治者用来维护自己的统治、惩罚老百姓的工具。对此韩非也说得很明白，"君无术则弊于上，臣无法则乱于下，此不可一无，皆帝王之具也"（《韩非子·定法》）。法也好，术也好，不过都是帝王治理百姓的工具而已。对此汉初统治者的智囊贾谊以比喻的方式说得更明白也更恐怖，"仁义恩厚，人主之芒刃也；权势法制，人主之斤斧也"（班固《汉书

---

① 鲁迅：《华盖集·忽然想到之四》，见《鲁迅全集》第三卷，人民文学出版社 2005 年版，第 17 页。

·贾谊传》）。法制就像是君主手中的斧子，随时就可以砍在那些威胁自己的对手的身上。由此可见，在封建专制的统治者那里，是没有什么法律可讲的。

权力集中在一个人或一个集团的手中，是少数人、几个人甚至一个人对人民大众的统治；权力的产生、拥有、运作是当权的高层来决定的，是自上而下的，得不到广大民众的参与、监督和制约，从而当权者往往独断专行、我行我素、唯我是从。这一政体，在人类的初期以及社会的非常时期，如发生严重自然灾害或进入战争状态，对社会的稳定、生活的正常运转等方面还是有一定的优势的。但从历史的进程趋势而言，从人的全面发展来看，它存在着致命的缺陷，是一种滋生腐败、暴虐和黑暗的制度。正如孟德斯鸠所言："专制政体的原则是恐怖""专制政体的原则是不断在腐化的，因为这个原则在性质上就是腐化的东西。别的政体之所以灭亡是因为某些特殊的偶然的变故，破坏了它们的原则。专制政体的灭亡是由于自己内在的缺点"①。概而言之，其缺陷和危害主要有以下几个方面。

第一，它给社会带来严重的不公平，从而出现了在经济上贫富的两极分化。当权者、利益集团以制度化的形式使自己攫取了巨大的社会和物质资源，而前提和结果就是那些弱势群体甚至广大群众失去了自己本来应该拥有的财富，甚至是赖以生存的最低的生活保障。这就出现了《圣经》中所说的马太效应，"凡有的，还要加给他，叫他有余；凡没有的，连他所有的也要夺去"（《新约全书·马太福音》），从而出现了强者愈强、弱者愈弱、富者愈富、贫者愈贫的社会、人生的不公。老子所警示的人道取代天道的悲剧变成了现实，"天之道，损有余而补不足。人之道，则不然，损不足以奉有余"（《老子》第七十七章）。这样恶性循环的结果，就印证了孔子当初对社会灾难的深深的忧虑，"不患贫而患不均，不患寡而患不安。盖均无贫，和无寡，安无倾"（《论语·季氏》）。

其二，造成了国民的道德、操守与人生的命运、境遇、结局的悖反。一个健康、良好的社会，应该是德才兼备的人被推举、选拔进管理阶层，

---

① ［法］孟德斯鸠：《论法的精神》上册，张雁深译，商务印书馆 2004 年版，第 70 页。

而一个善良、有能力的公民也应该有一个幸福美好的人生图景。而在专制的政体下，恰恰相反，不是孔子所主张和向往的"举直错诸枉"，让贤德之士居于社会的上层；而是恰恰相反，也是孔子所忧虑和不愿看到的是"举枉错诸直"（《论语·为政》），是那些道德败坏、贪赃枉法的人处于统治地位。这也正如北岛所概括的那样："卑鄙是卑鄙者的通行证，高尚是高尚者的墓志铭。"（北岛《回答》）

其三，究其原因，是在专制体制下，权力获取、拥有和运作不在公众的监督和制约之中。一旦权力的拥有不是依靠自身的实力、品德和民众的认可、选举，而是依托上司的偏好、私情，那么媚上欺下、奴颜婢膝、投机取巧、暗箱操作等不正之风就会大行其道。而盛产暴君、昏君的国家，也同样盛产贪官、酷吏、奴才、顺民、刁民和暴民。错乱颠倒的奖惩体系、条件反射的心理行为机制，产生了生存竞争的负淘汰的畸变和悲剧。当忠于职守、舍命护家的狗却挨了主人的拳打脚踢，而偷了家里的鸡吃而给主人摇尾巴的猫反而得到了主人的赞美和奖赏的现象成了家常便饭的时候，那么忠诚而敬业的狗会越来越少而耍奸弄滑的猫则会越来越多。孟德斯鸠认为，政体与自然环境、气候、地域有着内在的关联性，而亚洲则是产生专制政体的天然土壤，"一种奴隶的思想统治着亚洲，而且从来没有离开过亚洲。在那个地方的一切历史里，是连一段表现自由精神的记录都不能找到的。那里，除了极端的奴役制之外，我们将永远看不见任何其他东西"[1]，"试看这些共和国的公民处在何等境遇中！同一个机关，既是法律的执行者，又享有立法者的全部权力。它可以用它的'一般的意志'去蹂躏全国；因为它还有司法权，它又可以用它的'个别的意志'去毁灭每一个公民。在那里，一切权力合二为一，虽然没有专制君主的外观，但人们却时时感到君主制的存在"[2]。就此，孟德斯鸠还特别提到中国，"中国是一个专制的国家，它的原则是恐怖"，并在此基础上提出这样的预测和警告"在中国，腐败的统治很快便受到惩罚。这是事物的性质自然的结

---

[1] ［法］孟德斯鸠：《论法的精神》上册，张雁深译，商务印书馆2004年版，第332页。
[2] ［法］孟德斯鸠：《论法的精神》上册，张雁深译，商务印书馆2004年版，第186页。

果。人口这样众多,如果生计困乏便会突然发生纷乱"①。专制制度存在着如此多的弊端,无疑是毒害人类的一个毒瘤,是给人类不断带来灾难的祸根。无论表面上一时表现得多么强势,无论怎样改头换面,然而历史的潮流是不可阻挡的,人们渴望自由民主、追求幸福理想的脚步是不会停下的,因而专制的制度、体制一定会被人民所抛弃和铲除,只是时间的早晚、形式的不同而已。

第三节　为政之道的探索

虽然封建专制统治那么漫长、那么彻底地背离了道,给国人的身心带来了严重的伤害,给民族造成了深重的灾难,给历史留下了斑驳的污点,但让我们感到不幸中之大幸甚至欣慰的是,在中华的政治文化中还有辉煌灿烂、让人值得骄傲的另一面,那就是历代的那些充满智慧的有识之士、那些忧国忧民的圣贤之辈,从道的标准和高度对政治、社会、民生、制度等深入而持久地进行关注、思索、设计和践行,以进谏、游说、上书、讲学、著书立说等形式表达自己的政见、政论,并制定了行之有效的政纲,矫正、引导、塑造着帝王将相治国理政的理念、伦理、理想和实践,从而在国计民生的政治领域程度不同地顺应、践行着道,起码不至于离道、背道太远。他们反复强调道在为政中的不可或缺、举足轻重的重要地位,认为道乃为政的纲领和灵魂,得道则政兴,失道则政衰。《大学》曰:"道得众则得国,失众则失国。"孟子曰:"得道者多助,失道者寡助。"(《孟子·公孙丑下》)又曰:"天下有道,小德役大德,小贤役大贤;天下无道,小役大,弱役强。斯二者,天也。顺天者存,逆天者亡。"(《孟子·离娄上》)道之得失有无,关涉着国之存亡和政之兴衰,能不慎乎?

为政以道,道在政中。统治者要在行政实践中恪守行政伦理,健全、

①　[法]孟德斯鸠:《论法的精神》上册,张雁深译,商务印书馆2004年版,第153页。

领会、践行体现了道的行政理念，提升自己的政治境界。而这些是为政以道的基础、前提和保证。将政治理念、伦理、理想、境界落在实处，转化为为政的实践中，还要讲究一定的政治策略，采取行之有效的政治措施，运用可行的行政方法和技巧。而在这些方面，古贤哲提出了许多方略和举措。而先哲就此提出的政治智慧又有大小之分：所谓政治大智慧，指的是保国安民的智慧；而小智慧，则为自我保护、全家安身的策略。

一、"政者，正也"：为政的伦理、理念和境界

为政以道，循道行政，最为重要的就是行政的主体要明道、得道、践道，换句话说，那些当政、执政之人对道的理解、践行的状态和程度，直接体现了为政以道的状态和质量。因而统治者要在行政实践中恪守行政伦理，健全、领会、践行体现了道的行政理念，提升自己的政治境界。而这些是为政以道的基础、前提和保证。

所谓行政伦理，就是当政者所必须遵守的道德准则，也即作为一个统治者要做好自己必须做好的事，尽到自己的职责，同时还不能做那些违背道的事。也就是，要有所为、有所不为，遵守而不违背行政的规矩和操守，那就是恪守了政治伦理。而对政治伦理的内涵和践行的方式、标准等，古贤哲有过丰富而深入的思索和论述。孔子曰："政者，正也。子帅以正，孰敢不正？"（《论语·颜渊》）这是孔子对当时位高权重的鲁国正卿季康子问政的回答：政的意思就是端正。您自己带头端正，谁敢不端正呢？这是孔子对统治者所应恪守的政治伦理的最为基本和核心的内涵的限定和强调，那就是"正"，即行为端正，作风正派，为人正直，这样才能起表率作用，才会形成正气良风。孔子还这样说："其身正，不令而行；其身不正，虽令不从。"（《论语·子路》）这是强调恪守政治伦理的效果和重要。自己的行为正当，就是不下指令也能顺利贯彻实行；而自身行为不正当，则相反，虽然三令五申，也不会有人听从。孔子曰："天下有道则见，无道则隐。邦有道，贫且贱焉，耻也；邦无道，富且贵焉，耻也。"（《论语·泰伯》）孔子认为，一个人有两种情况都是可耻的：一种是国家

政治清明，但自己贫穷而低贱，因为这是懒惰、不上进造成的，应该引以为耻；另一种情况是国家政治黑暗，自己却又有钱又有地位，显然是靠蝇营狗苟挣来的，也是一种耻辱。孔子是叮嘱自己的学生要有所为有所不为，要进取还要讲原则。天下太平清明了，就出来做事有为，而政治混乱不堪的时候，就要甘于寂寞。对此，孟子也提出了类似的看法。他这样写道："古人未尝不欲仕也，又恶不由其道。不由其道而往者，与钻穴隙之类也。"从政做官要讲规矩、走正道，为了功名利禄而放弃了规则和伦理，那就会"父母国人皆贱之"（《孟子·滕文公下》）。孟子还举了一个有趣的例子：齐国一个男人，天天酒足饭饱回家，当其妻妾问招待他吃喝的是什么人时，他还十分得意地回答都是那些富贵之家请他。后来，妻子发现丈夫根本不认识一个富贵之人，他不过是从祭祀坟墓的人那里乞讨些残菜剩饭而已。妻子和妾为此而羞愧哭泣，而归来的丈夫尚不自知，还得意扬扬地对妻妾摆威风。这里表面上是在讲一个被虚荣心毒化了的可悲可怜之人，但实际上是喻指那些为了获得一官半职而放弃尊严、不顾廉耻的从政者。孟子篇末这样总结道："由君子观之，则人之所以求富贵利达者，其妻妾不羞也，而不相泣者，几希矣。"（《孟子·离娄下》）一个从政的人，要懂得政治规矩，不能干超越自己职权范围的事，不能说自己的权力地位所不应该说的话，为人处事要与自己的身份地位相适应。孔子曰："不在其位，不谋其政。"（《论语·泰伯》）曾子曰："君子思不出其位。"（《论语·宪问》）就是说，作为君子，连思想考虑问题，都不应该越出自己的职权范围，要循规蹈矩。孟子更进一步强调曰："位卑而言高，罪也；立乎人之本朝，而道不行，耻也。"（《孟子·万章下》）在怎样的位置，就要有相应的言行，说了不该说的，没做应该做的，都是耻辱，甚至是犯罪。有意思的是，当职业伦理和血缘伦理即法与情冲突的时候，圣贤要求职业伦理即法服从于血缘伦理即情。叶公告诉孔子，他们那里有个坦白直率的人，自己的父亲偷了人家的羊，他便告发了父亲。孔子对这个大义灭亲的人不仅不认同，还提出了完全相反的观念，"吾党之直者异于是：父为子隐，子为父隐。——直在其中矣"（《论语·子路》）。孟子也有着完全相同的伦理观。孟子的弟子桃应问孟子：假如自己的父亲杀了人，作为天子的舜应该怎么办？孟子回答道："舜视弃天下犹弃敝屣也。窃负而逃，遵海滨而处，终身欣然，乐而忘天下。"（《孟子·尽心上》）

为政以道，这关涉着为政的立场和出发点。在这里，与封建专制者的暴政观不同，圣贤们主张、倡导和践行的是仁政，出发点是为民和爱民，而目的则是让民众得到幸福和快乐。暴政者、专制者是以当政的君王为本位的，而民众不过是他们统治的工具和牧畜的牛羊而已，谈不上尊重和关爱，只有剥削和压迫。而孟子则提出了截然相反的观点，那就是"民贵君轻"，"民为贵，社稷次之，君为轻"（《孟子·尽心下》）。在整个社会分层和结构中，虽然民众处于底层，人微言轻，但同时对社会的稳定和发展又起到至为重要的作用。荀子曾将民众与君王以水舟的关系而喻之曰："君者，舟也；庶人，水也。水则载舟，水则覆舟。"（《荀子·哀公》）所谓仁政、德政，是与暴政相反的一种政治观念和类型，它是对暴力、专制的否定。孟子曰："庖有肥肉，厩有肥马，民有饥色，野有饿莩，此率兽而食人也。兽相食，且人恶之；为民父母，行政，不免于率兽而食人，恶在其为民父母也？"（《孟子·梁惠王上》）孟子认为，假如老百姓吃不上饭，甚至被饿死，而自己却吃着肥肉，养着肥马，那当官的无异于率领着禽兽来吃人，当然就不配做老百姓的父母官。孟子曰："不嗜杀人者能一之。"又曰："今夫天下之人牧，未有不嗜杀人者也。如有不嗜杀人者，则天下之民皆引领而望之矣。诚如是也，民归之，由（犹）水之就下，沛然谁能御之？"（《孟子·梁惠王上》）统治者的常性是嗜血如命，以杀人为乐，而假如作为君王反其道而行之，不嗜杀人，那他就可以统一天下。这些孟子都是从否定的方面说的，用的是减法，要避免用这些残暴的手段来对待民众，才可以成为仁政，才能得民心、顺民意，才能够政通人和，民富国强。孟子曰："君行仁政，斯民亲其上，死其长者矣。"（《孟子·梁惠王下》）而仁政的核心是什么呢？那就是为政以德、以德服人，而不是暴政的以力服人，"以力服人者，非心服也，力不赡也；以德服人者，中心悦而诚服也，如七十子之服孔子也"（《孟子·公孙丑上》）。而以德服人的表现就是对老百姓好，保民、爱民，让老百姓的利益最大化，让老百姓生活安定，得到社会的爱护。孟子曰："保民而王，莫之御也。"又曰："老吾老，以及人之老；幼吾幼，以及人之幼。天下可运于掌。"（《孟子·梁惠王上》）实行仁政的君王，不仅只是使老百姓在物质上得到利益，同样还需要在精神情感上得到慰藉和幸福，这就是要与民同忧共乐。孟子曰："古之人与民偕乐，故能乐也。"（《孟子·梁惠王上》）又曰："乐民之乐者，民亦乐其乐；忧民之忧者，民亦忧其忧。乐以天下，忧以天下，然而不王者，未之有也。"（《孟子·梁惠王下》）在孟子看来，只有与民苦乐与共，把老百姓的冷暖祸福放在心上，老百姓才会跟你一条心，才会风雨同舟，才会同舟共济。

作为一个为政者，不仅要有为政的伦理和保民爱民的仁政理念，更为重要的还要具有博大的政治胸怀和远大的政治理想，这才能真正体现出并最终抵达道在政上的境界。所谓政治胸怀，就是从政者不是只关注一家、一地、一国的民生政事，而是将天下的百姓、全人类的命运挂在心上；所谓政治理想，就是为政者不只是致力于一时、眼前，甚或现世的国计民生，而是将现实中的施政方略与国民乃至人类千秋万代的利益结合在一起；所谓政治境界，就是为政者不能为了自己的私利、当下的政绩而做违道之政，而是应使决策、施政等的全过程与道相吻合，要明道、循道、践道而行，为整个人类谋福祉。这正如张载所设立的那样一个远大的目标，"为天地立心，为生民立命，为往圣继绝学，为万世开太平"。而这样的政治胸怀、理想和境界，在《礼记》中做了很好的勾画，"大道之行也，天下为公，选贤与能，讲信修睦"（《礼记·礼运》）。作为人治为主的国家、民族，要实现政治理想，为政之人的品德、智慧等是至关重要的。孔子曰："文武之政，布在方策，其人存则其政举，其人亡则其政息。人道敏政，地道敏树。夫政也者，蒲卢也。故为政在人，取人以身，修身以道，修道以仁。"（《礼记·中庸》）因而一个具有至大德性的人就会受天之命，得天下之位。孔子这样论舜："舜其大孝也与！德为圣人，尊为天子，富有四海之内，宗庙飨之，子孙保之。故大德必得其位，必得其禄，必得其名，必得其寿。"（《礼记·中庸》）而政治理想和政治胸怀最终都要归结并凝淀为理想的人格，这就是孟子所描述的"古之人，得志，泽加于民；不得志，修身见于世。穷则独善其身，达则兼善天下"（《孟子·尽心上》）。孟子又曰："居天下之广居，立天下之正位，行天下之大道；得志，与民由之；不得志，独行其道。富贵不能淫，贫贱不能移，威武不能屈，此之谓大丈夫。"（《孟子·滕文公下》）大丈夫，这就是孟子所向往和效仿的人格理想。而孟子的这一人格理想，是建立在对孔子的仰慕和继承上的。他这样写道："非其君不事，非其民不使；治则进，乱则退，伯夷也。何事非君，何使非民；治亦进，乱亦进，伊尹也。可以仕则仕，可以止则止，可以久则久，可以速则速，孔子也。皆古圣人也，吾未能有行焉；乃所愿，则学孔子也。"他反复强调曰："出乎其类，拔乎其萃，自生民以来，未有盛于孔子也。"（《孟子·公孙丑上》）而作为有境界的政治家，他的政治理想不是束之高阁的高头讲章，而是要实实在在地去担当和践行。孟子这样自信地说道："五百年必有王者兴，其间必有名世者。由周而来，七百有余岁矣。以其数，则过矣；以其时考之，则可矣。夫天未欲平治天下也；如欲平治天下，当今之世，舍我其谁也？吾何为不豫哉？"（《孟子·公孙丑下》）而孟子还进而以王者师自许："有王者起，必来取法，是为王者师也。"（《孟子·滕文公上》）假如一个民族、一个国家有了达到这样境界和情怀的政治家，假如地球上一定数量的从政者具有这样的政治抱负和理想，那将是民族之幸、将是世界的福祉。

二、"举直错诸枉，则枉直"：为政的方略和举措

要将政治理念、伦理、理想、境界落在实处，转化为为政的实践，完成政治的规划和设想，带来实实在在的政治效果。而在这一过程中，就要讲究一定的政治策略，采取行之有效的政治措施，运用可行的行政方法和技巧。而在这些方面，古贤哲提出了许多方略和举措。

《论语》有这样一段记载："子适卫，冉有仆。子曰：'庶矣哉！'冉有曰：'既庶矣，又何加焉？'曰：'富之。'曰：'既富矣，又何加焉？'曰：

'教之。'"(《论语·子路》）也就是说，在孔子的为政设计中，为政的举措的顺序是庶民、富民、教民，也就是把老百姓的兴旺、富足作为社会发展的主要目标。对此，管子说得更为具体、明确。管子曰："凡治国之道，必先富民。民富则易治也，民贫则难治也。奚以知其然也？民富则安乡重家，安乡重家则敬上畏罪，敬上畏罪则易治也。民贫则危乡轻家，危乡轻家则敢陵上犯禁，陵上犯禁则难治也。故治国常富，而乱国常贫。是以善为国者，必先富民，然后治之。"（《管子·治国》）管子又曰："仓廪实而知礼节，衣食足而知荣辱。"（《管子·牧民》）以吃穿住行为主要内容的物质生活是第一位的，只有生理需求的物质生活得到满足，社会才会安定，老百姓才能够在礼义、道德方面进一步提高自己。孟子也提出了类似的看法，那就是养民之欲，使民拥有可以维持自己和家庭生活的财富。他这样写道："若民，则无恒产，因无恒心。苟无恒心，放辟邪侈，无不为已。及陷于罪，然后从而刑之，是罔民也。焉有仁人在位罔民而可为也？是故明君制民之产，必使仰足以事父母，俯足以畜妻子，乐岁终身饱，凶年免于死亡；然后驱而之善，故民之从之也轻。"（《孟子·梁惠王上》）对富民为先之道，李泽厚这样论述道："'庶之，富之'，仍然是居第一、第二位。宋明理学高谈心性，大讲'生生之为易''天地之大德曰生'以及周敦颐不除庭草以存天意等等，都停留在精神、道德层面上，而不知'生生'首先就是'人活着'的问题。我这个'吃饭哲学'一方面被那些奉阶级斗争为圭臬的左派马克思主义所抨击，另一方面也被奉道德形而上学为圭臬的新儒家所反对，斥责我是'庸俗化'了的马克思和孔夫子。其实无论是马克思或孔夫子，都很重视人必需吃饭才能生存（即活）这个简单事实。"①

在古圣贤的政治方略中，对待民众除了最基本的"庶之、富之"，就是"教之"，也就是注重对老百姓的教化，使民众明理、守法、尚德、乐俗，在道德伦理、精神情感、风俗习尚方面有所提升。孔子极为重视对百姓的教化，而且为政者要以身作则，这样才可以取信于民。孔子曰："上

---

① 李泽厚：《论语今读》，安徽文艺出版社 1998 年版，第 308 页。

好礼，则民莫敢不敬；上好义，则民莫敢不服；上好信，则民莫敢不用情。夫如是，则四方之民襁负其子而至矣，焉用稼?"（《论语·子路》）而对老百姓的教化，要从人伦的教化开始，而人伦的最基本、最核心的内涵就是对父母的孝和对兄长的悌。孔子的学生有子这样说："其为人也孝弟（悌），而好犯上者，鲜矣；不好犯上，而好作乱者，未之有也。君子务本，本立而道生。孝弟（悌）也者，其为仁之本欤!"（《论语·学而》）孟子也极为注重人伦之教，他这样说："道在迩而求诸远，事在易而求诸难：人人亲其亲、长其长，而天下平。"（《孟子·离娄上》）在孟子看来，治理国家很容易，只要每个人都亲爱自己的父母，都尊敬自己的长辈，天下就会太平无事。孟子认为，人的道德理想就是一个"诚"字，让每个人都思诚，则百事皆顺，"是故诚者，天之道也；思诚者，人之道也。至诚而不动者，未之有也；不诚，未有能动者也"（《孟子·离娄上》）。

在人治的政治体制中，行政者的道德品质、人格素养至为重要，因而让贤者能够处于为政的高位至为重要，好人当政社会才会有公平正义，这也是先贤极为重视一个政治课题。孔子反复强调"举直错诸枉"，其用心也在这里。这句话在《论语》中两次提到，其一曰："哀公问曰：'何为则民服?'孔子对曰：'举直错诸枉，则民服；举枉错诸直，则民不服。'"（《论语·为政》）其二曰："子曰：'举直错诸枉，能使枉者直。'"（《论语·颜渊》）这里的"举直错诸枉"是一个比喻，表面意思是把直的木头放在弯的木头上面，其喻义是把正直有贤德的人选拔出来处于高位。这样就会出现两种情况，一是老百姓就会心服口服，就会听从贤者的领导；二是这样一来那些邪恶之人要么会变好，要么就会远离领导岗位，不会给社会带来祸害。从这里可以看出孔子极为重视任贤的重要性，也提出了任贤的一些举措。针对封建社会任人唯亲的弊端，荀子在"亲亲"之外也提出了"贤贤"的任人方略。他这样写道："上贤使之为三公，次贤使之为诸侯，下贤使之为士大夫。"（《荀子·君道》）用人的标准由贵族的血统向道德水准、人格素养转移。而在孟子那里，则将选贤任贤的权力和机制进行了革命性的变革，将国人也就是民众的意见作为最终的考量，"左右皆曰贤，未可也；诸大夫皆曰贤，未可也；国人皆曰贤，然后察之；见贤焉，然后用之。左右皆曰不可，勿听；诸大夫皆曰不可，勿听；国人皆曰不可，然后察之；见不可焉，然后去之"（《孟子·梁惠王下》）。将国人的意见放在君之左右和大夫之上，可以看出孟子对老百姓意愿的重视和尊重，是选贤任贤的制度化、平民化的一大革新和进步。

尤其难能可贵的是，在那样一个专制的铁板一块的封建时代里，那些贤哲们还提出了一系列关于政治制度、体制建设和改革的可行性措施和设想，即使在今天也是极富启发性和行之有效的。而在这方面，孟子思索较深，用力较多。孟子曰："仁则荣，不仁则辱；今恶辱而居不仁，是犹恶湿而居下也。如恶之，莫如德而尊士，贤者在位，能者在职；国家闲暇，及是时，明其政刑。虽大国，必畏之矣。诗云：'迨天之未阴雨，彻彼桑土，绸缪牖户。今此下民，或敢侮予？'孔子曰：'为此诗者，其知道乎！能治其国家，谁敢侮之？'今国家闲暇，及是时，般乐怠敖，是自求祸也。祸福无不自己求之者。"（《孟子·公孙丑上》）

孟子特别提出用人制度和政治法律制度建设的重要性，认为实行仁政，就要以德为贵而尊敬士人，使德才兼备的人担任重要职务，趁着国家安定之时修订、完善政治法典，纵然强大的邻国也会畏惧它的。孟子还引《诗经》和孔子的言论来论证，这种未雨绸缪的制度建设才是富国强兵之路，是远祸避害之法。孟子曰："子谓薛居州，善士也，使之居于王所。在于王所者，长幼卑尊皆薛居州也，王谁与为不善？在王所者，长幼卑尊皆非薛居州也，王谁与为善？以薛居州，独如宋王何？"（《孟子·滕文公下》）孟子这里是以比喻的方式来说明环境、制度的重要性，一个好的制度和环境可以使好人更好，起码不会使好人变坏；而一个坏的制度环境，则会使好人变坏，使坏人更坏。孟子曰："君有大过则谏；反复之而不听，则易位。"又曰："君有过则谏，反复之而不听，则去。"（《孟子·万章下》）这里孟子提出了官员对君王的监督、规谏、弹劾的制度和机制，君王犯了大错，公卿就要反复规谏，改则可矣，假如一意孤行，就会有两种选择。一种是比较温和的，规谏之人自己离职，给当政者以震慑作用；而另一种则较为激烈，就是弹劾国君，让贤明者取而代之。在那样的时代，孟子提出这样的政治措施对最高权力进行监督和弹劾，可谓振聋发聩，极为超前。

三、"用之则行，舍之则藏"：为政的策略和智慧

为政者还要有为政的策略和智慧，要学会明哲保身，远祸避害，这就是政治智慧。政治智慧，积极的能够使行政利益最大化，起到事半功倍的效果；消极的也可以减少不必要的政治损失。而政治智慧又分为大智慧和小智慧。所谓政治大智慧，指的是保国安民的智慧；而小智慧，则为自我保护、全家安身的策略。

真正的政治大智慧，都是道在政治上的体现，都是关系着人类千秋万代命运和福祉的一些构想和理想，如前述的"天下为公"的大同思想、孟子的"民贵君轻"的思想、孔子的"为政以德"的思想等，都是圣贤之辈站在世界和人类的高度而思谋、建构起来的政治蓝图，属于常人难以企及的政治大智慧，前论备矣，不再赘述。退而言之，那些关系着国计民生、富民强国的理念和策略，同样也属于政治大智慧之列。荀子曰："马骇舆则君子不安舆，庶人骇政则君子不安位。马骇舆则莫若静之；庶人骇政则莫若惠之。"又曰："君者，舟也；庶人者，水也。水则载舟，水则覆舟。"（《荀子·王制》）荀子认识到在封建专制的社会中，民众的利益和意愿对社会的稳定和王朝的兴衰更替都起着举足轻重的作用，因而要调整对待底层民众的态度和统治策略，骇政不若惠民更利于社会的稳定和国家的长治久安。这样的思想和策略无疑充满着政治家的智慧，也为历代的明君贤相所借鉴采纳。唐贞观后期，魏征在著名的《谏太宗十思疏》中说："怨不在大，可畏惟人。载舟覆舟，所宜深慎。"后又进谏唐太宗曰："臣又闻古语云：'君，舟也；人，水也。水能载舟，亦能覆舟。'陛下以为可畏，诚如圣旨。"（吴兢《贞观政要》）一代名相魏征所言所为，显然源自荀子。前述孟子所提倡的"君有过则谏，反复之而不听，则去"（《孟子·万章下》）也同样属于政治上的大智慧，面对君王的过错，不是仅仅为了自保

而逃避，而是以国家社稷为重，冒着风险而进谏。但当多次进谏而没有效果时，也不以卵击石，自取其辱，而是远祸避害。这样既讲政治的原则性，又讲进退的灵活性，是智者所为。

《礼记》曰："是故居上不骄，为下不倍（背），国有道其言足以兴，国无道其默足以容。《诗》曰'既明且哲，以保其身'，其此之谓与！"（《礼记·中庸》）这里引用《诗经》中的诗句，成了后来的一个成语，即明哲保身。用聪明和智慧来保全自身，这有什么不好呢？在那个处处暗藏杀机的封建社会官场中，不骄下，不叛上，讲政治规矩；政治清明就在为政上积极进取，政治昏暗就退而独善己身，讲为政伦理。这虽为小智，但也很有价值。

这样的为政小智，作为在变幻莫测、波诡云谲的政治生态环境中寻求生存和发展的一种策略，虽只是雕虫小技而已，不足一提，但对一个以从政为生的个体而言，却是可以改变、决定自己人生乃至生命走向和轨迹的大谋略、大智慧。对此，作为圣人的孔子所言甚多，感悟颇深。孔子曰："不在其位，不谋其政。"（《论语·宪政》）在等级森严的封建社会里，大家各司其职，不要越权干预别人的政事，而是做好自己该做的，不做自己不该做的，这不仅是一种政治规矩，而且是自保的重要方法和措施。因为越权做了不属于自己职权范围内的事，就会打破行政领域里的秩序，带来行政的混乱，而且会在无形中给自己树立政敌，对自己的工作带来很大的不利。孔子曰："宁武子，邦有道则知（智），邦无道则愚。其知（智）可及也，其愚不可及也。"（《论语·公冶长》）宁武子是当时卫国的大夫，是孔子极力推崇和赞美的一个人，因为他很有政治智慧，在国家政治清明的时候就表现得很睿智，在国家政治昏暗的时候就表现得很愚笨。他睿智的样子，别人也能做到；但他那种表现愚笨的时候傻傻的样子，却是别人很难做到的。这种看似傻，其实是一种大智慧。有的人喜欢要小聪明，结果会枉送了自己的生命。孔子曰："邦有道，危言危行；邦无道，危行言孙（逊）。"（《论语·宪问》）这里孔子说的是在不同政治生态环境中，要调整好自己的言行方式方法。政治清明的时候，言语和行为要正直；政治黑暗的时候，行为还要正直，但言语要谦顺，以免祸从口出。《论语》载："子谓颜渊曰：'用之则行，舍之则藏，唯我与尔有是夫！'"（《论语·述而》）"用之则行，舍之则藏"这句话，后来演变成一个成语，即"用舍行藏"，可见它影响颇大。而这句话也是政治智慧和理想人格的一个总结，那就是社会需要我的时候，我就施展自己的聪明才智，绝不懒惰倦怠；而当社会不需要我的时候，我就将自己的聪明才智收敛起来，等到用时再用，绝不自暴自弃，也不强行硬行。能进能退，能行能藏，方为智者所为。

儒家如此，在政治生态严酷的背景下和风险极高的从政职业上，道家也同样注意到要采取一定的生存策略和智慧才可以保全自己，当然也对这样的智慧有所总结和表达。庄子讲了两个看似矛盾而大有深意的故事：其一是一棵大树因材质较差，砍伐者不屑一顾而"以不材得终其天年"；其二是一只鹅因为不会鸣叫而被主人杀了用以招待客人。就此"弟子问于庄子曰：'昨日山中之木，以不材得终其天年；今主人之雁（鹅），以不材死；先生将何处？'"庄子回答道："周将处乎材与不材之间。"（《庄子·山木》）时事太凶险，太优秀了会招来杀身之祸，太蠢笨无能了也会失去活着的资格，因而只能采取一种不上不下、不高不低的状态。他又这样说道："为善无近名，为恶无近刑。缘都以为经，可以保身，可以全生，可以养亲，可以尽年。"（《庄子·养生主》）也就是说，要想保全自己的身家性命，就不能太善以至于成为名人，也不能太恶招来刑罚。而是在好和坏、善和恶之间选择一个中间路线，做一个不善不恶、不好不坏的人。这可以看作是对"处乎材与不材之间"的一个总结和注解。道家的政治智慧与儒家相比，缺少了那种"知其不可而为之"的积极进取精神，而多了几分无为、退隐，甚至颓废的消极色彩。

第四节　循道之政的求索与践行

天地自然和人类社会有着一种神秘而神奇的自我修复能力和功能，那就是某一方面缺失了，就会在另一方面加以弥补；某一方面丢掉了，就会通过不同的途径和方式把它找回来。自然万物如此，为政之道亦然。当几千年的封建统治背道、失道、逆道而行的时候，思道、盼道、唤道、寻道的意识也在悄然觉醒、萌发，循道、践道的行动也在进行和展开。堤外损失堤内补，天上损失地上补，主流、庙堂失去了道，而作为潜流、暗流的知识群体和作为江湖的民间社会却在呼唤道：魂兮归来！

为政之道的核心内涵是什么？让世界上大多数的人来主政，主政是为大多数人谋福利，这就是最大的为政之道。因此要践行"天下为公""还政于民""执政为民"的理念和宗旨。理论上说起来很简单、很容易，但实践起来却是山重水复、千难万险。

让政回归并遵循道的呼唤和践行从未停止，而是一直或暗流涌动或风生水起。不只是几个人或某一时、某一地，而是成千上万的人，几千年来在世界各地；不只是在心中、纸上，而是在现实中、在行动上；不只是用笔、用心、用口，还用汗、用泪、用血；用个人乃至无数人的鲜血、生命为代价来探索新生之路，前赴后继，不绝如缕。为了千秋万代的福祉，为了子孙后代的幸福，为了后人能够上天堂，个人、几代人、无数的仁人志士甘愿下地狱、受熬煎，以血践道。

循道之政的求索和践行在两个空间或路径行进、展开和深化。其一为以远离官方主流的民众为主体的民间社会的身体力行；其二为明清以降的由开明开放的官员和得风气之先的知识分子构成的群体，面对东渐的西风，以他山之石可以攻玉的建设性的理念进行中体西用或西体中用等不同的构想和实践。两种空间和力量相互映衬、声援、呼应，力图在坚如磐石、针插不进、水泼不进的封建专制的超稳定结构的体制中撕开一个见到天光的口子，让公平、正义、民主、平等、自由等道之光普照到国民的身上、心里。

一、"礼失求诸野"：民间社会的互助互惠、平等自由对失道政体的矫正

在封建专制政权的统治下，虽然"普天之下，莫非王土；率土之滨，莫非王臣"（《左传·昭公七年》），但仍有个性、生机、自由、温情在暗流涌动，形成了一个根植于大地和民生的独立不依的社会空间，互补、消解、对抗着坚硬如铁、冷若冰霜的专制统治，矫正着主流政体对道的偏离和背叛，用人间的温情、正义、淳朴呼唤那被遗失了的道的精魂。这样的独立社会空间，被称为与朝廷相对的"野"，所谓在朝在野，所谓隐于朝、隐于市、隐于野；也被称为与庙堂相对的江湖，所谓"居庙堂之高""处江湖之远"（范仲淹《岳阳楼记》）；而用现代社会学的术语，则称为民间社会。朝与野、庙堂与江湖、官方与民间，这是两个截然不同的社会空间，有着完全对立的结构形态、道德观念和行为方式。

汉代的王充说："知屋漏者在宇下，知政失者在草野，知经误者在诸子。"（《论衡·书解》）虽然王充这段话的侧重点在最后一句，前两句仅仅是以类比的形式作为铺垫和衬托，但他说的却是非常有道理的。那就是以下观上看得会更分明，而草野作为一个民间视角和立场，能够更清楚地发现问题。班固曰："仲尼有言：'礼失而求诸野。'"（《汉书·艺文志·诸子略序》）传说中孔子的这句话说得又进了一步，那就是礼义文明在主流的庙堂丢失了，就可以在江湖、草野的民间寻找和发掘出来，从而得以继承和光大。

说到以草野、江湖构成的民间社会，首先要说说社会。荀子有言："人，力不若牛，走不若马，而牛马为用，何也？曰：人能群，彼不能群也。"（《荀子·王制》）又曰："故百技所成，所以养一人也。而能不能兼技，人不能兼官，离居不相待则穷，群而无分则争。"（《荀子·富国》）荀子认为，社会组织有两个功能，那就是它的团结互助性和技术职业的分工，人和人之间只有相互团结、合作、互助，才能克服困难，过上正常的生活。而这样的人和人之间为了更好地生产、工作、生活而自愿结合起

来、互惠互助的组织就是社会。政府只是社会组织的类型之一，而社会则大于、包含政府，因为除了官方为主体的政府这一社会组织之外，还有以平民为主体组织起来的民间社会。

民间社会是由游离于官方主流社会之外的人构成的组织群体，这样的群体古已有之，与社会的产生相伴随。当统治者为了自己既得利益集团的私欲而背离道义和公正的时候，恰恰是这些处于底层和边缘的人群还保持着可贵的道义。庄子曾说过一句非常另类的话，那就是"盗亦有道"。盗贼作为以偷窃别人的钱财为生的人，所谓的鸡鸣狗盗之徒，应该说是最不讲伦理和道义的，但庄子认为盗贼也有自己的道义。他这样论证道："故跖之徒问于跖曰：'盗亦有道乎？'跖曰：'何适而无有道邪！夫妄意室中之藏，圣也；入先，勇也；出后，义也；知可否，知（智）也；分均，仁也。五者不备而能成大盗者，天下未之有也。'"（《庄子·胠箧》）此语虽然是借大盗之口说出，存在一个价值立场问题，但从另类的角度反观现实，还是足以引起我们的深思和警醒。盗作为民间团体，也有社会的规则和道义，具有圣、勇、义、智、仁这五种优良品德才可以为成功之盗、得道之盗。这样说起来，连那些主流社会的帝王、圣贤之辈都自愧不如。在古代民间，还有一种与官方脱离甚至对抗的一个民间力量、一个不成为组织的群体，那就是侠客。韩非子曰："儒以文乱法，而侠以武犯禁。"（《韩非子·五蠹》）由此可见，在战国之时游侠作为一种社会力量，"以武犯禁"，是与官方不合作，甚至是对立的；而将其与儒家并置，可见其势力、作用已经相当大，而司马迁在《史记》、班固在《汉书》中，都以独立的专卷"游侠列传""游侠传"详录其形状，足以作为佐证。侠虽犯禁抗上，但重然诺、尚自由，在民间口碑颇佳。司马迁对其评曰："今游侠，其行虽不轨于正义，然其言必信，其行必果，以诺必诚，不爱其躯，赴士之厄困，既已存亡死生矣，而不矜其能，羞伐其德，盖亦有足多者焉。"（《史记·游侠列传》）除了这种以武功、勇敢、重诺的武侠之外，民间自古至今还存在、活跃着思想的侠客，那就是隐士。隐士群体虽然也有走终南捷径而曲线致仕的玩心机者，也有人生失意、怀才不遇而寻找心理平衡以隐居作秀者，但整体而言，隐者大都是心灵高洁、胸襟广阔、情感纯正、性格刚直之人，饿死而不食周粟的伯夷、叔齐，以尧让位与他为耻而洗耳而让天下的许由，以权力、荣华为腐鼠、为痔痈的庄子，不为五斗米折腰而回归田园的陶渊明，远离权贵而归隐山野的竹林七贤，等等，都是品德高尚的隐逸者的代表。他们远离或逃避官方的权力层，有自己独立的政治见解和立场，对当政者采取不合作的态度，属于持不同政见者。在官场无道的时候，他们思想自由、人格独立、生活自在、特立独行的生活方式、人生样式往往体现了道的精髓，自觉不自觉地修补和矫正了残缺不全的为政之道。

　　盗贼、游侠、隐士，虽属于江湖、草野的民间，但只是一些散乱的群体，还很难说是一个民间的组织或社会，而在古代可以成为民间组织或社会的，当推墨家。他们拥有自己赖以生存的职业、组织结构、社会规范、道德信条和宗教信仰。在春秋、战国时期，墨家与儒家、道家、阴阳家、法家、名家、纵横家、杂家、农家、小说家等一起并称为十家之一，而且在这十家之中它又是可以与儒家并驾齐驱的显学。韩非子曰："世之显学，儒墨也。儒之所至，孔子也；墨之所至，墨翟也。"（《韩非子·显学》）也就是说，墨家是一个学派，有自己的精神领袖，那就是墨子。同时，墨家作为社会组织，力量十分强大。《吕氏春秋》记载："孔墨布衣之士也。万乘之主，千乘之君，不能与之争士也。"（《吕氏春秋·诚廉》）而墨家与儒家不同之处则在于，墨家多为手工劳动者，是可以自食其力并能为社会创造物质财富的社会组织。班固在《汉书》中这样论述墨家："墨家者流，盖出于清庙之守。茅屋采椽，是以贵俭；养三老五更，是以兼爱；选士大射，是以上贤；宗祀严父，是以右鬼；顺四时而行，是以非命；以孝视天下，是以上同：此其所长也。及蔽者为之，见俭之利，因以非礼，推兼爱之意，而不知别亲疏。"（《汉书·艺文志》）墨家作为一个民间社会组织，是与官方的主流社会完全对立的，而其伦理道德、价值观念、宗教信仰等也与封建专制社会体制形成了鲜明的对比。它所主张的兼爱即无等差的、建立在平等基础的博爱，体现了道的精神，而与封建统治者以争斗、残杀的人和人之间的相互仇恨形成了鲜明的对比；而尚贤的用人理念、尚同、非攻的和平思想，则与封建专制社会的任人唯亲、崇尚杀伐的战争理念拉开了距离；而经济上的节用、节葬和非乐等观念则对封建统治者骄奢淫逸、铺张浪费等形成了强力的反拨和修正。

从古至今，在漫长的历史的不同时期，在不同的地域，这些被称为江湖、草野的民间社会，就像"野火烧不尽，春风吹又生"的野草一样，始终生生不息而又蓬蓬勃勃地存在着、发展着。这些民间社会，因为行业的性质、功能不同而有着不同的成员构成、组织形式、运行方式，并由此产生了不同的关系、规范、操守、规约和信仰。虽然江湖有险恶，草野存蛮荒，民间藏污浊，它并不是纯洁无瑕的净土，也不是神光普照的天堂，但作为一种与主流专制政体相对立的力量和存在，它却以自己的方式制衡并对抗着与道背离的野蛮的暴政，而将温暖而人性的人间道义唤回到大地和人心。以农业、渔业、狩猎为主的民间社会，根植于大地、旷野和山水，致力于衣食之需的民生，因而人与人、人与自然形成了自自然然、醇和朴厚的关系和状态，内心是敬畏而庄严的，他们要虔诚地信仰和膜拜土地神、谷神、河神、山神等；以手工业、服务性行业构成的民间社会，是靠手艺谋生并结盟的，因而彼此是互惠互助而又独立自由的，较少垂直或横向的依赖性，人与人之间是简简单单、朴朴实实的，他们对自己行业的祖师爷有着神圣的情感，常常供奉其神位，逢年过节或在开业庆典之时，必真诚礼拜；以商业为主的民间社会，要在同行、制造业主和顾客之间周旋，应对的人事较为复杂多变，但要想处于不败之地，不仅要有竞争的实力，更要有公平、公道和诚信作为底子，才能做大做强，天长地久，而对财神的供奉虽然有急功近利的功利心，但诚敬之心是不敢添加任何水分的。这些都是对封建专制政体的等级森严、专制霸道、虚伪欺骗、唯我独尊、实用功利等背道之为的反拨和矫正。民间社会是人人为大家、大家为人人的以满足、改善、提高人们的物质、精神生活而自然形成的社会，是自自然然、其乐融融的社会。而王权则是为了巩固自己的政权、维护自己的统治而强行建立、完善和发展起来的，斗转星移，改变的只是方式、策略，而本质、性质是不会发生根本改变的，绝不会为民、利民，而只是将人民当作统治的对象和工具而已。而民间社会的产生和发展则程度不同地出现了权力的下移，从庙堂沉到了江湖、从朝廷回到了草野、从官方移到了民间，从而使以民为主、民来主政、政主民生渐渐成为现实，让道义之光照在民间之野。

二、"他山之石可以攻玉"：民主、法制等理念、体制的东移和营建

在为政之道或循道之政沉入草野民间的同时，在主流社会也从破和立这两个维度呼唤和建构着道。所谓破，就是那些有识之士对那种无道的暴政进行针砭和颠覆；所谓立，就是对世界上出现的最进步的政治体制、理念加以引进、借鉴，洋为中用，中体西用，西体中用。

老子曰："大道甚夷，而人好径。朝甚除，田甚芜，仓甚虚；服文采，带利剑，厌饮食，财货有余；是谓盗夸。非道也哉！"（《老子》第五十三章）老子在这里针砭的是那些当政集团的政治腐败，他们高高在上，作威作福，骄奢淫逸，虽然位高权重，但实为盗贼，自己的富贵是建立在对底层百姓的占有和剥夺上的，故而老子总结为"非道也哉"。执政者违背了道体，走到邪路上去了。庄子更是说出了弄权者的惊人黑幕，"彼窃钩者诛，窃国者为诸侯"（《庄子·胠箧》），偷窃钩子的被杀了，而盗窃国家的反而成了诸侯。这是一个极大的反讽。那些大权在握、生杀予夺、冠冕堂皇的侯王，不仅与盗贼无异，而且是窃国大盗，因而为政者当政的合理性和道德上的正当性也就荡然无存了。对这样的无道和不公，揭竿而起的农民也以口号的形式提出了对封建帝王专制体制合理性的质疑，陈胜这样慨叹道："王侯将相宁有种乎！"（司马迁《史记·陈涉世家》）为造反、革命提出了理论根据。值得玩味的是，作为亚圣的孟子，竟然也提出了与陈胜极为相似的观点。孟子曰："贼仁者谓之'贼'，贼义者谓之'残'。残贼之人谓之'一夫'。闻诛一夫纣矣，未闻弑君也。"（《孟子·梁惠王下》）孟子认为，殷纣王残暴至极，不行为君之道，因而君已不为君，徒

有其名而已，故而周武王杀了殷纣王是合情合理的，是替天行道。这样的行为和因之而来的政权更迭，孟子称之为"征诛"，是"救民于水火之中"（《孟子·滕文公下》）的"义战"。对于封建社会政治的体制、结构和性质，冯友兰高屋建瓴而又言简意赅地论述道："中国封建社会的政治，即所谓'政'，主要是统治者和被统治者之间的关系。有关政的事情叫'政事'，有关政的进行叫'为政'。统治者是'君'，被统治者是'民'，帮助君进行统治的是'臣'。统治者的艺术是处理好这三者之间的关系，最主要的是君和民的关系。"①为了推进民主化的进程，我国无数仁人志士经历了血与火的奋斗和牺牲，换来了一定的社会进步，谱写了波澜壮阔、可歌可泣的瑰丽篇章。明清以降，中国进入了近代社会，随着工商业的发展和资本主义萌芽的出现，封建社会的政治体制、秩序、观念受到了冲击而产生了动摇。而在这历史大变革时期，那些得风气之先的思想界的先行者对社会的弊端有了深刻的认识和审视，而对合理社会的体制的蓝图有了明晰的设计和勾画，明末清初的黄宗羲即是这些先行者中的一个代表。黄宗羲在其社会政治著作《明夷待访录》中，首先尖锐地揭露了封建社会最高统治者即"君"的丑恶面目和反动本质。他这样写道，封建社会的统治者"君"，"以我之大私，为天下之大公，始而惭焉，久而安焉，视天下为莫大之产业，传之子孙，受享无穷。……是以其未得之也，屠毒天下之肝脑，离散天下之子女，以博我一人之产业。曾不惨然，曰：我固为子孙创业也。其既得之也，敲剥天下之骨髓，离散天下之子女，以奉我一人之淫乐，视为当然，曰：此我产业之花息也。然则为天下之大害者，君而已矣。"（《明夷待访录·原君》）寥寥几语，揭穿了封建君王的画皮，名为"奉天承运"的"天子"，实为天下最大的祸害，牺牲天下人的利益，而仅仅满足自己和家族的荣华富贵和骄奢淫逸。黄宗羲又论到封建社会中本来应该为民而治理天下的臣，却不过成了仅仅为封建帝王的家天下服务的仆妾："又岂知臣之与君，名异而实同耶。"（《明夷待访录·原臣》）而封建君主制定的法律是站在自己的立场上为了一己私利而为之的，因而"其所

---

① 冯友兰：《中国哲学史新编》下，人民出版社 1999 年版，第 205 页。

谓法者，一家之法，而非天下之法"，是"非法之法"，它不是为天下人服务而是"桎梏天下人之手足"的。(《明夷待访录·原法》) 为了消除封建专制统治的弊端，黄宗羲为未来的社会制度设想了三大支柱，即君、相和学校，而这三者的地位、职能又有具体的限定。职权由君王分加在宰相的身上，君王虽还拥有最高权力，但权力重心下移；君王的地位可以世袭即传给子孙，而宰相的权力则不能世袭，只能由具备相应德才之人接替。他这样写道："古者不传子而传贤，其视天子之位，去留犹夫宰相也。其后天子传子，宰相不传子，天子之子不皆贤，尚赖宰相传贤，足相补救，则天子亦不失传贤之意。"(《明夷待访录·置相》) 而学校不仅是教育机构，还是一个政权机构，"必使治天下之具，皆出于学校，而后设学校之意始备。……天子之所是未必是，天子之所非未必非，天子亦遂不敢自为非是，而公其非是于学校。是故养士为学校之一事，而学校不仅为养士而设也"(《明夷待访录·学校》)。学校不仅用来培养人才，还可以用来议政、施政，甚至可以对最高权力进行监督和否决。三者相互联系、配合，又相互制约，这样就形成了权力的有效制衡。这样的制度设计，无疑是那个时代所能做到的最大的制度上的革新，具有里程碑的意义。就此冯友兰这样评价道："这是现代西方资产阶级政治中的君主立宪制的一个雏形。在 19世纪 90 年代中国戊戌变法的时期，变法运动中的人以君主立宪为变法目标。他们只知道这是西方的一种先进的政治制度，可不知道在一百多年以前的黄宗羲已经设计了这种制度的一个雏形了。显而易见，黄宗羲所说的'君'相当于英国的王，所说的'相'相当于英国的内阁，他说的学校相当于英国的议会。"[①]

黄宗羲的政治设想虽然非常完善，达到了那个时代的最高水平，在政治学、社会学的发展史上具有里程碑式的意义，但在明末清初民族矛盾非常复杂和异族统治非常敏感、专制、强势的背景下，这样的政治设想只能是一个美丽的蓝图，被束之高阁而无法成为现实。而结合中国国情、吸收借鉴西方政治理念而制定出政改方略并具有极大的现实可行性的，是以康

---

① 冯友兰：《中国哲学史新编》下，人民出版社 1999 年版，第 362 页。

有为、谭嗣同、严复等为代表的思想家、改良派。这些仁人志士为了民族的命运而上下求索、殚精竭虑、攻坚克难，甚至付出了血的代价。康有为主张和倡导的变法的一个重要内容是政治制度上的变革，而其核心的内容则为"立宪法，开国会"。他在一份写给光绪帝的奏稿中这样说："臣窃闻东西国之强，皆以立宪法开国会之故。国会者，君与国民共议一国之政法也。盖自三权鼎立之说出，以国会立法，以法官司法，以政府行政，而人主总之，立定宪法，同受治焉。人主尊为神圣，不受责任，而政府代之。东西各国，皆行此政体。故人君与千百万之国民，合为一体，国安不得强？吾国行专制政体，一君与大臣数人共治其国，国安得不弱？盖千百万之人，胜于数人者，自然之数矣。""伏乞上师尧舜三代，外采东西强国，立行宪法，大开国会，以庶政与国民共之，行三权鼎立之制，则中国之治强，可计日待也。"康有为之政改方案，是想借鉴英国、日本之君主立宪制，以形成三权分立、权力制衡的格局和机制，但其实质又与英、日有很大的差异。就此冯友兰评曰："他的立场也是光绪帝的立场。他的问题是光绪帝怎样把政权下放到国会，以求全国上下同心协力抵抗外来的侵略，这样可以救国，也可以使光绪帝得到老百姓的拥护。他主张下放政权，但不主张全部下放政权。他所理解的君主立宪并不是、或不全部是在当时西方所已实行的君主立宪。君主立宪的实质是君主把统治权全部交给内阁，而自己居于一个有名无实的虚位。"[①]

　　谭嗣同不仅是政治变革的理论家，也是政治变革的一个可歌可泣的践行者，身为戊戌六君子之一的他，用自己的生命换来民众的觉醒和历史的进步。在政治思想上，他主张民为本而君为末、权应在民而不应在君。他这样写道："生民之初，本无所谓君臣，则皆民也。民不能相治，亦不暇治，于是共举一民为君。"因为民先君后，君由民选，故而"则非君择民，而民择君也""则因有民而后有君，君末也，民本也""则且必可共废之"。他又进而指出："君也者，为民办事者也；臣也者，助办民事者也。赋税在取于民所以为办民事之资也。如此而事犹不办，事不办而易其人，亦天

---

① 冯友兰：《中国哲学史新编》下，人民出版社 1999 年版，第 451 页。

下之通义也。"(《仁学》三十一)谭嗣同还就封建专制统治的道德伦理体系(即"名教")进行入肉见血的抨击,而对人与人之间的平等礼赞和高扬,认为"三纲五伦之惨祸烈毒,由是酷焉""君以名桎臣,官以名轭民,父以名压子,夫以名困妻"(《仁学》八),而五伦之中"于人生最无弊而有益"的是朋友,这是因为朋友关系有三个特点,即"一曰平等,二曰自由,三曰节宣惟意,总括其义,曰不失自主之权而已矣"(《仁学》三十八)。其实,这是以朋友关系的特征来倡导自由、平等的一种健全的政体。而谭嗣同关于政体的思考和规划则主要体现在他的三世说中。他认为有两种"三世",即"逆三世"和"顺三世"。所谓"逆三世",其一为"太平世",此时的社会没有宗教、教主和君王,也没有政治,属于人类之初的"洪荒太古"阶段,因而又称为"元统";其二为"升平世",虽然有了教主和君主,但他们与民众的距离较近,而教主权力相对较大,故而称为"天统",中国的三皇五帝时期属于这个阶段;其三为"据乱世",从孔子到19世纪都属于这一阶段,是封建专制社会,又称为"君统"。而"顺三世"则为君主专制的"据乱世"、经过变法改革的"升平世"和最高阶段的"太平世"。而"升平世"的特征为"地球群教,将同奉一教主,地球群国,将同奉一君主,于时为大一统"(《仁学》四十八)。最高的"太平世"的特点为"人人可有教主之德,而教主废;人人可有君主之权,而君主废。于是遍地为民主"(《仁学》四十八)。他又更进一步这样描写理想社会"太平世","君主废,则贵贱平。公理明,则贫富均。千里万里,一家一人。视其家,逆旅也。视其人,同胞也。父无所用其慈,子无所用其孝,兄弟忘其友恭,夫妇忘其倡随。若西书中百年一觉者,殆仿佛《礼记》大同之象焉"(《仁学》四十七)。谭嗣同所说的"顺三世"中的"据乱世",乃乱象丛生的漫长的封建专制统治时代;"升平世"乃背依西方资本主义文明的政治社会形态;而"太平世"则为将西方的民主、平等、自由等政治观念与中国古老的天下为公的大同思想融合在一起而构想的未来理想社会的蓝图。冯友兰这样评价谭嗣同:"当时的中国人的心中都有'中国向何处去'这个问题,谭嗣同明确地指出要走西方资本主义的道路,并指出资本主义世界观和生活方式的特点，要求人们学习。同时又指出西方资本主义并不是社会发展的最后阶段，也不是人类的最高理想。""谭嗣同回答了当时时代提出的问题，指明了时代前进的方向，就这两点上说他不愧为中国历史中的一个大运动的最高理论家，也不愧为中国历史中一个代表时代精神的大哲学家。"①

与谭嗣同、康有为、魏源、张之洞、曾国藩等站在中国文化的立场上借鉴西方文化、主张中体西用不同，西学背景深厚的严复则是站在西方文化的立场上，主张在学习、借鉴西方的时候要以西方文化为主，也即西体中用，因而在论及政体之时，对西方的政治文明充满了向往和赞美之情，并以其作为中国政改的标准和目标。他这样写道："今之夷狄，非犹古之夷狄也。今之称西人者，曰彼善会计而已，又曰彼善技巧而已。不知吾今兹之所见所闻，如汽机兵械之伦，皆其形下之粗迹，即所谓天算格致之最精，亦其能事之见端，而非命脉之所在。其命脉云何？苟扼要而谈，不外于学术则黜伪而崇真，于刑政则屈私以为公而已。斯二者，与中国理道初无异也。顾彼行之而常通，吾行之而常病者，则自由不自由异耳。"（《严复集·论世变之亟》）又曰："且其为事也，又一一皆本之学术；其为学术也，又一一求之实事实理，层累阶级，以造于至大至精之域，盖寡一事焉可坐论而不可起行者也。推求其故，盖彼以自由为体，以民主为用。"（《严复集·原强》）在这些文字里，严复透过表象开掘出了西方强大的核心原因，那就是自由和民主，即"以自由为体，以民主为用"，而这也正恰恰是中国所缺失的，是中国近代以来积贫积弱的病根。严复又进而将东西方的政治观念和现实进行了细致而深入的对比，"是故西洋之言治者曰：'国者，斯民之公产也，王侯将相者，通国之公仆隶也。'而中国之尊王者曰：'天子富有四海，臣妾亿兆。'臣妾者，其文之故训犹奴虏也。夫如是则西洋之民，其尊且贵也，过于王侯将相，而我中国之民，其卑且贱，皆奴产子也。设有战斗之事，彼其民为公产公利自为斗也，而中国则奴为其主斗耳。夫驱奴虏以斗贵人，固何所往而不败？"（《严复集·辟韩》）西

① 冯友兰：《中国哲学史新编》下，人民出版社 1999 年版，第 501 页。

方以民为贵、以民为主，中国则以民为奴、以民为贱，此乃西强中弱、西胜中败之本根也。冯友兰对严复这样论道："如果说康有为和戊戌变法运动中的人是半封建，严复虽然在当时是比较深通西学，但在政治上还是半资产阶级。如果是全资产阶级，他就不主张变法，而主张革命了。半资产阶级虽然不及全资产阶级，但和半封建比较起来毕竟是前进了一大步了。"①

在政改上对西方先进文化的引入和实践，还很有必要说一说洪秀全领导的太平天国。太平天国作为在农民起义的基础上建立起来的政权，在借鉴西方文化的背景下在政治、经济上的一系列改革和设想，都对原有的封建腐败制度进行了有效的打击，无疑有着进步的历史意义。它所倡导和实行的天朝田亩制度，即"凡天下田天下人同耕。……务使天下共享天父上主皇帝大福，有田同耕，有饭同食，有衣同穿，有钱同使，无处不均匀，无人不温饱也"（《天朝天亩制度》），这样的均贫富的施政方略对在贫困中深受煎熬的民众无疑是一个福音。其领导人之一洪仁玕所拟定的施政纲领《资政新篇》，提出了学习西方先进技术，走工业化的强国之路，并提出了具体的施行措施。虽然这些施政方略因故搁置，但对民族走向现代化是很有建设意义的。但我们也看到，洪秀全和他的太平天国之所以最后走向了覆灭之路，其原因之一就是在政体的理念和架构上存在着很大的问题。他在意识形态和政权结构中将基督文明和中国宗法观念杂糅在一起，洪秀全自称"天王"，以上帝为"天父"，耶稣为"天兄"。这样一来，"天父"成了天上的族长，"天王"洪秀全自己则成了地上的族长。地上的族长自称奉天上的族长的命令进行统治，从而把君权和族权合二为一。这貌似吸收了西方先进的政治理念，实际上是一种政治上的大倒退。冯友兰这样总结道："太平天国并没有废除封建主义的四大绳索，把老百姓解放出来，而是改头换面，把封建主义的绳索集中在一个人手中。天王是族长，是皇帝，又是教主，这样的'三位一体'使天王更容易成为一个中央集权

① 冯友兰：《中国哲学史新编》下，人民出版社1999年版，第513页。

的专制主义独裁者。"① 就此冯友兰又这样总结道："照一般的说法，农民不代表新的生产力，所以历次起义的胜利果实都为野心家所篡夺。实质上这也说不上是篡夺，而是势所必至。因为农民不代表新的生产力，所以只好在旧的生产关系中打圈子。在起义胜利以后，他会想到用选举的办法选举总统吗？这是不可能的。他只好另立一个皇帝，这个皇帝只好由他们自己的领袖担任，这是势所必至。"② 洪秀全的胜利和失败、进步和落后、价值和缺陷、贡献和破坏、福音和灾难，是所有建立在农民起义基础上的、充满封建色彩的农民政权的共同特征，我们对此都要充满警惕。

冯友兰在谈到近代中国政治改革的西风东渐的态势和格局时，说了这样一段很有见地的话："在世界史的近代阶段，西方比东方先走了一步，先东方而近代化了。在中国近代史中，所谓中西之分，实际上是古今之异。以中学为主，对西学进行格义，实际上是以古释今；以西学为主，对中学进行格义，实际上是以今释古。""从全部精神面貌看，谭嗣同是以古释今，严复是以今释古，这是一个大进步"③。冯友兰说的是近代为学论政的学术策略，但我认为，这一策略同样可以借鉴到今天的学术研究中来。

现代进步和健全的政治制度、体制的最核心的要素和特征是法制和民主，而法制和民主是一个问题的两面，是密不可分的。民主就是让全体人民为自己当家作主；而法制就是为真正的民主提供一个有效的持久的制度和体制的支撑和保证。法制的根基在立法，而立法的关键在于立法者的主体为谁。是至高无上的君王、利益集团、政党，还是全体人民？这不仅决定了这个政体的性质，也决定了这一政体下公民的生存状态、精神品格。在政治上较为保守的康德也这样认为："公民状态，纯粹作为立法状态看，先验地建筑在三个原则上：①社会中每个成员作为人，都是自由的；②社会中每个成员，作为臣民，同任何其他成员都是平等的；③共和政体的每

① 冯友兰：《中国哲学史新编》下，人民出版社 1999 年版，第 405 页。
② 冯友兰：《中国哲学史新编》下，人民出版社 1999 年版，第 413 页。
③ 冯友兰：《中国哲学史新编》下，人民出版社 1999 年版，第 507 页。

个成员作为公民，都是独立的。"①

在这里特别说一下现代民主政体。虽然你可以对民主政体挑出无数的瑕疵和弊端，但就整个地球上人类发展到今天所构建的所有政体中。这是迄今为止人类创造的最为健全、理想和美好的制度，是人类在为自己求解放、谋幸福的漫漫长旅中智慧的结晶和凝聚，因而也是离道最近的一种体制。

首先，民主，顾名思义就是人民、公民、公众当家做主。这一性质不仅表现在它的口号上，更体现在它的深层内涵和具体的实践中。无论是从理念还是机制上，它都是公正、健康的，都是符合人性和天道的，因为它能够使大多数人的利益最大化，顺应并代表了民众的意愿。在民主政体中，民众不仅在物质利益上得到满足，基本权利得以维护，而且还因为参与国家的管理、政治的监督而在精神上获得事业上的成就感、感情上的归属感和心理上的幸福感。托克维尔认为，在民主体制下，人民对社会的统治，"犹如上帝之统治宇宙。人民是一切事物的原因和结果，凡事皆出自人民，并用于人民"②。之所以能够这样，就是因为民主制的根本性质是真正地由人民当家做主的，一切的权力、决策都是通过严密的程序由选举、表决来决定的，充分顺应和体现了民心和民意。孟德斯鸠如是说："只有通过选举，人民才能当君主，因为选举表现了人民的意志。"③ 托克维尔这样写道："普选权的最大好处之一，在于吁请最受公众信任的人出任公职。"④

其次，民主政体对权力具有有效的制约，从而能够让人性与权力磨合、调整到一个最恰当的结合点。民主政体及其倡导者对权力有着异常敏锐的警觉和戒惧。英国思想史学家阿克顿勋爵有一句几乎人人皆知的名言："权力导致腐败，绝对的权力导致绝对的腐败。"孟德斯鸠更进一步指

---

① ［德］康德：《论俗谚：道理说得通，实际行不通》，见李泽厚：《批判哲学的批判》，安徽文艺出版社 1994 年版，第 345 页。

② ［法］托克维尔：《论美国的民主》上卷，董果良译，商务印书馆 2008 年版，第 64 页。

③ ［法］孟德斯鸠：《论法的精神》上册，张雁深译，商务印书馆 2004 年版，第 9 页。

④ ［法］托克维尔：《论美国的民主》上卷，董果良译，商务印书馆 2008 年版，第 223 页。

出："一切有权力的人都容易滥用权力，这是万古不易的一条经验。""要防止滥用权力，就必须以权力约束权力。我们可以有一种政制，不强迫任何人去做法律所不强制他做的事，也不禁止任何人做法律所许可的事。"①民主制度对权力的限制有两个途径或方式：一是通过民主程序来实现，以投票、选举的方式来保证让德才兼备、服务民众的人掌权并避免权力落入恶人手中；以较为完善的监督机制不让权力失控膨胀，保持为公众、社会服务而不至于蜕变为当权者满足私欲、为己谋利的工具；以公民的或相关机构的弹劾、罢免权来让窃权的恶人或掌权后变恶的人很快就失去权力并付出沉重的代价。二是以分权的方式来达到对权力的制约，不让权力过分集中在某一个人、或几个人、或某个集团的手里。孟德斯鸠说："当立法权和行政权集中在同一个人或同一个机关之手，自由便不复存在了；因为人们将要害怕这个国王或议会制定暴虐的法律，并暴虐地执行这些法律。如果司法权不同立法权和行政权分离，自由也就不存在了。如果司法权同立法权合而为一，则将对公民的生命和自由施行专断的权力，因为法官就是立法者。如果司法权同行政权合而为一，法官将握有压迫者的力量。"②托克维尔也这样认为："必须使立法权分属数个立法机构，乃是一个已被证明的真理。这个几乎为古代的共和国一无所知的理论，如同许许多多的伟大真理一样，在刚一出世的时候曾被许多现代国家所误解，但终于作为今日政治科学的一项公理而被传播开来。"③他还进而把民主制度和贵族制度在机制上的利弊进行了这样的比对，"在民主制度中，有一种隐秘的趋势在不断引导人们于纠正错误与缺点之中走向普遍繁荣；而在贵族制度中，则有时存在一种潜藏的倾向在勾引官员们滥用他们的才德去为同胞制造苦难。可见，在贵族政府中，官员做了坏事可能出于无心；而在民主政府中，公务员做了好事可能并非有意"④。

再次，民主国家的公民生活尤其是精神生活的质量达到了极高的水

---

① ［法］孟德斯鸠：《论法的精神》上册，张雁深译，商务印书馆 2004 年版，第 184 页。
② ［法］孟德斯鸠：《论法的精神》上册，张雁深译，商务印书馆 2004 年版，第 185 页。
③ ［法］托克维尔：《论美国的民主》上卷，董果良译，商务印书馆 2008 年版，第 94 页。
④ ［法］托克维尔：《论美国的民主》上卷，董果良译，商务印书馆 2008 年版，第 267 页。

准，每个公民都平等地沐浴在自由和幸福的阳光中。在民主政体中，人和
人是平等的，总统和平民、富人和穷人、教授和学生、成人与孩童，虽然
职业、身份、年龄、地位不同，但在人格、公民权利上是平等的。孟德斯
鸠说："平等是共和政体的灵魂。"① 托克维尔这样写道："我认为，民主
国家的人民天生就爱好自由，……他们追求平等的激情更为热烈，没有止
境，更为持久，难以遏止。他们希望在自由之中享受平等，在不能如此的
时候，也愿意在奴役之中享受平等。……在任何时代都是如此，而在今天
尤其是如此。追求平等的激情是一个不可抗拒的力量，凡是想与它抗衡的
人和权力，都必将被它摧毁和打倒。"② 正因为如此，在民主的国家中，
虽然你不一定有多少财富，虽然你人微言轻，但每个人都活得很有尊严，
都会受到社会和他人的尊重，"在政治宽和的国家里，一个人，即使是最
卑微的公民的生命也应当受到尊重"③。

恪守平等、自由、民主、法制、公正、公平的制度，就是践道而行的
政体，就是真正的为道之政。

---

① ［法］孟德斯鸠：《论法的精神》上册，张雁深译，商务印书馆2004年版，第77页。
② ［法］托克维尔：《论美国的民主》下卷，董果良译，商务印书馆2008年版，第624页。
③ ［法］孟德斯鸠：《论法的精神》上册，张雁深译，商务印书馆2004年版，第90页。

第七章 道与学

道，开天辟地，化生万物，或寂然不动，或周行不殆，但它并不知道自己就是道，是默然无声的。作为道的产物的天地自然，循道而行却又是无感无觉、混混沌沌的，在道中流行却无法感觉道。而鸟兽虫鱼，深得大道化育，有觉有感，却又是无识无言，沐浴在道的光芒里却无法认识和言说道。而只有人，作为万物的灵长，有生、有觉、有言、有灵、有义，能够知道、闻道、明道、得道、践道，换句话说，学道是人所特有的能力和权利。

这里所谓的道与学，包含所学之道和为学之道两个方面。前者是以道为主的所学的内容，是关于学什么的；后者是学的规律、方法、策略，是关于怎样学的。关于学的内容，即所学之道，孔子将其分为"为人之学"和"为己之学"，而张载将知识分为"德性之知"和"见闻之知"。为人之学、见闻之知属于认识、技能、实用、功利等的知识和学问，而为己之学、德性之知则属于道德、修身、审美等的知识和学问。而对于类型不同的知识和学问，学习、应对的方式、策略是不同的。老子曰："为学日益，为道日损。"（《老子》第四十八章）也就是说，为学也即对一般知识的学习，要用加法，日积月累才能有所收获；而为道即自我德性的修行，则要用减法，不断减少才可以抵达至境。

先圣前贤对所学之道和为学之道的见解对我们很有启发，我们可以在继承他们的经验和智慧的基础上，结合我们面临的新的生存处境进行调整、整合、革新，从而为我们今天的道与学寻找出一条行之有效的新途径和新模式。德性之知、为己之学也好，闻见之知、为人之学也好，合而言之，无非是做人、做事、作文三个方面。也就是说，为学之道，所学之道，就是学会做人、做事、作文这三个方面。而这三个方面，正好对应着作为中国文化精华的三不朽，即做人的立德、做事的立功和作文的立言。这样一来，我们就可以以所学之道，即学什么为经，以为学之道，即怎样学为纬，构建起言说的架构，从以下三个方面来展开，即学做人之道、学做事之道和学作文之道。

学分学做人、学做事、学作文，但具体践行中所要面对和处理的不过是道与技而已。道与技，也即道体、德性与知识、技能，是贯穿在做人、做事、作文始终的两个元素、维度，二者是不可分、不可少、缺一不可的，是你中有我、我中有你的，是相依相存、相辅相成的。而其过程中方法上的或损或益、态度上的或敬或勤，要当事者自己调整、拿捏，如鱼饮水，冷暖自知。

第一节　学做人之道

在我国传统文化中，说到学，首先就是学做人。而学做人就要"先立乎其大者"。（《孟子·告子上》）所谓大者，首先人要立于德，守住道德的底线才可以不愧为人。其次进一步就是成仁，成仁为达人之阶，是对德的拓展和升华。而最高的层阶是抵达道的境界，而闻道、得道、践道之人，就是一个真正完全的人，是与道合一的人，是圣贤之人。在西方文化关于做人成人的观念中，最为重要的就是天赋人权。一个人不仅具有生而有之的生存权，还有参与社会管理和监督的公民权。在这个基础上，每个公民还拥有着法律、人格上的平等和自由的权利。中学的道与义、仁与爱，西学的天赋人权、自由、平等，相辅相成，互补互融，形成了人学中的中西双璧，交相辉映，化育人心，润泽人性，从而使人成为真正意义上的人，也是道赋予人、人性、人际的一个极为珍贵的礼物。

老子提出的"为道日损"是学做人之道的一个重要的方法和途径。老子提出"损之又损"的主要是人的欲望，每个个体要想明道、悟道、得道，那就要不断控制、减损自己的欲望。而佛家追求做人的最高境界，即成佛，则是空而不空，即空物空心而不空佛。物空，是宇宙人生的真相；心空，是勘破物空之后而醒悟的心理状态和境界。心空是一种意动用语，就是知万物为空后而把一切看淡，以至于心外无物，心空而万物皆空，从而妙悟生命真谛，返归真我、本我。与上述的"为道日损"的观念相近又有所不同的是"日新"的观念。商汤王在澡盆上刻的"苟日新，日日新，又日新"铭文，表面上说的是给人的身体洗澡，而它的深层意义则是隐喻着要不断地给自己的心灵洗澡，这样才可以保持灵魂的清洁纯净。不仅自己要日新，还要进而使民众新，使整个国家新。庄子说的"疏瀹而心，澡雪而精神"（《庄子·知北游》）启示我们，一个人就要在这种不停地自我审视、反省、悔改、修正的漫漫长旅中，使自己慢慢地净化、升华，渐渐地成为一个高尚的人、一个纯粹的人、一个拥有神性的人。

学做人，不只是仅仅为了内心的充实和境界的升华，不仅仅只是灵魂深处爆发革命，还有一个重要的内容和维度就是要将德性的、心灵的东西通过在与自然、社会、他人的互动中身体力行，并转化为实实在在的化民成俗的人文效果。孔子所倡导的"学而时习之"的为学观念，有两个向度：一个是事功上的实践，另一个是德性上的践行。而后者则在心学家那里，特别是王阳明所持守的"知行合一"的理念中得到了进一步的发展、丰富和更新，也使在为学的学做人上得到更为全面和完善的阐释。王阳明的知，就是良知，乃人心本性中所自具自足的，只是因为人为外物和私欲所染所惑而失却了本心，故而需要修行而使良知致，这就是致良知，也是知行合一，因而行不仅是践行、行为，还是修行，也就是去除私欲、习染而回归本心。

一、"古之学者为己"：学道自立

孔子曰："古之学者为己，今之学者为人。"（《论语·宪问》）因而后人将学问分为为己之学和为人之学两种类型。孔子认同、礼赞的是为己之学，而否定和厌弃的是为人之学，孔子是厚古薄今的。孔子所说的为己之学，是一种无功利、不关知识技能、不为谋生治世的学问，所学是为了满足自我的精神的需求，是为了自我心灵的愉悦、人格的圆满、境界的升华而为学的，是一种寄情安心的向内开掘的维度。

为己之学，首先如康德所言是无目的的合目的性，属于一种纯粹的审美活动，是自娱自乐的，是乐在其中的。在这样的学习中，忘掉了世俗的功利，抛却了人间的烦恼，进入了一个远离尘嚣的自由自在的心灵情感的世界，抵达了无忧无虑的诗意空间。陶渊明这样写自己的阅读，"少学琴书，偶爱闲静，开卷有得，便欣然忘食"（《与子俨等疏》）。在其作为自况之作的《五柳先生传》中，陶渊明这样写五柳先生当然也是自己，"好读书，不求甚解，每有会意，便欣然忘食"。从陶渊明的这些自述中我们可以看出，他自幼喜欢阅读，他的读书是内以修心的"为己之学"而非外求功名的"为人之学"，他阅读时进入了审美境界以至于废寝忘食。也就是说，陶渊明不仅生活在他所身处的现实世界，还沉醉、神往在前人同代用语言构建的符码世界，在其中与古贤先哲遇合、对话，寻找心灵、情感的家。

为己之学，不仅仅是一种悦心愉神的纯粹的审美活动，还有着内在的目的性，那就是完善自己的人格、修行自己的德性、升华自己的境界。荀子曰："故不登高山，不知天之高也；不临深溪，不知地之厚也；不闻先王之言，不知学问之大也。""君子博学而日参省乎己，则知明而行无过矣。""君子之学也，入乎耳，箸乎心，布乎四体，行乎动静。端而言，蠕而动，一可以为法则。……君子之学也，以美其身。"（《荀子·劝学》）荀子认为，学要学先王之言，而学的目的就是要用先王、圣贤的要求来检查和反省自己，从而使自己认识正确、行为端正；学可以使自己的身心、言行都在潜移默化中发生良性的转化，不断在道德上提升自己。周敦颐这样说道："圣人之道，入乎耳，存乎心，蕴之谓德行，行之为事业。"（《通书》）学就是学圣人之道，而圣人之道要学到内心，并蕴化为道德，转化为行为。邵雍也这样说道："学不际天人，不足以谓之学。"（《皇极经世·观物外篇》）也就是说，学要有宽广的视野和胸襟，要有天地情怀，这样才能使自己成为一个真正的人、一个顶天立地的大人、一个具有理想人格的完人。

　　学就是学做人，那么从什么地方、什么途径学呢。那就是道，为人、立人、成人的大道。而它又存在于什么地方呢？朱熹在《中庸章句》的标题下引了程子这样的话："不偏谓之中，不易谓之庸。中者天下之正道，庸者天下之定理。此篇乃孔门传授心法，子思恐其久而差也，故笔之于书，以授孟子。其书始言一理，中散为万事，末复合为一理，放之则弥六合，卷之则退藏于密。其味无穷，皆实学也。善读者玩索而有得焉，则终身用之，有不能尽者矣。"程子的意思是，从孔子那里秘密传下来心法，通过子思又传给孟子。而孟子之后，唐代的韩愈作《原道》而承道统，被苏轼誉为"文起八代之衰，道拯天下之溺"（苏轼《韩文公碑》）。韩愈之后的道统情况，程颐在其所作的程颢《墓表》中这样写道："周公没，圣人之道不行；孟轲死，圣人之学不传。道不行，百世无善治；学不传，千载无真儒。……先生生千四百年之后，得不传之学于遗经，志将以斯道觉斯民。"（《河南程氏文集》卷十一）将以上所引文献加以整合，可以得出这样的结论：在儒家的文化传统中，认可这样的看法，那就是儒学特别是道学，是从周公、孔子、子思、孟子、韩愈、程子等这些圣贤之人创立、传承并发扬光大的，而道学的核心问题是探讨和指导人、人生的问题。就此冯友兰这样总结道："概括起来说，道学从人生的各个方面阐述了人生中的各种问题。这些问题归总为两个问题：一个是什么是人，一个是怎样做人。道学是讲人的学问，可以简称为'人学'。"① 也就是说，在道家的学说中，汇集了做人的方略和愿景，从道学中我们就可以找出为人处事的答案，就可以学会做人，就能成为一个合格的人、一个有境界的人。

　　学做人，首先要有人的一个基本的起点和底线，那个点是人与兽，正常人与小人的分界线，人首先要成为一个正当的堂堂正正的人。在道学的传统中，这就是立人，人要立起来，立起来的才叫作人，没有立起来的是动物、是小人。孔子说自己"三十而立"（《论语·为政》），又说"己欲

---

① 冯友兰：《中国哲学史新编》下，人民出版社 1999 年版，第 17 页。

立而立人"(《论语·雍也》)。而人又立于何呢？或者换句话说，人之所以为人又依凭的什么呢？孔子这样说道："兴于《诗》，立于礼，成于乐。"(《论语·泰伯》)"不知礼，无以立也。"(《论语·尧曰》)又曰："志于道，据于德，依于仁，游于艺。"(《论语·述而》)孔子是把礼放在第一位的，因为礼是人与禽兽或保留着禽兽的野蛮人的分野，因而知礼、守礼才可以立，可以成为一个堂堂正正的人，用今天的话来说就是一个合格的社会成员，才可以与人进行正常的社会交往。当然还有一条同样重要，那就是德，立人还要立于德，守住道德的底线才可以不愧为人，所以《左传》所说的三不朽的第一条就是讲"立德"，而孔子所说的"据于德"也是同样的意思。德为人之本，以德树人，以德立人，无德则无以为人，只能称之为小人。而德的核心要素和内涵就是为善去恶，如《大学》所言"如恶恶臭，如好好色"；就是去伪存真，如孔子所言"巧言、令色、足恭，左丘明耻之，丘亦耻之。匿怨而友其人，左丘明耻之，丘亦耻之"(《论语·公冶长》)。故而德即善和真诚，乃为人做人的底子，不可有任何的懈怠和放松。

立德更进一步就是成仁，而仁就是爱人。如果说为善去恶、去伪存真是立人之基，那成仁则为达人之阶，又更上了一层台阶，是对德的拓展和升华。仁就是将人内心本有的恻隐之情、泛爱之心扩展开来，润泽于他人和万物。孟子把它概括为六个字，即"亲亲""仁民""爱物"。孟子曰："君子之于物也，爱之而弗仁；于民也，仁之而弗亲。亲亲而仁民，仁民而爱物。"(《孟子·尽心上》)如果不拘泥于字句，我们可以理解为作为一个君子，一个仁者，就要把仁爱之心不断由内向外、由近到远地扩散开来，从亲近关爱自己的亲人做起，进而关爱、体贴走近你视野、人生中的所有的人，也就是孟子自己强调的"老吾老以及人之老，幼吾幼以及人之幼"(《孟子·梁惠王上》)，再进一步将怜爱之心施加到自己目之所及、手之所触的锅碗瓢盆、花鸟虫鱼、琴棋书画，乃至日月星辰、山川河流等的天地万物。这就是张载所说的大心。张载这样写道："大其心，则能体天下之物，物有未体，则心为有外。世人之心，止于闻见之狭；圣人尽性，不以见闻梏其心，其视天下，无一物非我。"（《正蒙·大心篇》）他又进一步写道："故天地之塞，吾其体；天地之帅，吾其性。民，吾同胞；物，吾与也。"（《正蒙·乾称篇》）天下一家，宇宙一体，吾心即宇宙，宇宙即吾心，何言你我、心物，天人合一而已。这是怎样的胸襟和境界！

学做人的最高的层阶是抵达道的境界。孔子曰："朝闻道，夕死可矣。"（《论语·里仁》）这说明在孔子的心目中，道很重要，一个人早晨闻道，晚上死了也就没有什么遗憾了。换句话说，一个人假如不知道为何物，即使活了八九十岁，死了也白死，活了也白活；而另一个人，即使二三十岁死了，如果理解了道的真谛，那他（她）活得也是有意义的，活了没白活，死了没白死。而道为何物呢？孔子并没有说明，而他的弟子子贡也这样说孔子："夫子之文章，可得而闻也；夫子之言性与天道，不可得而闻也。"（《论语·公冶长》）也就是说，他的朝夕相处的弟子也没有听到他讲解过道。不过孔子这样论述过天："天何言哉？四时行焉，百物生焉。天何言哉？"（《论语·阳货》）虽然孔子这里说的天并不完全等于道，但与道有着很大的相似之处，那就是道虽然默然无语，但却化生万物，是一种非常神奇而神秘的存在和力量。老子虽然也认为道无法言说，但他知其不可而强说之说倒接近了道的本质，他这样写道："有物混成，先天地生。寂兮寥兮，独立而不改，周行而不殆，可以为天地母。吾不知其名，强字之曰'道'，强为之名曰'大'。大曰逝，逝曰远，远曰反。故'道'大，天大，地大，人亦大。域中有四大，而人居其一焉。人法地，地法天，天法'道'，'道'法自然。"（《老子》第二十五章）从老子对"道"、孔子对"天"的解释可以看出，"道"是先天地而生，因而可以为天地之母，化生万物，因而可以说是万物之祖，它是宇宙人生的真谛和奥秘，故而对作为道的产物之一的人来说，当然至关重要。人对于道，不仅要闻道，还要进而明道、得道和践道，这样的生命和人生才有价值和意义。不过并不是所有的人都可以闻道、得道和践道。老子曰："上士闻道，勤而行之；中士闻道，若存若亡；下士闻道，大笑之。不笑不足以为道。"（《老子》第四十一章）孔子也这样说："中人以上，可以语上也；中人以下，不可以语上也。"（《论语·雍也》）也就是说，真正能够抵达道境的，只是为数不多的人，而闻道、得道、践道之人，就是一个真正完全的人，是与道合一的人，是圣贤之人。

这是中国的做人之学，也就是国学，而教人怎样做人的，还有西学。虽然人同此心，心同此理，但因为传统、背景、文化等的差异，同样是学做人，又有着很大的不同。他山之石，可以攻玉，对西学的做人之道取其精华，弃其糟粕，加以扬弃，对我们构建一种开放而健全的人生观、价值观是有着重要的建设性意义的。

在西方文化关于人的观念中，最为重要和突出的就是天赋人权。也就是说，人是上帝之子，是自然之子，在世界生存、生活的权利，是最大的也是最基本的权利，是神和自然赋予的，是一种天然的与生俱来的权利，是谁也无法剥夺的。卢梭这样写道："人性的首要法则，是要维护自身的生存，人性的首要关怀，是对于其自身所应有的关怀；而且，一个人一旦达到有理智的年龄，可以自行判断维护自己生存的适当方法时，他就从这时候起成为自己的主人。"① 潘恩这样写道："如果再往深里挖，我们将最后走上正路；我们将回到人从造物主手中诞生的时刻。他当时是什么？是人。人是他最高的和唯一的称号，没有再高的称号可以给他了。"② 又这样接着说："人权平等的光辉神圣原则不但同活着的人有关，而且同时代相继的人有关。根据每个人生下来在权利方面就和他同时代人平等的同样原则，每一代人同它前代的人在权利上都是平等的。……所有的人都处于同一地位，因此，所有的人生来就是平等的，并具有平等的天赋权利，恰像后代始终是造物主创造出来而不是当代生殖出来，虽然生殖是人类代代相传的唯一方式；结果每个孩子的出生，都必须认为是从上帝那里获得生存。世界对他就像对第一个人一样新奇，他在世界上的天赋权利也是完全一样的。"③ 一个人不仅具有生存权，还有公民权，也就是作为社会的一

员而参与社会、公共事务的管理、监督、选举、被选举、思想、言论等的权利。只有充分享有并行使自己的公民权利的人，才可以成为一个合格的、正常的人。

其次，就是人和人之间是一种平等的关系，每个人都追求和享有平等的权利。虽然人和人在职业、分工、地位、财富等方面是不同的，甚至不平等的，但在人格上、在公民的权利上、在法律上，又是平等的，而这样的权利是任何人、任何力量都无法剥夺的。《人权和公民权宣言》第六条这样写道："法律是公共意志的表现。凡属公民都有权以个人的名义或他们的代表协助制定法律，不论是保护还是处罚，法律对全体公民应一视同仁；在法律面前，人人平等，公民可按他们各自的能力相应地获得一切荣誉、地位和工作，除他们的品德与才能造成的差别外，不应有任何其他差别。"① 中学的道与义、仁与爱，西学的天赋人权、自由、平等，相辅相成，互补互融，形成了人学中的中西双璧，交相辉映，化育人心，润泽人性，从而使人成为真正意义上的人，也是道赋予人、人性、人际的一个极为珍贵的礼物。

二、"为道日损"：澡雪精神

学做人就像学做事、作文一样，都有两个层面，即技与道。所谓技，指的是五官感知的知识和手脑操作并以谋生为目的的技术、手艺；所谓道，是心灵向往和追求的人生的境界、人格的理想和宇宙的奥秘。张载将这两个层面分为"德性之知"和"见闻之知"，他这样写道："见闻之知，乃物交而知，非德性所知；德性所知，不萌于见闻"（《正蒙·大心篇》）。就此王夫之注曰："天下有其事而见闻乃可及之，故有尧，有象，有瞽瞍，有舜，有文王、幽、厉，有三代之民，事迹已著之余，传闻而后知，遂挟以证性，知为之梏矣。德性之知，循理而及其原，廓然于天地万物大始之理，乃吾所得于天而即所得于自喻者也。"② 《中庸》提出"尊德性而道问

① ［美］潘恩：《潘恩选集》，马清槐译，商务印书馆1981年版，第185页。
② 张载撰，王夫之注：《张子正蒙》，上海古籍出版社2000年版，第144页。

学"，将为学的对象分为"德性"和"问学"两类，可以看作是张载所分的"德性之知"和"见闻之知"的源头。而"德性之知"和"见闻之知"是由不同的感官所认知和领悟的，耳目之官只可认识"见闻之知"，却无法领悟"德性之知"。张载曰："今盈天地之间者皆物也。如只据己之闻见，所接几何，安能尽天下之物？"（《张子语录》下）"耳不可闻道"，"闻见之善者，谓之学则可，谓之道则不可。"（《经学理窟·义理》）而"德性之知"，作为对"性与天道"的认识，只有通过心才可以抵达。张载曰："圣人尽性，不以见闻梏其心，其视天下无一物非我。孟子谓尽心则知性知天，以此。"（《正蒙·大心篇》）而张载的这一认识，显然也是源于孟子的启发。孟子曰："耳目之官不思，而蔽于物。物交物，则引之而已矣。心之官则思，思则得之，不思则不得也。此天之所与我者。先立乎其大者，则其小者不能夺也。此为大人而已矣。"（《孟子·告子上》）

简而言之，学做人的一体两面的道与技，即"德性之知"和"见闻之知"，不仅各自的特性、认识的器官不同，而抵达、获得的方式也不一样。这里值得我们重视的是老子的见解，他这样说道："为学日益，为道日损。"（《老子》第四十八章）也就是说，为学以得到知识、技能为目的，因而要用加法，多多益善；而为道是为了明道、得道，乃至最终达到人生的最高境界，因而要用减法。那么老子要减去人身上的什么呢？他接着写道："损之又损，以至于无为。无为而无不为。取天下常以无事，及其有事，不足以取天下。"（《老子》第四十八章）老子好像没有说清楚损掉的是什么，这也正与老子惯用的思维、表达方式相一致，那就是正话反说，明言暗喻，因而他说的损的对象，我们可以理解为那些非道的、与道不合的东西，包括多余的、不必要的东西，如繁杂的日常事务会遮蔽、扰乱道的本性，所以老子这里特别说道："取天下常以无事，及其有事，不足以取天下。"这里所损的也包括耳目所见的常识，因为常识、见闻之知不仅不能帮助人认识道，可能还会阻碍认识道，故而老子这样说道："不出户，知天下；不窥牖，见天道。其出弥远，其知弥少。是以圣人不行而知，不见而明，不为而成。"（《老子》第四十七章）老子"损之又损"的还有人的欲望。道是共相，是化生天地万物的存在，是人类向往和追求的最高境界，而每个个体要想明道、悟道、得道，那就要不断控制、减损自己的欲望。而成人多欲，欲少而纯者莫过于婴儿，故而老子常常将婴儿的状态作为最理想的状态。他这样写道："含德之厚，比于赤子。毒虫不螫，猛兽不据，攫鸟不搏。骨弱筋柔而握固，未知牝牡之合而朘作，精之至也。终日号而不嗄，和之至也。知和曰'常'，知'常'曰明。益生曰祥，心使气曰强。物壮则老，谓之不道，不道早已。"（《老子》第五十五章）我们再回到老子关于"日损"的原话："损之又损，以至于无为。无为而无不为。"老子的损是有限度的，不是损到"无"，因为"无"就是什么都没有，连主体自身都不存在了，那就成了虚无主义；而是损到"无为"，所谓"无为"是一种状态和境界，那就是忘掉了常识，排除了世俗的干扰，控制了自己的欲望，进入了自自然然、任性而为的状态和境界。而"无为"不是什么都不做，而是做大事、做重要的事，而这样的事就是抵达道境，成为一个真正的人，所以这样"无为"，是更大更好的为，因而是"无不为"。

道家学做人即为道之法，与佛家有某种相似的地方。道家是不为而为，即不为琐事而为道；佛家是空而不空，即空物空心而不空佛。物空指的是宇宙万物都是由种种因缘和合而成，没有自性、独立性，当然也就没有持久性、永恒性，都是缘聚缘散、即成即灭、若存若亡的。一切万有，也是虚幻不实、转瞬即逝的，如过眼烟云一般。《华严经》云："诸有如梦如阳焰，亦如浮云水中月。"《金刚经》云："凡所有相，皆是虚妄，若见诸相非相，即见如来。"又云："一切有为法，如梦、幻、泡、影，如露亦如电，应作如是观。"这些佛经以各种意象反复设喻，都是强调自然万物，所见所闻，包括人自身，都是一种随生随灭、虚幻不实的假象：人有生、老、病、死，物有生、住、异、灭，世界有成、住、坏、空。人们所向往、追求的永恒，迷恋、贪图的外物，不过是美梦一样的空幻而已。物空，是宇宙人生的真相；心空，是勘破物空之后而醒悟的心理状态和境界。心空是一种意动用语，就是知万物为空后而把一切看淡，以至于心外无物，心空而万物皆空，从而妙悟生命真谛，返归真我、本我。正所谓五蕴皆空，如《心经》所云："是故空中无色，无受想行识，无眼耳鼻舌身意，无色声香味触法；无眼界，乃至无意识界；无无明，亦无无明尽，乃至无老死，亦无老死尽；无苦集灭道，无智亦无得，以无所得故，菩提萨埵，依般若波罗蜜多故，心无罣碍，无罣碍故，无有恐怖，远离颠倒梦想，究竟涅槃。"这样的一种状态和境界，无物无我，无相无念，无亲无己，"应无所住而生其心"（《金刚经·庄严净土分第十》）。知道了天会塌，明白了地将陷，看破了人终死，四大皆空，一切都是流水浮云，将来是白茫茫一片大地真干净，那你还会牵挂什么，还会执着什么，还会被那些日常的生活琐事所烦恼、牵绊吗？看破红尘，参透生死玄机并不是对现世人生的否定厌弃，而是对浮华短暂的世俗人生的一种超越。窃以为佛学中"空"的观念既表现了事物发展过程中的一个阶段和世界万物本体的情状，同时它也是人们在历尽人间世事沧桑、走过色相情欲之后主体的一种清澈澄明的心理状态。"空"就是看出世间一切色相都是虚妄假象但又直面这种虚幻人生的佛的境界，是一种人生的大彻悟。"空"是以出世的心灵、眼光、态度来重新观照和处理俗世间的人和事，这是一种觉悟后的大胸怀、对世间万物的大悲悯。心空、悟空意味着获得了般若之大智慧，进入了真我的妙境，得到了人生大自在，生命享极乐，心灵处净土，心净而佛土净。

儒家特别是儒家中的心学家，在论做人为道方面，虽然不像佛家、道家那么空灵超远，但在其修行的方法、路径上的见解上，与佛、道又有着异曲同工之妙，也是主张减、损而不是增、益的。陆象山这样写道："圣人之言自明白，且如弟子入则孝，出则弟（悌），是分明说与你入便孝，出便弟（悌），何须得传注，学者疲精神于此，是以担子越重。到某这里，只是与他减担，只此便是格物。"（《象山语录》下）这里陆象山所说的"减担"乃格物，是针对理学家朱熹的"今日格一物，明日格一物"的日益的格物论所带来的"支离"之蔽而采取的补救策略和为道的措施。而陆象山所要"减"之"担"，乃为违理背道的私利、物欲和偏见等。他这样写道："此理塞宇宙，所谓道外无事，事外无道。舍此而别有商量，别有趋向，别有规模，别有行迹，别有行业，别有事功，则与道不相干，则是异端，则是利欲，谓之陷溺，谓之窠臼。说即是邪说，见即是邪见。"（《象山语录》下）又说："道塞宇宙，非有所隐遁。在天曰阴阳，在地曰柔刚，在人曰仁义。故仁义者，人之本心也。……愚不肖者不及焉，则蔽于物欲而失其本心。贤者智者过之，则蔽于意见而失其本心。"（《与赵监书》）从而出现了"宇宙不曾限隔人，人自限隔宇宙"的问题。个体因为被一己的意见、物欲、私利所蒙所累，而失去了自己的本心，从而画地为牢，自己限隔了宇宙和道体。而为学者的自我修为就在于去掉这些物欲、邪见、私利等限隔，而返回本心，让我之小心与宇宙的大心合一，从而明道、得道。这可以上溯到孔子所倡导的"克己复礼"，孔子认为"克己复礼"是达到道德境界"仁"的重要方法。他这样回答得意弟子颜渊对"仁"的疑问，"克己复礼为仁。一日克己复礼，天下归仁焉。为仁由己，而由人乎哉？"他又这样回答其实行的细节，"非礼勿视，非礼勿听，非礼勿言，非礼勿动"（《论语·颜渊》）。

　　与上述的"为道日损"的观念相近又有所不同的是"日新"的观念。《大学》这样写道："汤之《盘铭》曰：'苟日新，日日新，又日新。'《康诰》曰：'作新民。'《诗》曰：'周虽旧邦，其命维新。'是以君子无所不用其极。"（《礼记·大学》）商汤王在澡盆上刻的铭文，表面上说的是给人的身体洗澡：人的肉身吸收排泄，吐故纳新，是很脏的，要不断地清洗才能保持清洁；而它的深层意义则是隐喻着人的精神、灵魂也一样，会不停地为物欲所染，因而要不断地给自己的心灵洗澡、除秽、排毒，这样才可以保持灵魂的清洁纯净，并进而使民众新，使整个国家新，而每个君子都要倾心尽力做这项伟大的事业，所谓"君子无所不用其极"。庄子说的"疏瀹而心，澡雪而精神"（《庄子·知北游》），也表达了同样的意思。老子则这样写道："涤除玄鉴，能无疵乎？"（《老子》第十章）这里老子使用了另一个比喻：不断给自己的心灵照镜子，看看是否有瑕疵。禅师神秀那首有名的偈"身是菩提树，心是明镜台。时时勤拂拭，莫使有尘埃"，则把心灵本身当作一面镜子：一个人在成长、向善的过程中，就要不断地擦拭自己的心灵之镜，不要让它被尘埃、污垢所遮蒙。孔子曰："见贤思齐，见不贤内自省。"（《论语·里仁》）子思曰："吾日三省吾身。"（《论语·学而》）这两位先贤都强调了自我反省，也就是说，检点一下自己的行为乃至心灵深处是否留下了什么污点或者存有什么恶念，要不断加以清除、灭断，使自己一点点地变得完美、纯洁。孟子把这一自我不断深化、完善的过程进行了这样的总结："可欲之谓善，有诸己之谓信，充实之谓美，充实而有光辉之谓大，大而化之之谓圣，圣而不可知之之谓神。"（《孟子·尽心下》）在孟子的心目中，人格的完美有六个不同的尺度、标准和阶梯，即善、信、美、大、圣、神，一个人要想达到人性的高度，就要像登山那样不能懈怠，更不能停下来。这些都启示我们，作为肉体凡胎的我们，每个人的心灵、精神都像我们的肉体一样，充满着污垢，存在着瑕疵，因而自我完善、修炼的过程是漫长而坎坷的，不可能一蹴而就，而是一个无止境的动态的过程。一个人就要在这种不停地自我审视、反省、悔改、修正的漫漫长旅中，使自己慢慢地净化、升华，渐渐地成为一个高尚的人、一个纯粹的人、一个拥有神性的人。

三、"学而时习之"：知行合一

学做人，不只是为了内心的充实和境界的升华，不只是灵魂深处爆发革命，还有一个重要的内容和维度就是要将德性的、心灵的东西通过在与自然、社会、他人的互动中身体力行，并转化为实实在在的化民成俗的人文效果。

孔子曰："学而时习之，不亦说（悦）乎？"（《论语·学而》）这是儒家经典《论语》开篇的第一句话，它说的是，学了，然后时常去实习所学的东西，是非常高兴的事。这里的习指的是演习、温习，就是将书本知识在现实活动中加以演练、强化等意思。而孔子不仅将之放在十分重要的位置上，而且还认为它会给人带来很大的快乐，因为实习不仅巩固而且验证了通由语言文字学到的东西，而且还有一种成就感和愉悦感。而孔子的高徒曾参也是把"习"当作人生非常重要的事情和功课，他那有名的"日三省吾身"之一就是"传不习乎？"（《论语·学而》），而所学所习的内容，除了礼、乐、射、御这些技能外，更为重要地对现实社会生活中伦理道德的学习。孔子曰："弟子，入则孝，出则悌，谨而信，泛爱众，而亲仁。行有余力，则以学文。"（《论语·学而》）这是孔子对晚辈为学的教诲，那就是，孝敬父母，敬爱兄长，说话谨慎而诚信，博爱众生，亲近仁德之人，这才是为学的主要内容，而语言文字的学问，倒在其次。而这样的学不像语言文字的学那样简单，只要背诵下来就行了，而是要用心，要有敬，要践行。这一点孔子的弟子子夏有着切身的体会，"贤贤易色；事父母，能竭其力；事君，能致其身；与朋友交，言而有信。虽曰未学，吾必谓之学矣"（《论语·学而》）。在子夏看来，爱妻子之美德而不是美色，对父母尽孝，对君上尽忠，对朋友诚实守信，这些就是最大的学问。而这样的学问，显然是无法在书本上和书斋中能学好的，而是要在复杂的社会、人生的大熔炉中反复地锻炼，才能修成正果。

孔子所倡导的"学而时习之"的为学观念，有两个向度，一个是事功上的实践，另一个是德性上的践行。前者将详论于后，故这里略而不论；后者则在心学家那里，特别是王阳明所持守的"知行合一"的理念中得到了进一步的发展、丰富和更新，也使在为学的学做人上得到了更为全面和完善的阐释。王阳明这里所说的知，不是见闻之知，而是张载所说的德性之知，王阳明把它命名为良知；这里的行，是践行，是身体力行。而他说的"知行合一"的内蕴为，知与行是一体两面的，是你中有我、我中有你、无法分开的，离开知的行和离开行的知都是不可思议的，换句话说就是，知即是行，行即是知。他这样写道："某常说知是行的主意，行是知的功夫；知是行之始，行是知之成。若会得时，只说一个知，已自有行在；只说一个行，已自有知在。"（《传习录》上）又这样写道："知者行之始，行者知之成：圣学只一个功夫，知行不可分作两事。"（《传习录》上）又说："知之真切笃实处，即是行；行之明觉精察处，即是知：知行功夫本不可离。只为后世学者分作两截用功，失却知行本体，故有合一并进之说。"(《传习录》中）按说知属于心理、认识范畴，而行属于行为、实践范畴，本来应是两回事，为什么王阳明把它归为一类事呢？他是这样解释："此已被私欲隔断，不是知行的本体了。未有知而不行者。知而不行，只是未知。圣贤教人知行，正是要复那本体，不是着你只恁的便罢。故《大学》指个真知行与人看，说'如好好色，如恶恶臭'。见好色属知，好好色属行。只见那好色时已自好了，不是见了后又立个心去好。闻恶臭属知，恶恶臭属行。只闻那恶臭时已自恶了，不是闻了后别立个心去恶。如鼻塞人虽见恶臭在前，鼻中不曾闻得，便亦不甚恶，亦只是不曾知臭。就如称某人知孝、某人知弟（悌），必是其人已曾行孝行弟（悌），方可称他知孝知弟（悌），不成只是晓得说些孝弟（悌）的话，便可称为知孝弟（悌）？又如知痛，必已自痛了方知痛；知寒，必已自寒了；知饥，必已自饥了：知行如何分得开？此便是知行的本体，不曾有私意隔断的。圣人教人，必要是如此，方可谓之知。不然，只是不曾知。此却是何等紧切着实的功夫！如今苦苦定要说知行做两个，是甚么意？某要说做一个是甚么意？若不知立言宗旨，只管说一个两个，亦有甚用？"（《传习录》上）也就是说，王阳明说的知，不只是认识层面的见闻之知，而是道德层面的德性之知，是良知。这也正是王阳明悟道的结果。王阳明年少时受朱熹"一日格一物"的格物理念影响，每日苦苦格竹子，以至于积劳成疾。而后在流放地龙场悟道，"始知圣人之道，吾性自足，向之求理于事物者误也"（《王阳明年谱》一）。也就是说，王阳明的知，就是良知乃人心本性中所自具自足的，只是因为人为外物和私欲所染所惑而失却了本心，故而需要修行而使良知致，这就是致良知，也是知行合一。因而行不仅是践行、行为，还是修行，也就是去除私欲、习染而回归本心。故而王阳明四句教曰："无善无恶心之体，有善有恶意之动，知善知恶是良知，为善去恶是格物。"因而格物不只是向外探求知识、认识世界，而更重要的是，向内为善去恶，洗涤灵魂，唤回良知和本心。

在王阳明的话语体系中，"知行合一"与"致良知"是等值的，是异名同谓。王阳明这样说良知："吾良知二字，自龙场以后，便已不出此意。

只是点此二字不出。于学者言，费却多少辞说。今幸见出此意。一语之下，洞见全体，真是痛快，不觉手舞足蹈。学者闻之，亦省却多少寻讨功夫。学问头脑，至此已是说得十分下落。但恐学者不肯直下承当耳。"又曰："某于良知之说，从百死千难中得来，非是容易见得到此。此本是学者究竟话头，可惜此理沦埋已久。学者苦于闻见障蔽，无入头处，不得已与人一口说尽。但恐学者得之容易，只把作一种光景玩弄，孤负此知耳。"（《传习录拾遗之十》）又这样写道："良知固彻天彻地。近彻一身，人一身不爽，不须许大事，第头上一发下垂，浑身即是为不快。此种那容得一物耶？"（《传习录拾遗之十二》）而"致良知"的本质就是"知行合一"，而能否或如何"致良知""知行合一"，又是与当事者的智性、品性有着密切的关系。因为智有利钝，性分清浊。王阳明曰："学者学圣人，不过是去人欲而存天理耳，犹炼金而取其足色。金之成色所争不多，则锻炼之工省而功易成，成色愈下则锻炼愈难。人之气质清浊粹驳，有中人以上，中人以下，其于道有生知安行，学知利行，其下者必须人一己百，人十己千，及其成功则一。"（《传习录》上）王阳明将知分为圣人之知、贤人之知和愚人之知，"圣人之知如青天之日，贤人如浮云天日，愚人如阴霾天日，虽有昏明不同，其能辨黑白则一。虽昏黑夜里，亦影影见得黑白，就是日之余光未尽处；困学功夫，亦只从这点明处精察去耳！"（《传习录》下）并进而按孔子所分的三种人的知，即生知、学知和困知而采取不同的"致良知"即自我修行的方式，"知行二字即是功夫，但有浅深难易之殊耳。良知原是精精明明的，如欲孝亲，生知安行的只是依此良知，实落尽孝而已；学知利行者只是时时省觉，务要依此良知尽孝而已；至于困知勉行者，蔽锢已深，虽要依此良知去孝，又为私欲所阻，是以不能，必须加人一己百、人十己千之功，方能依此良知以尽其孝。圣人虽是生知安行，然其心不敢自是，肯做困知勉行的功夫。困知勉行的，却要思量做生知安行的事，怎生成得？"（《传习录》下）虽然人之利钝、清浊不同，但每个人的修行都必须要一丝不苟地践行，也就是要在"行"和"致"上用心用力，才能够觅得"良知"，觉解宇宙人生奥秘，抵达生命极境。因而"知"

"良知"之妙境虽好，但"行""致"的功夫同样重要，无"行""致"的功夫，则无法抵达"知""良知"的妙境。王阳明这样论述"下学"与"上达"的关系："后儒教人才涉精微，便谓'上达'未当学，且说'下学'。是分'下学'、'上达'为二也。夫目可得见，耳可得闻，口可得言，心可得思者，皆'下学'也。目不可得见，耳不可得闻，口不可得言，心不可得思者，'上达'也。如木之栽培灌溉，是'下学'也；至于日夜之所息，条达畅茂，乃是'上达'。人安能预其力哉？故凡可用功、可告语者，皆'下学'，'上达'只在'下学'里。凡圣人所说，虽极精微，俱是'下学'。学者只从'下学'里用功，自然'上达'去，不必别寻个'上达'的功夫。"又用同样的方式说"惟精惟一"的关系："'惟一'是'惟精'的主意，'惟精'是'惟一'的功夫，非'惟精'之外复有'惟一'也。'精'字从'米'，姑以米譬之：要得此米纯然洁白，便是'惟一'意；然非加春簸筛拣'惟精'之功，则不能纯然洁白也。春簸筛拣是'惟精'之功，然亦不过要此米到纯然洁白而已。博学、审问、慎思、明辨、笃行者，皆所以为'惟精'而求'惟一'也。他如'博文'者，即'约礼'之功；'格物致知'者，即'诚意'之功；'道问学'即'尊德性'之功；'明善'即'诚身'之功：无二说也。"（《传习录》上）就此王阳明的大弟子徐爱这样谈自己从师为学的体验和心得，"爱（徐爱自称——引者注）因旧说汩没，始闻先生之教，实是骇愕不定，无入头处。其后闻之既久，渐知反身实践，然后始信先生之学为孔门嫡传，舍是皆傍蹊小径、断港绝河矣！如说格物是诚意的工夫，明善是诚身的工夫，穷理是尽性的工夫，道问学是尊德性的工夫，博文是约礼的工夫，惟精是惟一的工夫：诸如此类，始皆落落难合，其后思之既久，不觉手舞足蹈"（《传习录》上）。王阳明"致良知""知行合一"的谆谆之教和徐爱受教心得，值得我们慎思和借鉴。

第二节 学做事之道

为学首先是学做人，而做人不是悬空的，静止不动的，孤孤零零的，而是要通过做事表现和展示出来。与学做人的"为己之学""德性之知"不同，学做事更多属于"为人之学""见闻之知"，是属于认识和技能的范畴，而且要与不同的对象打交道：与外物打交道学会技能得以谋生，与人打交道成就事功而济世，与自己打交道则完善自我的心性。因而一个人的全面发展，自我完善，健康成长，是要通过做事，在与世界交往的过程中完成的。

做事有三个层面，或曰三个维度。其一曰自力更生的谋生之道，即通过职业技能而独立自存，这是做事做人的根基。其二曰向外的济世之道，那就是要胸怀天下，将大爱付诸行动，为救民济世而建功立业。其三曰内外合一的成人之道，那就是通过做事，在为人处事的过程中历练自己，完成自我，不仅使自己成长为一个合格的社会成员，还进而成为一个有境界的、抵达审美状态的完全的人。

一、"知识就是力量"：谋生之道

"为道日损"的"为己之学""德性之知""尊德性"都是说做人的、悟道的，而"为学日益"的"为人之学""见闻之知""道问学"是用于做事的。古圣贤大多是重"道"而轻"学"、厚"为己之学"而薄"为人之学"、贵"德性之知"而贱"见闻之知"的，但在生存竞争如此激烈的现代社会、在笑贫不笑娼的扭曲的价值体系中，"为人之学""见闻之知""为学"与"为己之学""德性之知""为道"一样，都各有各的价值，二者应该互补兼容，而不是水火不容，以此代彼。这是因为那些看似繁琐、杂乱的知识在能够不断地"格物""为学""道问学"这样习得、演习、实践的过程中，日积月累，慢慢积淀为职业技能，使为学者拥有了一技之长，从而可以凭借这样的技能在社会中找到适合自己的职业，从而能够独立自存于这个世界。孔子曰："富而可求也，虽执鞭之士，吾亦为之。如不可求，从吾所好。"（《论语·述而》）执鞭之士是市场里的守门卒，是一种比较低等的职业。孔子的意思是，如果可以得到财富的话，就是做市场里的守门卒那样的低等工作也愿意。厚古人的"为己之学"而薄今人的"为人之学"的孔子，能够说出这样的话，既可以看出圣人为人处事的灵活性、变通性，也可以看出利用一技之长谋生的正当性和必要性。

从这个意义上来说，"为人之学"就是"为己之学"，因为它可以首先使人安身，也就是说能够让人得到生存的依托，靠自己的一技之长所谋得的职业来过上独立而有尊严的生活。将自己的知识、技术通由自己的劳动而转化为财富或价值，用以向社会换取自己和家人赖以生存的生活资料，这是一种非常正当、正常的行为和工作、生活方式。而说起技能，我们会想到传统社会中那些从事农业、手工业、工业的劳动者所必备的技术，即农民务农的春播秋收，工人做工的织布缝衣、修路开车等。而现代社会的职业技能要丰富复杂很多，表现在很多方面，而且知识、技术含量也越来越高，因而一个人拥有的知识技能的性质、难度、层阶的不同，也就相应决定了你自身的社会地位、人生价值、幸福指数等的不同。故而同样是一技之长，同样靠劳动吃饭，但效果、状态却有着很大差别，因而在走向社会、进入职场的过程中，一定要给自己定好位，要有一个自我的设计和计划，那就是要有谋生的策略和伦理，在职场的生存竞争中要做一个有智慧的人、一个讲道德的人。也就是说，以知识、技能即"为人之学"来谋生，同样也要有道，要循道而行。

愿意为求富而当执鞭之士的孔子，在另一个场景中又说了这样的话："饭疏食饮水，曲肱而枕之，乐亦在其中矣。不义而富且贵，于我如浮云。"（《论语·述而》）富贵人人向往，贤者不免，但获取富贵的手段要正当、要符合义，否则甘于贫贱而无怨。这就是一个正常的人应该有的操守，也是一个高尚的人的人生境界，因为一般人是无法经受住贫穷的考验的。如孔子所言："君子固穷，小人穷斯滥矣。"（《论语·卫灵公》）孔子所论，拿到今天的职场来说，那就是谋生一定要讲职业道德，君子爱财，取之有道。这里包括两个向度：一是获取的手段是正当的、合理合法的，不能通过恶性的竞争，即让对手或合作伙伴受到损失而从中获利，也不能暗箱操作利用行贿等手段获取高额回报，要有共赢、双赢的理念和行为；二是利用自己的知识技能所制造的产品、所做的事一定要对社会、对使用者是善意的，是有用的、有益的，而不能是恶意的，不能是无用的、有害的。知识技能是中性的，本无善无恶、无利无害，但在使用的过程中就会发生转化。那些有害的转基因农产品、那些掺入三聚氰胺的毒奶粉、那些含有瘦肉精的猪肉等，都是具有很高的科学技术知识、技能的学人才可以参与其中的，故而那些技术再好、水平再高，一旦以导致人的身心危害为代价来谋取最大利益者，都是不可为的，都是可耻的，也都是犯罪的，因而一定要守住道德的底线。

以技术和知识谋生，不仅要遵道守德，还要讲策略、用智慧，这样才可以少走弯路，能够事半而功倍，所谓举重若轻，四两拨千斤。智慧或策略有三。其一是在职业选择的时候，要选择那些以技术为主或者技术含量比较高的工作作为自己的职业。这是因为纯技术的职业完全是靠自己的技能、知识、手艺吃饭，更多的是与物、与工作打交道，因而有着更大的稳定性、可控性、单纯性，从而避免了那些与人打交道的复杂性、不确定性，因为人心不可测，人欲无厌足，人际太险恶。而吃技术饭，靠知识挣钱，就简单了很多，也很好把控，因为命运就掌握在自己的手里。这样一来，付出了劳动，就能够得到回报，耕耘了就会有收获。虽然可能会付出许多的汗水和辛劳，但因为那行为是正当的，而结果自然也是合理的，从而活得就较为踏实、自尊和愉悦，幸福指数、生活质量就会很高。其二是一个人在职业化、社会化的过程中，要尽量前置而不要滞后，要自觉体认人生、生命的经济学，长痛不如短痛，晚痛不如早痛。无论是学业还是职业，都要通过刻苦的学习、精心的设计、艰苦的奋斗而提前进入高端，使自己不仅衣食无忧，而且进入较高的阶层。这样就可以有更多的闲暇和心情来慢慢地、从容地享受、品味人生，不至于陷入大半生甚至一生都在社会底层为了温饱而苦苦挣扎的尴尬之中。比如，在三十岁之前，生命旺盛，精力充沛，时间充裕之时，发奋图强，将博士学位拿下，然后找一个理想的工作，或者通过刻苦钻研和努力而尽早将专业职称晋升到较高级别，这样你虽然前半生吃了不少苦，但后半生就可以进入高端，过上衣食无忧、从容优雅的生活。其三是不要异化自我，避免沦为挣钱的机器。在竞争如此激烈的生存环境中，很多人白天与黑夜、前半生与后半生、工作与休闲都是分裂着的。前者用生命的支出、消耗来挣钱，后者则用拿命换来的钱休息、娱乐和换命。即如学界也存在着这样的异化：前半生上大学，读硕士、博士研究生，评讲师、副教授、教授职称，备尝人生的艰辛、乏味和痛苦，最后用一系列的学位、职称证书证明了自己的价值的时候，却已经进入了无法快乐、健康地享受人生的暮年。人民币、存款折、银行卡也好，文凭、职称证书、获奖证书、论文、专著也罢，都不过是将鲜活的生命、亮丽的青春置换、压缩、霉变成了一张张灰色、冰冷的纸而已，人也在沉沦中异化为工具性的存在。在这方面我们不妨学学古人的那种从容洒脱的生活态度，如陶渊明，回归田园，摆脱官场中人性扭曲、身心不自由的异化状态，以田野中的劳作来换取自己和家人的生活资源，但他并不超额地劳动以集聚过多的财富，"营己良有极，过足非所钦"（《和郭主簿其一》），以免又被新的外物所役，以留下更多的时间和精力去体验、享受人生的美好和快乐。

二、"达则兼善天下"：济世之道

一般的人，平常的人，做事就是为了谋生，从而使自己独立于世。而那些有抱负、有胸襟的人，那些出类拔萃的人，往往不会只是为了自己谋生，还会将他人、社会乃至人类的命运担当起来，充满着济世情怀。这就从自我的谋生升华为人类的立功，从自立而立人，从自救到救世。故而在中国的传统文化中，特别注重一个人的建功立业，以至于将"立功"作为"三不朽"之一。

崇尚"为己之学"的孔子，对"为人之学"同样重视。他的学说或者思想的核心，一以贯之，即忠恕，其弟子曾子曰："夫子之道，忠恕而已矣。"（《论语·里仁》）而忠恕之道从消极的方面说是"己所不欲，勿施于人"（《论语·卫灵公》），从积极方面而言则为"己欲立而立人，己欲达而达人"（《论语·雍也》）。而这里的立人和达人思想可以看出孔子博大的情怀：作为一个仁者，不仅只是自我的修行和完善，还要将大爱由自身推向亲人、朋友和民众，转化为推动历史进步、文明发展的强大动力。孔子这样说自己的志向，"老者安之，朋友信之，少者怀之"（《论语·公冶长》）。也就是用自己的德性和功业而恩泽老者、少者和朋友，让他们得到安逸、信任和情感。而这一点与孔子对政事的言说互文解读就更明晰了，孔子这样回答叶公对政事的询问："近者悦，远者来。"（《论语·公冶长》）就是说理政的效果好，一个重要的标志就是治理区域内的人很高兴，而治理区域外的人很向往以至于纷纷移民到这里。孔子是把一个人的道德理想和政治理想并置在一起来评价一个人的价值和成就的，二者同样重要，缺一不可，所以当弟子子贡问"博施于民而能济众"算不算"仁"时，孔子十分动情地这样回答："何事于仁！必也圣乎！尧舜其犹病诸！"（《论语·雍也》）也就是说，能够广泛地给民众好处并能帮助百姓过上好日子的人，何止是仁道，简直就是圣德了！连尧舜都不一定能做得到！所以孔子这样教育政绩颇丰的弟子冉有，"丘也闻有国有家者，不患贫而患不均，不患寡而患不安。盖均无贫，和无寡，安无倾。夫如是，故远人不服，则修文德以来之。既来之，则安之"（《论语·季氏》）。孔子名为要求学生治国理政均贫富、安寡者、修文德、招来者等，其实也正是他自己治国安邦的政治理想的真实写照。也正是有着这样的价值标准，所以孔子对历史人物的评价不是唯道德论，而是兼顾甚至很看重其历史作用。齐国的齐桓公杀死了自己的哥哥公子纠，公子纠的师傅召忽也为此自杀，而公子纠的另一个师傅管仲不仅没有跟着死，反而还辅佐了公子纠的仇人齐桓公。而当子路质疑管仲这样做是否仁时，孔子却这样高度评价管仲："桓公九合诸侯，不以兵车，管仲之力也。如其仁，如其仁。"（《论语·宪问》）当子贡问到同样一个问题的时候，孔子又进一步强调："管仲相桓公，霸诸侯，一匡天下，民到于今受其赐。微管仲，吾其被（披）发左衽矣。岂若匹夫匹妇之为谅也，自经于沟渎而莫之知也？"（《论语·宪问》）在孔子的价值评判标准和体系中，管仲虽然对辅佐主人没有从一而终，而是投靠了主人的仇家，这在道德上显然是有瑕疵的。但孔子没有拘于小节，而是站在历史、文明发展的长河中来看待和评价人物，认为管仲推动了历史的进步，为社会发展了文明，给人类带来了福音。这与个人的道德瑕疵相比，二者完全不可同日而语。

儒家经典之一的《大学》，乃是大人之学，也就是使一个普通的人成长为一个完善的人的学问。《大学》提出的"三纲领""八条目"的人的修行、完善的方略中，"三纲领"之一的"亲民"和"八条目"其中三条"齐家""治国""平天下"等，讲的都是事功。也就是说，要想成为一个完善的人、一个全面发展的人、一个健全人格的人，只是"明明德""格物""致知""正心""诚意""修身"还远远不够，光灵魂深处爆发革命还不行，还要有家国情怀，要把家族的事、国家的事乃至天下的事都装在心里，落实在自己的行动上。这样才可以说"止于至善"，成为一个完美的人，这就是儒家理想的内圣外王之道。而张载则有着这样格言式的概括，那就是"为天地立心，为生民立命，为往圣继绝学，为万世开太平"。作为一个当代人，既应该继承先贤古圣的博大情怀，还要站在新世纪的文明的高度，在宇宙的尺度下来观人察物，并严格规范自我，用自己的智慧、道德和知识来改变世界和人心，使之从善向美。

而济世、救世的向度有两个：一是运用科学技术手段来开掘和创造灿烂的物质文明，以此来为人类造福；二是推进社会文明的发展、进步，为人类的民主、自由、平等而努力奋斗。

在西方文化传统中，更注重公民尤其是知识分子对社会、政治的参与和管理，认为那是一个人展开和完善自我的不可或缺的重要组成部分。亚里士多德认为："人是社会动物。"① 马克思认为："人的本质并不是单个

---

① ［古希腊］亚里士多德：《政治学》，吴寿彭译，商务印书馆 1965 年版，第 7 页。

人所固有的抽象物。在其现实性上，它是一切社会关系的总和。"① 因而一个人只有在社会生活和政治活动中才能实现真正的自我，才能完成自己的价值，成为一个全面发展、健全完善的人。柏拉图则认为，在理想的国度，应该由哲学王来管理。所谓哲学王，要么是拥有国王的地位、权力和威望的哲学家，要么是具有哲学家的理想、智慧、境界和美德的国王。总之，是权力与理性、智慧的结合，才可以使国家处于理想的、和谐的状态。在欧美的社会发展史中，知识分子一直扮演着举足轻重的重要角色。他们有的以深谋远虑的大智慧为人类构建了国家、社会、制度的宏伟而美好的蓝图，设计出了让人们可以自尊地活着、人性能够健全地发展、最大限度地得到幸福和自由的社会体制——属于这一类的精英除了前述的柏拉图、亚里士多德之外，还有莫尔、康帕内拉、孟德斯鸠、卢梭、洛克、托克维尔、圣西门、傅立叶等。另一些人则以实际行动参与了对旧制度的批判、斗争、革命和对新制度的建设和创新，如南非前总统曼德拉、印度圣雄甘地、苏共总书记戈尔巴乔夫；在中国则有为推行君主立宪制而殚精竭虑的康有为、梁启超、谭嗣同、宋教仁等。进入现当代社会以来，无数的知识分子、思想家更是把参与社会的监督、管理，为公民争取更多的权力、自由，作为自己人生的重要内容和义不容辞的使命而呕心沥血。这些都程度不同地影响了历史的进程，改变了人类的命运，革新了人们的价值观念，提升了人们的人生境界。完全可以这样说，人类社会之所以有今天的繁荣、文明、幸福、自由，是与这些有良知和责任感的知识分子无私奉献的精神和身体力行的社会践履密不可分的。正是他们一代代地前赴后继、薪火相传，才把人类从黑暗、愚昧中带进了光明和文明之中。

作为当代的知识分子，一个先觉先行者，无论自己的生存处境怎样艰难，都不应放弃中西知识分子兼济天下、参与社会、介入生活的优良传统，除了守住道德底线、保持独立的人格和纯真的节操，不随波逐流、同流合污之外，还要积极运用思想、监督、批判的利器，参与社会的变革，

---

① ［德］马克思：《关于费尔巴哈的提纲》，《马克思恩格斯选集》第一卷，人民出版社 1972 年版，第 18 页。

促进制度、体制的完善，把呼唤正义、公平、民主、自由的重任，自觉地背负在自己的身上。如鲁迅所说的那样："自己背着因袭的重担，肩住了黑暗的闸门，放他们到宽阔光明的地方去；此后幸福的度日，合理的做人。"①

三、"人须在事上磨"：成人之道

做事看似平凡，而大道存焉。小则可以谋生，大则能够济世，中则可以立命。即使通过日常生活中的平凡小事，从点点滴滴做起，也能修炼自己的德行，磨练自己的心性，开掘自己的潜能，完善自己的人格，抵达审美的境界，从而使自己成为一个真正的人。

弟子问王阳明曰："静时亦觉意思好，才遇事便不同，如何？"王阳明这样回答："是徒知静养而不用克己工夫也。如此，临事便要倾倒。人须在事上磨，方能立得住，方能'静亦定，动亦定'。"（《传习录》上）王阳明所说"人须在事上磨"，颇值得人细细玩味。我们知道，事也像其他的存在一样，都是由道与技两个维度构成的。道是静的，是理想的那样的形态，它是寂然不动而又完美无缺的；而技总是具体的现实的，存在着许多的不确定性和缺陷。我们每个人做每件事的时候，都是按照理想的状态、目标即道来操作的，但在具体的过程中往往会偏离目标，甚至南辕北辙，所谓种下的、期待的是龙种，而收获的只是跳蚤；所谓理想很丰满，现实很骨感；所谓道很完美，而技以及技术运作的结果却是残缺不堪。因而在一个人身上要想弥合道与技、理想与现实、理论与实践之间的错位和断裂，那就要如王阳明所说的"须在事上磨"。这里的"磨"有磨练、磨合、打磨、琢磨等的意思，而在"磨"的过程中，技术作用于对象日益圆熟而内化为人的技艺而靠近了道；在现实生活中将日常小事做得越来越好，以至于越来越接近理想的状态；在工作实践中，不断经受出错、缺憾、失败等的磨砺和考验，一步步变得完善、圆满、成功，以至于每一次个人化的

---

①　鲁迅：《我们现在怎样做父亲》，《鲁迅全集》第一卷，人民文学出版社 2005 年版，第135 页。

行为都接近、符合理论上的目标和要求，从而使自己拥有了成就感、愉悦感。更重要的，也是王阳明所强调的，是人的品性、心性的"磨"，那就是在复杂多变的现实生活中，在处理没有任何规律和经验可资借鉴的烦琐而意外事件中，磨炼自己的克己的工夫，不为利所诱，不为俗所染，不为欲所动，不为敌所怒，把每一次的苦、难、险、灾、凶、祸等都当作是上帝、苍天抑或魔鬼对自己的考验，从而艰难困苦，玉汝于成。

同样为事，又可细分为人之事和物之事，前者是与人打交道的事，后者为与物打交道的事。在这个意义上，做事就是将自己对象化，也就是所做之事就是一面镜子，是自我的一个全息投影，可以映照出自己的一切。你做何事，你怎样做事，你做事怎样，从中就可以看出完完全全的一个你，你的德性，你的品性，你的情怀，你的境界，尽览无余。做事即是做人，要成为一个合格的人、一个完善的人，就要首先从做事做起，事做好了，人亦在其中矣。做事与做人的同构关系，在于所做之事在两个方向上对应着人，一个是向外的方向，即外化而成器；另一个是向内的方向，即内化而成艺。外化的成器有两层意思：一是人通过自己的努力和劳作而使自然的形态变成人文的、有用的东西，也就是把自己的原本看不见的脑力和体力转化为可见可触的外物。比如制陶工艺师将陶土制成了精美的陶器，筑路工人在荒无人烟的野地里修出了一条平坦宽敞的柏油马路，一个警官通过一个个蛛丝马迹将罪犯逮捕归案。二是做事之人因为事情做得成功，而使自己成为被社会认可的有用之人，也就是一个有着一技之长的人。就如前述的那个因为修好了路而印证自己价值的修路工人，那个因为破了案而起到安定社会作用的警官，那个制作精美陶器而把美带给世界的陶艺师。内化成艺也有两层意思：一是通过个人化的理解、运用、操作、演习，而将理论上、职业上共享的技术、知识转化为与自己的身体、筋骨、大脑、心灵合而为一、融会贯通、浑然一体的技艺，这样的技艺不只是谋生之道，也使自己对世界、人生有了更为深刻的体认，也为自己赢得了更大的自信；二是做事的过程中熟而生巧，游刃有余，渐渐从技艺的层面升华到道的境界，妙悟宇宙人生真谛，从而身心弥漫了从容自在、自由洒脱的风韵。

做事还可以发掘人的潜能，使人成为能够成为的、想要成为的、应该成为的那种样子。每个人都有自己梦想，都有对自己未来进行的设计和规划，而这样的美好梦想和规划，要想变为现实，就要从做事开始。做事与梦想、设想、想象都不一样，它不是在内心独立完成，而是要在与物、与人的交往、合作、竞争中完成。这样一来，就有人与人之间在做事上的高与下、优与劣、精与粗、快与慢的对比和区别，因而自然会彼此产生争先恐后、优胜劣汰、争强好胜等的心态和行为，从而把事做得更好、更细、更精。而人在这样的竞争的激励和压力下，就会把生命中沉睡的智慧、能力和能量唤醒并激发出来，把自己潜在的能力发挥到最大。康德在《从世界公民角度看的普遍历史理念》中举例说：树木只有在茂密的大森林里，因为争夺阳光而竞相生长，才长得高大笔直；如果孤立地生长于旷野，任性自然，对土壤、水分、阳光等没有任何竞争，它反而长得低矮弯曲，斜枝旁逸，难以成为栋梁之材。即使在竞争中严格要求和规范自己的方方面面，但所做之事与自己所希望达到的目标总会有一定的差距，因而自然会产生对自己的不满足，并在以后的做事中更为严格地调整、改善、提升自己的所作所为。这样一来，做事的过程也就成了不断提升自己、完善自己的一个过程，而在做事中与人和物进行较为复杂的互动，天长日久自然也会使自我变得炉火纯青、游刃有余。

做事还可以将人带入审美的状态和境界，让人体验到自由自在、无忧无虑、悦心愉神那样的美好情感。做事一旦与职业脱离，淡化了功利性的目的，就会指向、抵达人生的最高层面，并给生命带来无穷的魅力和光彩。参加一场不是为了争夺金牌的球赛，绘制一幅不是为了出售的油画，登台演奏一支不是为了掌声和鲜花的乐曲，与好友、亲人、恋人月光下没有时间和路线设定的散步等，都会让人从心底产生一种无法言说的美感，让人进入一种如痴如醉、心旷神怡的心境。所谓审美状态，主要体现在做事的过程和结果往往是自己内在的本质力量在当下直接显现，从而使自己产生一种创造的快乐、一种实现自我的优胜感和自由感。这是一种瞬间永恒的生命体验，是人生的极境，它把人带入了一种物我两忘、主客互融、灵肉统一、情理交汇的大和谐的境界。孔子曰："志于道，据于德，依于仁，游于艺。"（《论语·述而》）这里的"游于艺"也可以置换为"游于事"，而这里的一个"游"字，非常形象地描述了这种处于审美境界的自由状态，即驾驭操作对象的游刃有余、从容不迫、舒展自如、以神遇而不以目视的自由洒脱、成竹在胸的自信和驾轻就熟的悠然自得。这种在做事中的自信和自由融入人的血脉之后，就自然而然地促进和培育着一个人审美人格的完成，这就是如孔子所言的那种"从心所欲，不逾矩"的生命形态。这标志着自我与他人、社会、自然已经由对立、分裂转入了和谐、亲密的状态，即个人人格已将道德人伦、风俗习尚、行为规范完全内化，任何行为都听任于自己的兴趣、爱好、意愿、情感，但又不会违背伦理规范，从而不会感到外界和群体对自己的异化和压抑。但这不是个人对群体、文化的无可奈何的屈从遵守，而是个人对他人、文化积淀的积极吸收和超越。主体和客体已合二为一，客体已成为主体自由地展开和显示自我的前提和必要环境，群体、文化、理性都积淀于个体生命之中，从而使个体的每一个偶然、具体的行为举止既生气灌注、个性独具，又都蕴含着丰富的文化底蕴。这样他就知道了自由的范围和界限，懂得了孰可孰不可，了解了过犹不及。这种审美人格的形成使人的生命形态发生了根本性的变化，从而使自我的人生稳定持久地处于至高的境界和状态良好的。

第三节 学作文之道

与学做人和学做事一样，学作文同样是为学的一个重要内容，而且与之相应的是，作文也同样要明道、循道和载道。因而这里的作文之道有两层含义：其一是作文有自身的规范、规律和标准，从而作文就像做事、做人一样要遵从道而不能离道、违道；其二是作文的内蕴要与道吻合，要承载、阐释、光大道的精髓，让道的光明普照众人的灵魂。

马拉美说:"一切通往一本书。"就此博尔赫斯论道:"我们生就是为了艺术,生就是为了记忆,生就是为了诗,或者也许生就是为了忘却。但是有些东西留下了,这就是历史和诗歌,两者并没有什么本质的区别。"①让一切,让活生生的生命变成一本书,这初看似乎不可思议,但细细想来又极有道理和深意。我们的日常生活往往是枯燥而琐碎的,不过是年复一年、日复一日地简单重复,而书则是生命的精华和心灵的结晶。让自己变成一本书,就是一个去粗存精、修行身心、提纯生命、提炼生活的过程和结果。因而我们不仅要做好人、做好事,还要作好文,让自己的生命和对生命的体悟凝结在书里面,这样你才是一个完全的人。

古人将"立言"与"立德""立功"并置,作为三不朽之一。春秋时的叔孙豹曰:"太上有立德,其次有立功,其次有立言:虽久不废,此之谓不朽。"(《左传·襄公二十四年》)稍纵即逝的语言,或者以语言为载体的文章,为何能够不朽呢?一千年前的曹丕做了这样的回答:"盖文章,经国之大业,不朽之盛事。年寿有时而尽,荣乐止乎其身,二者必至之常期,未若文章之无穷。是以古之作者,寄身于翰墨,见意于篇籍,不假良史之辞,不托飞驰之势,而声名自传于后。"(《典论·论文》)当代著名作家张炜也有过类似的感慨:"时光似箭,一切都在流逝。但是唯有心灵化成的东西才能永存,永远也不会被磨损——而我们正在谈论的这些书,正是一个艺术家的心汁浸泡而成的啊!"②也就是说,时间、生命、功业等,都是稍纵即逝、无法挽留的,只有那些经由心灵浸润、通由语言创作而成的著作,或者说承载、宣扬了道的文章,可以抵御时光的侵蚀、超越有限的生命而永远流传。

作文与做事、做人一样,也都有为己与为人、技与道之分,所学也都有或益或损、或为或不为之别。同样作文,觉解不同,境界各异,那就会出现作文中不同的层阶,而最高的层阶当然是道的体现和践行。而在最高

---

① [阿根廷]豪尔赫·路易斯·博尔赫斯:《〈神曲〉》,《博尔赫斯全集·七夜》,陈泉译,上海译文出版社 2015 年版,第 7 页。

② 张炜:《葡萄园畅谈录》,作家出版社 1996 年版,第 283 页。

的层阶上，生长出多向的维度，将人心、天地、道体融为一体，共同构建起一个魅力独具的诗道合一的世界。

一、"更上一层楼"：作文的层阶

讲到作文的层阶，必须从人的境界说起，因为人和文、人心和文心有着内在的一致性和密切的相关性，我们常说的"文学即人学""文如其人""人如其文"即然。文是为文之人的外在显现，而人则为文的内在依据，二者同构而互映，而作文的不同层阶也恰好是为文者不同的人生境界的外化和对象化呈示。

关于人生境界，冯友兰认为，根据人的觉解的不同，可以分为四个境界，由低而高依次为自然境界、功利境界、道德境界和天地境界。前三种境界，每个人只要融入社会，在社会化的过程中就会实现和抵达，而第四种境界则是一般人所难以达到的，只有那些天生异秉而又借助于哲学特别是中国传统哲学而修行自我身心的人，才可以抵达。

我们不妨换个视角把人因需求、价值观的不同而将人生分为不同的层阶，并将之与人的器官一一对应：第一为生物性层阶，即人为了存活而追求并满足自然、生理的需求，包括维持自我生存的食即吃饭和延续种族生命的性即性欲，而对应人的器官为胃和性器；第二为社会性或曰世俗性层阶，由钱与权或富与贵两大要素构成，对应着人的器官是脸，也就是满足着人的面子，即虚荣心；第三为审美性层阶，是通由诗美和哲思而抵达，则安置、慰藉了人的心灵，所谓"此心安处是我乡"（苏轼《定风波·常羡人间琢玉郎》）。食与性的本欲之常，脸与面的虚荣之迷，都是向外索求的，是永无止境、不知满足的，也是躁动不安的；心与魂的圆融之悟，则是向内探寻的，是自给自足、自我圆满的，也是平和宁静的。无论常或迷，都是浪迹在外、无所归依的，而悟则让人回到了自己的家，抵达了人生的最高层阶。

在对人生的境界或层阶进行了初步考察的基础上，我们就可对与之相应的作文的不同层阶进行观照和梳理。在常态下，作文似乎与人的生理无关，它与作者的价值观以及对文在自我生命中的定位有关。我们不妨也将其分为三个层阶，并也用比喻来形容。第一个层阶是给自我的人生挠痒痒，也就是将作文当作自我人生缺失的虚幻补偿。人性的特点之一就是缺什么补什么，但有的东西能补有的东西丢失了就永远补不上了，如流逝的时光、快乐的童年、失去的爱情等。但在现实生活中无法补偿的东西和状态，往往会转化为一个人作文的强大的驱动力，在文字的叙写中得到虚幻的补偿和满足。海明威说，"一个作家最好的早期训练"是"不愉快的童年"①。厨川百村认为，文学创作"寻其根本来，也就是生命的自由飞跃因为受了阻止和压抑而生苦闷，即精神的伤害，这无非就是从那伤害发生出来的象征的梦，是不得满足的欲求，不能照样地移到实行的世界去的生的要求，变了形态而表现的东西。诗是个人的梦，神话是民族的梦"②。而弗洛伊德则认为，文学创作是作家的白日梦，是现实生活中无法实现的愿望的虚幻的达成和满足。这些名家的论述，都可以看作是对这一层阶的理论注解。而这样的文往往是个人的情感和欲望压倒、战胜了理智和道义，因而出现了对道的偏离。第二个层阶是给他人身上挠痒痒，也就是迎合市场的媚俗之作和为当政者树碑立传的趋势之作。这样的层阶往往是见利忘义的，是为了金钱而放弃原则和操守的，当然也是与道格格不入的，因而都是有害而短命的。一个有良知的作者，无论以何种理由，哪怕有多大的利益诱惑，都要拒绝作这样无品之文。这样的文不仅对社会、对他人贻害无穷，而且作者自己也必然会自食其果，最终伤及己身，因为任何一个放弃道德底线，出卖良知灵魂，唯利是图，宣扬滥情、暴力的作者，都难逃果报。第三个层阶是给人类的灵魂挠痒痒，也就是对人类命运的终极关怀，用凝结心灵情感的文字来安抚人类之心。这一层阶的文往往超越了世俗与功利，而是对人类的生存处境、困惑、向往和追求的探索和叩问，冥思和探究的是生与死、福与祸、心与物、情与欲、爱与恨、短暂与永恒

---

① ［美］海明威：《同音乐家的一席对白》，董衡巽编选：《海明威谈创作》，生活·读书·新知三联书店 1985 年版，第 78 页。

② ［日］厨川百村：《苦闷的象征》，《鲁迅译文集》第三卷，鲁迅译，人民文学出版社 1958 年版，第 89 页。

等关涉人类信仰和归宿的话题，书写的是人类的愿望和梦想。

通过正当的途径和手段谋取富与贵、权与钱，是可以为人们所认可和接受的，而为了获取金钱或权力而在作文中媚俗或趋势则是令人不齿的，因而作文的第二层阶即给他人身上挠痒痒，是绝对不可为的，除了制造垃圾和毒害人们的心灵，一无是处，有百害而无一利，是应该从学问中驱逐出去的。而第一层阶和第三层阶的合而为一，也就是将由个人被压抑的愿望而转化的白日梦与对人类梦想的书写交融在一起，则会形成巨大的创作内驱力和作品的内在张力，从而可以使所作之文抵达最高的境界。康德在他的"三大批判"中将人的主体性进行了深入的探讨并给予了明确的解答，《纯粹理性批判》研究了属于科学的认识范畴的真，《实践理性批判》研究了属于宗教的信仰范畴的善，《判断力批判》研究了属于艺术的审美范畴的美。而康德在其"三大批判"中所论及的真、善、美这三大领域或范畴也正好可以移用过来，作为作文的最高境界的三个维度：其一是作为科学范畴和认识功能的真，其二是作为信仰范畴和道德功能的善，其三是作为美学范畴和审美功能的美。也就是说，真、善、美这三个维度，共同勾画出了作文的最高境界，从而也完成了文以明道、文以载道的使命。

二、"信言不美，美言不信"：丑陋的真实和美丽的谎言之间的游走

文有在形态、特性和功能上都完全相反的两种类型，那就是丑陋的真实和美丽的谎言。而这两种类型的文则对应着不同的对象，对社会、历史、人生，就要以真诚之心反映出其真相，以达到"修辞立其诚"（《周易·乾·文言》）的目标，而这也是一个作者最为基本的写作伦理；对人心和人性的真实，就不要看得太透，说得太破，写得太明，而这体现着一个作者的智慧。

死后被誉为"民族魂"的鲁迅，可谓看破了中国历史的真相，也揭开了中国文化、文学的密码，这真相和密码就是"瞒和骗"。他这样写道："中国的文人，对于人生，——至少是对于社会现象，向来就没有正视的

勇气。"，并进而总结道："中国的文人也一样，万事闭眼睛，聊以自欺，而且欺人，那方法是瞒和骗。"从文人又说到整个国民，"中国人的不敢正视各方面，用瞒和骗，造出奇妙的逃路来，而自以为正路"，又进而将人与文交互瞒和骗的现实揭露出来，"中国人向来因为不敢正视人生，只好瞒和骗，由此也生出瞒和骗的文艺来，由这文艺，更令中国人更深地陷入瞒和骗的大泽中，甚而至于已经自己不觉得"。① 一个靠瞒和骗而维系的社会不是一个好社会，同样用瞒和骗编织而成的文也是毒害人心，行之不远的。一个时代、一个民族的悲剧就在于真相不能揭示，真话不能说。一个作者的使命恰恰在于明知真相揭示出来会有风险还要揭示，明知说了真话会付出代价但还要说。而一个作者一定不能逾越的道德底线就是，你可以保持沉默，但不能说谎；你可以不写，但不能满纸假大空。而一个将谎言当作真话、将假相当作真相进行书写的作家，不仅行径卑劣、道德败坏，而且也是对社会、历史和人类的犯罪。虽然从世界的文学、学术思潮的价值取向来看，现实主义作为陈旧的美学思想已经显得落后而被学者诟病，但在中国的历史和现实的语境中坚守和发扬现实主义精神，还原和揭示历史的真相，直面社会的弊端，正视现实的苦难，还应该是当代作家、学人神圣的使命和艰巨的任务。

立场决定态度和价值取向，同样的历史和现实，因为所处的地位和坚守的立场不同，就会书写出截然不同的面目和结果。对一个为文者而言，立场主要有两个，那就是官方的和民间的。莫言有一篇文章，名字叫作《作为老百姓的写作》，看篇名就知道这是一种民间的立场，即自己不再是"为老百姓写作"的为民代言的启蒙者，也不是为当政者发声造势的吹鼓手，而是作为老百姓中的一员，以老百姓的身份来进行写作。官方立场的写作，代表官方的利益，因而往往背离了历史、现实、人生的真相。张一弓的《犯人李铜钟的故事》、高晓声的《李顺大造屋》、茹志鹃的《剪辑错了的故事》、张炜的《古船》《九月寓言》、莫言的《丰乳肥臀》《蛙》、李

---

① 鲁迅：《论睁了眼看》，《鲁迅全集》第一卷，人民文学出版社 2005 年版，第 251—255页。

佩甫的《羊的门》等，因为是站在或接近老百姓的民间立场，所以对几十年来以农民为主的国民的生存的苦难和生命的坚韧有着力透纸背的真实书写，也为文学赢得了尊严和荣誉，起码摆脱了原来的那种冠冕堂皇说假话式写作的耻辱和不堪。

说真话、写真实本来是一个作家、文人最为基本的伦理，但在特定的环境中却要为此付出沉重的代价。这是特殊时代和环境下一个文人的两难困境：违心离道地苟活，还是载道尽责地受难？这是一个问题，也是一个难题。而要正视这个问题，解决好这个难题，那就应该有一个两全之策：要么甘于寂寞，以无言的沉默而保持不说谎的操守；要么积极写作，但可以通过运用做人的智慧、采取写作的策略等来规避风险。而这样的叙事策略，我觉得有三种比较切实可用，那就是互文、隐喻和复调。

所谓互文，作为一种修辞手法，有着多重的含义，在这里主要取其中的两层。其一为空间上即文本内部的互文，即文中具有两个文本，一个潜文本，一个显文本，而二者之间又相互补充和映衬；其二为时间上即现文本与前文本的互文，即现在的文本中移植、化用了以往前人文本的元素或表达方式。我们先说第一种，即空间上文本内部的互文。在尤凤伟的长篇小说《泥鳅》中，与尤凤伟的《泥鳅》这一显文本相应，作品中还隐含着一个潜文本，那就是作品中的人物之一作家艾阳写的日记和小说，它构成了小说的重要组成部分，可以称为小说中的小说。两个文本之间是你中有我、我中有你、彼此交融、相互映照的，而这两个文本之间的互文，起码起到了这些修辞效果：第一，这种相互补足、交互见义的表现手法，扩大了作品的艺术张力，从而在有限的篇幅中增强了反映世事人生的广度、厚度和力度。艾阳笔记中记录的小齐童年时天使般的美丽和纯真的状态和尤凤伟书写中的小齐成年时沦落为小姐的命运相互对比，更增加了小齐被逼良为娼的悲剧性；而艾阳的小说《凶手》《一个案件的几种说法》等所写的农民的悲剧，可以看作是尤凤伟笔下国瑞的悲剧命运的延伸和另一种表现形式，或者说是国瑞悲剧的农村版，从而带来了悲剧不是个别的、偶然的而是普遍的、必然的这样的艺术效果。第二，这一互文手法是作者知其不可而为之的一种叙述策略，体现了作者的人生智慧。艾阳在这里完全可以看作尤凤伟的替身，犹如武打片中的替身演员一样。因为有艾阳的存在和发声，尤凤伟显得轻松了很多，自己该说、想说而又不便说的话，艾阳替自己说了，自己可能承担的风险也转嫁到了艾阳身上，从而减轻了自己职业和心理的压力，增加了保险系数。这样既担当了作家直面现实、为民代言的使命，又规避了可能招致的麻烦和风险，可谓一举两得。再说第二种，即时间上现文本对前文本的互文。还以《泥鳅》为例，文中艾阳的小说《一个案件的几种说法》在叙述格调和叙述方式上，都自然让我们联想到黑泽明的电影《罗生门》：同样一个事件，因为叙事人的立场、处境不同，所得出的结论也大相径庭。不过与《罗生门》对人性的冷静审视不同，《一个案件的几种说法》则透视了社会的不公和严酷——虽然看法、结论人各不同，但效果是一样的，那就是官逼民反，不得不以死相争：农民先刚之所以引爆炸药自杀式地与小公安、司法员、田乡长同归于尽，是官僚联手公安、司法、财政等官方的强大力量而将贫而弱的个体一步步逼到死路所致。而艾阳的小说《为国瑞兄弟善后》中国瑞的哥哥因为弟弟的死而羞于见人而把脸蒙起来的描写，也会让人想起鲁迅《药》中夏瑜牺牲后妈妈祭奠时的慌张、羞愧之情的书写。对前人经典的互文，使文本之间建立了更为丰富的联系，从而给读者留下了更为广阔的联想、想象的历史和艺术的空间。刘震云的《温故一九四二》则是正在叙述的显文本与文中没有叙述但极容易让人联想到的而被历史遗忘的但在国人的人生和心灵上留下深深烙印的另一个潜在的文本，并在这样的互文书写中形成了巨大的艺术张力和无限的想象空间。

关于隐喻，汉娜·阿伦特是这样说的："隐喻实现了一种真实的和似乎不可能的'转变'，从一种存在形态——思维的存在形态，转变到另一种存在形态——成为现象中的一个现象的存在状态，这种转变只有通过类比才能完成。"[①] 汉娜·阿伦特是从把抽象、内隐的意义转化为生动直观

---

① ［美］汉娜·阿伦特：《精神生活·思维》，姜志辉译，江苏教育出版社 2006 年版，第113 页。

的形象这一层面来解释隐喻的，其实在中国的语境中，除了这一修辞作用之外，还有着表情达意上的隐蔽、含蓄之用，这也自然成了作家为避免不必要的风险所采取的叙事策略。尤凤伟的《泥鳅》中最大的隐喻就是作品名字所告诉我们的，那就是泥鳅。泥鳅不仅是作为点睛之用的书名，还是贯穿全书的一条主线，而且与主要人物的命运息息相关、紧紧相连。泥鳅作为涵盖全书内蕴的一个隐喻，是沦入社会底层民众的生存处境、生命形态的全息投影。这在三次描写中表现了三个层面：其一是国瑞作为嫖客的身份与接待他的身为妓女的小齐的不期而遇。这是他们人生中最初也是最后一次人生中的交集，但他们却是一个硬币的两面，彼此相似而互映：他们虽然一男一女，但身份、处境极为相似，都是被逼良为娼的人——一个是妓女，向所有付钱的男人出卖肉体；一个是鸭子，被一个富有而寂寞的贵妇人所包养，正所谓同是天涯沦落人，相逢何必曾相识。他们俩有着共同的喜好和秉性，都喜欢泥鳅，都养泥鳅，都像泥鳅那样朴实、韧性而又生机勃勃地生活在艰难的环境中。他们虽然身份卑贱，但都天性善良，心灵纯洁，在沉沦之中仍能坚守道德底线，彼此之间也能相敬互助：当国瑞知道了小齐是艾阳日记中那个天使般的女子时，马上终止了自己在异性身上买欢的荒唐行为，那是对小齐也是对自己的尊重；而小齐也能以德报德，在国瑞死后还为其烧纸祭奠。其二是两条鱼的相遇和极大反差的对比。国瑞将侄子送给自己的泥鳅带到玉姐的别墅中，放在了养鱼缸的旁边，从而两种具有天壤之别的鱼近在咫尺、彼此相望。作品这样写道："国瑞还站在鱼缸前，一会儿看看大鱼缸里通体泛着金光的鱼，一会儿看看玻璃瓶里黑不溜秋的泥鳅，倒没想高贵卑微什么的，只觉得把两者放在一块很不协调，就像叫花子和大老板在一起。"这里表面是写鱼，实际上写的是人与人之间两个阶层穷与富、贵与贱的两极分化和巨大差距。其三就是作为作品中心意象的名为"雪中送炭"，即泥鳅炖豆腐那道残忍而诡异的菜。而它隐喻的是两个阶层势不两立的尖锐矛盾和激烈冲突：富贵阶层不仅占有了贫民阶层的财富、压迫着他们的身体，还伤害着他们的心灵、凌辱着他们的人格，就像对待盘中、口里的一道菜那样。作品中还有一个隐喻，虽然小，但意义很大。国瑞受审时这样回答自己的籍贯，"俺们村的村名叫国家"，又这样解释"就是国家的国，作姓氏时念 gui"。假如作者不是玩弄文字游戏的话，我们完全可以这样理解：这个叫作国家的乡村及其发生的事件，并不只是偶然的个案，它有着很强的普遍意义，是国家的一个隐喻、一个象征，是一个国家的全息投影；而国瑞之国，谐音为贵或鬼，那么它就隐喻着主人公国瑞的命运的多种可能性，既可以是国之祥瑞，可以大富大贵，但也可能一命呜呼，变成冤鬼。而在作品的实写中，都有了一一的对应：一会儿是身无分文的穷光蛋，一会儿成了光鲜体面的大老板，最终还是成了冤死鬼。管虎导演的电影《老炮》，也是一部精彩地运用了隐喻叙事策略的经典之作。

复调叙事之说，源于苏联著名的思想家、学者巴赫金研究陀思妥耶夫斯基小说所总结的叙事模式，它是建立在对话理论的基础之上的。对话理论认为，每个人因为所处的地位、立场、身份、背景等的不同，就会有相应各异的甚至千差万别的看法，而每一种看法和话语，都有其一定的合理性，也有着存在和言说的权利，因而应该受到尊重。复调叙事可以说是哲学、社会学层面的对话理论在小说叙事上的体现和运用，它不再是传统意义上的那种一枝独秀、众星捧月、内心独白式的叙事，更不是像我国"文革"时期出现的在所有人物中突出正面人物、在正面人物中突出英雄人物、在英雄人物中突出主要英雄人物的所谓"三突出"的创作原则，而是在叙事时有意呈现众声喧哗、群星璀璨、群龙无首那样的状态和格局。小说中的每一个人物都是平等的，哪怕是妓女、窃贼、罪犯都有着存在、思想、表达的合理性，就像音乐中的合唱与交响乐一样，是多个声音共存并置的。而颇受争议的方方的《软埋》和尤凤伟的《中国一九五七》都是非常成功的复调叙事，或者换句话说，复调叙事是有良知的作家在担当使命而同时还要尽可能规避风险的自然而智慧的选择。复调不是抹平和调和一切，因而不是放弃原则的和稀泥，而是知其不可而为之的大勇大智。

对社会、历史、人生的真相要直面正视，要如实书写，不得讳饰，更不能瞒和骗，这是一个作文者的伦理和使命。而对人心、人性和人情而言，则恰恰相反，则不要看得太清，写得太明。而这则能体现一个作家、学人的与人为善、善解人意的智慧和善良。

人心不可探究，人性经受不住考验。如果人们违背了这一禁忌，就会给自身带来可怕的灾难。正如古人所言："察见渊鱼者不祥，智料隐匿者有殃。"（《列子·说符》）

庄子曰："中国之君子，明乎礼义而陋于知人心。"（《庄子·田子方》）孟子认为：人之初性本善，所以恻隐之心、羞恶之心、恭敬之心、是非之心等等，人皆有之，是人的天性、本性的自然流露。（《孟子·告子上》）虽然韩非、李斯、荀子等也看到了人性恶的一面并设计了许多防堵的方案，但他们的看法并没有进入主流，以至于行之不远。弃恶从善、见贤思齐、存天理灭人欲、近君子远小人、人人皆可成尧舜等，已经成了国人恪守的道德观念和人生信条。远离人性之恶，对人心、人性的真相、奥秘存而不论、视而不见，这并非一个民族文化心理的短而是其长，不是其愚而是其智，是一种知心察世的大智慧。不该看见的就不要看见，不该知道的就应该有所不知，自然、人心应该保留住它的一份神秘和肃穆。

与中国文化不同，以"两希"文明为代表的西方文化一开始就正视人心的真实，直面人性中的丑恶。人类始祖亚当经受不住诱惑吃了禁果，从而被赶出伊甸园，饱受劳役之苦，为自己的原罪接受着上天的惩罚，同时也给人类心中埋下了罪恶的种子。而由撒旦、菲菲斯特等构成的恶魔家族，既是诱惑亚当、浮士德等误入歧途、身遭厄运的罪魁祸首和社会中恶势力的代表，同时也是亚当、浮士德等的人性中的一个重要元素和层面。也就是说，每个人的内心深处，都存在着一个可怕的恶魔，一半是天使，一半是魔鬼，才构成一个完整的人。不过，承认心中有魔，并不是认同魔，更不是放纵魔，而是对人性、人心中的魔性、恶意有了警觉、禁忌和防范。神话、传说中的所罗门的瓶子、潘多拉的盒子的意象告诉我们：既正视、承认人性中恶魔的存在，又要将恶魔囚禁起来，装进瓶子里，关在盒子里，锁在笼子中。

日益发达的科学与愈来愈强的好奇心共同携手，使人不再满足于对外在世界的探寻，还要转向对自我内心世界的勘察，不仅索解人心的奥秘，还要深入到人的潜意识、梦境探赜索隐，并进而为囚禁心魔的盒子、瓶子开封解禁。于是，人们被自己看到的人性中残酷、可怕的真相所恐吓住了，也为自己的好奇、探秘付出了代价，遭到了报应，招致了祸害。这让我联想到尼采所说的人的悖论："你为什么因此恐怖呢？人和树不就是一理：他愈求升到高处和光明，他的根愈挣扎向下，向地里，向黑暗，向深处，——向罪恶。"①

塞万提斯在其《堂诘诃德》中通过一个神父之口讲述了《一个不该这样追根究底的人的故事》：一个名叫安塞尔莫的贵公子，为了弄清他的美丽而贤淑的爱妻是否像生活中表现的那样贞洁和完美，就央求自己的好友扮演一个引诱者的角色来考验妻子。起初，妻子经受了考验，表现出了一个好女人的端庄、自重、忠贞的美好情操，但安塞尔莫并没有适可而止，反而让他的好朋友一而再、再而三地向自己的妻子馈赠金钱和珠宝，并不断地向对方献殷勤、挑逗、诱惑。最终，两人假戏真做，双双坠入爱河，而自作聪明的安塞尔莫反而戴了绿帽还蒙在鼓里。追根究底的结果是妻子背叛了丈夫，失去了贞操；朋友背叛了朋友，沦丧了忠信；安塞尔莫自己更是聪明反被聪明误，玩火自焚，赔了夫人又折友，最后真相大白，悔恨莫及，枉送了性命。

戏曲《大劈棺》、冯梦龙的《警世通言·庄子休鼓盆成大道》和《今古奇观·蝴蝶梦》都讲述了一个庄子戏妻的故事：庄子得道返乡，中途遇见一个丈夫新死的寡妇用扇子扇坟，好使坟土速干以便改嫁。这深深触动了庄子，因此他回家后试探自己的妻子田氏是否忠贞于自己，在装死、幻化为楚王孙引诱、劈棺等一系列的试探中，庄子看清了自己不愿看到的可怕的真相：一向温顺、贤淑的妻子，不仅轻易地投向风流少年的怀抱，甚至还要用庄子的脑仁来换取心上人的欢心。庄子不由怒火中烧，大骂田氏，往昔鼓盆葬妻、视死如息的那份洒脱、超然已经荡然无存。庄子戏妻

---

① ［德］尼采：《查拉斯图拉如实说》，楚图南译，海南国际新闻出版中心 1996 年版，第 44 页。

最后换来的结果是田氏羞愧自杀，庄周弃家而走。

安塞尔莫对爱妻的贞洁追根究底，庄子戏耍、试探贤惠的老婆，最后都以可怕的真相和沉痛的悲剧而结局。它们通过艺术的形式警示世人：爱情经受不住考验，人性、人心可畏，千万不要深入探究。但人们在人自身探索的禁区并没有止步，特别是那些好奇而执着的生理学家、心理学家、精神分析学家等偏要在人的心理深层追根究底、探秘解疑。生理学之父巴甫洛夫和行为主义创始人华生窥测到人的文明面纱背后隐秘的一角：人与动物一样，行为、习性的形成不过都是来源于条件反射。小狗听见了与肉骨相伴的铃声会流出快乐的口水，看到了与棍棒紧随的喊叫就会夹着尾巴逃跑；人之所以愿意甘受十年寒窗苦，是因为枯燥乏味的书中有黄金屋、颜如玉、千钟粟，之所以艳羡锦衣玉食、华屋美女不敢据为己有，是因为惧怕非法贪得会带来牢狱之灾。从这个意义上说，粗野的狗和温雅的人并没有本质的区别，不过是奖赏和惩罚的外部环境与趋利避害的生物本性的交互作用下的产物，没有所谓的善与恶、美与丑、高尚与卑鄙、纯洁与污浊。

弗洛伊德的精神分析理论深入到人的梦境、潜意识这些人心的隐秘之处进行勘察，从而打开了心灵的黑匣子，破译了人性的密码。人类一切貌似体面、高雅的职业、行为、追求，如从政、经商、写作、布道甚至出家，不过都是受力比多即性欲的驱动；每个人内心深处都潜伏着乱伦的情结：梦中的性对象不过是母亲或父亲的化身、替代，甚至会在心底深处暗流涌动着弑父娶母或弑母嫁父的冲动；那些殉道、献身、救赎的圣徒、救世主、高僧大德，不过是心智迷乱、充满狂想幻觉的癔病患者、疯子和自大狂；那些一心向善、皈依神灵的虔诚的教徒，只是以小成本换取大回报的投机家和白日梦者：用今生的一点隐忍、善心、功德、奉献、痛苦来换取来世的幸福、净土的超度、天堂的光明；珍藏恋人的信物这种爱屋及乌的爱情美谈，在弗洛伊德的眼中，成了一种性变态的恋物癖。柏拉图说："恶人亲往犯法，止于梦者便为善人。"① 南非前总统曼德拉这样说："无

_____

① ［奥］弗洛伊德：《精神分析引论》，高觉敷译，商务印书馆 2009 年版，第 109 页。

论你对一个人多么崇拜，都不要把他当作天使，因为每个人都是血肉之躯。"① 蒙田这样说："如果把男人一生所有的行为和想法都用法律的观点详细审查，那么没有一个男人不配被吊死十次以上。"② 卢梭也说过大致同样的话："还有比圣徒们更完美的么？但他们当中就有一个犹大！有比天使们更完美的么？但是，人们说魔鬼就来自他们中间。"③ 在哲学、科学、生理学、心理学的显微镜、放大镜的烛照下，心灵的隐私、人性的秘密变得赤身裸体、无法遮掩。真相如此丑陋不堪，真实这样残酷逼人，以至连一向如此好奇的人们也被自己看到的包括自己在内的人性、人心的本来面目吓住了，为此忐忑不安。

古人曾拟了一幅这样的很有意味的对联："百善孝为先，原心不原迹，原迹贫家无孝子。万恶淫为首，论迹不论心，论心世上少完人。"这就告诉我们，人心人性很幽暗，是经不起深究细察的。从这个意义上来说，难得糊涂哪里是糊涂，简直是聪明绝顶！对于人心人性，对于人的潜意识，对于不能对外人道的私密，要睁一只眼、闭一只眼，或者如古人那样："非礼勿视，非礼勿听，非礼勿言，非礼勿动。"（《论语·颜渊》）要学会视而不见，充耳不闻，看了不要看破，看破不要说破，不该写的千万不要写，这就是人生的大智慧。看了不该看的，说了不该说的，写了不该写的，只能自取其辱，自食恶果。

三、"以德报德，以直报怨"：从爱人如己到仁爱万物

与写作的道德、教化功能相应，作文的第二个维度是善。而善的根底或极致表现为信仰，属于宗教或宗教情感。在基督文明中，崇尚无等差的爱亲人、爱邻居，甚至爱仇人的爱人如己的博爱；在佛教文化中，推崇众生平等、慈悲为怀的悲悯之爱；在儒家传统中，倡导以德报德、同胞物

---

① 吴楠、路客：《比尔·盖茨全传》，中国戏剧出版社 2000 年版，封面语。

② ［美］爱丽丝·克拉普莱斯、特拉沃·利普斯康姆：《一路投奔奇迹》，邱俊译，国际文化出版公司 2007 年版，第 90 页。

③ ［法］卢梭：《卢梭民主哲学》，陈维和译，九州出版社 2004 年版，第 389 页。

与、亲亲仁民的仁爱情怀；在中国的民间文化形态中，则讲究天地良心、心安理得、与人为善的人伦之爱。而这些不同形态和取向的善和爱，共同构成了作文的底蕴、血脉和维度，也相应收获了丰富多彩、异彩纷呈的人文之果。

无论是哪一种善、哪一种爱，都比恶、比恨要好一千倍，因而在我们现实的文化语境中，在作文中我们特别需要呼唤和建构善和爱。这是因为，我们民族主流的历史和文化，不是善而是恶的，不是爱而是恨的。

爱人甚至爱仇如己的博爱情怀，在欧美的人文书写中俯拾皆是，而让人印象深刻的是法国作家雨果的系列作品。雨果的作品内容非常丰富，像对巴黎圣母院、滑铁卢战役、九三年大革命、巴黎复杂壮观的下水道等的描写都成了文学、历史、文化的经典，但其最核心的内蕴可以一言以蔽之，那就是"爱"，爱亲人、爱弱者、爱敌人，为了爱可以而且乐于献出自己的一切，包括生命。在《悲惨世界》中，一方面直面了黑暗社会压迫和摧残下的底层民众的悲惨命运，另一方面也是更重要的是对人性中那种无私的、高尚的爱的礼赞。而这样的爱，是在主教米里哀和苦役犯冉阿让之间相互传递和光大的。米里哀主教就是那个悲惨世界中仁爱的化身，像一缕阳光照亮了那个地狱般的世界。他将自己的主教府改为给穷人治病的医院，将自己的薪俸的百分之九十以上捐助给慈善事业，而自己则以俭朴清苦的生活为乐。他不仅敞开大门接待了被别人拒之门外的苦役犯冉阿让，还用银质餐具、丰盛的晚餐、温暖舒适的卧室招待他，而且当冉阿让偷了他的银餐具而被警察拷问时，米里哀主教不仅没有对冉阿让有任何责怪，反而将一对银烛台也送给了他，并对冉阿让说了这样的令冉阿让改过自新的话："冉阿让，我的兄弟，从今后，您不再属于恶，而是属于善了。我是在赎您的灵魂，我把它从阴暗而堕落的思想里赎回来，交还给上帝。"而在米里哀主教的感化下，冉阿让脱胎换骨，痛改前非，成了善和爱的传播者、践行者。他用自己积累的财富救助那些无依无靠、贫病交加的穷人；他利用自己市长的身份而造福一方，为市民谋福利；他对饱受凌辱的妓女芳汀不仅呵护有加，还承诺帮助抚养她的女儿；他冒着生命危险，放

弃了自己的地位、荣誉，将珂赛特救出险境，并付出自己的财富和心血让
她受到良好的教育，获得美好的爱情，成长为一个美丽、善良、聪慧、幸
福的女子；就是对那个一直追杀他的警察沙威，他不仅没有恨，还冒着生
命危险救了他的命，以致使其最终受到感化而良心发现。他的《九三年》，
更是仁爱慈悲之心超越了阶级立场和政治利益，是一曲人道主义、人性大
善的赞歌。作品通过三个主要人物即朗特纳克、戈万和西穆尔丹的书写而
表达了这一仁爱至上的人道主义主题：身为保皇党而冷酷残暴、杀人不眨
眼的朗特纳克，本来已经通过地道从被围困的图尔格城堡安全逃脱，但当
看到那被他当作人质的三个孩子在大火中挣扎、孩子母亲绝望而痛苦呼喊
时，他又毫不犹豫地返回城堡，救出了那三个孩子，虽然为此而被共和军
逮捕，由此这个人物也完成了由杀人恶魔到救人天使的蜕变。共和党领导
人、蓝军司令官戈万，对包括他的叔祖朗特纳克在内的保皇党叛军一方面
势不两立、针锋相对、你死我活，但又慈悲为怀，宽恕敌人，主张"打掉
王冠，但是要保护人头。……在打仗的时候，我们必须做我们的敌人的敌
人，胜利以后，我们就要做他们的兄弟"。最后为他的对头、自己的叔祖
为了救孩子而不惜自己生命的大义博爱所感动，便放走了朗特纳克，而甘
愿用自己的命来抵命。而作为特派代表的西穆尔丹，虽然是戈万的老师，
并对戈万深深同情，但绝没有徇私枉法，而是按照法令将戈万送上断头
台；不过就在同时，他自己也开枪自杀。大爱之行在敌与敌、友与友等多
方面、多维度展开和弥散，可谓感天地、泣鬼神。这又让我联想到法国的
当代导演克日什托夫·基希洛夫斯基导演的电影《蓝白红三色之蓝》，影
片中女主人公朱莉在与家人一起自驾游的途中遭遇车祸，丈夫和孩子不幸
死亡。朱莉痛定思痛，扔掉了作曲家丈夫的全部乐稿，决定告别以往，重
新开始自己的生活。但也就在这时，她发现丈夫生前移情别恋，与一个女
子有染。她找到那个女子，发现对方已经怀有丈夫的孩子。朱莉不仅没有
嫉恨，还将房子给了那个情敌，并照顾对方的生活起居。本来应是水火不
容的情敌，却神奇地转化为彼此的原谅、宽容、体贴和关爱。

　　佛家的众生平等、慈悲为怀、自度度人等思想、观念，也成了作文的

一个重要资源，或者换句话说，写作、学问的善的维度有很多吸纳了佛家的人道主义理念和情怀。地藏菩萨提出"我不下地狱谁下地狱"，佛教故事中有佛祖割肉饲鹰和以身饲虎的传说，这些自己受苦受难而换取他人、信众乃至其他动物的生存、幸福的慈悲大爱情怀，在许多文学作品中都得到了呼应和光大。深受佛理浸润的现代作家许地山笔下的对应着其审美理想的人物，大都能够面对社会苦难和人生不幸而乐天顺命、克己容人，充满着佛家的宽容大度和悲悯慈爱。《缀网劳蛛》中的尚洁，虽然信奉的是基督教，但却有着佛家精神、境界的底蕴，实际上是融佛入耶的。她出身苦，命运舛，但却很有慈悲之心，连盗贼也同情救助，连抛弃、刺伤自己的丈夫也能够原谅；她看破了五蕴皆空，并以空灵、超然之心对待外物、命运、人生乃至爱情、亲情，但看似轻率任性、随遇而安的背后，却充满着智慧和力量；她以崇高的境界来应对和化解人生的残缺、社会的误解、他人的偏见和舆论的压力。用她自己的话说："我管保我所得能化为乳汁，哪能干涉人家所得的变成毒液呢？"她用豁达之心、顺遂自然之法来应对不公的命运，并以缀网之蛛自比："我像蜘蛛，命运就是我的网。蜘蛛把一切有毒无毒的昆虫吃入肚里，回头把网组织起来。""它不晓得那网什么时候会破，和怎样破法。一旦破了，它还暂时安安然然地藏起来；等有机会再结一个好的。""人和他底命运，又何尝不是这样？所有的网都是自己组织得来，或完或缺，只能听其自然罢了。"就此陈平原这样论道："尚洁……表面看来是逆来顺受的弱者，实际上却是达天知命的强者。人生就像入海采珠一样，能得什么，不得而知，但每天都得入海一遭。人生又如蜘蛛结网一样，难得网不破，但照结不误，破了再补。……借用佛家思想，没有导向现实人生的否定，而是通过平衡心灵，净化情感，进一步强化生存的意志和行动的欲望，这是许地山小说奉献的带宗教色彩的生活哲理。"[①] 新时期藏族作家吉米平阶的中篇小说《虹化》，饱含着神秘而神奇的西藏密宗的文化底蕴，书写了一对藏族青年夫妇通过朝佛而救赎、自救

---

① 陈平原：《饮过恒河圣水的奇人》，曾小逸主编：《走向世界文学——中国现代作家与外国文学》，湖南人民出版社 1985 年版，第 258 页。

的生命历程。普姆为了给罪孽深重的丈夫普布赎罪，唤回其沦丧的良知，拖着病痛之躯，用徒步和磕长头的方式到拉萨朝佛，也就是说，她要用自己的善、自己的付出来为丈夫消业。为此她困病交加而死在途中，但她死得平静、安宁，觉得死得其所、死有所值。她死后的遗体散发出奇特的芳香，并发生了只有在高僧大德身上才有神奇之事，那就是虹化——遗体融化、蒸发在空气中，只留下衣服和头发——就像彩虹一样飞升天际。普姆虹化的不仅是她的遗体肉身，更重要的是她的灵魂，她以自己的虔诚之心、大善之行使自己的心灵得到了皈依，也使自己的丈夫迷途知返。而普布在妻子善行的感召下，踏上了艰难的自救之路，不仅背负着妻子的遗体，还肩负着妻子的遗命，走完了妻子未竟的朝佛之旅，同时也使自己的灵魂得到了救赎：用自己的善行、受苦来赎罪、净化心灵、找回自我。

　　爱人甚至爱仇敌如己，度人先于度己，这样的襟怀让我们为异域的宗教的大爱所感动，也值得我们去仰慕和仿效。不过，我们民族也有着自己源远流长、内蕴独特的崇德扬善的文化，一种让人爱而不是恨的文明，那就是墨和儒。墨家主张无等差、平等的"兼相爱""交相利"，与基督文明的"爱人如己"有着异曲同工之妙；而儒家则更为本土化，以其独特性塑造了国民的文化心理，并积淀为独具个性的爱的内蕴、观念、方式和形态。与基督文明的爱人如己、佛家苦海度人的爱不同，儒家之爱有着更浓厚的人间烟火气、现实可能性和人心的可接受性。儒家开创者孔子不同意以德报怨，而是主张"以直报怨，以德报德"（《论语·宪问》），也就是以正直来回应仇怨，以恩德来报答恩德。这虽然没有耶、佛那样爱仇敌、度众生的博大心胸，但似乎更贴近人情，更容易在现实生活中所遵循和践行，就像孔子回应弟子的，如果以德报怨，那"何以报德？"那些坏人、恶人不就有机可乘了吗？不就出现了操守、德性和命运背反了吗？如果对恶人都可以爱，那好人、善人情何以堪？而圣人孔子总是从人心、从日常人伦出发来引导人的爱心、开发人的善念，所以他讲恕道"己所不欲，勿施于人"（《论语·卫灵公》）。所以他讲孝时不是从高头讲章而是从心安说起：当弟子宰我提出为父母守孝三年太长、是否可以减为一年时，孔子这样问他："食夫稻，衣夫锦，与女（汝）安乎？"当对方说"安"时，孔子这样说："女（汝）安，则为之！夫君子之居丧，食旨不甘，闻乐不乐，居处不安，故不为也。今女（汝）安，则为之！"宰我离开后，孔子又这样说道："予之不仁也！子生三年，然后免于父母之怀。夫三年之丧，天下之通丧也。予也有三年之爱于其父母乎？"（《论语·阳货》）以三年之居丧来报答父母的三年怀抱之爱，这是人之常情。而孔子之所以责怪宰我，就在于他未报父母之爱而尚心安不愧。孔子讲人伦之亲还强调"父为子隐，子为父隐"（《论语·子路》），这些都是入情入理，从人心和日常出发，极易为国人接受，并积淀于国民文化心理深层的人文精神。孟子将人性之善、人际之爱简化为六个字，那就是"亲亲""仁民""爱物"。他这样说："亲亲而仁民，仁民而爱物。"（《孟子·尽心上》）在孟子的仁爱观中，爱是有等级的，是由近而远的。首先是"亲亲"，那就是亲爱自己的亲人，孟子认为这是人的天性，是每个人生而有之的"良知""良能"。孟子曰："人之所不学而能者，其良能也；所不虑而知者，其良知也。孩提之童无不知爱其亲者，及其长也，无不知敬其兄也。"（《孟子·尽心上》）由"亲亲"之爱，自然会扩充、光大为"仁民"之爱，如孟子所言"老吾老，以及人之老；幼吾幼，以及人之幼"（《孟子·梁惠王上》）。再进一步，将爱拓展开来，就是"爱物"，将"亲亲""仁民"之爱泽及天地万物。"仁民""爱物"之说，在张载那里进一步阐释为"民，吾同胞；物，吾与也"（《正蒙·乾称上》）。天底下每个人都是我的一母同胞，而每一物都与我同为一体，这是一种极富亲情和诗意的对人与人、人与物的观照和体认，而成语"民胞物与"即源于此。"爱物"之爱，有珍惜节俭之意，那是因为物来之不易，不可轻慢浪费。李绅《悯农》诗句"谁知盘中餐，粒粒皆辛苦"、朱柏庐《治家格言》之语"一粥一饭，当思来之不易；半丝半缕，恒念物力维艰"等，皆为"爱物"在家常日用中的践行。"爱物"之爱，还有怜爱之意，那就是对物日久生情、满怀爱怜之心的亲近，对那些日常使用的家具、餐具，对经常穿戴的衣物，好像也是自己的生活和身体的一部分一样，使用时小心谨慎，即使损毁了也不愿舍弃。儒家亲亲、仁民、爱物之道，被称为仁道，而仁道即人道也，是中国式的人道主义。孔子曰："仁者人也，亲亲为大。"（《礼记·中庸》）孟子曰："仁者爱人。"（《孟子·离娄下》）

在为学作文的善与爱的维度中，最后要说一说民间的人道主义。所谓民间人道主义，指的是根植于底层民众的民间社会所传承的那种老百姓世世代代恪守的日常伦理和为人处事的规则，其核心是对天地神灵的敬畏之心、对父母的孝敬之情、兄弟姐妹之间的手足之爱、夫妻之间的相濡以沫和朋友之间的诚信之义，也即人道大爱就蕴含在日常人伦之中，是须臾不可离的，是处处要尊奉的。民间信奉多神论、泛神论，天有天爷，地有地神，山有山神，河有河神，灶有灶神，进而认为神无时无处不在，所谓"人在做，天在看""头上三尺有神灵""苍天在上"等，并进而相信因果报应，因而要积德行善，以期自己或子孙得到福报。对父母，讲的是尽孝报恩、养老送终、祭奠追念。对夫妻，讲的是一日夫妻百日恩，是举案齐眉、相敬如宾，是有福同享、有难同当。对兄弟姐妹，讲的是血浓于水，是手足之情，是打断骨头连着筋。对朋友，讲的是江湖道义、侠义情怀，是为了朋友可以两肋插刀，是寄妻托孤之信，是不求同年同月同日生、但愿同年同月同日死的江湖义气。这样的民间人道主义情怀，在中华的文史哲的经典文献中俯拾皆是，不胜枚举，在此仅以当代作家迟子建的小说《亲亲的土豆》为例简述之。迟子建是一位有着浓厚的人道情怀和坚定的民间立场的女作家，其作品既能直面底层民众的艰难困苦的生存真相，又能以大爱精神开掘、光大普通百姓在日常人伦中体现的人性之善和人情之美。《亲亲的土豆》开头就写了"天上人间的对话"：死去的人在天上的银河里看到了家乡的土豆花盛开了，就托梦给自己的亲人，说自己想吃新土豆了。死去的亲人没有死，还活在活人的梦里、话语中和思念里。在这片土地上以种土豆为生的一对年轻夫妇秦山和李爱杰，虽然地位卑贱，家境贫寒，但却相濡以沫，恩爱体贴。当发现秦山已经身患绝症时，李爱杰一方面用善意的欺骗隐瞒了实情来宽慰丈夫，独自承受肝肠寸断的绝望之苦，她这样对别人说"他一病我比自己病还难受"；另一方面又拿出所有的积蓄将丈夫送到省城大医院进行积极治疗。作为丈夫的秦山预感到自己的不幸时,他忧伤而又知冷知热地这样为妻子着想:"如果自己病得不重还可以继续听她的声音;如果病入膏肓,这声音将像闪电一样消失。谁会再来拥抱她温润光滑的身体?谁来帮她照看粉萍?谁来帮她伺候那一大片土豆地?"而当确定自己患了不治之症后,他毅然决然地偷偷离开医院而放弃了治疗。而他的善意爱心妻子一下就理解到了,"他是想把钱留下来给我和粉萍过日子,我知道他"。当秦山去世后料理后事时,李爱杰穿着秦山生前给她买的宝石蓝色的软缎旗袍,为丈夫守灵几天几夜。安葬秦山时,不同于以往在坟上堆煤渣的习惯,李爱杰坚持在丈夫的坟上堆了五麻袋土豆。作品这样写道:"李爱杰欣慰地看着那座坟,想着银河灿烂的时分,秦山在那里会一眼认出他家的土豆地吗?他还会闻到那股土豆花的特殊香气吗?"在这里,失去亲人的悲哀,转化为诗意而温情的联想和想象。在作品的最后,有一段很有意味的叙写:"李爱杰最后一个离开秦山的坟。她刚走了两三步,忽听见背后一阵簌簌的响动,原来坟顶上的一只又圆又胖的土豆从上面坠了下来,一直滚到李爱杰脚边,停在她的鞋前,仿佛一个受惯了宠的小孩子在乞求母亲那至爱的亲昵。李爱杰怜爱地看看那个土豆,轻轻嗔怪道:'还跟我的脚呀?'"一对贫贱夫妻,没有大难来时各自飞,也没有任何的抱怨嫌弃,而是恩爱如初,相互为对方着想,而且将彼此的爱延伸到生死两分之后。这就是中国民间的夫妇之爱,有着浓厚的民间意味,带着别样的中国特色。

四、"无目的的合目的性":生命在审美的形态中创造着无限的自由和可能

为学作文的第三个维度,是满足着人们的情感上的审美需求的美。关于美的特性和内涵,我们更认同康德的看法。康德将美定义为"无目的的合目的性",对此李泽厚这样解释道:"审美的判断力""只涉及对象的某种形式,这些形式因为与人们主体的某些心理功能(知性和想象力)相符合,使人们从主观情感上感到某种合目的性的愉快;并没有也不浮现出任

何确定的目的（概念），是一种'无目的的目的性'，所以称为'形式的目的性'或'主观的目的性'。"① 在康德对美的这一界定和理解中，其核心的内涵即美的本质是无功利性，也就是说，当审美主体面对世界而采取并摆脱了利害关系，只是欣赏而不是占有，远观而不亵玩，这就是纯粹的审美状态，主体也就随之进入美的境界。比如，欣赏一个女性之美，而没有将其作为女友或妻子的想法和行为；为一树繁花的美所吸引、打动，为之迷醉、驻足，但不会将其攀折，更不会移入自家花园；与朋友在一起只是谈天交心，并不是去寻求帮助比如借钱。这些从主观动机上看似无功利、无目的，但在客观效果上看又有着更高更大的目的和功利，那就是产生超越了功利、世俗的愉悦、自由的快感，使自己的内心乃至整个生命得到了解放，这就是美的形态、境界、关系和心境。而美的维度，则给作者为学作文提供了一个无限广阔博大的空间，可以承载生命、心灵的无限的可能性和多样性。而美的维度，在为学作文上，又可以表现为三元，那就是境界、心灵世界和无我之境。

境界或曰意境，是文学、艺术所追求的最高目标，也是衡量一个文学、艺术作品的最高标准，它也是美的维度中重要的一元，而王国维对其梳理、阐释最为精到和深入。在王国维的话语体系中，境界与意境是异名而同谓的，是等值互通的。王国维曰："今夫人积累年月之研究，而一旦豁然，悟宇宙人生之真理，或以胸中惝恍不可捉摸之意境，一旦表诸文字、绘画、雕刻之上，此固彼天赋之能力之发展，而此时之快乐，绝非南面王之所能易者也。"（《论哲学家及美术家之天职》）这里所说的能给人带来莫大快乐的"意境"，尚为萌于心中之意境，而在其《人间词话》中则将意境外移之词人之词中。他这样写道："古今词人格调之高，无如白石。惜不于意境上用力，故觉无言外之味、弦外之响，终不能与于第一流之作者也。"（《人间词话》四二）他又这样写道："词以境界为上，有境界则自成高格，自有名句。"（《人间词话》一）也就是说，对于一个词人当然也包括文学家、艺术家来说，意境或境界是至关重要的，是其作品品格

---

① 李泽厚：《批判哲学的批判》，安徽文艺出版社 1994 年版，第 388 页。

的一个重要标志和指标。就此冯友兰评论道："王国维这里所说的意境正是他在别条所说的境界。本书认为哲学所能使人达到的全部精神状态应该成为境界，艺术作品所表达的可以成为意境。"① 王国维所谓意境或境界，就是作家、艺术家所感悟到并进而在其作品中所表现出来的理想的样态，而这样的样态一定是具有持久和普遍性意义的，同时又是通过具体个别的形象映射出来的，也就是在具体、特殊、个性化的人、物、景中表现出了具有永恒和共性的价值的思想情感，让接受者产生强烈的审美的心灵共鸣。王国维这样写道："夫美术之所写者，非个人之性质，而人类全体之性质也。惟美术之特质，贵具体而不贵抽象。于是举人类全体之性质，置诸个人之名字之下。……善于观物者，能就个人之事实，而发见人类全体之性质。"（《红楼梦评论》）又曰："夫哲学与美学之所志者，真理也。真理者，天下万世之真理，而非一时之真理也。其有发明此真理（哲学家），或以记号表之（美术）者，天下万世之功绩，而非一时之功绩也。惟其为天下万世之真理，故不能尽与一时一国之利益合，且有时不能相容，此即其神圣之所在也。"（《论哲学家及美术家之天职》）王国维所说意境和境界中所蕴含的美之原理，在黑格尔、康德等哲学、美学家那里可以得到进一步的印证。黑格尔把美定义为"美就是理念的感性显现"②。意为理念也即具有内在普遍本质的真理性的存在与感性，即具体的形式、感性的形象达到有机的统一，或者换句话说就是，那种具有普遍意义的作为万事万物的理式以特殊而形象的感性形式呈现出来，才可以称为美。康德说到美是"无目的的合目的性"时，除了"质"的向度的"无利害而又产生愉快"的解释，还有一个"量"的向度的解释："只有想象力是自由地唤起知性，而知性不借概念的帮助而将想象力放在合规律的运动中，表象这才不是作为思想，而是作为一种心情的合目的性的内在感觉，把自己传达出来。"③ 也就是说，审美一方面是无功利的愉悦，另一方面则为无概念的

---

① 冯友兰：《中国哲学史新编》下，人民出版社 1999 年版，第 547 页。
② ［德］黑格尔：《美学》第一卷，朱光潜译，商务印书馆 1981 版，第 138 页。
③ ［德］康德：《判断力批判》上卷，宗白华译，商务印书馆 1964 年版，第 140 页。

普遍性。

张爱玲在《红玫瑰与白玫瑰》中这样写道："也许每一个男人全都有过这样的两个女人，至少两个。娶了红玫瑰，久而久之，红的变了墙上的一抹蚊子血，白的还是'床前明月光'；娶了白玫瑰，白的便是衣服上沾的一粒饭黏子，红的却是心口上一颗朱砂痣。"民国天才女作家张爱玲在二十四岁的小小年纪，就写下了勘破人心幽微的这样的文字，让读者无不惊心动容。这在于她捕捉住了人们心灵深处内在的境界：在那个可望而不可即的具体的对象身上，对应、投射了自己神往的理想化存在，那样的一个存在实际上是类的所有优点、诗意的凝聚，正因为有了距离和想象，才变得完美无缺；而在身边的、凡俗生活中朝夕相处的那一个，则将美的期望破坏得残缺不全、面目全非。没有得到的才是理想，失去的才是天堂，想象中的才最完美。这不仅是人的共同心理和人性，而且也映现出文学艺术的共同规律：文学、艺术的魅力和价值就在于勾画出完美无缺、诗意盎然、虚幻不实、可望而不可即的那样的世界和风景，以慰藉和修补在现实中被压抑和摧残的残缺不全的灵魂。马致远的《天净沙·秋思》全曲只有二十八个字，为什么能够引起人们反复吟咏、回味、解读、阐释而千古流传？原因就在于它触及了人们心灵深处最脆弱、最柔软的东西：异地他乡漂泊无依的浪子对故土家园的牵挂、思念和归依。那个骑着瘦马、迎着西风、行走在黄昏古道上的身在天涯的人，为何如此愁苦，以至于愁肠欲断？那就是因为万物有家、归家，而羁旅者却无家可归、四处飘零、浪迹天涯。枯藤攀爬着老树，老树是枯藤的家；黄昏时的乌鸦返巢，巢是昏鸦的家；夕阳落山，山是夕阳的家；流水从小桥下流过，流向远方的大河、大海之家；行人从小桥上走过，走向自己温馨的家。枯藤有家，昏鸦有家，夕阳有家，行人有家，连流水都有家，只有人——文中断肠的羁旅者/作者没有家。触景生情，怎不愁肠寸断，千转百结？其实，断肠者又何止是作者、主人公呢？我们每一个读者、每一个存在者又何尝不会因无家可归而愁断衷肠呢？因为我们每个人都是匆匆的过客，房舍院落乃至地球之家不过是我们暂时栖身的馆舍而已。如《古诗十九首》所言："人生天地间，忽如远行客。"（《青青陵上柏》）"人生寄一世，奄忽如飙尘。"
（《今日良宴会》）"人生忽如寄，寿无金石固。"（《驱车上东门》）正所谓
人生如寄，我们的肉体虽然行住坐卧在大地之上，但我们的灵魂又将归于
何处呢？从这个意义上看，马致远是以诗化的书写揭示了每个人都面临的
生存和精神的困境：永远流浪，无家可归。马致远的《天净沙·秋思》之
所以成为千古传唱、家喻户晓的名篇，这就在于作者能在彼时彼地的具体
而感性的风景的组合中，表达出了一个永恒而普遍的主题，也是人类世世
代代梦牵魂萦的一个心结，那就是回家。

在为学作文的美的维度中，另一个重要之元，我们可以称为心灵世
界。心灵世界之说，源于当代作家王安忆在复旦大学讲学时对小说特征的
一个概括，我们也可以拿来概括所有文学作品的特征。王安忆自己说，她
的这个小说见解是受到了俄国流亡作家纳博科夫的启发。纳博科夫认为
"好小说都是好神话"，并说："没有一件艺术品不是独创一个新天地
的。……我们要把它当作一件同我们所了解的世界没有任何明显联系的崭
新的东西来对待。"[①] 王安忆认为，小说，当然是真正意义上的小说，虽
然也会使用日常生活和现实人生中的材料，但它不是对现实世界的镜子式
的反映，而是作者心灵世界的映射和建构。"这个世界我们对其基本的了
解是，和我们真实的世界没有明显的关系，它不是我们这个世界的对应，
或者说是翻版。不是这样的，它是一个另外存在的，一个独立的，完全是
由它自己来决定的，由它自己的规定、原则去推动、发展、构造的，而这
个世界是由一个人创造的，这个人可以说有相对的封闭性，他在他心灵的
天地，心灵的制作场里把它慢慢构筑成功的。"[②] 而小说的价值，不是体
现在它的现实功利性、实用性，而是"开拓精神空间，建筑精神宫殿"
"它就是设立一个很高的境界，这个境界不是以真实性、实用性为价值，
它只是作为一个人类的理想，一个人类的神界"[③]。文学作品来源于生活，

---

① ［美］纳博科夫：《优秀读者与优秀作家》，《文学讲稿》，申慧辉等译，上海三联书店
2005 年版，第 26 页。
② 王安忆：《小说家的十三堂课》，上海文艺出版社 2005 年版，第 11 页。
③ 王安忆：《小说家的十三堂课》，上海文艺出版社 2005 年版，第 14、17 页。

但它不是对现实生活的复制或镜子一样的反映，而是心灵的创造。因而从这个意义上来说，作家犹如上帝，他用自己的法则、逻辑、价值、审美对世界和人生进行一个重新组合和构建。在英文中，小说的单词之一是"fiction"，而"fiction"的另一个意思就是虚构，也就是说，小说的特征之一就是虚构，而虚构这一特征也可以用来概括戏剧、电影、诗歌等其他文学样式。虚构不是胡思乱想、糊涂乱抹，而是一种天马行空、无中生有的具有天才特质的创造力。这样的创造力，需要借助于出神入化、匪夷所思、异想天开的联想、想象，甚至梦想、幻想等的合力凝合而成，要勾画、创造出一个现实中并不存在而人们梦寐以求的那样的理想的、梦幻般的、如诗如画的世界。也就是说，它书写的不是世界本来的样子，而是世界应该成为的或人们希望成为的那个样子。这就像西方表现主义者所宣称的那样：我们不需要对熟悉得不能再熟悉的世界进行复制，而是要创造出一个崭新而陌生的世界。表现主义代表人物卡·埃德施密特在其《论文学创作中的表现主义》中如是说："世界存在着，仅仅复制世界是毫无意义的。""人的心和一切事物紧密相连，人的心和世界一样，都是在相同的节拍中跳动。为此，就要求对艺术世界进行确确实实的再塑造。这就要创造一个崭新的世界画像。这种画像和那种靠经验而能把握的自然主义者的图像毫无共同之处，和印象派那种割裂的狭小范围也毫无共同之处，这一意象必定是单纯的、真实的，因而也是美的。"这样的世界，看似虚幻，但因为是从心灵和生命的深处生长出来的，因而它比日常生活更精粹、更真实。所以亚里士多德在其《诗学》中认为，诗比历史更真实，因为历史是或然的，带有很大的偶然性，而诗则是必然的，带有更大的普遍性。就像梦比现实更为自由、美好、精致一样，人的心灵比人的身体、器官更为博大、自由和真实，更接近道。陶渊明诗曰："心通万里外，行迹滞江山。"（《答庞参军》）孟子曰："万物皆备于我矣！"（《孟子·尽心上》）陆象山曰："宇宙便是吾心，吾心便是宇宙。"（《陆九渊集》卷三十六）宇宙即道，也就是说，道即心也，心即道也。而作为心灵世界的文，就是道的诗化的折射，或者换句话说，只有既反映了道同时又充满诗意的文才是美的，才符合美的尺度。

每一个文学大家，都是这样的心灵世界的建构者，都是借助语言、想象、梦想勾画出一个诗意的承载自我和人类情感的家园。以陶渊明为例，他运用语言表达自己的诉求、愿望，通过诗文抒写心灵情感，从而构建了一个属于自己的符码世界。他不仅在故乡田园回到自己的家，不仅在归鸟、山气中发现了真意之家，不仅在未来找到了自己的死亡之家，而且还在自己的诗文书写中建造了精神的家园。"登东皋以舒啸，临清流而赋诗。"（《归去来兮辞》）"春秋多佳日，登高赋新诗。"（《移居其二》）写诗属文成了他人生、生命中的一个重要组成部分。不过，他撰写诗文不是为了发表扬名，更不是为了稿费和评奖，而是自己写给自己的，是自己生命的自我呈示，是病中的呻吟，是欢乐的咏叹，"既醉之后，辄题数句自娱"（《饮酒·序》）。同时，他的写作也是志同道合者的心灵、情感的交流、唱和，所谓"诗书敦宿好，林园无俗情"（《辛丑岁七月赴假还江陵夜行塗中》）。在他的语言之家中，既有他现实形状的如实记录：种豆南山，采菊东篱，挥觞自酌，乞食邻家，濯浴檐下，出游斜川；又有他过往经历的追述复现：口腹自役的仕宦生涯，对程氏妹的呵护牵挂，对从弟敬远的缅怀悼念；还有对未来人生走向、命运的预设和筹划：自己将来死时的悲伤，死后自己的孤寂凄然，自己对死亡的达观超然。既有用联想、想象来表达青春冲动和性幻想的《闲情赋》，又有以神话、寓言手法表现社会理想、追求光明乐园的《桃花源记》；既有以含蓄委婉方式书写自我性情的《五柳先生传》，又有直抒胸臆、率真表达自我情怀的《与子俨等疏》；既有充满哲思辨理、拷问生死灵肉的《形影神》，又有洋溢着诗情画意、追索人生真意的《饮酒其五》。语言的灵活多样的特性和出神入化、驾轻就熟的运用，使陶渊明构建并拥有了一个由过去、现在、未来的时间三维和现实、理想、梦想和幻想的人生四态交织而成的多棱多面的丰富复杂的人文世界，一个魅力长存的精神之家和心灵情感的归宿、依托。

以胡适为代表的新红学家，往往把《红楼梦》当作一个写实的小说，认为《红楼梦》是作者的自叙传，并将贾家的事与曹家的事相等同。持自传说的红学家认为"书中的贾府与甄府都只是曹雪芹家的影子""这部书是曹雪芹的自叙传",并进而得出了"贾宝玉即曹雪芹"的结论。① 《红楼梦》虽然有着曹雪芹家族、个人生活等的痕迹,但更多是从作者自己的心灵情感深处生长出来的,是其心灵世界的映射,正如其书中所言:"满纸荒唐言,一把辛酸泪。都云作者痴,谁解其中味?"正如研究者袁世硕认为的那样,"贾宝玉的形象,半是现实的,半是意象的""贾宝玉的心灵,其实就是小说化、诗化了的作者曹雪芹的心迹"。② 由此可以看出,贾宝玉虽然有着作者曹雪芹现实的影子,但更是作者艺术想象、审美创造的结果。也就是说,在贾宝玉身上,作者赋予主人公以作者本人现实中缺失而心灵中呼唤渴求的愿望、理想。从而小说中发生在贾宝玉身上的爱情,也并不完全是作者现实中爱情状况的实录,而更多是向往、追求的爱情样式和境界。曹雪芹在小说中突出了爱情的神圣性、理想性、诗意性,并与现实凡俗的爱情拉开了距离。它一方面对应了作者自己对爱情的审美渴望,在理想爱情的构建中传递、展示了自我丰富的内心世界、强烈独特的情感、深刻整合的生命体验,从而抵达了审美创造中怡神愉情的境界,同时,他也以其创造的审美世界使读者超越了世俗情爱的乏味单调,而在虚幻中获得了心理补偿和审美愉悦。

为学作文的美的维度中还有一元,那就是王国维所说的"有我之境"和"无我之境"。他这样写道:"有有我之境,有无我之境。"(《人间词话其三》)

关于"有我之境",王国维是这样解释的,"以我观物,故物皆著我之色彩",并以冯延巳的《鹊踏枝》词句"泪眼问花花不语,乱红飞过秋千去"和秦观的《踏莎行》词句"可堪孤馆闭春寒,杜鹃声里斜阳暮"为例。从心理学的角度看,王国维所谓的"有我之境",就是将自我的主观情感外移、投射到客观的外物上去,使本来没有情感、灵魂的山石、草木、江河、日月等都有了生命、个性和情感,正所谓"一切景语皆情语"

---

① 袁世硕:《贾宝玉心解》,《文史哲》1986 年第 4 期。
② 袁世硕:《贾宝玉心解》,《文史哲》1986 年第 4 期。

（《人间词话删稿其三》）。对应到文学表达上，大多采用拟人的修辞手法，把无生、无欲、无情的物比拟为人，以只有人才独具的心理、情感和行为来状写外物。但从深层而言，它不仅仅是文学的一种表达方法，而更是诗人或者说具有诗心的人所特有的思维和审美特征，即认为天地万物与人一样，也是有生命、情感和灵魂的，在内心深处就把物当作了人，甚至当作了自己。因而观物即观人也是观自己，写物即写人也是写自己，是现实中的自己与想象中的另一个自己的对话和倾诉，而且是可以互相理解、欣赏和交心的。如李白所吟咏的那样："举杯邀明月，对影成三人。"（李白《月下独酌》）把月和影当作了自我的一面镜子，相互映照，彼此慰藉。《红楼梦》中贾宝玉、林黛玉、薛宝钗、史湘云等人菊花题诗，以《忆菊》《访菊》《对菊》《问菊》《菊影》《菊梦》等为题，把菊花当作了一个可亲、可近、可爱、可访、可问、可梦的亲人和挚友，一个独立自存、丰富多彩的主体。这其中既闪耀着作者和人物的奇思妙想，更跃动着一颗纯净的童心和真挚的爱心。一种万物平等、万物有灵的认知、审美的观念和态度，把普通平凡的物质世界点化成了像人一样有着丰富复杂的心灵情感的神奇的世界。

　　"无我之境"，王国维是这样描述的："无我之境，以物观物，故不知何者为我，何者为物。"其所举之例一是陶渊明《饮酒其五》之"采菊东篱下，悠然见南山"。之二是元好问《颖亭留别》之"寒波澹澹起，白鸟悠悠下"（《人间词话其三》）。窃以为后者即元好问诗句与其"以物观物"的解释吻合，而前者即陶渊明的《饮酒》诗句则与之不符。"采菊东篱下，悠然见南山"的主体是诗人陶渊明，分明是"以我观物"，何以说"以物观物"呢？而如王维的《山居秋暝》诗句"明月松间照，清泉石上流"，陶渊明之《归去来兮辞》诗句"木欣欣以向荣，泉涓涓而始流"等皆可列为"以物观物"的无我之境之佳句。引而伸之，在其他文学样式中，同样也有"以物观物"的无我之境。这里仅以迟子建小说《五丈寺庙会》为例："在仰善看来，自然界的苏醒，是一物叫醒另一物的。星星在退出天幕前把鸡叫醒，鸡又叫醒了太阳，太阳叫醒了人，人又叫醒了庄稼，这样一天的生活才有眼有板地开始了。星星叫醒了鸡，它们也并不是真的消失了，它们化成了露水，软润晶莹地栖在花蕊和叶脉上，等待着太阳照亮它们。而鸡叫醒了太阳，鸡鸣声也并不是无影无踪了，它们化作了白云，在天际自由地飘荡着。"这里虽然也写了人，写了一个叫仰善的人物，但完全可以忽略不计，因为在作家诗化的想象和书写中，人也被物化了。以物观物，就是人将自我的愿望、情感、欲求等完全止歇、冰封起来，让自然万物呈现出自己原本的面目和状态，恢复物与物的自然、本真的关系。清风与春草絮语，蝴蝶同花朵亲吻，明月和湖水顾盼。或者相反，花自飘零水自流，病树前头万木春；无边落木萧萧下，不尽长江滚滚来。以物观物，也可以是观物者变成了物，不仅只是躲在物的背后、站在物的角度来观看他物，而且自己就把自己当作了物，用物的眼睛来看另一物，用物的心灵情感来感受、体验另一物：把树叶当作自己的手来抚摸阳光的温热，把大海的水波作为自己的皮肤来体味寒风的侵袭，把星星当作自己的眼睛来窥视黑夜的秘密。从而观物者放弃了人之为人的妄自尊大，以物的谦和、低调来走进万物的世界，也以自己的童心、爱心、诗心使自己原本枯燥乏味的世界成为一个童话。这让我们又想到了王国维对纳兰性德的称许："纳兰容若以自然之眼观物，以自然之舌言情。"（《人间词话其五二》）

审美移情的样式，除了王国维所说的"以我观物"和"以物观物"之外，我们还可以顺着他的思路延伸拓展开来，说出他没有说出的思路，那就是还可以进而"以物观我""以物观人"。"以物观我"是逆王国维所说的"以我观物"而行之，就是站在物的角度、立场，以物可思可感的假定来反观、思索、感受人。"相看两不厌，只有敬亭山。"（李白《独坐敬亭山》）"我见青山多妩媚，料青山、见我应如是。情与貌，略相似。"（辛弃疾《贺新郎》）这些诗句、词句就是从山的角度看人，呈现出了山与人的相互往还和欣赏。山还是山，人还是人；同时人又变成了山，山也变成了人；人中有山，山中有人，以至不知何者为山，何者为人，山人凝为一体：人注入了山的凝重厚实，山也秉承了人的灵性情感。"以物观人"就是以将人赋予物的感官和心灵来返视人类，这样就会对人产生一个全新的认识和评价，还能看到人所看不到的秘密：初升的月亮窥见了河边树荫下一对初恋情人难舍难分的缠绵和半推半就的羞涩；无边的沉沉黑夜见证并遮掩了一场杀人越货的罪恶；路旁的一棵大树发现了人性的秘密和虚伪：一个打扮入时、举止文雅的漂亮女人，左右前后看看没有人迹，就匆匆地将一袋垃圾扔进树丛；一个与迎面走来的熟人握手、问候并绽放出温和笑容的男人，在对方擦身而过之后，面孔又恢复了原来的冷漠和凶光；一个文质彬彬、道貌岸然、学者一样的中年男子，把迎面走来的一个美丽少女从头到脚看了个仔细，而那女孩却浑然不觉，但那男子眼中似乎要燃烧的欲火却被大树尽收眼底。当然，从动物的角度来看人，发现人原来是多么虚伪和残忍：一条在水中快乐游动的小鱼，被钓者用诱饵、钓钩钓上了岸，活生生地刮鳞剖腹，油炸水炖之后被端上餐桌。主人喝着酒吃着它，同时高谈阔论着人生和人道——在这条鱼的眼中心里，人简直与禽兽和魔鬼没有什么区别。

　　"以物观物"也好，"以物观我"也好，"以物观人"也好，相对于"以我观物"而言，产生了主体的转移，由创作主体的人文视角转换为对象的自然视角，即从物的角度来写物、写人、写我。这一提法和想象本身就是很有诗意的，也就是说，在词人、诗人眼中心里，万物都像人自己一样是有灵有情的，从而打破了自然界的物理的、生物的关系和秩序，而进入了一种心理的、诗意的关系和秩序。故而王国维自己也这样写道："自然中之物，互相关系，互相限制。然其写之于文学及美术中也，必遗其关系、限制之处。故写实家，亦理想家也。"（《人间词话其五》）也就是挣脱了外在的关系、秩序的制约，进入了自由自在的另类空间。故而"不知何者为我，何者为物"，也可以理解为物即我，我即物，物我合二为一、融为一体。无我之境看似无我，实际上处处皆我，物物皆我。换句话说，物和人之间是可以相互渗透和转换的，是可以自由穿越的，关键就是此我乃诗性之我，而非俗常之我。王国维说过，同样为眼，但又分为诗人之眼和政治家之眼："政治家之眼，域于一人一事；诗人之眼，通古今而观之。

词人观物，须用诗人之眼，不可用政治家之眼。"（《人间词话未刊稿其三九》）眼有不同，心也各异，有诗人之心和俗常之心的区别。

诗人之所以为诗人，不仅有着常人不具的诗心诗情，还有着一般人所没有的融物于心的境界，以及将这境界诉诸文字的能力。王国维这样写道："一切境界，无不为诗人设，世无诗人，即无此种境界。夫境界之呈于吾心而见于外物者，皆须臾之物，镌诸不朽之文字，使读者自得之。"（《人间词话附录其一六》）在诗意沦丧，一切都被世俗、功利、欲望占据和吞没的时代，诗人用他的心灵、智慧和情感给我们构建了一个诗意盎然的世界，"在诗人的赋诗与思想家的运思中，总是留有广大的世界空间，在这里，每一事物：一棵树，一所房屋，一座山，一声鸟鸣都显现出千姿百态，不同凡响"。① 在我们失去家园，成为无家可归的浪子的时候，诗人用诗给我们建造了精神情感的家园，并使自己成了家的守护神，"存在在思想中达乎语言。语言是存在之家。人居住在语言的寓所中。思想者和诗人乃是这个寓所的看护者"②。

诗有什么用？这是我们常常追问的一个话题，尤其是在这个重实用、讲功利的国度和时代。如果从世俗的眼光看，诗确实没有用，它不能给我们渴求的财富和荣誉，还会给人留下笑柄。但它又有大用，用康德的话来说是无目的的合目的性，它可以给你的心灵打开另一扇窗，把你带入一个崭新的世界，使你的生命、心灵都获得洗礼和更新。当你读诗、写诗的时候，当你用诗的眼睛来观照这个世界的时候，当你的心灵沉浸在浓浓的诗意之中的时候，你就迈入了诗情画意的空间，生命、心灵都被诗化了，自己也好像变成了一首诗，人不再只是一个被束缚的人，而成了自由自在的人，成了一个真正的人——诗让女孩子长发柔顺飘逸、皮肤红晕白皙，诗会使老人返老还童、鹤发童颜、敏捷矫健，诗使愚者智慧、迂者浪漫、务实者充满幻想，诗给平凡增添了神奇，使单调变得丰富多彩，使灰暗变得阳光明媚、光辉灿烂。

---

① ［德］海德格尔：《形而上学导论》，熊伟，王庆节译，商务印书馆2007年版，第27页。
② ［德］海德格尔：《路标》，孙周兴译，商务印书馆2011年版，第366页。

参考文献

［英］阿诺德·汤因比：《历史研究》，郭小凌等译，上海世纪出版集团 2010 年版。

［美］埃·弗罗姆：《爱的艺术》，李健鸣译，商务印书馆 1987 年版。

［英］霭理士：《性心理学》，潘光旦译注，商务印书馆 2006 年版。

［古罗马］奥古斯丁：《忏悔录》，周士良译，商务印书馆 1963 年版。

［古希腊］柏拉图：《理想国》，郭斌和、张竹明译，商务印书馆 2002 年版。

北京大学哲学系外国哲学史教研室编译：《西方哲学原著选读》，商务印书馆 1981 年版。

陈鼓应：《庄子今注今译》，中华书局 1983 年版。

陈鼓应：《老子注释及评介》，中华书局年版 1984 年版。

陈鼓应：《周易今译今注》，商务印书馆 2016 年版。

陈嘉映：《海德格尔哲学概论》，生活·读书·新知三联书店 1995 年版。

［英］达尔文：《人类的由来》，潘光旦、胡寿文译，商务印书馆 2005 年版。

［英］达尔文：《物种起源》，周建人、叶笃庄译，商务印书馆 2009 年版。

［美］戴维·罗森：《荣格之道》，申荷永等译，中国社会科学出版社 2003 年版。

［德］恩斯特·卡西尔：《人论》，甘阳译，上海译文出版社 1985
年版。

［瑞士］费尔迪南·德·索绪尔：《普通语言学教程》，刘丽译，九州
出版社 2007 年版。

［德］费希特：《论学者的使命·人的使命》，梁志学、沈真译，商务
印书馆 1984 年版。

冯友兰：《中国哲学史新编》上，人民出版社 1998 年版。

冯友兰：《中国哲学史新编》中，人民出版社 1998 年版。

冯友兰：《中国哲学史新编》下，人民出版社 1999 年版。

冯友兰：《冯友兰选集》，吉林人民出版社 2005 年版。

［奥］弗洛伊德：《精神分析引论》，高觉敷译，商务印书馆 2009
年版。

［奥］弗洛伊德：《释梦》，孙名之译，商务印书馆 1996 年版。

［法］伏尔泰：《哲学辞典》，王燕生译，商务印书馆 1991 年版。

葛兆光：《中国古代文化讲义》，复旦大学出版社 2006 年版。

［德］海德格尔：《存在与时间》，陈嘉映、王庆节译，生活·读书·
新知三联书店 1987 年版。

［德］海德格尔：《在通向语言的途中》，孙周兴译，商务印书馆 2004
年版。

［德］海德格尔：《路标》，孙周兴译，商务印书馆 2011 年版。

［德］海德格尔：《形而上学导论》，熊伟、王庆节译，商务印书馆
2007 年版。

［美］汉娜·阿伦特：《极权主义的起源》，林骧华译，生活·读书·
新知三联书店 2008 年版。

［德］汉斯—格奥尔格·伽达默尔：《真理与方法》，洪汉鼎译，商务
印书馆 2010 年版。

［美］亨利·戴维·梭罗：《瓦尔登湖》，徐迟译，上海译文出版社
2004 年版。

［英］霍布斯：《利维坦》，刘胜军、胡婷婷译，商务印书馆 1985 年版。

［法］加缪：《西西弗的神话》，杜小真译，西苑出版社 2003 年版。

金岳霖：《金岳霖选集》，吉林人民出版社 2005 年版。

金岳霖：《论道》，人民大学出版社 2010 年版。

［德］康德：《纯粹理性批判》，蓝公武译，商务印书馆 1960 年版。

［德］康德：《判断力批判》，宗白华译，商务印书馆 1964 年版。

［意大利］克罗齐：《美学原理》，朱光潜等译，人民文学出版社 1983 年版。

［法］拉·梅特里：《人是机器》，顾寿观译，商务印书馆 1959 年版。

李永建：《人的回归、发现和重塑——新时期小说的人学研究》，当代中国出版社 2002 年版。

李泽厚：《批判哲学的批判》，安徽文艺出版社 1994 年版。

李泽厚：《中国古代思想史论》，安徽文艺出版社 1994 年版。

李泽厚：《走我自己的路》，安徽文艺出版社 1994 年版。

李泽厚：《李泽厚哲学文存》，安徽文艺出版社 1999 年版。

［英］理查德·道金斯：《上帝的迷思》，陈蓉霞译，海南出版社 2010 年版。

林贤治：《沉思与反抗》，复旦大学出版社 2010 年版。

［日］铃木大拙，［美］佛洛姆：《禅与心理分析》，孟祥森译，中国民间文艺出版社 1980 年版。

［法］卢梭：《爱弥儿》，李平沤译，商务印书馆 2004 年版。

［法］卢梭：《论人类不平等的起源》，吕卓译，九州出版社 2007 年版。

鲁迅：《鲁迅全集》，人民文学出版社 2005 年版。

［英］路德维希·维特根斯坦：《逻辑哲学论》，王平复译，中国社会科学出版社 2009 年版。

［英］罗素：《西方哲学史》，马元德译，商务印书馆 1976 年版。

〔德〕马克思：《1844 年经济学哲学手稿》，刘丕坤译，人民出版社1985 年版。

〔德〕马克思：《资本论》，中共中央著作编译局译，人民出版社 1975年版。

〔法〕蒙田：《我不想树立雕像》，梁宗岱、黄建华译，光明日报出版社 2001 年版。

〔法〕孟德斯鸠：《论法的精神》，张雁深译，商务印书馆 2004 年版。

〔美〕默罗阿德·韦斯特法尔：《解释学、现象学和宗教哲学》，郝长墀译，中国社会科学出版社 2005 年版。

〔德〕尼采：《查拉斯图拉如是说》，楚图南译，海南国际新闻出版中心 1996 年版。

〔德〕尼采：《悲剧的诞生》，周国平译，生活·读书·新知三联书店1986 年版。

〔法〕帕斯卡尔：《思想录》，钱培鑫译，译林出版社 2010 年版。

〔美〕潘恩：《潘恩选集》，马清槐等译，商务印书馆年版 1981 年版。

〔日〕桥爪大三郎：《性爱论》，马黎明译，百花文艺出版社 2000年版。

〔法〕让—弗朗索瓦·勒维尔，马蒂厄·里卡尔：《和尚与哲学家》，陆元昶译，江苏人民出版社 2000 年版。

〔瑞士〕荣格：《心理学与文学》，冯川、苏克译，生活·读书·新知三联书店 1987 年版。

〔法〕萨特：《萨特自由选择论集》，关群德等译，天津人民出版社2007 年版。

〔法〕萨特：《词语》，潘培庆译，生活·读书·新知三联书店 1989年版。

僧肇：《肇论校释》，张春波校释，中华书局 2010 年版。

〔德〕叔本华：《叔本华论文集》，陈晓南译，百花文艺出版社 1987年版。

［德］叔本华：《作为意志和表象的世界》，石冲白译，商务印书馆2007年版。

［美］托克维尔：《论美国的民主》，董果良译，商务印书馆2008年版。

王国维：《王国维文选》，上海远东出版社1997年版。

王国维：《人间词话》，人民文学出版社1960年版。

［美］威廉·詹姆斯：《宗教经验之种种》，唐钺译，商务印书馆1947年版。

［日］西田几多郎：《善的研究》，何倩译，商务印书馆2007年版。

［日］幸德秋水：《基督何许人也——基督抹煞论》，马采译，商务印书馆1982年版。

熊十力：《体用论》，人民大学出版社2006年版。

熊十力：《十力语要》，岳麓书社2011年版。

熊十力：《新唯识论》，岳麓书社2011年版。

徐复观：《中国人性论史》，生活·读书·新知三联书店2001年版。

［古希腊］亚里士多德：《政治学》，吴寿彭译，商务印书馆1965年版。

［古希腊］亚里士多德：《形而上学》，吴寿彭译，商务印书馆2007年版。

颜洽茂：《金刚经坛经直解》，浙江文艺出版社1998年版。

杨伯峻：《论语译注》，中华书局1980年版。

袁行霈：《陶渊明诗集笺注》，中华书局2003年版。

张岱年：《中国哲学大纲》，江苏教育出版社2005年版。

《新旧约全书》，中国基督教协会1994年印。

后 记

　　这本书能够顺利写作和出版，有很大的偶然性。也就是说，它完全在我的写作计划之外。在我的上一本书《人论》的后记中，我明确表示：《人论》是我退休前写的最后一本学术专著，以后的写作将会转向创作。之所以改变了初衷而用半年的时间和精力撰写这本书，与我院的学科带头人王政先生有关。有一天，王政先生发信息给我，问我是否可以编一个20万字的自己的文集。当时我手头没有那么多的文章可以编成文集，但经过考虑之后我决定写这样一本书——原先设想写20多万字，没想到最后竟然洋洋洒洒写了30多万字。也就是说，这本书的问世完全是在王政先生的鼓励和支持下完成的，如果没有王政先生的那个邀约，也许这本书只能藏在自己的心里而不会变成文字。因而在这本书即将付印的时候，我首先要感谢王政先生，感谢王政先生的激励，感谢王政先生学科经费的支持，感谢王政先生在出版各环节的热情关切和辛苦付出。

　　不过话说回来，这本书的写作也有一定的必然性。这种必然性就在于，我已经在知识结构、学术趣味和价值取向上有了充分的准备。虽然我的专业是教授和研究中国现当代文学，但近几年因为对文学和现实中人的关注而在学术和写作上已经慢慢向古代和文化方面拓展。一方面，我花费了较多的时间和精力对古今中外的哲学、社会学、文学、宗教等经典进行了较为系统的研读，当时并不是为了研究和写作，完全只是心灵的渴求，但这些无意间的阅读恰好为我这次的意外写作做了一个知识、学养上的准备，正所谓无心插柳柳成荫；另一方面，这之前我一直对天人合一与古贤哲论为政以道这两个课题较为关注，用心用力较大，而且做了许多功课，而这两点也恰好构成了这本书的创新点和亮点。由此可见，这本书的写作又不是凭空而来、无中生有的，而是顺理成章、水到渠成的事——即使此时此地不能以这个样子面世，也会在另外的时间以另外的样式呈现。

这本书原来题名为《道论》，意在与此前拙作《人论》连成姊妹篇，也想以此向写出《论道》的前贤金岳霖先生致敬。在修改、完善的过程中，一位为学同仁提出了建设性的建议：更改一个更能体现本书特点和风格的名字，以与已有的从哲学、本体论论道的学术专著相区分。我愉快地接受了这一合理化建议，改为《道的诗性观照》。细细想来，这个名字更符合本书的思路和定位。道的本体和本质用思辨的方式是说不清道不明的，而当初老子、庄子、禅宗大师，不也是用诗性的思维方式来感悟、思索和言说道的吗？作为后来的我们，何不用以道说道之法，即同样以诗性的方式来悟道论道呢？

这本书的写作和出版，不仅是自己对道的认识、体悟、阐释的一个总结，同时也了却了潜藏内心已久的一个心愿，那就是与大家分享对道的感悟。在现实生活中，深感世道人心违道背道所带来的灾难性后果，自己一直苦苦思考和探索救赎之道。现在希望看到这本书的有缘者，能够在纷乱噪杂之中听到道的呼唤，在迷途的沉醉中豁然醒悟，妙解宇宙人生真谛，从而明道、悟道、得道，回到时世人生的正道上来，循道而行，抵达有灵魂的道的境界。对人类的救赎是当代学人义不容辞、理应担当的神圣使命，假如能为此尽一点绵薄之力，我会感到莫大的欣慰。

我的责任编辑王志茹，在整个报审、编辑的过程中表现出了认真、热情、谦和、宽容、敬业等的可贵品德，为拙作的编辑付出了辛勤的劳动，给予了很好的指导。在这里，对王志茹编辑表示真诚的感谢！

李永建

戊戌年初夏于相山